구원방정식

보엠1800
장편소설

The Redemption Equation | 1

# 구원 방정식

어나더

# 1. 프롤로그

"그렇게 창부처럼 굴면, 멋들어진 왕자님이라도 나타날 줄 알았나?"

노팅엄 백작이 냉정한 얼굴로 조소했다. 그가 한쪽 다리를 목발로 짚으면서 다가왔다. 매들린이 반사적으로 뒷걸음치자 그가 더 크게 웃었다. 어금니가 달달 떨리고 소름이 끼쳤다.

"왜, 이렇게 가까이서 보니 더 병신 같아?"

"아니, 그런 게 아니라……."

그러나 매들린의 목소리에는 신빙성이 결여되어 있었다. 마른 나뭇잎처럼 버석거리는 목소리는 흐트러졌다. 매들린 노팅엄의 나이는 스물여덟. 눈앞의 노팅엄 백작과 결혼한 지는 6년이 지났다. 말로는 결혼이었지만, 사실은 강요된 계약이나 다름없었다. 적어도 매들린은 그렇게 생각했다. 제대로 된 결혼이 이럴 리는 없다. 남편이라는 자가 이렇게 잔인할 수는 없는 것이다.

유복한 귀족 가문에서 태어난 자신에게 이제 남은 거라고는 괴물 같은 눈앞의 남자와 귀신들린 저택뿐인 현실이, 진짜일 리가 없다고 부정하고 또 부정해봐도 소용없었다. 현실은 냉엄했고, 남편은 그보다 더 냉정했다.

그는 원체 좋아할 수 없는 사람이었다. 그에게는 사랑스럽거나 인간적인 구석이 단 한 군데도 없었다. 매들린으로서는 남자를 사랑하는 것보다 증오하는 게 쉬웠다.

한쪽 다리가 없는 노팅엄 백작이 점점 그녀에게로 다가갔다. 얼굴에 종횡으로 그어진 거대한 상처는 다가올수록 선연해서 소름이 끼쳤다. 그는 몹시 말랐으나 뼈대 자체가 거대해서 충분히 위협적이었다. 늑대인간과 뱀파이어의 잡종. 흡사 존재해서는 안 될 유령 같았다.

매들린이 비틀거리는 남편의 모습에 파르르 떨며 소스라쳤다. 어느새 그녀에게로 바투 붙은 백작이, 자유로운 한 손으로 매들린의 앙상하고 흰 손목을 잡아챘다.

"그 허우대 밑에서 어떻게 울었는지 궁금하군."

명백한 조롱조의 목소리와 달리, 가까이서 본 남자의 얼굴은 이미 살의와 광기로 이글거렸다. 짙은 초록색 눈동자는 야수 같았고, 푹 패인 볼은 창백했으며, 흉터는 지나치게 생생했다. 괴물 자식.

"손 놓아요!"

공포와 역겨움에 질린 매들린이 억눌린 신음성을 냈다. 그러나 남자는 아랑곳하지 않았다.

"남작이 잘해주던가? 너에게 사랑이라도 속삭였나 보지? 그 뱀 같은 헛바닥으로."

"그에 대해서 함부로 말하지 말아요!"

"……."

그 말을 들은 남자의 손아귀에 힘이 더 들어가기 시작했다. 고통 때문에 생리적인 눈물이 흘러나오기 시작했다. 하기야, 아무리 노팅엄 백작이 그녀를 냉대했으나, 매들린이 저지른 일은 잘못이 맞았다. 그녀 자신도 남작과의 밀회가 정당하지 않다는 것은 알고 있었다. 육체적 관계를 맺진 않았지만, 마음속으로는 몇 번이고 남편인 백작을 배신하고 배신했다.

알링턴을 사랑했던가. 그보다는……. *복수라고 생각하세요.* 매들린은 마음속으로 고개를 저었다. 사랑하느냐 마느냐가 중요한 것이 아니었다. 그저 눈앞의 남자에게 상처 주고 싶은 증오심뿐이었다. 매들린은 그가 역정을 내고 무너져내리기를 바랐다. 상대가 중요한 것은 아니었다. 물론 대가는 치를 생각이었다. 매들린은 모든 치욕과 불명예를 자신이 짊어지리라 다짐했다. 그러나 그녀는 그런 결기가 오히려 눈앞의 남자를 자극할 줄은 미처 몰랐다.

"너는, 못 벗어나." 동굴 같은 저음의 목소리가 귓전을 울렸다. "네가 죽어도, 내가 죽어도. 이 빌어먹을 흉가가 무너져내려도. 너는 이곳을 못 벗어날 거야."

그 말이 너무나 무섭고 사특하게 들렸다. 남자가 쥔 손목이 아팠다.

"싫어요. 이 손 놔!"

개자식. 매들린이 고래고래 소리를 질렀다. 그러나 그녀가 아무리 소리를 질러도 사용인들은 아무것도 듣지 못한 것처럼 나오질 않았다. 그들은 노팅엄 저택의 유령들이었고, 남자의 수족이나 다름없었다. 이 모든 광경을 듣고도 듣지 않는 게 그들의 직분이었다. 끔찍한 고독과 수치심이 매들린을 목 죄었다.

"난 도망칠 거예요! 당신에게서, 이 지긋지긋한 곳에서……."

매들린의 입꼬리가 비틀렸다. 증오심이 드디어 두려움을 이겼다. 그녀는 자유로워지리라. 저 역겨운 남자의 손아귀에서 진정으로 벗어나리라.

"너 같은 건 날 가둘 수 없어."

난 이곳을 나갈 거야. 이 지독한 저택에서. 이 흉가에서. 그녀는 다시 뒷걸음질 쳤다. 이대로 몸을 돌려 계단을 빠르게 내려갈 요량이었다. 그런데, 뭔가가 이상했다. 뒤로 뺀 발이 허공을 맴돌더니, 그대로 쑥 내려앉았다.

추락이었다.

쿵. 쿵. 쿵. 소리가 나면서 그녀는 나선 돌계단 밑을 하염없이 굴러 내려가기 시작했다. 저택의 헌팅트로피들(말, 사슴, 호랑이, 늑대, 사자)이 그 광경을 무심히 지켜보았다. 짐승이 울부짖는 소리가 들렸다. 충격이 반복되면서 매들린의 머릿속이 암전되기 시작했다. 고통이 그녀를 파멸시키고 있었다. 이대로 끝인 것이었다. 매들린 노팅엄, 아니, 매들린 로엔필드는 불륜으로부터 도망치다 결국 개죽음당하는 신세였던 것이다.

명멸하는 의식 속에서, 매들린은 몇 번이고 자신의 이름을 울부짖는 누군가의 목소리를 들었다. 끔찍했으나 한편으로는 후련했다. 자신이 이렇게라도 그에게 상처를 주는 것이라면 속 시원할 것 같았다. 하지만 나선 계단을 굴러가는 공처럼, 운명이 어딘가로 떨어져 내려간 것일까.

눈을 뜬 그녀는 천국도(당연히 갈 리 없다 생각했다), 연옥도, 그렇다고 지옥도 아닌, 열일곱 살로 돌아와 있었다. 화려하고 아름다운 로엔필드 저택에서. 열일곱 살 봄. 미처 죽지 못한 것이 다시 소생하듯, 그렇게 매들린의 열일곱 살의 봄이 다시 시작되었다.

## 2. 바꿀 수 있다면

우리의 결혼은 실패로 돌아갔다.
당신의 마음은 보답받지 못했다.
나는 당신을 동정할 순 있어도, 사랑할 수 없었다.
그러기로 결심했던 걸지도 모른다.
마음의 문을 닫아걸고 당신은 괴물이고
나는 번제의 희생 제물이라 단정했던 걸지도.
처음부터 이 거래에서 순결한 사람은 없었는데 말이다.
웃기지 않은가. 이 모든 걸 인정하면서도
나는 당신을 증오하고 있으니 말이다.
결국, 우리의 결혼은 실패할 수밖에 없었다.

자신이 과거로 돌아왔다는 현실을 매들린이 받아들이는 데에는 꼬박 이틀 정도가 걸렸다. 그녀는 자신이 11년 전으로 돌아왔다는 사실에 무서워해야 할지, 기뻐해야 할지 알 수 없었다.

기쁘다가, 무서웠다가, 다시 행복하다가. 지나치게 강렬하고 복잡한 감정이 휘몰아친 탓일까. 그녀가 보이는 이상 행동은 로엔필드 저택 사용인들의 주의를 끌기도 했다. 매들린이 집사장인 프레드를 보자마자 울음을 터트린 것도 사용인들의 걱정을 증폭시켰다.

"아가씨. 역시 감기 기운이 있으신 것이……."

넋이 나간 집사와 하녀들의 표정이 볼 만했다. 한참을 난리법석을 피우며 저택 안의 사용인을 반기던 매들린은 결국 의사를 부르겠다는 집사 프레드의 말에 조용히 있기로 했다. 정신을 차리니 자신의 행동이 멋쩍기도 했거니와 지나치게 주의를 끌 것은 없었다. 지금 그녀가 거머쥔 것은 소중한 두 번째 기회였다. 그 소중한 기회를 미친 여자로 살며 낭비할 수는 없지 않은가.

사흘째 아침. 그녀는 마침내 차분하게 정신을 가다듬으며, 거울 앞의 자신을 바라봤다. 성숙함보다는 앳된, 어린 얼굴이었다. 유순하고 밝고, 어두움이라고는 하나도 몰랐던 시절의 매들린 로엔필드. 꿀색 금발은 찰랑거렸고, 푸르른 눈은 장난기로 반짝였으며, 장밋빛 볼은 곱고 부드러웠다. 연이은 불행으로 인해 침울하고 냉담하기 그지없는 여자였던 자신과는 완전히 다른 사람이었다.

하지만 그렇다고 다시 순진무구하게 살 생각은 없어. 거울에 비친 제 얼굴을 바라보던 매들린이 입을 꾹 다물었다. 보여도 보이지 않는 척, 모르면 모르는 대로. 그렇게 살다가 다시 불행해지지는 않을 거야. 챙길 건 다 챙기면서, 오로지 나를 위해서 살거라고.

로엔필드 남작가의 몰락, 아버지의 도박벽. 얼굴도 보지 않은 상대와 한 결혼, 그 모든 실수들을 다시 반복할 생각은 추호도 없었다. 하지만 열일곱이라면, 시간이 없었다. 로엔필드 남작가는 겉보기에 화려하지만, 재정적으로는 무척이나 위태로운 상태였다. 이대로 완전히 실체가 드러나려면 1년 남짓 남았다.

5년 전 매들린의 어머니가 죽고 나서 남작가는 끝없는 내리막길을 걸어가고 있었던 것이다. 로엔필드 남작은 고삐 풀린 망아지처럼 돈을 써댔고 시골 귀족 계급의 부는 갈수록 보잘것없어지고 있었다. 냉정한 현실을 인지한 매들린이 한숨을 쉬는 사이, 문이 열리더니 하녀 캐시가 들어섰다.

캐시는 수더분하고 착한 성격의 하녀로 오랫동안 매들린을 시중들었다. 주근깨가 난 얼굴이 친근하고 상냥했다. 로엔필드 가문이 파산하고 가장 마지막까지 해고하지 못한 사용인이기도 했다. 그녀가 무척 걱정스러운 표정으로 매들린을 관찰했다.

"아씨. 이제 몸은 괜찮나요?"

"응."

매들린의 볼이 다시 불그죽죽해졌다. 회귀하고 난 아침, 일어나자마자 캐시의 품에 안겨 울음을 터트렸던 게 생각이 나 얼굴이 화끈거렸다.

"오늘은 남작님이 도착하시겠죠?"

"……."

굳이 날짜를 맞춰볼 이유도 없었다. 지금 아버지는 친구들과 한창 어디 다른 대륙 유람을 하다 돌아오고 있는 길일 터였다. 매들린의 아버지, 로엔필드 남작은 예술과 철학의 애호가를 자처했다. 그는 틈만 나면 그랜드투어를 떠나던 선현들을 본받는다며 남부 유럽을 유람했다. 그랜드투어라니, 무슨 17세기마냥.

매들린의 낯빛이 어두워졌다. 당장 집안 회계 장부를 뒤져 봐야 할 것 같았다. 그런 게 존재하기라도 한다면 말이다. 매들린의 착잡한 표정을 어떻게 해석했는지 몰라도 캐시가 그녀의 머리를 빗으며 너스레를 떨었다.

"아마 이탈리아에서 멋진 신사분을 사귀셨을지도 모르잖아요? 이탈리아 남자들은 참 멋지다고 하더군요."

"……."

친구를 사귀어봤자 허우대만 멀쩡한 속 빈 강정이겠지. 로엔필드 남작은 눈이 높고 허영심이 많았다. 남작령의 소출은 갈수록 변변찮아지는데도 거대한 저택을 유지하려고 안달이 나서는, 점점 꺼져가는 거품 속에서 헤엄을 치는 꼴이었다.

과거로 돌아온 후 며칠간 지내면서 알게 된 거지만, 매들린 자신도 별반 다르지 않았다. 마주하기 힘든 진실이었다. 매들린 로엔필드는 그 안온한 거품의 수혜자였다. 그곳에서 그녀는 멋모르는 온실 속 화초로 자라왔던 것이다. 하지만 그런 온실 속 화초가 어떻게 혼자 살아남는 법을 알겠는가. 매들린의 기분이 눈에 띄게 가라앉자 캐시가 부러 더 흥을 냈다.

"아마 남작님이 재밌는 이야기를 들려주실 거예요."

남작과 매들린은 부녀 사이치고도 막역했다. 분별 있고 엄격했던 어머니의 죽음 이후로 둘은 서로의 공상을 대리하고 채워가며 역할극을 계속했던 것이다. 그래서였을까. 둘은 점점 세상물정 모르게 되어갔다. 빠르게 변모하는 세상 속에서 귀족의 궁지를 지킬 수 있다고 믿었던 것이다. 하지만 결국 아버지는 날버렸지.

매들린이 차분한 얼굴로 거울을 바라보았다. 그곳에는 유약해 보이는 여자아이가 앉아 있었다. 지난 생애, 로엔필드 저택이 빚쟁이와 은행에게 몰수당한 날 아침. 남작은 서재에 목을 맨 채로 발견되었다. 유서에는 매들린의 이름이 한 번도 언급되지 않았다. 자신의 명예와 인생을 개탄하는 내용이 쓰여있을 따름이었다.

이러나저러나 겉보기에 로엔필드 가문은 완벽했고, 지역 사람들이 선망할 만했다. 아들이 없다는 게 옥의 티였지만, 딸은 어여뻤으며 작위와 부도 꽤 잘나 보였기 때문이다. 게다가 그 딸을 잘 키워 부유한 집에 시집보내면 수지맞는 장사였다. 이러나저러나 시골 사람들에게는 여전히 로엔필드는 지역의 터줏대감이었다.

앞으로 어떻게 될지 훤히 아는 매들린의 속만 타들어 갈 따름이었다. 그러나 괜히 눈에 띄게 굴 생각은 없었다. 그래서 매들린은 어느 때처럼 옷을 차려입고, 차를 마셨고, 책을 읽으며 아버지를 기다렸다. 그러나 글줄이 눈에 들어올 리 없었다. 심장이 꽉 조이는 듯 답답해하던 매들린은 외출용 드레스를 입고 몰래 집 밖을 나섰다. 집사 프레드는 언제나 산책 친구나 하녀가 동행해야 한다고 잔소리를 늘어놓을 게 뻔했다. 때가 어느 때인데 말이다. 그도 참 고루한 인사였다.

밖으로 나가니 신선한 공기가 매들린 로엔필드의 폐부를 청소해주듯 시원했다. 하지만 산책하면서도 밝고 명랑하게 굴 수 없었다. 겉은 열일곱 숙녀였으나, 속은 이미 문드러질 대로 문드러진 상태인 데다가 혼란스럽기 그지없었다.

매들린은 너도밤나무 숲으로 이어지는 산책로를 따라 걸었다. 이번에는 다른 삶을 살 수 있을까. 아버지를 살릴 수 있을까. 가문을 구할 수 있을까. 그러나 어딘가 중요한 것을 놓친 듯, 답답한 기분이었다. 그렇게 한참을 언덕길을 올라갔을까, 저 멀리서 마차가 보였다.

마차는 한눈에 봐도 알 수 있었다. 로엔필드 저택이 소유하는 검은 마차였다. 매들린은 마차가 가까이 다가올 때까지 기다렸다. 마차가 매들린 바로 앞에서 멈췄다. 그녀는 엉거주춤 서 있었다. 거의 육칠 년 만에 다시 보는 아버지를 어떻게 대해야 할지 알 수 없었다. 반가울까. 원망스러울까. 아니면…….

"오. 매들린. 여기서 홀로 산책 중이었구나."

아무렇지도 않을까. 자신을 보며 아무 일도 없었다는 듯 밝게 웃는 아버지의 얼굴을 보자, 어떠한 생각도 들지 않았다. 허무할 지경이었다. 그녀 안에서 미움도 증오도, 그리움도 닳고 닳아서 해진 것 마냥 모든 것이 희미했다.

그가 이런 얼굴이었던가. 균형 잡힌 미남의 얼굴은 그 특유의 경박함으로 인해 빛이 바랬다. 매들린은 그의 금발과 푸른 눈을 물려받았다. 아버지가 하얀 이를 드러내며 웃었다. 매들린이 역시 반사적으로 마주 미소지었다.

"아버지." 그런데…….

"매들린, 오늘은 아주 귀한 손님이 오셨단다. 자, 제 여식을 소개하겠습니다. 마스터 노팅엄."

"……."

매들린의 얼굴에 혈색이 빠지기 직전, 그러니까 그 찰나였다. 로엔필드 남작 맞은편에 앉은 남자가 모자를 손으로 까딱이며, 매들린을 향해 의례적인 인사치레를 했다. 처음 보는 남자였다.

매들린이 고개를 갸웃했다. 마차 안 남자는 훤칠했다. 키가 크고 어깨가 넓었다. 마차 운운하는 것을 보니 최소한 백작 집 자제인 것 같은데, 칠흑처럼 검은 머리와 에메랄드 같은 눈동자가 번뜩였다. 전체적으로 선이 굵은 인상이었으나 이목구비가 발라 치밀한 분위기를 냈다. 냉엄한 미남이라 할 만했다.

자신이 아는 누군가와 사뭇 닮은 것 같기도 했으나. 모르는 얼굴이었다. 아니, 그보다 마스터 노팅엄? 깨달음이 인식에 깃들기 시작하자 매들린의 혈색 좋은 얼굴에서 핏기가 본격적으로 가셨다. 눈앞의 미남자는 바로 자신의 남편, 이안 노팅엄이었다.

"어서 마차에 타렴. 할 이야기가 아주 많구나."

매들린이 아무 말도 하지 않자, 남작이 난감해했다. 원래 같았으면 매들린은 다정한 아이답게 먼저 인사하며 활짝 웃어야 했다. 그러나 어쩐지 입가가 뻣뻣하니 미소조차 쉽게 짓기 힘들었다. 괜히 마차 안의 분위기만 미묘해졌다. 멋쩍은 로엔필드 남작이 먼저 너스레를 떨었다.

"원래 이렇게 숫기 없는 애가 아닌데……. 매들린, 몸이라도 안 좋니. 마스터, 미안합니다. 아이가 숫기가 없어서."

"아니요, 괜찮습니다."

남자는 매들린 쪽은 쳐다도 보지 않은 채 건성으로 대답했다. 정말이지 별로 신경도 쓰지 않는 눈치였다. 더 꾸물댔다가는 괜히 남자의 이목을 끌기만 할 것 같았다.

매들린은 어정쩡한 미소를 지은 채 마부의 도움을 받아 아버지 옆자리에 앉았다. 매들린과 대각선 맞은편에 앉은 남자는 말수가 적었다. 그거 하나는 예전과 같았다. 이전 생에서도 남편인 그는 말이 없었다. 매들린의 손목을 잡고 추궁할 때처럼 몇 마디 이어서 하는 경우조차 드물었다. 하지만 지금 그의 침묵은 전처럼 강요되었다는 느낌은 없었다. 그저 천성적으로 과묵한 타입이란 인상을 줄 따름이었다.

덕분에 매들린은 남작이 이탈리아에 대해서 이것저것 떠드는 걸 들어야 했다. 예전 같았으면 르네상스 화가들에 대해서 기분 좋게 맞장구를 쳤을 텐데. 지금 온통 신경이 전 생애의 남편에가 있는지라 대화에 집중할 수가 없었다. 지금 눈앞의 이안 노팅엄은 이안 노팅엄이었으나 이안 노팅엄이 아니었다. 이 모순 가득한 문장은 매들린이 처한 역설 속에서 참이었다.

지금 그녀 앞의 남자는 불행에 짓눌려 보이지도, 괴로워 보이지도 않았다. 젊고 잘생긴 데다가 유능하기까지 한, 완벽한 신사의 전형이었다. 고급 융단처럼 사르르 펼쳐질 제 앞날에 최고의 것만을 기대하는 백작의 아들. 그 자체였다. 자신감이 곧추선 자세에서부터 뿜어져 나왔다. 호들갑을 떠는 시골 귀족 로엔필드 남작과는 태도에서부터 현격한 차이가 났다.

회귀 전의 이안 노팅엄은 매들린과 눈도 마주치려 하지 않았다. 그녀와 같은 공간에 있는 것조차 불편해했고, 그녀의 손이

제 화상 입은 손등에 닿으면 소스라치며 화를 냈다. 자세는 늘 구부정했다. 두 이안 노팅엄 간의 차이는 너무나도 선명했다. 사실 다른 사람을 착각한 것이라 해도 무리가 없을 정도였다.

흘깃흘깃 남자를 곁눈질하던 매들린과 이안 노팅엄의 시선이 마주쳤다. 매들린이 재빠르게 고개를 돌렸으나, 이미 들켜버린 건 어쩔 수 없었다. 그때 믿을 수 없는 광경이 펼쳐졌다. 남자가 살풋 미소를 지은 것이었다. 마치 매들린이 자신을 쳐다보는 게 당연한 일이라는 듯이 말이다. 무감정한 얼굴이 일견 풀어지면서 온유한 미소가 깃들자 훨씬 그럴듯하게 잘생겨 보였다.

내가 부끄러워서 입을 다무는 줄 아는 건가. 매들린으로선 차라리 그렇게 오해하면 다행인 일이었다. 풋내기 여자아이가 자신에게 반한 거라고 생각해 준다면 말이다. 실제로는 지금 상황이 너무 거북해서 견디기 힘들 지경이었지만. 생리적인 거부반응이라고 해야 할까. 이치에 맞지 않는 무언가를 보고 있는 느낌이라고 해야 할까. 께름칙했다.

자신이 아는 이안 노팅엄은 불행한 남자였고, 불행해야만 하는 남자였는데, 지금 눈앞의 그는 젊고 자신만만한, 전도유망한 젊은이 아닌가. 시골 귀족 영애 매들린 따위는 거들떠보지 않을 정도로 휘황찬란한 남성의 모습이었다.

전쟁이 망가뜨리기 이전의 그가 바로 눈앞의 남자라는 사실을 받아들여야만 했다. 매들린으로서는 굳이 확인하려고, 알려고 하지도 않았던 사실이었다. 매들린 로엔필드는 그 진실 앞에서, 눈을 감지도 완전히 뜨지도 못했다. 그녀는 그가 맞을 결말을 알고 있었다. 순간 안타까움이 스쳤다. 위험했다.

그와 최대한 멀어져야 한다. 매들린은 속으로 되뇌었다.

## 스물두 살의 매들린

매들린이라고 해서 처음부터 제 남편을 증오했던 건 아니었다. 사랑할 수 없으리란 건 알았지만, 그래도 잘 해내고 싶었다. 부부 사이에 사랑이 필수 불가결하진 않다는 건 이미 알고 있었다. 서로 사랑하지 않더라도 좋은 부부로 지내고 싶었다. 상처받은 남자를 올바른 길로 이끌고, 그에게 충성하리라. 그를 낫게 하리라. 사람들이 칭송하는 현명한 아내가 되리라. 그러나 그녀의 소박한 꿈은 언제나 그렇듯 암초에 부닥쳐 산산조각이 났다. 그와는 첫 단추부터 맞지 않았다.

백작은 첫날밤부터 그녀의 침실에 나타나지 않았다. 그것에 안도해야 할지, 괴로워해야 할지 혼란스러웠다. 동침은 미처 상상하기도 힘들었지만, 그래도 이런 식의 거절은 모멸적이었다. 첫날밤뿐이랴, 백작은 매들린과 한시도 같이 하려 하지 않았다. 식사는 늘 따로 서재에서 했으며, 같이 차를 마시며 소일하는 일도 없었다. 물론 테니스를 치거나, 집안 대소사를 논의하는 법도 없었다.

결혼식을 치르고 한 달이 지나고 나서야 매들린은 그에게 처음으로 말을 걸었다. 그조차도 평범한 대화라기보다는 대거리에 가까웠다. 서재의 큰 의자에 기대앉아, 자신을 귀신처럼 쳐다보는 남자를 향해 말했다.

"제 존재를 잊으신 것 같으세요."

그가 웃었나? 아니, 그는 웃지 않았다. 여윈 창백한 얼굴이 난롯가의 불에 비쳐 명멸했다.

"잊지 않았어."

그는 지치고 피로한 목소리로 그렇게 말했다. 매들린은 분해서 입술을 깨물었다. 거짓말. 나를 놀리고 있어. 그에게 뭐라고 쏘아붙이고 싶었지만, 그렇게 하면서까지 자신의 약점을 드러내고 싶지는 않았다. 그에게 화를 내면 낼수록 제 쪽이 절박해 보일 게 뻔했다.

"따분해요."

그것이 그녀가 낼 수 있는 최선의 항의였다. 따분하다며 심약한 여인의 행세를 하는 것. 백작이 자신의 말에 아무 대답도 하지 않자, 매들린은 조금 무서워졌다. 정말 소문대로 그가 전쟁 중 참호에서 프랑켄슈타인의 괴물이 된 것은 아닐까 싶었다. 그가 당장 일어나서 자신을 목 졸라버릴 것 같았다. 그는 정말로 긴긴 시간 동안 아무 말도 하지 않았다. 마치 죽은 사람이 산 사람을 쳐다보듯이, 그렇게 생기 없이 제 아내를 쳐다봤을 따름이었다.

씨익. 일그러진 미소를 머금은 그가 매들린을 향해 고개를 돌렸다. 그러자 거대한 흉터와 화상으로 흉악하게 일그러진 얼굴의 일부분이 드러났다. 호흡을 할 수 없어진 매들린은 그대로 그 저주받은 방을 나갔다. 복도를 걷는 그녀의 걸음이 가빴다. 어린아이처럼 울음을 터트리고 싶었지만, 매들린은 더는 아이가 아니었다.

무서워. 아니, 무서운 것보다 수치스러웠다. 그저 그가 그런 식으로 자신을 위협했고, 그것에 겁이 질려 도망치다니. 겁쟁이. 매들린은 스스로를 비난했다.

그다음 날, 노팅엄 저택의 집사가 그녀에게 작은 아기 강아지를 선물했다. 매들린이 느끼는 모욕감에 쐐기를 박은 거나 다름없었다. 나는 너의 남편이 될 수 없으니, 따분하다면 차라리 강아지를 데리고 놀아라.

그의 선물은 일종의 선언이었다. 매들린은 오들오들 떠는 작은 새끼 강아지를 품에 안고 눈을 감았다. 이대로 작은 공이 되어 세상에서 사라지고 싶었다.

·✿·

지금 열일곱 살로 돌아온 매들린. 그녀는 전쟁이 망가뜨리기 이전의 이안 노팅엄이 바로 눈앞의 남자라는 사실을 받아들이기 힘들었다. 이토록 멀쩡한 사내였다니. 매들린으로서는 굳이 확인하려고, 알려고 하지도 않았던 사실이었다.

"어디, 속이 안 좋니?"

아버지의 목소리에는 살짝 짜증스러운 기색이 있었다. 지금 그는 최대한 눈앞의 이안 노팅엄의 환심을 사고 싶은 모양이었다. 산책하던 딸을 만난 것도 옳다구나 생각할 터였다. 이왕이면 더 빨리 어여쁜 딸을 보여주고 싶었겠지. 그 행동이 남자에게 얼마나 웃길지는 생각조차 못 하는 것 같았다. 정신적 나이를 먹고 경험도 쌓인 매들린은, 아버지의 행동이 퍽이나 유치하게 여겨졌다. 이제 보이지 않는 것들이 조금씩 보이기 시작한 것이다.

그녀는 이전의 삶을 반추했다. 전쟁 이전에도 이후에도, 노팅엄 백작 가문은 나라 최고의 권세를 누렸다. 미 대륙에서의 투자가 크게 성공한 것과 더불어 전쟁 영웅이라는 칭호까지 붙으면서 승승장구했다. 지금 시점에서 전쟁은 일어나지 않았으나 예전에나 이후에나 대단한 가문이란 이야기였다.

물론 그 강력한 백작 가문의 가주가 무시무시한 은둔자가 되면서 갖가지 소문이 붙었다. 막후에서 세계정세를 조종하고 있다든가 하는 소문 말이다. 이러니저러니 노팅엄 백작 가문과 그 가문의 가족 회사는 현기증이 날 정도로 부유했고, 매들린은 그 부를 감히 헤아릴 수조차 없었다.

이전 생에도 원하는 물건은 전부 살 수 있었으니 말이다. 갖가지 디자이너들의 맞춤옷이라든가. 보석도 원한다면 금방 얻을 수 있었다. 그러나 사치도 받아주는 사람이 있어야 하지, 금방 질려버려서 제풀에 지쳐 그만두었다.

각설하고, 아버지가 이안 노팅엄을 데려오는 것은 이전에는 없던 일이었다. 로엔필드 남작과 노팅엄 가문은 서로 알고 있었지만 어디까지나 아버지의 일방적인 아는 척에 불과한 얄팍한 교류였다.

매들린이 회귀 전 이안 노팅엄과 결혼할 수 있었던 것도 전부 그가 전쟁에서 크게 다쳤기 때문이었다. 실제로는 감히 넘볼 수도 없는 상대였다. 아니. 솔직히 지금도 왜 그가 자신을 선택했는지 이해가 가지 않았다. 매들린이 그런 상념에 푹 잠겨 말이 없자, 남작이 몹시 심통이 난 헛기침을 연신 해댔다. 그 모습을 물끄러미 바라본 노팅엄이 입을 열었다.

"남작께서는 승마에 관심이 많다고 들었습니다."

급작스러운 화제의 전환이었으나, 남작은 기껍게 떡밥을 물었다. 그 즉시 둘은 승마에 대해서 이야기를 나눴다. 해크니와 서러브레드의 차이에 대해서. 어떤 마구가 더 좋은지에 대해서 대화를 나눴다. 남작은 운동에 소질이 없었으나 순전히 미적인 측면에 대해서 승마를 좋아했다. 반면, 이야기를 꺼낸 이안은 스포츠 자체에 관심이 많은 것 같았다.

매들린으로서는 뜻밖의 발견이었다. 당연했다. 그는 활동적이라고 할 수 없었다. 결혼 생활 내내 저택에 칩거했으니까. 저택을 돌아다니는 것도 아니고 위층에만 틀어박혀 있었다. 바깥 출입은 순전히 사업을 위해서만 했다. 두 남자가 말의 품종에 관해 대화를 나누는 사이, 마차는 금방 저택에 당도했다.

세 사람을 본 하우스 로엔필드의 집사장 프레드릭이 정중하게 허리를 숙였다.

"좋은 여행 되셨습니까."

"그래. 좋았어, 프레드. 마스터 노팅엄을 런던에서 만났네. 마침 이 근방에 볼일이 있었다는 분을 내 굳이 잡아서 여기까지 데려온 걸세. 그를 위해 최고의 다과상을 준비해주게나."

"분부대로 하겠습니다."

매들린은 몸이 안 좋다는 핑계를 대려고 했다. 그러나 남작은 요지부동이었다. 네가 잘 치는 피아노를 쳐보지 않으련. 그림을 보여주지 않으련. 그 말에는 은근한 강요와 압박이 들어가 있었다. 10년 만에 보는 아버지이건 말건, 짜증스러울 지경이었다.

"저는 괜찮습니다."

이안 노팅엄 쪽에서 먼저 의사를 밝혔다. 그는 정말 괜찮은 듯 보였고, 부녀의 실랑이가 살짝 짜증스러운 기색이었다. 그런 사양의 말까지 나오니 로엔필드 남작으로서도 어쩔 수 없었다. 난 널 정말 이해할 수 없구나. 아버지가 입 모양으로 매들린을 매섭게 쏘아붙인 뒤, 응접실로 사라졌다. 그러나 이안 노팅엄은 매들린에게 눈길 한 번 주지 않았다.

매들린은 계단을 따라 올라가면서, 두 사람이 차를 마시는 광경을 훔쳐봤다. 누가 봐도 일방적으로 아버지가 들이대고 있었다. 남자는 여행으로 인해 지친 듯 나른해 보였고, 일견 지루해 보이기까지 했다. 숱 많은 검은색 뒤통수. 긴 다리를 꼬고, 손가락을 까딱이며 남작의 말을 듣고 있는 여유로운 모습. 그런 전 남편의 모습은 처음 보는 것이었다.

매들린은 속으로 안도의 한숨을 쉬었다. 그가 이대로 시간을 보내다 저택을 떠나면, 다시는 마주칠 일이 없기를 바랐다. 그녀는 계단 위를 올라가며 되뇌었다. 좋은 인연도 아닌데 이제 꿈속에서라도 만나지 말자고요. 그렇게 스쳐 지나가는 사이로 남는 게 서로에게 좋으니까.

남자는 그날 밤이 되기 전, 마차를 타고 저택을 떠났다. 마차가 저편으로 사라지는 모습을 보며 매들린은 잘 준비를 했다. 바람이 쌀쌀하다.

내가 잘못하는 게 아닐까. 어쩌면 새로운 삶을 얻게 되었으니, 적극적으로 남자의 인생에 개입해야 하는 게 아닐까. 그러나 고민은 잠깐이었다. 이번 생에서 그를 구원할 여력이 없다. 그와 엮이지 않는 것부터 시작해서, 매들린은 자신의 인생을 하나둘씩 고쳐나갈 생각이었다.


**스물여섯 살의 매들린**

4년이 지나갔다. 그와 결혼한 4년이. 이 저택에 갇힌 4년이. 그리고 세상이 빠르게 변하는 4년이.

집사가 뻣뻣하게 다려준 신문을 읽으면 그녀는 모든 게 놀라웠다. 런딘에서 일어나고 있는 일들은 매들린의 상상을 초월했다. 여자들이 머리를 소년처럼 짧게 자르고, 무릎이 훤히 드러나는 짧은 치마를 입고 돌아다닌다고 했다. 남녀할 것 없이 한군데 모여 몸을 비비며 춤을 춘다고도 했다. 댄스홀은 옛 사교계의 점잖은 무도회장 같은 게 아니었다.

미국 재즈가 선풍적인 인기였다. 아버지가 알았으면 경을 칠일이었으나, 어쩌겠는가. 그는 죽었고 산 사람들은 계속 살아갈 뿐이다. 그 누구도 시대의 흐름을 바꿀 수 없었다. 귀족 계급이 역사의 뒤안길로 사라지는 것 역시 어쩔 수 없는 일이었다.

전쟁이 끝난 후의 세상은 정말 빠르게 변하고 있었다. 축음기 위에 올려진 판처럼, 회전하는 목마처럼 말이다. 오로지 매들린만이 종전에 머물러 있는 느낌이었다. 상영이 끝난 텅 빈 극장에 앉은 관객 같은 기분이었다.

오히려 이안 노팅엄보다 자신이 더 고립되어있는 게 아닐까싶었다. 그녀는 저도 모르는 새 이 새장 같은 감옥 속을 편안하게 여기고 있는 걸지도 모른다. 세상의 변화와 무관하게 항시 물질적으로 풍족한 이곳에서.

이곳으로 온 지 얼마 안 되었을 때부터 매들린은 장미 정원을 가꾸기 시작했다. 솔직히 처음에는 유치한 기대 같은 것도 있었다. 언젠가 이 황폐한 저택 정원이 생기있어지면, 백작도 나아지지 않을까 생각했던 것이다. 몸이 불편한 그가 장미를 보고 즐거워하길 바랐다. 순수한 아름다움과 생기를 느끼고, 조금이라도 고통에서 해방되길 원했다. 장미가 커가는 것을 보며 서로 그에 대한 이야기를 나누는 것도 좋을 성싶었다.

지금 와서는 쓸모없는 희망 사항이라는 걸 잘 알았다. 백작은 그녀의 취미에 철저히 무관심했다. 그나마 무시하는 게 그의 딴에는 최대한의 선의라는 게, 서글펐다. 따라서 이 일은 오로지 혼자의 즐거움을 위한 소일거리에 불과했다. 시대의 소음으로부터 그녀를 지키는 작은 취미. 그 이상, 그 이하도 될 수 없었다.

"저기, 호머 씨."

벤 호머는 노팅엄 저택의 정원관리인이었다. 정원관리인이 없다는 말에 매들린이 직접 고용한 유일한 사용인이었다. 모든 사용인들을 철저히 자신의 통제 아래에 놓길 원하는 남자가 드물게 허락한 일이었다.

"왜 그러십니까. 마님."

벤 호머가 매들린에게로 가까이 다가왔다. 그는 불퉁한 생김새와 달리 놀라우리만치 섬세한 노인이었다. 투박한 손끝으로 꽃봉오리를 조심스럽게 다루는 모양을 보면, 절로 존경심이 샘솟곤 했다.

"이 가지, 왠지 누군가가 일부러 꺾은 것 같지 않아요?"

화려한 크림색 맨스필드 장미였다. 정성스레 가꾼 꽃의 가지가 꺾여 있었다. 누군가가 인위적으로 꺾은 게 분명했다.

"허. 그런 것 같군요. 이럴 수가." 노인이 혀를 찼다. "이 주위에 사람들이 돌아다니지도 않는데. 누가······."

게다가 이곳의 장미를 꺾을 간 큰 이는 더더욱 없다. 노팅엄 저택은 인근 지역에서 저주받은 유령 저택으로 유명했다. 빅토리아 시대의 원혼들이 저주를 걸어 가문 사람들이 죽어 나가는 거란 이야기에 마을 사람들도 방문을 꺼리는 곳이 되었다.

사실 빅토리아 시대의 원혼들보다 가주인 이안 노팅엄이 훨씬 무서운 존재였다. 그는 관심도 없겠지만, 마을에서 백작은 온갖 괴소문의 주인공이었다. 그가 피에 굶주린 사교도라는 소문도 있었고, 죽은 동생들의 유령과 말한다는 이야기도 있었다. 고작 장미 하나를 꺾자고 그런 남자의 땅을 침입하는 건 이상했다.

누굴까. 장미가 꺾인 게 속이 상하기보다는 기분이 묘했다. 누군가가 꺾었다면, 부디 그 한 송이의 꽃이 행복을 가져다줬으면 좋겠다. 매들린은 그저 가볍게 소망하고 말 뿐이었다.

·❀·

매들린은 하루에도 수십 번 희망과 절망을 오고 갔다. 열일곱에 그녀는 데뷔탕트를 거친다. 그녀는 곧 런던의 사교계에 자신을 선보이게 될 것이다. 하지만 또 이대로라면, 자신의 데뷔 시즌은 엉망이 되고 말 게 분명했다.

알면서도 바꿀 수 없는 미래였다. 매들린 로엔필드의 사교계 데뷔가 망한 이유는, 얼마 안 가 전쟁이 일어났기 때문이었다. 몇 개월을 앞둔 이 시점에서 무엇을 바꿀 수 있는지 의문스러웠다. 노팅엄 백작이야 만나지 않으면 그만이다만, 아버지의 파산과 자살은 어떻게 해도 필연처럼 보였다.

솔직히 인정해야만 했다. 로엔필드 부녀는 시대에 뒤처진 공룡이었다. 그들이 역사의 뒤안길로 사라지는 건 어쩌면 당연한 일일 터. 그러니, 시대에 맞추어 사는 수밖에 없었다. 그녀는 날밤을 새워가며 집안의 씀씀이와 재산을 기록했다. 복식부기니 뭐니 하는 회계 방법을 알 턱이 없으니, 그저 목록을 만드는 수밖에 없었다. 한쪽에는 집안의 지출을, 한쪽에는 집안의 자산을 적어내려가는 식이었다.

결론은 뻔했다. 씀씀이를 크게 줄여야 했다. 저택을 팔고, 영지도 팔고, 작은 코티지에서 산다면 그럭저럭 버틸 수 있을 것 같았다. 저택도 사 줄 사람이 있을 때 팔아야 한다. 지금 미국인들에게 팔면 괜찮은 값을 받을지 몰랐다. 하지만 가장 중요한 건 로엔필드 남작의 낭비벽과 도박벽을 고치는 일이었다. 그건 하늘이 두 쪽이 나도 바꾸기 힘든 일처럼 보였다. 응접실에 앉아서 골머리를 썩이고 있는 매들린에게로 남작이 다가왔다.

"매들린. 내 딸아. 너도 드디어 스스로를 선보여야 하지 않겠니?"

"……."

아버지의 눈빛이 묘했다. 혹자가 보기에는 무척이나 잘생긴 얼굴이었으나 매들린에게는 마치 술수를 꾸미는 듯 음흉해 보일 뿐이었다. 하지만 할 말은 해야 했다.

"꼭 런던으로 가야 할까요?"

어차피 곧 사교계는 파탄 날 텐데. 그녀의 말을 들은 아버지의 표정이 경악으로 일그러졌다.

"너 요즘 우울하니?"

"네?"

"하루 종일 종이와 씨름하질 않나, 자꾸만 씀씀이를 줄여야 한다며 잔소리를 하질 않나. 애야, 그건 너답지 않아. 평민 나부랭이들처럼 구는 걸로도 모자라, 이제는 결혼도 안 하겠다니, 금욕주의자가 될 참이냐."

"전 결혼 안 하겠다는 말은 안 했……."

"사교계 데뷔를 안 한다는 말이야말로 결혼을 안 하겠다는 말 아니니? 우리가 정해둔 정혼자가 있었어? 매들린, 애야. 정신 차려라. 설마 숨겨둔 연인이라도 있다면 말이다."

"그런 거 없다고요!"

매들린은 이제 정말 화가 나기 시작했다. 아무리 아버지를 좋게 보려 해도 그는 도가 지나쳤다.

"런던에 타운하우스를 마련한 것도 전부 너를 위해서란다."

마침 잘됐네요. 저는 방금 우리가 런던의 타운하우스를 처분해야 한다는 결론에 이르렀거든요.

"말이 나와서 그런데, 그 집은 파는 게 좋을 것 같아요."

"말도 안 돼!"

"그리고 와인에 투자하시려는 생각이라면 그만두세요."

지금 그녀는 완전히 이성을 잃은 딸이었다. 하지만 이왕 품위며 체통이며 집어치울 작정이면 제대로 집어치워야 했다. 매들린의 말에 정곡이 찔린 그녀의 아버지는 혈압이 올랐는지 뒷목을 잡았다.

"아니, 그건 어떻게 알고 있는 거야? 내가 네게 사업 이야기를 한 적이……."

"그 투자는 미래가 없어요."

"몰래 편지를 읽은 건지는 모르겠다만, 정말 비열하고 실망스러운 행동이구나. 곧 변호사 모튼 씨를 통해서 결정할 일이고 네가 상관할 바가 아니다. 숙녀가 관심 가질 주제가 아니다."

매들린이 벌떡 일어났다. 거울을 안 봐도 자신의 얼굴이 어떨지는 뻔했다.

"아버지가 그 술 사업에 돈을 대시면, 저는 이제……."

"……."

"사교계 따위 안 나가요. 영원히."

"허어."

딸 입에서 나오는 '따위'라는 거친 말에 아버지는 완전히 기절할 지경이 되었다. 고상하고 품위 있으며 상냥한 매들린 로엔필드는 온데간데없이 악다구니를 쓰는 여인이 눈앞에 있었던 거다.

"결혼도 안 할 거예요."

"뭐라고. 지나치구나. 매들린!"

그녀의 아버지가 장황하게 프랑스에서 얼마나 좋은 샤또를 수배했는지, 그 농부가 얼마나 믿을 만한 사람인지에 대해서 말하기 시작했다. 필요 없어요. 어차피 전쟁 나서 다 잿더미 될 땅인데. 매들린이 똑똑한 발음으로 말했다.

"계속 고집을 부리시겠다면 어쩔 수 없네요. 수녀라도 되어야지."

"매들린 로엔필드! 이건 참을 수 없어! 근신이다!"

그녀의 아버지가 소리를 지르기 시작했다.

"영원히 근신하죠, 뭐. 어차피 지참금도 없어서 독신으로 살 팔자인데."

매들린은 소리를 빽 내지르고선 그대로 자신의 방으로 올라갔다. 아버지는 뒤에서 소리를 지르고 있었다. 그리고 2주에 걸친 단식투쟁이 시작되었다. 별수 있겠는가. 사교계 시즌이 곧 시작이 될 참이었다. 그런 와중에 딸은 머리를 산발을 한 채로 금식투쟁을 하질 않나, 정말로 수녀라도 될까 봐 겁이 났는지 남작은 자신의 투자 결정을 철회했다.

그는 매들린이 보는 앞에서 계약서를 불태우고 편지도 부쳤다. 이러나저러나 그는 딸을 끔찍하게 사랑하는 이였다. 그의 심약함이 이번에는 스스로를 구했다. 말이야 단식투쟁이었지

밤에 몰래 하인층으로 내려가 빵 부스러기를 먹은 적이 있단 건 비밀이었다.

결정적인 파멸의 단초를 막은 매들린 로엔필드는, 완전히는 아니어도 조금 안심했다. 이제 저택이랑 타운하우스랑 영지만 팔면 되나? 아마도 그러면 파산은 막을 수 있을 거다. 그리고 건실한 남자와 결혼해서 행복하게 살면…, 그걸로 끝인 걸까. 둘은 행복하게 살았답니다. 그걸로? 마음속 깊숙한 곳에서 극도로 기분이 찜찜했다.

정신 차려 매들린 로엔필드. 너에게 타인을 구원할 의무는 없어. 이안 노팅엄의 불행한 운명을 자신이 굳이 나서서 구해줄 이유는 없었다. 하지만 말이다. 이대로 간다면 그는 전쟁에 나가고, 참호에서 포탄 파편을 맞고, 온몸에 화상을 입고, 몸과 마음을 크게 다치게 된다. 만약 한마디만 해서 그 미래를 바꿀 수 있다면……

### 스물네 살의 매들린

눈을 뜨고 일어나서 다시 잠이 들 때까지, 매들린 로엔필드의 삶은 적요했다. 그녀 주위의 사용인들은 정원관리인을 제외하면 눈에 띄지 않았다. 그런데도 그녀에겐 맛있는 음식과 따뜻한 차와, 편안한 잠자리가 제공된다. 한치의 불편함이 없도록 정밀하게 계산된 편의다.

매들린은 자신이 신화 속 프시케와 처지가 닮았다고 생각했다. 프시케는 괴물의 제물로 바쳐진 신전에서 형체 없는 유령들의 시중을 받는다. 그녀 역시 저택 속 말 없는 그림자들의 보살핌을 받고 있으니 비슷한 형편이었다. 신화적인 비유는 계속해서 떠올랐다. 그녀는 저택 이곳저곳을 돌아다니면서, 크레타의 미궁을 생각했다. 흉악할 정도로 넓은 공간에 수많은 방들이 있고, 방마다 가지각색의 사연이 있었다. 그녀가 알아서는 안 될 비밀들. 먼지의 더께 밑으로 사라질 기억들. 그리고 미궁의 중심에 미노타우르스가 있듯이, 저택의 심중에는 백작이 있었다.

백작이 기거하는 층은 금기의 장소였다. 사용인들도 오로지 정해진 소수만이 출입할 수 있는 곳이었다. 매들린은 아내임에도 불구하고 그 층을 방문하지 않았다. 백작이 따로 매들린의 출입을 금한 것은 아니었으나, 그녀는 무언의 압박을 느꼈다. '이곳은 너를 위한 곳이 아니야'라는 압박이 있었다. 백작이 그녀에게 관여하지 않듯이, 그녀 역시 백작에게 관여해선 안 된다는 것이 이 노팅엄 저택의 암묵적인 규칙이었다.

저택에는 초상화가 많았다. 이안 노팅엄이 10대 백작이었으니 거슬러 올라가도 몇백 년은 족히 가야 했다. 튜더식 옷을 입은 남녀의 초상화들이 더러 눈에 띄었다. 하지만 그녀의 눈을 가장 끄는 것은 사진이었다. 역대 가주들의 화려한 초상화 옆 켠에 놓인 작은 흑백 사진들. 개중에는 밝게 웃고 있는 세일러복 소년의 사진도 있었다. 숱 많은 검은 머리칼이 아무렇게나 뻗쳐있고, 표정은 잔뜩 신이 나 있는 모습. 엄숙한 초상화들 사이에서 유독 이질적인 사진이었다. 환한 장난꾸러기 같은 얼굴에는 짓궂은 미소가 걸려 있었다.

그 남자아이가 백작의 남동생인 에릭 노팅엄이란 건 저택에 온 지 3년이 지나서야 알게 된 사실이었다. 그는 스무 살의 나이에 전쟁에 나가 벨기에에서 사망했다. 이안 노팅엄은 참호에서 그 소식을 접했을 터였다. 남자아이의 사진 옆에는 아름다운 여자의 사진도 있었다. 흑발의 차가운 미녀. 이사벨 노팅엄. 그녀도 마찬가지로 백작의 여동생이었다.

오만하고 고고한 콧대와 꾹 다문 입술이 그녀의 자존심을 증명하는 것 같았다. 자동차 사고로 사망한 그녀는 매들린과 동갑이었다. 전쟁이 일어나기 직전 연인과 함께 탄 차가 뒤집어졌다고 했다. 물론 거기에는 뒷이야기가 더 있었다. 사교계에서 암암리에 가십처럼 전해지는 이야기. 이제는 전설이 된 이야기 말이다. 그 가십에 따르면, 이사벨 노팅엄은 일부러 핸들을 꺾어 다리 아래로 차를 빠트렸다.

노팅엄가 삼 남매의 연이은 불행은 사교계에서 꽤 유명한 대화 소재인 모양이었다. 저택에 서린 저주 때문이라느니, 선조가 파헤친 가톨릭교도들의 무덤 때문이라느니 말이 많았다. 물론 그걸 매들린에게 대놓고 묻는 염치 불고한 인간은 없었으나, 그녀가 사교계 활동을 하는 것도 아니라서 소문은 소문을 낳고 몸집을 키워갔다. 매들린이 보기에 그들의 불행은 특별한 것이 아니었다. 그러나 특별한 불행이 아니라고 해서 사소한 불행이라고 할 수는 없었다.

그 사진을 볼 때마다 그녀는 저도 모르게 백작을 동정하는 스스로를 발견했다. 이곳은 미궁이었다. 부와 명성과 역사가 부식하는 오래된 잔칫상. 이안 노팅엄은 그 미궁 속에서 하염없이 배회하는 유령이었다. 그리고 내려진 결론은 언제나 같다. 매들린은 테세우스가 아니었다. 그 누구도 자유롭게 하지 못했으니까. 그러니 값싼 동정심은 필요 없었다.

매들린이 처음부터 호기심을 거둔 것은 아니었다. 그녀는 잘 해내고 싶었다. 남자를 돕고 싶었다. 그것이 희망사항일 뿐이란 걸 결국 깨쳤지만, 그전까지 그녀는 의욕에 차 있었다.

그녀는 저택 이곳저곳을 돌아다녔고, 초상화와 사진들을 뒤적이며 상상의 나래를 펴곤 했다. 노팅엄 저택에 드리워진 죽음의 그림자를 아직 실감하지 못했던 때였다.

매들린은 심지어 백작이 기거하는 3층을 몰래 돌아다니기도 했다. 남편을 돕기 위해서 그를 최대한 잘 알아야 한다 생각했다. 집사나 나이 든 사용인들에게 물어봤자 제대로 된 대답이 나오질 않았다. 그저 네, 그렇지요. 죄송합니다. 이 세 가지 말만 되풀이할 뿐이었다. 그녀가 스스로 알아내야 했다.

백작이 있는 서재를 제외한 방들에는 하나같이 그녀가 모르는 사연이 깃들어 있었다. 비워진 지는 오래되었지만, 사용감이 있는 것을 보아 한때 누군가가 살았던 게 분명했다.

그녀는 방 이곳저곳을 돌아다니며 방의 주인을 유추해 보려 했다. 이 방은 에릭 노팅엄의 방이 분명하다. 모형 비행기와 지구본이 여러 개 놓인 것을 보니……. 이런 식으로.

매들린이 저택에서 가장 좋아하는 방은 피아노가 있는 방이었다. 이사벨의 방이 아닐까 싶은 그곳은, 무척 사랑스러운 곳이었다. 크림색 벽지와 고급 피아노, 곳곳에 걸려있는 아름다운 로코코풍 그림들이 이사벨의 취향을 나타냈다. 아기자기한 걸 좋아하는 사람이었구나. 어쩌면 그녀와 이사벨은 좋은 친구가 될 수 있었을지도 몰랐다. 아쉬움을 뒤로한 채, 매들린은 피아노 앞에 앉았다.

매들린은 어린 시절부터 피아노를 꽤 열심히 쳤었다. 이유는 단순했다. 아름다운 게 좋았다. 매들린 로엔필드는 낭만주의 예술가들을 숭배했다. 아버지와 함께 예술과 낭만에 대해서 토론

하는 걸 즐겨 했다.

매들린은 주제넘게도 피아니스트가 되고 싶단 생각도 했었다. 일곱 살 때였나. 왕립 오케스트라 연주가가 매들린이 절대음감이라며, 천재라며 입이 마르게 칭찬할 때였다. 아버지의 냉소만 아니었더라면 그대로 음악가의 길을 걸었을지도 모르겠다.

아버지가 무어라고 했었는지는 똑똑히 기억한다. 그는 매들린의 재능이 어중간해 훌륭한 음악가가 될 수 없을 거라 했다. 비틀린 냉소요, 질투였다. 귀족 여성에게 정신을 혼란케 하는 예술 활동은 장려할 수 없다고도 했었다.

매들린 로엔필드는 아버지의 그 말을 듣고 한동안 큰 충격에 휩싸였었다. 얼마 안 가 괜찮아졌지만, 피아노에 대한 열정도 식어버릴 정도의 일이었다. 맞는 말이겠지. 이제 와 생각해 보면, 아버지가 맞는 말을 했다 싶었다. 어차피 그 정도 재능이었으니, 그만둔 게 아니겠나. 자신이 정말 천재였더라면 끝까지 놓지 않았을 것이다.

씁쓸한 상념을 뒤로한 채, 매들린이 피아노 앞에 앉았다. 손가락은 절로 위치를 찾고, 그녀는 자신만의 작은 거품 속으로 침잠했다. 프랑수아 쿠프랭의 〈신비한 장벽〉.

매들린은 자신이 좋아하는 곡을 연주하기 시작했다. 오랫동안 사람 손을 타지 않아 조율되지 않은 피아노가 음률을 짜내기 시작했다. 거품이 점점 공고해진다. 그녀는 자신이 저택에 있다는 것도 잊을 정도로 연주에 몰입하기 시작했다. 그리고 그때였다.

쾅! 묵직한 소리와 함께 문이 열렸다. 매들린이 황급히 건반에서 손을 뗐다. 뒤를 돌아보자 문간에는 뱀파이어 같은 형상의 백작이 서 있었다.

"나가."

"……."

매들린의 얼굴이 창백해졌다. 백작의 찬 서리 같은 호령이 재차 내려왔다.

"나가란 말, 못 들었나."

그가 굵은 눈썹을 일그러트렸다. 절뚝거리는 남자가 매들린에게로 다가갔다. 남자는 몸을 웅크리고서도 거대했다. 그가 발걸음을 옮길 때마다 매들린의 심장이 조여왔다.

"내가 직접 끌고 나와야 하나."

"제가… 뭘 잘못했죠?"

매들린이 기어가는 목소리로 항의했다. 저는 이 집의 안주인이고, 이곳의 물건은 제 물건이기도 해요.

"당신이 잘못했다는 게 아니야."

남자가 동굴같이 낮은 한숨을 쉬었다. 아주 잠깐이었지만, 그의 눈빛이 주저함으로 흔들렸다. 처음으로 남자에게서 인간다운 고뇌를 발견한 순간이었다. 그러나 그것도 잠시, 그가 매들린에게 다시 명령했다.

"이곳에 다시는 허락 없이 들어오지 마."

다음날, 피아노 방의 문은 잠겨 있었다. 매들린은 너무 분하고 수치스러운 나머지 눈물이 날 것 같았다. 간신히 찾은 인생의 낙이 다시 빼앗긴 기분이었다.

백작에게 당장이라도 대거리를 하고 싶은 마음과 다시는 그를 보고 싶지 않은 마음이 충돌했다. 저를 바라보며 착잡해하던 얼굴을 생각하면 얼굴이 분노로 익었다. 분노는 이내 체념이 되었다. 입이 썼다.

그로부터 일주일 뒤, 저택 앞마당에 작은 소란이 일어났다. 오랜만에 들리는 사람들의 소리에 매들린이 의아해하며 나아갔다. 인부들이 거대한 그랜드 피아노를 저택 안으로 운반하고 있었다. 당황한 매들린이 풋맨인 찰스에게 따져 물었다.

"저게 뭐죠?"

"피아노입니다. 마님."

"피아노인 건 나도 알아요. 저게 무슨 연유로 있는지를 묻는 거잖아요."

매들린의 목소리가 날카로워졌다. 백작이 무슨 수작인지 알아야만 했다. 찰스가 난감하다는 듯 고개를 기울였다.

"백작님께서…….."

"…….."

그가 뭔가 되게 비밀스러운 이야기를 한다는 듯, 매들린에게 속삭였다.

"백작님께서 마님께 드리는 겁니다."

알 수 없는 이였다. 화를 내고서는, 늘 선물을 준다. 매들린은 속이 점점 아래로 가라앉아만 갔다. 미안하다는 건가? 아니야. 사과는 직접 사람을 보고 하는 거지. 이래서야 애완견 취급이나 다름없지 않은가.

그녀의 발치 옆에서 코리가 낑낑거렸다. 낯선 사람들로 인해 긴장한 모양이었다. 그녀가 강아지를 안아들었다.

·✾·

시간은 어느덧 흘러 5월이 되었다. 그 말인즉슨, 런던의 사교 시즌이 시작된다는 이야기였다. 그리고 사교 시즌이 시작된다는 것은 곧 매들린의 데뷔탕트가 가까워진다는 거나 다름없었다. 하지만 매들린은 덤덤했다. 처음도 아니거니와, 자신의 사교계 데뷔가 그다지 성공적이지 않으리란 것도 알기 때문이었다.

전쟁도 전쟁이었고 그걸 차치하고서라도 속 빈 강정같이 소득 없는 시즌이었다. 드레스 맞추랴, 춤 배우랴 정신없었던 것만 기억났다. 게다가 데뷔탕트로 인해 돈은 얼마나 많이 쓰게 되는지. 앞으로 다가올 불행은 까맣게 모르는 채 사교계가 세상 전부인 양 굴었던 게 바보 같았다.

매들린이 우울해하건 말건, 남작은 런던에 갈 생각에 잔뜩 들떠 있었다. 친구들과 함께 모여서 뇌조 사냥을 하거나 포커를 할 생각에 기분이 좋은 모양이었다. 하기야. 괜찮은 '신사'분들은 다 런던에 있겠죠. 매들린은 속으로 빈정거렸다.

열차 특등칸에 앉겠다는 아버지의 고집을 꺾을 수는 없었다. 매들린은 입을 꾹 다물었다. 이 바보 같은 놀음에 맞장구를 쳐주는 스스로를 이해할 수 없었다. 하지만 약속은 약속이었다. 아버지의 파멸적인 투자를 막은 대가로 여겨야 했다. 매들린은 냉소적인 마음을 애써 억눌렀다. 그러나 아무리 마음을 달래봐도, 어차피 전쟁 나서 파투날 사교 시즌이라는 생각에 기분만 가라앉았다.

그 후작부인의 지루한 모임에 끌려다니고 싶지는 않은데. 복잡한 의례와 형식들. 시골에서 왔다는 이유로 미묘하게 자신을 깔보는 신사 숙녀들의 기 싸움에 다시 시달릴 생각을 하니 입맛이 떨어졌다. 반대로 귀족이라는 직함에 환상을 가진 부르주아들을 상대하는 것도 그다지 입맛에 맞지 않는 일이었다.

기차가 역에 도착하자 플랫폼으로 사람들이 우르르 쏟아져나왔다. 시골과는 정반대로 왁자지껄한 활기찬 도시의 모습이었다. 도로에는 무쇠로 된 차들이 다니고 영화관 포스터가 붙여져있고. 런던에 처음 왔을 때 어찌나 즐거웠었던지, 그때는 정말 가슴이 터질 지경이었지 뭔가. 지금도 설레는 감정이 아주 없진 않았다. 런던은 언제나 그녀를 벅차게 하는 구석이 있었다.

"저런 차들이 정말 싫다니까. 저 고철 덩어리들은 정말 흉물스럽구나. 매들린, 이 아비의 팔을 꼭 붙잡으렴."

"……."

런던에 사는 먼 친척인 후작부인이 사교계 내내 그녀의 '보호자' 역할을 할 터였다. 보호자라니, 무슨 빅토리아 시대도 아니고. 매들린은 한숨을 쉬었다. 후작부인이 어미 새 역할을 자처하면서 저를 얼마나 들볶을지 알고 있기에 벌써 진이 빠졌다. 타운하우스에 도착하면 잠이나 푹 자야겠다. 런던은 내일부터 둘러봐야 할 것 같았다.


런던의 사교계는 5월 즈음 무르익기 시작해서 여름에 정점을 찍는다. 상류층 신사 숙녀들은 그동안 클럽, 만찬, 무도회, 파티로 정신없이 유흥을 보내는 것이다.

그해 사람들은 유독 흥에 겨워했다. 지식인들은 전쟁이 절대 일어날 리 없다 호언장담했고, 사람들은 끝나지 않는 평화를 찬양하며 반짝이는 현재가 영원히 계속될 것처럼 굴었다. 영화 포스터들, 전축에서 흘러나오는 음악들, 빙글빙글 춤을 추는 사람들. 열띤 얼굴의 남녀들이 하이드파크에서 사랑의 밀어를 나누고, 거리 곳곳에는 시위와 토론회가 활발하게 벌어지고 있었다.

런던은 축제였다. 끝날 때까지 끝나지 않는 축제. 매들린은 그 신기루 속에서 홀로 고독했다. 미래를 아는 게 그다지 좋지만은 않았다. 게다가 피할 수 없는, 끔찍한 전쟁이 일어난다는 것을 알아봤자 아무도 믿지 않을 터였다. 그런 끔찍한 사실을 알고 있는 상태에서 어찌 기분 좋을 수 있을까. 아무리 그녀가 지금 파티가 한창인 연회장 한가운데에 있다고 해도 말이다.

매들린은 기둥 뒤로 물러나서 샴페인을 홀짝였다. 왕을 알현하는 데뷔탕트 의식은 순식간에 끝이 났고, 며칠간 이 자리 저 자리 끌려다니느라 온몸의 기운이 다 빠질 지경이었다. 자신의 '보호자' 역할을 자처하는 후작부인은 그때나 지금이나 잔소리가 많았다.

매들린은 순진한 열일곱 처녀를 연기하는 게 무척 힘든 일이라는 걸 새삼스럽게 깨닫는 중이었다. 옛날 같았으면 이 자리 저 자리 끼면서 잘 보이려고 노력했을 텐데, 이제 와서 다시 그 짓을 하고 싶진 않았다. 얼마 안 가 구닥다리가 될 예법을 들먹이며 기싸움을 하는 사람들의 모습이 무척이나 이상하게 보일 뿐이었다. 지금 그녀는 자신이 누가 주최한 파티에 참석했는지도 잊을 지경이었다. 내가 너무 염세적인 건가. 그 누구처럼……

매들린 로엔필드는 연회장의 뒤켠에 멀찍이 서서 사람들이 쌍을 이루어 춤추는 꼴을 지켜봤다. 그녀에게 중간중간 신사들이 찾아와 춤을 청했으나, 그때마다 매들린은 완곡하게 거절의 의사를 표명했다. 네 번 정도 청을 내려놓자 더는 사람들이 그녀를 귀찮게 하지 않았다.

쌀쌀맞게 구는 매들린을 보는 후작부인의 얼굴이 실시간으로 썩어들어갔다. 그러나 어찌하겠는가. 그녀는 자신의 삶을 진정으로 다시 살고 싶은 것이지, 사교계에서 꾸며진 인형 노릇을 다시 하고 싶은 것은 아니었다.

다시 찾은 삶 속에서 무엇을 할지 혼자 생각할 시간이 필요했다. 직업을 가지고, 글을 쓰고, 피아노를 치고, 자기 자신을 책임질 수 있다면 좋을 텐데. 지난 생 내내 생각해왔던 것을 펼치고 싶었다. 신문에서 읽었던 사람들처럼, 자신도 그렇게 살고 싶었다. 남편 때문에 하지 못했던 일들을 하나씩 하고 싶었다. 그렇게 그녀가 무료하게 상상의 나래를 펼치며 시간을 죽이고 있을 때였다. 그녀 옆에 거대한 그림자가 드리워졌다.

"음?"

매들린이 고개를 돌리자, 그곳에는 모든 문제의 원흉이 서 있었다.

"……."

사람들의 시선이 둘에게 꽂히기 시작했다. 부유하고 지체 높은 백작의 후계자가 막 사교계에 데뷔한 숙녀에게 말을 거는 광경이니 당연했다. 그러나 그걸 신경 쓸 형편이 아니었다.

"파티가 적잖이 지루해 보이십니다. 로엔필드 양."

"……."

익숙한 듯 낯선 목소리를 들은 매들린의 시선이 흔들렸다. 전혀 예상치 못한 자리에서, 예상치 못한 사람을 만났다. 증오해 마지않는 이이면서 동시에 자신의 죄책감을 자극하는 이. 자신의 전 남편. 젊은 이안 노팅엄의 표정에는 장난기가 어려 있었다. 장난스러운 이안 노팅엄이라. 그것은 그녀로선 무척이나 생경한 광경이었다. 이안 노팅엄은 매들린이 혼란스러워하는 것을 쑥스러움으로 생각한 모양이었다. 그가 능청스럽게 말을 붙였다.

"영애께서 신사들의 청을 연거푸 거절하는 것을 봤습니다. 꽤 유쾌하더군요. 얼굴들이 잔뜩 익어서 돌아서는 모습을 보니."

"……."

"이 여흥이 영애께는 퍽 지루하신 모양입니다?"

남자의 입매가 잔잔한 호선을 그렸다. 성공 가도를 걸어온 젊은 남자 특유의 자신만만함이 만면에서 우러나왔다.

"그런 건… 아니에요."

매들린의 혀가 얼어붙은 듯 제대로 움직이지 않았다. 그녀의 볼이 새빨갛게 익었다.

"신사로서 숙녀에게 곧바로 말을 붙이는 게 예의에 어긋나는 일임을 압니다만, 우리는 일전에 이미 인사를 나눈 사이이니 양해해주시죠." 남자가 재빠르게 덧붙였다.

"그랬죠."

매들린은 최대한 춤추는 남녀의 모습에 집중하려 노력했다. 머릿속이 더없이 혼란스러웠다. 이 남자는 어째서 지금 저에게 다가온 걸까. 이전에도 매들린은 이 파티에 참석했었다. 그때 그녀는 이안 노팅엄을 만나지 못했다. 매들린에게 이안은 넘볼 수 없는 상대였고, 이안에게 매들린은 사교계에 갓 데뷔한 햇병아리에 불과했다.

이전에 둘이 서로에게 말을 섞지 않은 이유는 당연했다. 그런데 왜 이번에는? 그가 왜 자신에게 말을 건단 말인가? 게다가 일전의 로엔필드 저택에서의 만남도 꽤 불유쾌한 것이지 않았는가. 남자가 갑자기 자신에게 접근하는 저의를 알 수 없었다.

여자가 고개를 돌려 남자를 바라봤다. 이안 노팅엄의 등 뒤에는 일군의 신사들이 모여 저들끼리 웃고 있었다. 노팅엄의 동료들로 보이는 그들은 하나같이 우아한 차림새를 하고 있었다. 정재계의 유력인사들로 추정됐다.

"……."

아. 그제서야 모든 것이 명확해졌다. 지금의 남자에게는 별다른 의도가 없는 것이다. 그는 태생적으로 자신만만한 성격이었다. 매들린이 구석에 서서 연거푸 사내들의 청을 거절하는 모습이 꽤 재밌었던 모양이었다. 그리고 자신이라면 그녀를 설득해 낼 수 있으리라 생각한 거지. 일종의 내기였다. 그의 동기는 그저 단순한 호기심, 또는 호승심이었다.

저택에서도 제게 쌀쌀맞던 숙녀가 파티에서도 냉랭하게 구니, 저 여자는 도대체 뭘까 싶기도 했을 터. 기왕 파티에서 봤으니, 주위 사람들에게 과시라도 할 겸 말을 붙여보자는 심사가 아닐까? 머릿속으로 결론을 내리고 나니 마음이 한결 편안했다. 술기운도 올랐겠다, 매들린이 안정된 호흡으로 그를 상대했다.

"마스터 노팅엄께서는 이 광경이 이상해 보이진 않으세요?"

"이상하다니. 지극히 보기 좋은 모습 아닙니까?"

그가 의아하다는 듯 고개를 측면으로 기울였다. 굵은 눈썹이 기분 좋은 경사를 그렸다.

"앞으로 무슨 일이 일어날지는 아무도 모르는데요."

전쟁도, 질병도, 닥쳐올 불운도 모르는 채로 즐거워하는 사람들의 모습이 이상해요. 매들린이 나직이 중얼거렸다. 이안 노팅엄이 하하, 웃었다. 그는 매들린을 역시 이상한 여자라고 짐작한 모양이었다. 그가 즐겁게 대답했다.

"영애의 말이 맞아요. 우리는 미래를 알 수 없습니다. 감히 짐작할 수도 없지요. 그러니 더더욱 현재를 즐겨야 하지 않겠습니까?"

남자는 매들린의 목소리에 켜켜이 쌓인 회한을 전혀 눈치채지 못했다.

"마스터 노팅엄……."

"영애께서는 지난 시대의 엄숙주의에 빠져있는 것 같군요. 긴장을 좀 푸시죠. 즐기지 않는다고 불행을 피할 순 없으니 말입니다."

"긴장하고 있진 않아요. 그저 허례허식뿐인 사교에 시간을 낭비하는 게 아깝다고 생각했을 뿐입니다." 매들린이 뒤늦게 항변했다.

"흠."

"이 모든 게 가치 없다고 말하고 싶은 것도 아닙니다. 춤추는 사람들을 비난하고 싶지도 않고요. 그저 제가 원하는 게 이런 건 아니라는 생각을 했을 뿐이지요."

매들린은 그대로 입을 다물었다. 연회장에 울려 퍼지는 왈츠가 두 남녀 사이의 침묵을 메웠다. 그녀는 자신이 남자 앞에서 너무나 많은 말을 했다는 사실을 깨닫고 부끄러워져 고개를 숙였다. 잠깐의 침묵을 남자가 먼저 깼다. 그가 나른하게 제안했다.

"영애께서 원하는 게 저와의 춤이라면 어떻습니까."

"네?"

매들린이 숙였던 고개를 들었다. 고개를 든 그곳에는 남자가 있었다. 명멸하는 샹들리에 불빛 아래에, 한 점의 콤플렉스도,

의도도 없이 해맑게 그녀에게 춤을 권하는 이안 노팅엄이 있었다. 자신에게 다가올 미래를 새까맣게 모르는 채 남자는 그저 지금 이 순간을 살고 있었다. 그가 매들린의 장갑 낀 손끝을 가볍게 감싸 쥐었다. 그리고 지극히 평연하고 다소 즐거운 투로 그가 청했다.

"진중한 매들린 로엔필드 양. 저와 한 곡 추시겠습니까?"


"저 여자를 봐."

조지가 시가를 피우며 실없이 웃었다. 이안은 어깨를 으쓱했다.

"여자가 너무 많아서, 누구를 말하는지 모르겠어."

애초에 '명망 있는' 신사들에게는 시시한 파티다. 사교계 햇병아리들끼리 짝짓기를 주선하는 모임 정도라고 해야 할까. 그러나 이안은 여동생을 질 나쁜 무리들로부터 지켜야 할 의무가 있다. 오늘 밤은 얼마 안 남은 가족애를 발휘할 때였다.

조지 콜하스가 눈짓하는 방향에 여자가 있었다. 기둥에 비스듬하게 기대어 선 따분하고 무료한 표정의 여성. 금발을 단정하게 틀어 올린 채로 샴페인을 홀짝거리고 있다. 무척 앳되고 어린 얼굴인데, 세상만사를 다 깨우친 듯 염세적인 눈빛이 인상적이었다. 그 모습을 본 이안이 담배를 트레이에 비벼 껐다. 조지가 중얼거리기 시작했다.

"나 아까부터, 저 숙녀분이 춤 제안을 거절하는 횟수를 세어봤거든?"

"허. 할 일이 참 없나 보군."

옆에서 윌리엄이 어이없이 웃는다.

"총 여섯 번. 여섯 번 이상은 춤을 거절했어."

"막 데뷔했으니 절박하지 않은 것뿐이겠지. 혼기도 안 찼겠다."

이미 상대가 있거나. 윌리엄이 아무렇지 않게 넘겼다. 이안은 아무 말도 하지 않았다. 그제야 여자를 기억해낸 것이다. 무료했던 첫 만남. 구닥다리 시골 저택의 남작과 그의 딸 매들린 로엔필드. 전형적인 시대착오적 시골 봉건 귀족 가문 정도로 갈무리된 첫인상이었다.

로엔필드 남작은 꼴사나웠고, 흥미로운 사람은 더더욱이 아니었다. 딸에 대해서는 글쎄, 자신을 노골적으로 피하는 기색이 역력했었지. 그의 쪽에서도 어차피 상관없는 일이었다. 쑥스러움이 지나치게 많은 타입은 그쪽에서도 질색이었다. 그런데 지금, 하늘색 드레스를 입은 매들린 로엔필드는 꽤 색다르게 보이는 것은 왜일까. 그녀는 연회에서 한 발자국 물러나 영화를 관람하듯 굴고 있다. 그 관조하는 시선이 재밌었다.

"저 여성분께 말이라도 걸까 봐." 조지가 중얼거렸다.

"갑자기? 아서라. 무례하잖냐." 윌리엄이 질색하며 조지를 말렸다.

"요즘 세상에 그 정도가 뭔 무례야. 어디 빅토리아 시대냐. 잘 봐라, 이 몸이 나설 테니 기다리고 있어."

조지가 자리를 털고 일어서려는 순간이었다. 이안이 그보다 먼저 걸어나갔다.

"어어. 이봐. 자네……."

뒤에서 조지가 어이없어하는 소리가 들린다. 이안 노팅엄은 그렇게 자기도 모르게 신수를 쳤다. 언제나 가지고 싶은 건 먼저 나서서 가져야만 하는 그였으니 어쩔 수 없는 일이었다.

춤을 춘다. 여자의 가냘픈 몸을 제 팔에 얹고 빙글빙글 돌았다. 샹들리에 불빛 아래에서 그녀의 얼굴은 다채롭게 빛이 난다. 엄숙했다가, 놀라울 정도로 미숙했다가. 다양한 얼굴을 번갈아가며 보여주는 여자가 마음에 든다. 뜻 모를 소리를 중얼거리는 여자, 자신을 안타까운 사람처럼 바라보는 그녀는 꽤 흥미로운 상대였다. 재미. 재미는 소중한 것. 그에게 있어 많은 것이 무료하므로, 이런 작은 호기심은 귀한 것이다.

남자는 젊었고, 그는 삶에서 단 한 번의 중대한 실패도 겪지 않았다. 모든 것이 성공 가도를 달리고 있었다. 그것도 아주 가파른 속도로. 세상 만물이 그의 손아귀에 놓여있었고 그만큼 예측할 수 없는-하지만 언제까지나 통제 가능한 범위 내에서의-위험은 가치 있었다. 예를 들면 자신을 전혀 좋아하지 않는 여자와의 춤 같은 것 말이다.

이안은 매들린 로엔필드와 왈츠를 여러 번 췄다. 좌중의 시선이 그 둘에게 꽂히는 것이 뒤통수로 느껴졌다. 번거롭지만 감당할 수 있다. 여자는 춤을 추는 내내 손을 심하게 떨었다. 시선은 그를 바라보면서도, 그를 바라보지 않는 것처럼 흐릿했다. 그가 여자의 손을 부드럽게 감싸 쥐었다.

왜 떠는 걸까. 괜찮아. 무슨 이유가 되었건. 어차피 지금 그녀가 자신의 손을 잡고 있다는 '사실'이 중요한 거다.


"결국, 춤을 추기는 췄더구나."

"네……."

"한 사람하고만 계속해서 말이다."

후작부인이 도끼눈을 뜨고 매들린을 추궁했다. 아, 네… 대단하신 마스터 노팅엄을 독차지하다니, 잘못했습니다. 옷을 왜 이렇게 촌스럽게 입느냐, 왜 이렇게 말을 안 하냐, 하다못해 지나치게 얌전뺀다고 혼나니 이제는 그냥 숨만 쉬어도 혼이 날 지경이었다.

"하지만……."

마차 안에서 후작부인이 매들린을 훑어보았다. 떨떠름함과 흡족함이 반반 섞인 표정이었다.

"매들린 로엔필드."

"네?"

"노팅엄 가문은 굉.장.히. 명예롭고, 훌륭하고, 부유하기까지 하단다."

"그렇죠……."

거의 '지구는 둥글다' 수준의 하나 마나 한 말이었다. 노팅엄 가의 부는 시대가 지날수록 더해지기만 했다. 사실 그때도 그랬다. 매들린 이외에도 결혼하겠다는 사람이 줄을 섰었다.

남자가 제대로 운신하지 못한다는 사실을 알아도 상관없다는 식이었다. 그와 제 딸을 결혼시키고 싶은 가문은 많았다. 그 숱한 예비 신부들 가운데서 매들린이 뽑힌 데에는 여러 가지 이유가 있을 터였다. 가문, 나이, 뒷배 없음 등등. 이제는 아무래도 상관없는 이야기가 되었지만.

툭. 후작부인이 매들린의 어깨를 아주 살짝 밀쳤다.

"네?"

"잘… 해봐."

후작부인의 말에 매들린이 황망히 그녀를 쳐다봤다. 부인은 손부채질을 하며 딴청을 피우기 시작했다. 윽. 정말 어이가 없어.

"넘겨짚으시는 거예요. 그저 춤 몇 번 춘 것뿐인데."

이 이야기를 아버지가 알면 얼마나 호들갑을 떨지, 벌써 피로했다. 피곤함을 넘어서 진심으로 거북했다. 남자와 춤 한번 췄다고 이렇게까지 넘겨짚고 엮을 일인가 싶었다.

이안 노팅엄은 매들린 말고 다른 여자들과도 춤을 췄다. 그런데도 사람은 자신이 보고 싶은 것만 보는 모양이었다. 앞으로는 최대한 거리를 두어야겠어. 어떻게든 동선을 겹치지 않게 해두고 말이다. 다시금 다짐했다.

한 사람의 다짐은 얼마나 오래 지속될 수 있을까. 매들린은 한숨을 내쉬었다. 그 다짐을 지켜나가기엔, 런던 사교계는 지나치게 비좁았다. 노팅엄 가문은 무시하기에는 지나치게 강력했으며, 유력한 자리에 나갈 때마다 남자를 마주치는 것은 어쩔 수 없는 일이었다. 게다가 이안 노팅엄을 제외하고 그녀를 피로하게 하는 건 사교계 그 자체였다.

그곳에서 신사 숙녀들은 서로 깃털을 자랑하는 공작새들과도 같았다. 얼마나 더 쓸 수 있는지, 더 고상할 수 있는지를 과시하듯 경쟁한다. 신흥계급들은 신흥계급들대로, 쇠락해가는 가문들은 그들대로 역할을 연기해 가면서.

쇠락해가는 가문의 영애 역할을 맡은 매들린은 기계적으로 미소지었다. 하도 웃느라 입꼬리가 경련할 지경이었다. 만찬회가 끝이 나고 다들 옹기종기 모여 식후주를 마시고 있을 때였다. 전기가 들어오는 실내는 밤에도 환했다. 사람들의 하얀 치아가 그 밑에서 윤기 나게 빛났다.

"예술은 타락했어요. 이제는 도처에 누드뿐이에요."

그녀 앞에 앉은 남자가 목에 핏대를 세웠다. 조지 콜하스라는 이름의 남자는, 갈색 머리의 촉망받는 변호사였다 그의 외모는 준수했지만, 말이 지나치게 많았다.

"게다가 처절하게 추하죠. 프랑스에 있는 여자들이 다 그렇게 생긴 것도 아닐 텐데요."

피카소, 마티스. 매들린은 조지 콜하스가 말하는 이들을 알 것도 같았다. 전쟁 후 그들은 굉장히 유명해졌다. 세상 물정에 어두운 매들린조차 알 정도였으니, 그들의 그림값도 천정부지로 올랐을 것이다. 지금이라도 그들의 그림을 한 점 사둔다면 굉장한 투자가 되지 않을까 싶었다. 하지만 그녀는 당장 그런 것에 신경 쓸 겨를이 없었다. 계속 식탁 건너편을 힐끔거리느라 조지의 말에 집중하기 어려웠다.

그곳에는 이안 노팅엄이 있었다. 남자는 오늘따라 그녀에게 말을 걸지 않았다. 대신 옆에 앉은 여성과 이야기를 나누고 있다. 이사벨 노팅엄. 이전 삶 속에서 불운하게 유명을 달리한 이안의 여동생이었다.

이사벨 노팅엄은 저택의 사진에서 본 것처럼 우아한 모습이었다. 오빠를 닮아 오만해 보이는 눈썹과 길고 하얀 목, 나른한 시선에 살짝 가라앉은 목소리. 귀하게 자란 여자의 표본이라 할 만했다. 눈빛에서는 지성과 고집이 느껴졌다. 매들린으로서는 계속해서 그쪽으로 시선이 가는 걸 어찌할 수 없었다. 살아 움직이는 이사벨 노팅엄을 본 건 처음인걸.

"흠흠."

눈앞의 조지 콜하스가 몇 번 헛기침하자, 매들린은 자신이 그의 말에 대꾸를 하지 않았다는 사실을 깨달았다.

"글쎄요. 저는 예술을 잘 몰라서."

매들린이 옅게 미소지었다. 지금은 눈앞의 남자가 원하는 대로 떠들게 놔두는 게 좋았다.

"그래도 좋아하는 화풍의 그림 하나쯤은 있겠지요?"

"……."

매들린이 살짝 주저했다. 그녀는 자신의 취향을 소리 높여 말하는 법이 별로 없었다.

"에드워드 번 존스의 그림을 좋아해요."

"흠. 그렇습니까?"

남자가 오묘한 미소를 지었다. 그때였다. 갑자기 쨍그랑, 거리는 소리가 났다. 고개를 돌려 바라본 곳에는 이안의 동생, 이사벨이 악을 쓰고 있었다. 바닥에는 깨진 샴페인 잔이 산개해 있었다. 단발머리의 여자는 눈물을 훔치며 소리를 질렀다.

"오빠가 나에게 참견할 일은 아니야!"

"이사벨, 목소리를 낮춰. 구경거리가 되고 싶은……."

"늘 그렇게 사람들 시선이나 신경 쓰며 살라고."

"이사벨."

이안의 표정은 냉담했다. 전에 자신과 함께 춤을 추던 사람이라고는 믿을 수 없이 눈빛이 첨예했다. 그 모습에 삼자인 자신도 등골이 서늘할 지경이었다.

만찬회의 분위기가 순식간에 얼어붙었다. 제 오라버니의 냉정한 태도를 못 견디겠는지, 아니면 부끄러운지 이사벨 노팅엄이 서둘러 연회장을 빠져나가기 시작했다. 성큼성큼 큰 보폭으로 사람들을 밀치며 떠났다. 이안은 자리에서 일어나지 않았다. 그는 아무렇지 않은 듯 식사를 계속했다.

"앗……."

그 모습을 본 매들린은 갑자기 전신이 마비되는 기분에 휩싸였다. 이사벨이 언제 죽었지? 기억이 나지 않는다. 그녀가 자리에서 일어섰다.

"죄송해요. 잠시만요."

매들린이 주위를 둘러봤다. 1층으로 내려가자 사용인들로부터 겉옷을 돌려받는 이사벨이 보였다. 그녀의 사슴처럼 우아한 목덜미는 여전히 분노로 붉게 물들어 있었다. 초조해진 매들린이 먼저 목소리를 높였다. 물론 그 후에 어떻게 할지에 대한 대책은 없었다.

"노팅엄 양."

"……?"

이사벨 노팅엄이 신경질적으로 뒤를 돌아봤다. 그녀의 고고한 얼굴이 짜증으로 물들었다.

"죄송한데, 제가 지금 바빠서요. 급한 일이면 전보를 보내세요."

그녀가 쏘아붙였다. 그러고는 매들린으로부터 완전히 등을 돌렸다.

"멈춰주세요."

매들린은 스스로의 목소리가 어색해 견딜 수가 없었다. 그러나 지금 당장 붙잡아야 한다는 직감이 그녀를 사로잡았다.

"무슨……."

그녀가 계단을 내려갔다. 그녀가 이사벨의 손을 붙잡고서는 낮고 빠르게 속삭였다.

"연인을 만나러 가시는 건가요?"

"뭐야, 당신······."

이사벨의 표정이 확 굳었다. 그녀가 붙잡힌 손을 매몰차게 빼내고 매들린을 매섭게 노려봤다.

"당신, 지금껏 우리 대화를 엿들었던 거야?"

"아니에요."

"아니긴 뭐가 아니야. 허, 참. 오빠 주위에 별의별 것들이 다 있단 건 알았지만, 이 지경일 줄이야. 보아하니 이안의 추종자인 것 같은데, 내게 잔소리를 해봤자 오빠의 호감을 살 순 없어."

"밀로프 씨를 만나러 가실 생각인 거죠?"

매들린에게서 연인의 이름이 나오자 이사벨의 혀가 굳었다. 그녀가 충격을 받은 듯 한참을 아무 말도 하지 않았다.

"······."

"걱정하지 마세요. 절대 다른 사람한테 말 안 해요. 사회주의라든지···, 전 그런 건 잘 모르는 사람이거든요."

매들린의 얼굴이 빨개졌다. 미친 여자처럼 보일 거라는 걸 잘 알았다. 하지만 이대로 가면, 이사벨 노팅엄은 차를 타고 다리에서 추락할 것이다. 정황상 자살이라 했다. 이뤄질 수 없는 사랑을 비관한 연인의 정사라고. 매들린은 지금 눈앞의 젊은 여자가 벌일 치기 어린 행동을 최대한 막고 싶었다. 그게 지금인지, 나중이 될지는 모르는 일이었으나, 지금 막지 못해서 후회하고 싶진 않았다. 미친 여자 취급을 받는 게 차라리 나았다.

"당신, 우리 오빠의 끄나풀 같은 거 아니야······."

이사벨의 얼굴에 짜증과 불안, 그리고 분노가 어렸다. 가까이서 보니 눈가에 분노의 눈물이 맺혀 있었다. 자칫하면 뺨이라도 때릴 것 같은 분위기에 매들린은 살짝 얼었으나 침착하게 말을 이어나갔다.

"마스터 노팅엄은 훌륭한 신사지만, 그분은 지나치게 고집스러운 구석이 있지요. 사람을 통제하는 데에 능숙하신·분이니까요."

하지만 우리가 그 통제에 말려들 필요는 없어요. 매들린이 덜덜 떠는 이사벨의 손등을 감싸 쥐었다. 그녀가 담담한 어조로 말을 이어나갔다.

"후회할 일만 하지 않는다면, 언제나 내일이 있어요. 일단 마음을 가라앉히는 게 좋을 것 같아요."

매들린이 결연한 표정으로 이사벨의 눈동자를 바라봤다. 일단 살아야 내일을 기약할 수 있지 않은가. 미친 여자로 보이는 위험을 감수하고서라도 그녀는 최대한 눈앞의 여성을 설득하고 싶었다.

그때였다. 2층에서 쿵쿵거리는 발소리와 함께 남자 둘이 내려오기 시작했다. 이안과 조지였다. 매들린과 이사벨이 서로 손을 붙잡고 있는 걸 보자, 이안의 눈썹이 뒤틀렸다. 몹시 언짢은 듯했다.

"로엔필드 양. 지금 가족 간의 대화를 위해 잠시 비켜주시겠습니까."

이안 노팅엄이 딱딱하게 말했다.

"싫어. 로엔필드 양과 있을 거야."

이사벨이 매섭게 말했다. 그녀가 재빨리 매들린의 손을 꼭 붙들었다. 적어도 오빠보다는 처음 보는 이상한 여자가 낫다 싶은 건가. 매들린은 속으로 식은땀을 흘렸다.

"……."

이안 노팅엄의 입매가 언짢은 기색을 못 숨기고 사정없이 비틀렸다. 그가 쿵쿵 계단을 내려오더니 거칠게 코트를 받아들었다. 중절모를 고쳐 쓴 남자가 이사벨을 무표정으로 노려봤다.

"모든 행동에는 대가가 있다는 사실을 잊지 말길 바란다. 이사벨."

그가 잠시 매들린을 노려보았다.

"그리고 로엔필드 양. 언제부터 둘이 서로 아는 사이였는지는 모르지만, 남의 가정사에 참견하는 건 그리 현명치 못하군요."

이안의 눈빛은 무심한 듯 적의를 내포하고 있었다. 매들린은 그가 완전히 나가고 나서야 한숨을 쉬었다. 정말 여러 얼굴을 가지고 있는 남자임을 새삼 느꼈다. 아까의 그 쌀쌀맞은 모습이 아마 그의 실체에 가장 가깝지 않을까 싶었다. 이사벨이 매들린을 바라보며 나직이 말했다.

"젠장. 당신, 정말… 뭐가 뭔지는 모르겠지만, 오라버니의 끄나풀은 아니군."

"……."

"오라버니에게 어떤 억하심정이 있는지는 모르겠지만……."

정말 숙녀답지 못한 말투였다. 매들린이 상상했던 우아하고 아기자기한 걸 좋아하는 요조숙녀의 이미지와는 딴판이었다. 그녀는 욱하는 성격을 지닌, 다혈질의 여성이었다. 하지만 지금 당장 그런 건 아무래도 좋았다.

"궁금한 건 나중에 묻도록 하죠."

뒤늦게 정신을 차린 이사벨이 살짝 목례했다. 매들린은 그녀가 사라지는 뒷모습을 바라보며 아득한 기분이 되었다. 이런 식으로 계속해서 얽히게 되어 좋은 게 없는데. 불길한 예감을 삼키며, 그녀가 서둘러 마차를 불렀다.

## 3. 노팅엄가

나는 그의 인생을 느린 자살이라고
생각했던 적이 있었다.
세상으로부터 자신을 분리시키고,
타인을 내치고,
성채에서 안락하게 죽음을 기다리는 삶.
그런 삶에 무슨 즐거움이 있을까.
안타깝기 그지없었다.

## 스물여섯 살의 매들린

"코리!"

"코리!"

"어디 있니, 코리!"

폭풍우 치는 밤이었다. 저택 바깥은 지옥이었다. 매들린은 새된 비명을 질러댔지만 이내 그 무시무시한 바람이 그녀의 목소리를 집어삼키고 말았다. 어둠 속은 한 치의 앞도 내다볼 수 없는 무저갱이었다.

"마님, 들어가시죠."

풋맨인 찰스가 난감해하며 매들린을 붙들었다. 그러나 매들린은 아랑곳하지 않았다.

"코리를 얼른 찾아야 해요. 어디서 추위에 떨고 있을지 몰라요."

하얗게 질린 여자의 손이 사시나무 떨리듯 떨리고 있었다. 그녀의 사랑하는 개, 코리에게 무슨 일이라도 일어나면 스스로를 용서할 수 없을 것 같았다. 코리는 테리어 계통의 사냥견으로, 백작의 선물이었다. 그녀가 서재에서 대거리한 이후로 선심 쓰듯 물건처럼 내어준 것이었다. 그러나 매들린은 코리를 그런 '대가'나 '대체물'로 생각하고 싶진 않았다. 백작이 실제로 그런 의도로 내어주었다 한들, 강아지에게 무슨 죄가 있겠는가.

게다가 코리는 영특하고 충심 깊어, 그녀의 외로운 저택 생활에 큰 의지처가 되어준 것도 사실이었다. 개에게는 사람에게는 없는 깨끗한 영혼이 있었다. 매들린은 그 아이에게 많은 위안을 얻고 있었다. 그런 '코리'가 폭풍우 속에서 길을 잃은 채 헤매고 있었다. 매들린의 심장이 타들어갈 것처럼 아팠다.

"찰스. 들어가 봐도 좋아요. 내가 직접 찾을 테니까……."

"제가 어떻게 마님을 두고 들어갑니까. 내일 날씨가 개면 찾도록 하지요."

찰스와 실랑이를 벌이는 동안, 집사장인 세바스천까지 나와 매들린을 말리기 시작했다. 정중한 말투였으나 두려움이 역력한 그들의 모습에 매들린이 화가 나기 시작했다. 그들이 두려워하는 원인은 단 하나였다.

"왜요. 백작께서 노여워할 것 같아요?"

그녀 역시 그들이 그저 사용인의 입장에서 한 말인 건 알았지만, 코리의 실종과 함께 이성을 잃은 상태였다.

"백작이 무섭다면 걱정할 필요 하나 없어요. 내가 죽어서 시체로 발견된다 해도 그가 눈 하나 깜짝할 것 같나요?"

"마님. 그런 게 아닙니다. 백작님께서는 절대로 그러실 분이……."

그때였다. 육중한 문이 양옆으로 열렸다. 폭풍우 치는 바깥으로 긴 그림자가 스며들듯 나오기 시작했다.

"매들린."

긴긴 한숨과 함께 남자가 매들린 앞에 섰다. 그가 이토록 가까이 제 부인의 앞에 선 긴 참으로 오래간만의 일이었다. 아까 전의 이야기를 다 들은 것일까. 현관에서 새어 나오는 빛을 등진 채로 선 남자는 흡사 뱀파이어 같았다. 목발을 짚은 그는 악몽에 시달린 사람처럼 몹시 피로한 인상이었다. 푹 팬 볼과 얼굴을 가로지르는 흉터에 그림자가 드리워져 있었다. 그가 몹시도 지친 눈빛으로 구부정하게 매들린을 내려다봤다.

"오늘은 들어갑시다."

"하지만, 코리가……."

"단념하시오." 그의 말에는 진중한 무게가 서려 있었다.

"당신이 어떻게 그런 말을……."

그가 그렇게 말해서는 안 되었다. 다름 아닌 남자가 준 강아지였다.

"개는 개일 뿐이오. 개를 찾다가 사람이 다칠 순 없잖아."

매들린이 화를 내건 말건 백작은 초연했다. 그는 단단한 암초처럼 매들린을 막아섰다.

"돌아가시오."

바깥은 어둡다.


한숨도 자지 못했다. 날씨가 개고 해가 모습을 드러내자마자 그녀는 1층으로 내달렸다. 얇은 실크 치마의 밑단이 자꾸만 거슬렸다. 얼른 사람들과 함께 코리를 찾아 나설 생각에 마음이 급했다.

멍! 그때, 그녀는 놀랄 만한 광경을 보게 됐다. 멍! 그녀 앞에 해맑은 눈망울의 갈색 테리어, '코리'가 꼬리를 흔들고 있었다. 매들린을 본 코리는 짧은 꼬리를 마구 흔들며 그녀의 발치에 다가왔다. 축축한 코가 그녀의 발목을 간지럽혔다.

코리를 다시 찾은 지 며칠 뒤, 백작은 원인불명의 고열로 크게 앓기 시작했다. 집안에는 비상이 걸렸고, 매들린 역시 저도 모르게 신경이 곤두섰다.

폐렴인 걸까. 확실히 요새 날씨가 쌀쌀했다. 저택은 크고 화려한 만큼 난방이 잘되지 않았다. 제아무리 최고의 건축가들이 달라붙어도 해결되지 않는 문제였다. 어느 방은 지나치게 덥고 어느 방은 얼음장처럼 차가웠다. 명색이 집의 안주인으로서 무척이나 성가신 문제였다.

매들린은 혀를 헥헥 내밀고 재롱을 부리는 코리를 쓰다듬었다. 기분이 과히 즐겁지만은 않았다. 저택 안은 숨죽인 듯 조용했다. 사용인들은 암살자처럼 사뿐사뿐 조용히 걸어 다녔고, 매들린은 무대 위에 홀로 남은 유령이었다. 이곳의 부와 역사는 사람을 집어삼켰다. 잠식했다. 게걸스럽게 먹어치웠다.

매들린은 저택 안을 돌아다녔다. 그녀의 뒤를 충직한 코리가 졸졸 따라다닐 뿐이었다. 그녀는 자신이 느끼는 위화감의 원인을 차근차근 짚어나가기 시작했다.

백작이 아프다. 집사장이 마뜩잖게 털어놓은 이야기에 동요가 된 게 아닐까 싶었다. 그가 아픈 게 하루 이틀 있는 일은 아니었으나, 이번에는 뭔가 께름칙한 기분이 들었다.

*부디 백작님을 방해하지 말아 주시길 바랍니다. 절대적으로 안정을 취하셔야 하기에……*

원래 이 사실도 절대 누설되어서는 안 되는 모양이었다. 백작이 입단속을 어찌나 시켰으면, 집사장의 얼굴에는 예의 그 두려움이 가득했었다. 매들린은 눈을 한두 번 깜빡였다. 한번 올라가서 확인하는 것 정도는 괜찮겠지. 그녀는 간단히 결론 내렸다.

매들린은 코리를 내려다보며 찬찬히 기억을 되짚었다. 코리를 찾았다. 개는 털이 살짝 축축했지만, 진흙은 한 점도 묻어있지 않았다. 사용인을 불러 자초지종을 캐묻자 풋맨인 찰스가 위험을 무릅쓰고 밤에 찾아왔다는 이야기가 돌아왔다.

찰스가 그렇게까지 위험을 무릅쓸 줄이야. 혹시 백작이 명령이라도 내린 걸까. 하지만 그의 말마따나 고작 '개 한 마리'를 두고 백작이 그리 무리수를 뒀을 거라 생각되진 않았다. 그러나 사람들이 입을 모아 그리 이야기하니, 매들린으로서도 그렇게 믿을 수밖에 없었다. 그녀는 찰스를 개인적으로 불러 감사를 표했다. 물론 감사는 물질적으로도 하려고 했다. 그러나 매들린이 봉투를 건네자 찰스가 굉장히 거북해했다.

"마님, 저는 할 일을 했을 뿐입니다."

"그래도. 괜히 위험에 빠뜨린 것은 아닐까 죄스럽고……."

매들린이 얼굴을 붉혔다. 자신이 얼마나 유치하게 굴었는지 자각은 있었다.

"그렇지 않습니다. 정말이지 괜찮습니다요."

"아니, 제발 받아줘요. 찰스. 내 마음이니까."

"아이고. 이러시면 제가 곤란합니다."

찰스가 좌불안석이 되어 어쩔 줄을 몰라 했다. 한참을 실랑이를 벌이다가 결국 찰스에게 졌지 뭔가. 그녀 역시 이렇게 돈을 건네는 행위가 팁처럼 보일까 싶기도 했고. 그리고 곧이어 백작이 아팠다. 매들린은 백작을 직접 만나러 위층 서재로 올라가기로 결심했다. 그에게 딱히 할 말이 있는 건 아니었다. 그러나 그는 그녀의 남편이었고, 부부 사이에 딱히 할 말이 있어야 만나는 건 아니지 않은가. 여러모로 직접 확인하는 게 좋겠어.

나름 화해-라기보다는 휴전-를 청할 생각도 있었다. 남편과 자신 사이에 소통이 잘되지 않는 건 사실이었으니까. 평생을 원수지간처럼 살 수는 없는 노릇 아닌가. 그때, 백작의 서재로 향하던 그녀를 집사장 세바스천이 막아섰다. 흐릿한 평소 인상과 달리 그는 완강한 얼굴로 매들린을 막아섰다. 마치 그녀에게 화가 나기라도 한 것처럼 얼굴이 붉으락푸르락했다.

"무슨 일이십니까. 마님."

"아내로서 제 남편을 보러 가는 데에 이유가 따로 필요하다고 생각하진 않는데요."

당혹스러운 나머지 퉁명스럽게 말이 나갔다. 매들린이 미간에 힘을 주자, 세바스천이 흠흠. 헛기침을 몇 번 했다.

"백작님께서는…, 혼자 계시고 싶어 하십니다."

"좋아요. 그러면 제가 만나고 싶어한다고 전해주실래요?"

"……."

세바스천이 예상치 못한 듯 흠칫, 몸을 떨었다. 그가 좌우를 살피더니 다시 한번 말했다.

"마스터 노팅엄께서는 오늘 손님을 받기 어려우신 것 같습니다. 긴요한 일이면 제가 대신 전달을……."

"전 손님이 아니에요."

"……."

세바스천의 얼굴이 붉어졌다. 무의식중에 흘러나온 말실수를 자각한 것이다. 그가 말을 더듬거리기 시작했다.

"백, 백작님께서는……."

"알고 있어요. 나와 한자리에 있는 것도 싫어한다는 거죠."

"아닙니다! 그런 것이 결코 아니라……."

세바스천은 완전히 궁지에 몰린 꼴이 되었다. 그가 한숨을 내쉬었다.

"안타깝게도, 백작님께서는 지금 몸 상태가 좋지 않으셔서……."

"아프니까 더더욱 만나고 싶은 거예요."

매들린의 목소리가 높아졌다. 정말 상상하기 어려운 일이었다. 물론 이안 노팅엄은 부상으로 인해 몸을 운신하기 힘들었다. 그러나 그런데도 그가 몸 상태가 좋지 않아 누워있는 상상은 하기 힘들었다. 물론 부상의 후유증으로 몸이 약해진 상태기는 했다.

"어쩌다……."

"최근 몸살 기운이 좀 있으신 것뿐입니다."

세바스천은 예의 그 무표정한 집사로 돌아갔다. 그가 애원조로 매들린에게 당부했다.

"부디 백작님을 방해하지 말아 주시길 바랍니다. 절대적으로 안정을 취하셔야 하기에……."

"제가 할 수 있는 일은 없나요?"

"백작님께서는 저를 제외한 그 누구의 방문도 원치 않는다 하셨습니다."

"특히 날 보고 싶지 않다는 거겠죠."

매들린이 고개를 저었다. 그래. 이번에도 그녀가 졌다.

"그래요. 그이가 아프다면, 나를 보고 싶지 않다면 어쩔 수 없는 일이겠죠. 아쉽네요. 같이 차라도 한잔할까 했는데."

말이야 가볍게 했지만, 솔직히 걱정이 됐다. 이미 부상으로 심약해진 육체가 감기에 걸려 이겨낼 수 있을까 싶었다.

"주치의는 불렀나요?"

"네. 마님. 필요한 조처는 다 취했으니 걱정하지 않으셔도 됩니다. 의사 선생께서도 절대적인 안정을 권고했습니다."

"……."

한 치의 빈틈도 허용하지 않는 세바스천의 방어적인 태도에, 매들린은 살짝 기가 질렸다. 백작의 하수인 아니랄까 봐.

"무슨 일이 생기면, 반드시 내게 알려줘요." 그 말만을 남긴 채 뒤돌아설 수밖에 없었다. 하지만.


밤이었다. 깜깜한 밤. 그림자조차 숨죽이는 밤. 노팅엄 저택의 밤은 다른 곳보다 더 어둡다. 세상의 모든 빛을 빨아들이는 동굴 같다. 매들린은 계속해서 몸을 뒤척였다. 어째서일까. 전신이 뻐근하고 짓눌린 느낌이었다. 목덜미가 뻣뻣하니 아팠다. 나도 감기 기운인가.

그녀가 상반신을 일으켜 세웠다. 참을 수 없는 갈증. 답답함. 가슴을, 전신을 짓누르는 듯한 무게. 그 먹먹한 감정이 어디에서 기인하는지 모르겠다. 아니, 사실 알고 있다.

*돌아가시오.* 자신에게 그리 말하던 남자. 그 지치고 초췌한 얼굴에 깃든 무언의 감정을 생각하면 참을 수 없어졌다. 어째서 나를 그렇게 보는 거야. 나를 걱정하는 것처럼 말하지 마. 나를 증오하면서, 미워하면서! 몇 번이고 이 저택에서 도망치려 했으나 번번이 그에 의해 저지되었다. 언젠가는 도망치겠다고 생각했으나 그럴 수 없었다. 남자는 언제나 그녀를 찾았다. 마치 마법의 수정구슬이라도 가지고 있는 것 같았다.

런던역에서 자신을 미리 기다리고 있던 사용인들을 떠올릴 때면 여전히 오한이 들었다. 결국, 제 발로 저택에 돌아오는 건 언제나 매들린이었다. 거기에는 어떤 강압도, 협박도 없었다. 무언의 압박만이 있을 뿐. 점차 그렇게 저택은 거대한 감옥이 되었다. 저택은 독방이었고 백작은 동료 수형자이자 감시자였다. 모든 것이 그 때문이었다. 아니, 그래야만 했다.

매들린이 침대에서 일어났다. 얇은 슬립 위에 울로 된 가운만 걸친 차림새였다. 방 밖으로 나가니 복도에 붙은 옅은 전등 몇 개를 제외하고는 어두웠다. 아직 지난 폭풍우의 흔적이 남아 있었다. 거센 바람이 유리창에 부딪히는 소리가 났다. 웨엥, 웨엥, 바람 소리가 거셌다. 웨엥, 웨엥. 사람이 내는 울부짖음 같이 들리는 그 소리가 을씨년스러워서, 몸서리가 쳐졌다.

매들린의 발걸음이 층계참에서 멈췄다. 올라가야 할지, 내려가야 할지. 이것을 애초에 왜 고민하고 있는지 스스로도 알 수 없었다. 그녀의 발걸음이 저도 모르게 '금단의 장소'인 3층으로 향했다. 한 손에는 작은 등을 들고 올라갔다. 점점 남자의 침실로 다가간다. 한 걸음 한 걸음이 무거웠다. 어쩌면 그녀는 확인하고 싶은 걸지도 모른다. 아픈 남자를 보고 위안을 얻고 싶은 걸지도 몰랐다.

무슨 위안? 사람은 전부 죽으니까, 그 역시 죽어 자신을 자유롭게 해주리라는 위안? 아니, 살아있으니 다행이라는 위안? 혼란스러웠다. 매들린은 자신이 무엇을 보고 싶은지 알 수 없었다. 그녀가 육중한 나무문 앞에서 멈췄다.

흐윽, 아악……! 한참을 멈춰 서있던 매들린은 방 안에서 들리는 비명을 듣자마자 문을 열고 재빨리 안으로 들어갔다.

"무슨……."

침대 위에는 백작이 머리를 부여잡고 울고 있었다.

"이사벨… 이사벨… 날 용서해줘……."

우는 게 아니라, 짐승의 울부짖음에 가까웠다. 열에 들뜬 남자가 알 수 없는 소리를 중얼거리고 있었다. 매들린이 등을 협탁 위에 올려두고 재빨리 침대 가로 갔다.

위험한 상황일까. 침대에 누워있는 남자는 창백했다. 안 그래도 창백한 얼굴이 식은땀에 온통 절어 훨씬 더 하얗게 질려 있었다. 검은 머리칼이 땀에 젖어 이마에 붙었다. 흉터는 잔뜩 일그러져있었고, 눈 밑에는 어두운 보라색 그늘이 있었다. 남자다운 얼굴인데 동시에 병약해 보이는 이중적인 모습이었다. 기이한 아름다움. 성화처럼 기묘하게 뒤틀린 우아한 모습에 매들린의 몸이 두려움으로 진동했다. 그녀가 옆에 온 걸 모르는지 남자가 계속 신음했다.

매들린이 손을 뻗었다. 그녀가 남자의 창백한 이마 위에 조심스럽게 제 손바닥을 올렸다.

뜨거워. 손이 달구어진 찻주전자에 닿은 것처럼 뜨거웠다. 이를 어쩌나. 열이 펄펄 끓는 사람을 간호해본 적이 없어서 어찌할 줄을 몰랐다. 차가운 물수건이라도 가져와야겠어. 그녀가 그렇게 등을 돌려 젖은 수건을 가지러 갈 때였다. 쇠갈퀴 같은 앙상하고 긴 손이 그녀를 붙잡았다. 어떻게 아픈 사람이 그런 힘이 있을 수 있을까 싶을 정도로 강인한 아귀힘이었다. 매들린이 신음했다.

"악, 윽, 아파……."

"이, 이사벨……."

뒤돌아서자 눈을 가늘게 뜬 채 남자가 자신을 바라보고 있었다. 이사벨. 여동생의 이름. 그는 자신을 제 여동생으로 착각하고 있다. 매들린의 몸이 딱딱하게 굳었다. 허락 없이 이곳에 자신이 들어온 걸 알면 어떻게 조치할지 알 수 없었다. 하지만 당장 그게 두렵다기보다는, 당황스러웠다.

"……."

입술만 달싹일 뿐 뭐라 할 말이 나오지 않았다.

"미안하다… 미안해."

저음의 목소리가 통한으로 일그러져 있었다. 그가 계속해서 미안하다는 소리를 되뇌었다. 놓으면 사라질 신기루라도 되는 것처럼 아귀힘이 계속해서 들어가 있었다.

"네가, 살게 내버려 뒀어야 했는데. 내가, 내 욕심이……."

이대로 가다가는 손목이 부러질 것 같단 생각이 들었다. 매들린이 바들바들 떨며 다른 한 손으로 남자의 손을 덮었다.

"진정해요. 전 이사벨이 아니라 당신의 아내예요."

매들린… 노팅엄. 매들린이라고요. 어떻게 돼도 좋으니, 눈앞의 남자를 진정시키고 싶었다.

"매들린……."

"네. 당신의……."

"내 아내."

남자가 희미하게 미소지었다. 동시에 손에서 힘이 풀렸다. 그의 얼굴에 낙담이나 고통 같은 게 가시고 순식간에 평안이 깃들었다.

"날 두고 가지 마시오." 남자가 작은 목소리로 중얼거렸다. "그때처럼……."

"……."

매들린은 입을 벌린 채로 아무 말도 할 수 없었다. 그때처럼, 그녀가 가출을 감행한 때를 말하는 것일 터. 그녀가 고개를 돌리자 눈길이 닿는 곳, 창가 위에 그녀가 키우던 맨스필드 장미 한 송이가 보였다.

"……."

그때처럼. 매들린이 눈을 질끈 감았다.

## 스물다섯 살의 매들린

그녀는 도망쳤었다. 그래, 매들린은 도망쳤다. 저택으로부터, 노팅엄 영지로부터. 가방에 옷가지와 돈, 생필품을 넣고 만반의 준비를 한 채로 말이다. 가출의 이유는 단순하고, 터무니없고, 형편없었다. 영화를 보고 싶었다.

그녀는 그저 영화를 보고 싶었다. 미국 영화를, 찰리 채플린을 보고 싶었다. 익명의 사람들 속에 숨고 싶었다. 백작에게 부탁하면 허락해 줄지도 몰랐다. 그러나 그녀는 자신이 그의 눈치를 봐야 한다는 사실 자체에 넌더리가 나 있었다. 자유로워지고 싶었다. 매들린은 이안 노팅엄이 자신의 발목을 잡고 못 나아가게 하고 있다는 생각에 온통 사로잡혀 있었다.

시내 구경을 간다는 이야기를 남겨두고 저택을 떠났다. 미리 수배해놓은 차는 시원스럽게 도로를 질주했다. 운전자는 힐끔힐끔 조수석에 탄 매들린을 훔쳐봤다. 그 시선이 마음에 들지 않았지만, 영지까지 오겠다는 사람이 얼마 없어서 어쩔 수 없었다. 귓가를 스치는 바람이 시원스러웠다. 자동차의 속도는 자유의 속도. 그녀가 저택으로부터 멀어지는 거리는 구속으로부터의 거리였다.

"기분 좋아 보이시네요."

"……."

계속 쓸데없이 말을 붙이는 운전사만 아니었다면 기분이 더 상쾌했을 텐데. 런던에 도착하면 영화관도 가고 백화점도 가고, 미술관, 박물관, 국회의사당, 도서관도 갈 계획이었다.

가장 화려한 호텔에도, 가장 비루한 호텔에도 머무르고 싶었으며 다양한 사람들을 만나고 싶었다. 백작에게 부탁했으면 런던행을 허락하긴 해도 자유로운 여행은 즐기지 못할 게 분명했다. 그는 분명 사용인들을 잔뜩 붙여놓고 시시콜콜 감시와 참견을 일삼았을 게 분명했다.

그게 싫은 거다. 자신이 언제라도 사라질 설탕 과자인 것처럼 구니까. 괜히 답답하고 성질이 나게 되는 것이다. 매들린은 자신이 하는 게 엄밀히 말하면 가출도 아니라 생각했다. 그보다는 '외출'에 가깝겠지. 암, 그렇고말고.

"런던은 오랜만에 가서요."

기차역에서 내리면 곧바로 킹스크로스행 열차로 갈아타야지. 자유의 값은 기차표의 값. 런던에 도착하면 머리카락을 플래퍼처럼 귀엽게 자를까 보다. 그녀의 마음은 치기 어린 자신감으로 잔뜩 부풀었다.

지금쯤 저택은 난리가 났을 거란 생각에 더 기분이 좋았다. 백작에게 보고가 들어갔으려나. 들어가 봤자지. 어차피 당신은 그 몸으로 날 쫓아오지도 못하잖아. 못된 생각이 불쑥 튀어나왔다. 타인의 결손을 비난의 무기로 사용하는 것은 비열한 짓이었다. 그러나 그녀는 남자의 모든 것을 비난하는 데에 사용하고 싶었다. 그의 마음의 상처, 몸의 상처까지도.

그녀는 자신이 바닥을 쳤다는 사실을 애써 생각하지 않으려 했다. 물론 그렇다고 해서 백작이 손 놓고 있으리라는 보장은 없었다. 백작은 앉아서 모든 것을 꿰뚫고 있었다. 런던, 뉴욕, 파리의 소식들이 전보를 타고 그의 책상 앞에 배달되었다. 그의 말한마디가 전기신호가 되어 저 먼 대서양을 건넜고, 천문학적인 돈이 왔다 갔다 했다.

런던의 어리바리한 여자 한 명을 찾는 건 일도 아닐 것이다. 하지만 그녀는 비관하고 싶지 않았다. 새로운 삶을 시작할 것도 아니면서, 오로지 남자 한 명을 성가시게 하는 것만으로도 목적을 달성한 것이다. 기차의 속도는 자유의 속도. 그녀는 정체 모를 노래를 흥얼거렸다.

런던에 도착하자마자 매들린 노팅엄의 두 눈이 휘둥그레졌다. 저택에서 지낸 지 몇 년 안 되었는데, 종전 직후의 우울한 분위기는 없었다. 도시의 군중은 흥에 넘쳐 있었다. 물론 거리 곳곳에 상이군인들이 우울한 표정으로 구걸하고 있는 광경이 왕왕 눈에 띄었다. 매들린은 그들을 볼 때마다 품 안의 돈을 꺼냈다.

아르데코 장식을 한 간판이 여러 군데 보였고, 여자 남자가 같이 모여 커피를 마시는 장소들도 더러 보였다. 전쟁 전만 해도 여성은 카페에 출입하기 어려웠는데, 새삼 많은 게 바뀌었다 싶다.

호텔에 체크인부터 해야겠어. 네온사인 간판을 구경하다가 하마터면 지나가는 자동차에 치일 뻔했다. 매들린은 시골뜨기처럼 보이고 싶지 않아, 서둘러 시선을 도보에 고정했다. 그녀가 선택한 호텔은 지나치게 비싸지도 값싸지도 않은 곳이었다. 지나치게 고급인 곳을 선택했다가는 백작과 아는 사람을 마주

칠지도 몰랐고, 값싼 곳은 아직 적응할 준비가 되지 않은 탓이었다.

호텔 방에 도착해 행장을 풀었다. 여자 혼자서 여행하는 걸 보고도 데스크에 앉은 여자는 대수롭지 않아 했다. 하긴, 요새는 여성도 직업을 가지고 혼자 살아도 뭐라 할 수 없는 시대였다. 그에 비하면 전쟁 전은 어찌나 고루했는지. 물론 전쟁 덕에 모든 게 좋아졌다는 이야기는 아니었으나, 그녀는 해방적인 기분을 마음껏 만끽했다. 짐을 풀고 침대에 눕자 그제야 모든 게 실감이 났다.

도망쳤어.

폐에 구멍이 뚫린 듯 허무한 기분이 들었다. 도망치는 데 장장 3년이 걸렸다. 길다면 길고, 짧다면 짧은 시간이었다. 자신의 가출 소식을 듣고 분노할 백작을 생각하면 아주 살짝 무섭기도 했다. 그리고 어쩐지, '죄책감' 같은 것이라고 해야 할 게 스멀스멀 척추를 타고 올라왔다. 죄책감이라고. 내가? 흥. 코웃음이 쳐졌다. 백작을 불쌍히 여겨본 적 없다면 거짓말이겠지만 그것은 어디까지나 값싼 동정심이요 기만에 불과한 감정이었다.

백작의 어머니인 선대 백작부인을 떠올렸다. 자상하고 슬픈 얼굴의 여인. 매들린의 손을 붙잡으며 그녀는 고해성사하듯 읊조렸다. *그 아이는 신을 믿지 않게 되었어요.* 비단 신앙심만 잃었을까. 남자는 자신이 겪은 지옥도에 대해서 절대 발설하지 않았지만, 한 가지는 확실했다. 남자는 인류의 번영도, 목적도 없다고 생각했다. 그에게 이 세상은 무의미의 먼지 덩어리 그 자체였다. 나도 그에게 먼지 인형 정도겠지?

백작의 속을 알 길은 없었다. 매들린은 차라리 자신이 제 앞에서 얼굴을 붉히는 백작을 못 봤더라면 했다. 자신이 그에게 중요한 존재일지도 모른다는 것처럼 무서운 사실은 없을 테니까. 그 사실을 끝까지 외면하고 싶은 자신에 대해서, 매들린은 생각하고 싶지 않았다. 수마에 빠져들 때까지, 그녀는 끝없는 소용돌이 속을 헤매는 기분과 싸워야 했다.

극장 앞에 서서 포스터를 기웃댔다. 미국에서 상영한 영화의 포스터가 크게 걸려 있었다. 콧수염, 슬픈 얼굴의 남자가 과장된 표정을 하고 있었다.

"찰리 채플린……." 매들린이 포스터를 읽었다. "키드."

어쩐지 슬픈 영화인 것 같다. 하지만 볼 만할 것 같은데. 매들린은 한참 헤매다 표 한 장을 샀다. 곳곳에 연인들이, 가족들이 영화관 좌석에 앉았다. 매들린은 그들을 따라 자리에 앉았다. 극장의 불이 꺼졌다. 영화를 보는 내내 매들린은 자신이 꿈을 꾸고 있다는 착각에 빠졌다. 자신이 아닌 다른 누군가의 꿈. 그것은 무척 이상한 기분이었다.

매들린이 영화를 보고 싶다고 말했으면, 백작은 별장에 영화관이라도 하나 지어줬을 것이다. 영사기와 필름을 구입하고는, 그녀만을 위한 무대를 만들었겠지. 물질적인 것은 무엇이든지 해주는 이니까.

웃다가 점점 눈물이 나오기 시작했다. 알 수 없었다. 왜 이리 슬픈 것일까. 그녀 자신이 은막 위의 환영들보다 덧없기 때문이리라. 유령들, 지난 시대의 스러져가는 자취. 막이 내리면 흔적도 없이 사라질 존재들. 호텔로 돌아가자 지배인이 그녀에게 작은 전보 쪽지를 전해줬다.

[런던역에서 기다리고 있겠습니다.]

## 스물여섯 살의 매들린

악몽으로 점철된 긴긴밤이었다. 참호 안에서 봤던 사람 팔만한 크기의 쥐. 썩어가던 자신의 발 따위가 패치워크처럼 얼기설기 엮여 있었다.

고된 사투 끝에 남자가 눈을 뜨자 처음 본 광경은, 침대 가에 앉아 꾸벅꾸벅 졸고 있는 아내의 모습이었다. 따뜻한 색조의 금발이 이리저리 흐트러져있고, 슬립 위의 가운은 어깨에 미끄러지듯 걸쳐 있었다. 가운 사이로 부드러운 곡선의 몸매가 보였다. 오똑한 이마와 둥근 입매, 감은 와중에도 사색하는 듯한 눈. 복숭아색 볼. 꿀과 금으로 만들어진 것 같은 그의 아내. 냉담한 평소의 모습은 온데간데없이 다정한 기운으로 가득 차 있었다.

남자는 자신이 살아있다는 사실에 놀랐다. 그렇다고 이곳이 천국은 아니다. 그곳에 가기에 자신은 너무도 많은 죄를 지었지 않은가. 한참 동안 여자를 바라보다가, 자신이 그녀의 손을 쥐고 있음을 깨달았다. 부드럽고 따뜻한 손을 자각하자마자 불에 달구어진 것처럼 손이 뜨거웠다.

그가 신음을 내며 상반신을 일으켰다. 창문을 통해 따뜻하고 부드러운 햇살이 그녀의 뒤통수를 내리쬐고 있었다. 그는 생각했다. 아주 잠시만큼은 이 평화를 누려도 괜찮지 않을까 하고.

어차피 심판은 찾아오기 마련이다. 그러니, 여자가 눈을 뜰 때까지만이라도…….

·✦·

콜하스마녀로의 초대장.

얇고 바스락거리는 카드를 받아든 매들린은 어쩐지 곤란한 심정이 되어, 아랫입술을 깨물었다. 콜하스댁 도련님께서는 자신이 퍽 마음에 든 모양이었다. 지난번의 파티 이후로 말을 걸기 시작하더니 이제는 아예 저택으로 초대장을 보내오기까지 했다.

공식적으로는 콜하스 자작이 로엔필드 남작 영애에게 보내는 정중한 서한이었으나, 실상은 조지의 개인적인 사심이 들어간 초대임이 분명했다.

"흠. 그런데 그 남자는 셋째 아들 아니더냐."

로엔필드 남작이 초대장을 흘겨보면서 핀잔을 줬다. 조지 콜하스는 콜하스 자작의 셋째 아들로 캠브리지 법률 대학교를 졸업한 전도유망한 젊은이였다. 그러나 남작은 여전히 못마땅한 모양이었다. 작위도 못 잇는 셋째 아들이 제 딸에게 관심을 가지는 것이 탐탁잖은 모양이었다.

"그러나 초대를 거절하는 것은 숙녀답지 못한 행동이지."

아버지가 간단하게 결론을 지었다. 매들린은 한숨을 쉬었다. 아버지의 가식이나 속물근성은 아무래도 좋았다. 조지는 유쾌한 젊은이였고, 그와 있으면 약간의 재미랄 것도 있었다. 그러나, 그는 이안 노팅엄의 가장 가까운 친구였다. 그 말인즉슨, 이안과 이사벨을 한자리에서 마주칠 수 있단 이야기였다. 그러면 얼마나 민망하고 껄끄러울지. 그런 상황만큼은 최대한 피하고 싶었다. 하긴, 런던 사교계에서 노팅엄 가문을 피하는 거야말로 힘든 일이지. 매들린은 한숨을 쉬며 행장을 꾸렸다.

콜하스마녀, 콜하스의 별장은 런던 근교에 위치해 있었다. 차나 마차를 타고 가면 순식간이었다. 로엔필드 저택에 비하면 아담했으나, 그렇다고 대충 지어진 느낌은 없었다. 벽돌로 아담하게 잘 지어진 집이었다. 매들린은 중간에 차에서 내려, 그곳까지 걸어갔다. 가까이 가면 갈수록 하늘의 색깔이 바뀌었다. 저택에 도착하자 저녁 식사 직전이었다. 차를 탄 신사 숙녀들이 속속들이 도착하고 있었다. 긴 연회 테이블에 앉아 훌륭한 요리를 대접받았다.

콜하스 자작은 인심 좋은 사람이었다. 자작위를 가졌다고 으스대는 법이 없었고, 훌륭한 호스트로서 책임을 아는 이였다. 은식기들은 깨끗했고, 내부 장식들은 지나치게 화려하지 않으며, 손님들도 얼마 없어 쾌적했다. 이 모든 편의의 이면에는, 사용인들의 쉼 없는 노동이 있을 터였다.

매들린의 옆에 조지 콜하스가 앉아 계속해서 말을 붙여왔다. 이안 노팅엄은 제 형제들과 함께 멀찍이 떨어진 자리에 앉아 있었다. 노팅엄 삼 남매를 한자리에서 보는 것은 이번이 처음이었다. 첫째 이안, 둘째 에릭, 그리고 셋째 이사벨까지. 흑발의 삼 남매는 좌중의 이목을 사로잡았다. 그들은 제각기 아름다웠으며, 은근하게 우아한 태가 났다. 이안이 대화의 무게중심을 잡아주면, 에릭이 농을 쳤다. 이사벨은 고개를 쳐든 채로 오만하게 사람들을 내려다봤다. 그러다 매들린과 눈이 마주쳤다. 그녀는 한쪽 눈썹을 살짝 들어 올렸다. 내가 왜 여  냐는 뜻인 걸까.

매들린은 고개를 숙이고 수프를 떠먹는 척했다. 식사가 끝난 후, 사람들은 삼삼오오 모여 이야기를 나누기 시작했다. 작은 실내악 악단이 소품을 공연했다.

눈치가 빠르지 못한 매들린이 보기에도, 조지는 대놓고 호감을 표시하고 있었다. 매들린과의 대화가 즐겁다며 치대는 통에, 자작까지 눈치를 줄 지경이었다. 이전의 삶에서는 스쳐 지나가는 사람이었는데. 여성 편력이 워낙 지대했던 사람으로 기억한다.

"나중에 기회가 되면 이탈리아 말고 비엔나도 가보세요." 조지가 발포주 한잔을 권하며 말했다. "온갖 혁신은 그곳에서 일어나고 있을 겁니다."

"그렇군요……."

곧 그곳이 전쟁터가 되어 쑥대밭이 된다는 사실은 이야기하지 않은 채, 고개를 끄덕였다.

"문명은 앞으로도 계속해서 발전할 겁니다. 과학과 미술, 모든 분야에서 말이죠."

기술적으로도, 예술적으로도 우리는 앞서가고 있어요. 조지가 자신만만하게 어깨를 폈다. 매들린이 기계적으로 고개를 끄덕였다.

"과연 그럴지는 모르겠네."

그때였다. 조지의 등 뒤에서, 이안 노팅엄이 나타난 것이다. 그가 조지가 내미는 잔을 낚아챘다.

"조지 형님. 오랜만이에요."

에릭 노팅엄도 함께였다. 이안보다 유순한 얼굴인 청년의 만면에 미소가 가득했다.

"내 이론에 반대하는 건가? 확실히 지금이 불황기이긴 하지만……."

조지가 신경질을 냈다. 괜히 매들린 쪽을 힐끔거리는 걸 보니, 이안이 등장한 게 거슬리는 모양이었다. 괜한 걱정인데. 매들린으로서는 이안의 등장이 굉장히 불편했다. 그러나 사람이 여럿

모인 자리에서 그런 기색을 낼 순 없었다. 다행히 이안은 매들린에게 눈길을 주지 않았다.

"영구평화이론은 꿈같은 이야기야. 인류는 원래 이기적이기 때문에 끝없이 동족상잔을 하게 되어있네."

"정말 그렇게 생각하시나요?"

마주 앉은 숙녀가 걱정스러운 표정을 지었다.

"그렇게 경쟁하고 파괴해왔기 때문에 역사가 발전할 수 있었던 것이죠. 쇄신은 원래 고통스러운 법입니다." 이안이 아무렇지 않게 말했다.

"하지만 그 방법이 반드시 무력일 필요는 없다고 봐. 경제적으로도 세계는 너무 얽혀있어서, 위험한 일 따윈 없을 거야."

"하긴, 이제 인류는 미개함의 시대에서 벗어났으니까."

조지와 다른 청년들이 반론했다. 매들린은 두 신사들의 대화에 관여하지 않고 잠자코 듣기만 했다. 어차피 그들은 얼마 안가 전쟁터로 나아갈 자신들의 운명을 전혀 모르고 있었다. 이 상황 자체가 일종의 아이러니였다.

"레이디 로엔필드께서는 어떻게 생각하시는지요."

그때였다. 이안이 느닷없이 매들린에게 칼자루를 쥐여줬다.

"……."

구석에 앉은 매들린은 적잖이 난처했다. 좌중의 이목이 자신에게 집중되는 게 부담스러운 데다가, 남자가 무슨 짓궂은 마음이 일어 저에게 이러나 궁금할 따름이었다. 이안은 무연한 표정으로 매들린을 바라봤다. 그의 굵은 눈썹은 그대로 제자리에 있었다. 그 밑의 눈빛은 가라앉아 있었다. 일전에 춤을 신청했던 때처럼 느긋한 기색이었다. 역시 이사벨 때문에 여전히 꽁한 건 아닐 테고. 매들린이 한숨을 쉬었다.

"글쎄요. 제가 잘 아는 신사분께서는······."

매들린이 이안을 바라봤다. 자신만만하고 오만한 남자는, 정말로 매들린의 대답이 궁금하다는 듯 그녀를 응시하고 있었다.

"제가 아는 신사분께서는, 역사란 의미 없는 주사위 놀음이라고 하시더군요. 발전이라, 글쎄요. 설령 그 말이 사실이라 하더라도 발전을 빌미 삼아 모든 죽음과 슬픔을 정당화할 수 있을까요?"

좌중의 표정이 굳어가는 게 와닿았다. 그러나 멈출 수 없었다.

"감상적이고 싶지는 않아요. 마스터 노팅엄의 고견에 일리가 있다는 건 분명합니다. 하지만 글쎄요. 폭력이 '필요악'이라고 생각하는 사람들 때문에 전쟁은 일어나기 마련이죠."

침묵. 좌중이 고요했다.

"로엔필드 양은… 그렇게 생각하시는군요."

이안이 눈썹을 들어 올리며 중얼거렸다. 그의 입꼬리가 살짝 올라간 것을 보아 기분 나쁜 기색은 전혀 없었다. 그에 비해 다른 신사 숙녀들의 표정이 좋지 않았다. 논쟁을 대놓고 비꼬는 매들린의 말에 충격이라도 받은 모양이었다. 어색한 기류를 감지했는지 에릭이 갑작스럽게 주제를 바꿨다.

"난 정치 이야기는 따분해서 말이에요. 그보다는 윔블던에 대해서 이야기해 보도록 하죠. 랭킹에 올라와 있는 신사 숙녀들 가운데서 누구에게 걸고 싶은지."

순식간에 이야기가 테니스로 전환되었다. 이안 노팅엄 역시 전혀 기분이 상하거나 짜증 난 기색 없이 대화에 참여했다. 매들린만이 살짝 꺼림칙해진 상태였다.

"형님께서 테니스를 어찌나 잘 치는데요. 저랑 같이 복식조를 이루면, 윔블던 출전도 할 수 있을 거라 봅니다."

"에릭. 허풍 떨지 말아라."

"아, 정말이라니까요."

에릭이 너스레를 떨었다. 테니스 복식조를 이룬 형제의 모습을 상상하노라니 제법 그럴싸했다. 둘 다 키가 훤칠하고 균형 잡힌 신체를 가지고 있었으니까.

매들린은 침묵했다. 잠시 산책을 하겠노라고 양해를 구하고 무리에서 벗어나자 숨을 쉴 수 있을 것 같았다. 별장 앞에는 너른 관목림이 펼쳐져 있었다. 발코니에 나아가 그 모습을 보노라니 가슴이 트이는 것 같았다.

매들린이 저녁 공기를 들이쉬고 있을 무렵이었다. 저택 맞은편의 관목림 사이에서 그림자 한 쌍이 보였다. 그녀가 의구심 어린 눈초리로 관찰했다. 그 그림자는 두 사람의 인영이었다. 정확히는 두 남녀의. 사냥꾼 모자를 쓴 남자 한 사람과, 양산을 쓴 여자 한 사람의 그림자였다. 이사벨 노팅엄!

그녀와 그녀의 연인 재커리 밀로프임이 분명했다. 척수를 타고 내려가는 싸늘한 기운에, 매들린이 안절부절못했다. 그녀가 혹시나 하는 생각에 방 쪽으로 몸을 돌리자, 그곳에는 저를 향해 다가오는 이안이 있었다. 막아야 한다. 본능적으로 그렇게 판단했다. 매들린이 의식적으로 미소를 꾸며냈다. 이안의 굳은 표정이 살짝 누그러지는 것을 감지하진 못했다.

"로엔필드 양. 일전의 일에 대해서 말하고 싶습니다."

"일전의 일이라뇨?"

"이사벨 말입니다. 그 아이의 일로 당신을 추궁한 건 잘못된 일이었습니다."

"아. 아니에요. 전 괜찮아요. 오빠 된 사람으로서 동생에 대해서 걱정하는 건 당연한 일 아니겠어요?"

"……."

남자가 살짝 뜸을 들였다. 매들린은 불안한 눈동자로 남자의 시선을 탐색했다. 그가 미간을 찌푸리자 덩달아 긴장이 됐다.

"혹시 이사벨과 친분이 있는 사이라면……."

"저는."

"그 아이를 잘 타일러주시길 바랍니다. 제가 뜻하는 바는 아시겠죠."

이안의 볼이 불그스름해졌다. 사적인 부탁을 한다는 것 자체가 부끄러운 모양이었다. 매들린이 조용히 고개를 끄덕였다. 이 대화가 상당히 불편했으나 어찌하겠는가. 무슨 말을 해야 할지 알 수 없었다.

"안으로 들어갈까요?"

그녀가 뒤통수로 불어오는 바람을 느끼며 말했다. 남자의 얼굴로 노을이 쏟아지고 있었다.

"로엔필드 양. 저는 잘 모르겠군요."

"……."

"이전부터 줄곧 느꼈지만, 당신은 저를 별로 좋아하지 않는 것 같아서요."

"설마요." 매들린의 얼굴에 핏기가 가셨다.

"경멸이라고 해야 할까."

"경멸이라뇨."

그래. 난 당신을 경멸해. 당신이 하는 건 사랑이 아니었어. 유치한 소유욕에 불과했지. 매들린의 목구멍에서 내뱉어지지 못한 말들이 응결되어 그대로 숨통을 옥죘다. 지금의 남자에게는 죄가 없었다. 부서지지 않은, 그저 오만할 뿐인 남자. 어찌 됐든 이곳의 세계에선 아직 일어나지 않은 일들로 그를 비난할 수는 없었다.

"모르겠습니다. 저만의 착각일 수도 있겠죠."

이안이 살풋 웃었다. 냉엄한 얼굴에 걸맞은 적당히 미지근한 온도의 미소였다.

"하지만 당신이 나를 너무 싫어하지 않길 바랍니다. 그건 서로에게 손해 아닐까요."

"손해라니요."

매들린이 멋쩍게 웃었다. 그 말을 들은 이안이 말했다.

"사람의 인연은 어떻게 될지 한 치 앞을 모르는 것 아닙니까."

"악연이 될 수도 있다는 이야기처럼 들리네요."

"한 치도 들어갈 틈을 내어주시지 않는군요."

이안이 한숨 어린 미소를 지었다. 그가 살짝 상반신을 기울여 정중하게 인사했다.

"로엔필드 양의 의사를 십분 존중하여, 물러나 보도록 하겠습니다. 그러나 앞으로는 후퇴하지 않을 겁니다."

이안 노팅엄이 홀로 들어간 뒤, 매들린은 다시 관목림 쪽으로 시선을 돌렸다. 밀회가 끝이 난 모양인지, 아까 두 사람의 모습은 보이지 않았다. 아니. 그러기엔 어둠이 이미 내려앉은 뒤였다. 사람과 나무의 그림자가 뒤섞여 한 치도 분간할 수 없었다.

공기 중에 여름의 풀 내음이 나면 날수록, 매들린의 마음은 들뜨기는커녕 타들어 가는 것처럼 점점 더 고통스러워졌다. 곧 전쟁 소식이 들려오겠지. 지금 그 모든 지식과 일천하리나마 경험이란 것들이 있어 더 고통스러운 걸지도 몰랐다. 차라리 아무것도 몰랐으면 좋았을 텐데. 그 모든 걸 알고도 무력한 저 자신을 견딜 수가 없었다.

다시 생을 산다고 하여 좋은 일 따위는 없었다. 차이가 있다면 그 모든 고통을 알고서도 다시 겪어야 한다는 점이었다. 숲속의 저 연인처럼, 차라리 아무것도 모르는 사람들이 부러웠다.

며칠이 지난 후에도 계속해서 생각하게 된다. 숲속에서 밀회를 가지던 이사벨과 남자의 모습 말이다. 그 두 사람에 대한 생각을 멈출 수 없었다. 마치 엿보아서는 안 되는 순간을 엿보는 것 같이, 불경하면서도 아련해지는 감정이 있었다. 그런 불같은 사랑이 있다는 것도 대단하네. 죽음을 각오하는 젊은이의 사랑 말이다.

매들린은 결코 이해할 수 없는 감정이었다. 그녀 역시 '젊은이'였지만 이미 그런 감정이 다 사그라든 느낌이었다. 물론, 낭만적인 사랑은 이기적인 집착과는 결이 다를 터였다. 전 생애에서의 남편이 부린 행태는 사랑과는 거리가 멀었다. 적어도 매들린은 그렇게 생각했다. 그의 감정은 비틀린 통제 욕구라든가, 이기적인 호승심에 불과한 거였다. 그래야만 했다.

아무튼, 그렇게 몇 번의 석연찮은 만남이 이어지고 난 이후에도, 남자와의 마주침은 계속해서 이어질 수밖에 없었다. 별수 없었다. 피하려고 해서 피할 수 있는 게 아니었다. 런던의 사교계는 혈통 좋은 경주마들을 풀어놓은 좁다란 목초지 같은 곳이었으니 말이다. 그게 답답하긴 했지만 견딜 수는 있었다. 매들린은 자신만의 여흥을 개발했다.

그녀는 그저 조용히 관찰하기로 했다. 가능한 한 조용히 사람들을 지켜봤다. 그렇게 차근차근 지켜보기라도 하면, 자신이 이전에 놓쳤던 것을 조금이라도 깨달을 수 있을 것처럼. 실제로 많은 게 새로이 보였다.

물론 개중에는 딱히 알고 싶지 않았던 사실도 있었다. 아버지가 지금 프리실라 백작부인과 아슬아슬한 밀회를 이어나가고 있다는 사실 같은 것도 모르니만 못했다. 지금도 저쪽에서 둘이 서로 은근한 눈길을 주고받는 것이, 참 꼴 보기가 싫었다.

매들린은 눈살을 찌푸리며 서둘러 시선을 돌렸다. 눈을 돌린 곳에서 또 다른 사실 하나가 보였다. 저기 연회장의 가장자리에서 어정쩡하게 서 있는 남자가 눈에 띄었다.

루이스 바턴. 석탄 공장으로 막대한 부를 쌓았는데, 평민 출신이라고 다들 의도적으로 무시를 하는 모양이었다. 그래도 끊임없이 사교계에 문을 두드리는 끈질긴 양반이었다. 생긴 것은 자못 평범한 외모였으나 깔끔하고 앳된 얼굴의 사내였다. 순한 검은 눈망울이 처져 있는 게 자못 안쓰러워 보였다. 게다가 그런 그를 더 안쓰럽게 만드는 요소가 하나 더 있었다.

"그래서, 여우 사냥에 같이 가겠다고 부득불 안간힘을 쓰더니만, 막상 그곳에서의 에티켓은 전부 무시했다죠? 결국, 마스터 노팅엄께서 한마디 쏘아붙이고 나서야 얼굴이 익는 꼴이 참……."

"그러고서도 이렇게 낯을 들이밀 생각을 하다니, 철면피가 따로 없어요."

하하 호호. 지척에서 남자에 대해서 떠들어대고 있는 소리가 들렸다.

"하……."

듣다 보니까 참 어이가 없었다. 그 누구도 남자에게 노골적으로 말을 걸지 않으며 괄시하는 꼴이 참 우스웠다. 게다가 그 '노팅엄'이라는 이름이 나오자 혈압이 치솟는 기분이었다. 역시 치졸한 남자였어.

사교계에 진입하려는 사람들에게 면박을 줄 정도로 속이 좁은 옹졸한 남자였다. 그러니까 결국, 매들린은 또 오지랖을 부리기로 했다. 홀로 남자에게로 다가간 것이었다. 원래 초면인 상태에서 먼저 말을 붙이는 게 예법이 아닌 건 알았으나 굳이 그런 걸 따지고 싶진 않았다. 그랬으면 이사벨한테도 뭐라 안 했겠지. 딱히 저 사람이 불쌍해서 그런 게 아니야. 그냥 뒷말하는 치들이 싫은 것뿐이지. 매들린은 최대한 상냥한 미소를 띠며 남자에게 말을 붙였다.

"안녕하세요. 바턴 씨. 일전에 만찬회에서 뵈었던 적이 있었는데, 절 기억하시나요?"

"앗. 네. 네! 로엔필드 양, 기억합니다."

루이스 바턴의 낙담한 얼굴에서 미소가 떠올랐다. 순한 눈망울에서 활력이 돌자, 보기에 제법 괜찮았다. 나쁘지는 않았다.

"적잖이 지루하시지요?"

"아, 아니요. 전혀 지루하지 않습니다. 로엔필드 양."

루이스 바턴이 손사래를 쳤다. 지나치게 강한 부정은 강한 긍정이나 다름없는 법. 매들린은 살짝 고개를 끄덕였다.

"잘됐네요. 다행이에요. 지루하지 않으시다니. 저는 사실 좀 졸리기 시작했거든요."

"그건, 그건 큰일이지요. 로엔필드 양. 피곤하시다니."

바턴이 큰 눈을 굴리면서 어쩔 줄을 몰라 했다. 그가 빈 의자 하나를 끌고 왔다.

"잠시 앉으실래요?"

허둥지둥하는 모양새가 꽤 숙맥이거나 사교계 경험이 없는 남자인 것 같았다. 적어도 서른 살은 되어 보이는 남자인데, 의외였다. 매들린이 남자가 내어준 의자에 앉으려고 할 때였다. 저편에서 큰 그림자가 드리워졌다.

"또 뵙는군요. 로엔필드 양."

올려다보니, 그곳에는 살짝 무뚝뚝한 얼굴의 이안 노팅엄이 있었다. 남자의 기본 얼굴이 원래 무뚝뚝했으니, 그냥 평범한 얼굴의 이안 노팅엄이라고 해도 무리는 없을 터였다. 매들린은 떨떠름하게 인사했다.

"안녕하세요. 마스터 노팅엄."

"바턴 씨. 반갑습니다."

"아, 아. 네. 마스터 노팅엄. 정말 간만이군요. 그때는 정말 즐거웠습니다!"

루이스 바턴의 전신이 달달 떨리고 있었다. 매들린이 말을 걸었을 때보다 훨씬 심했다. 반면에 갑자기 둘에게로 다가온 이안은 아무렇지 않아 보였다. 정말 안부 인사만 전하러 온 듯 평온한 인상이었다. 그러나 매들린은 그가 아무 이유 없이 자신들에게로 온 건 아닐 거라 생각했다.

"저도 바턴 씨와 함께 했던 사냥이 무척, 즐거웠습니다."

이안이 입꼬리를 당겨 억지 미소를 지었다. 그러나 악센트와 어조에서 약간의 비아냥이 깃들어 있었다. 매들린이 한쪽 눈썹을 들어 올렸으나, 불쌍한 바턴 씨는 그 뉘앙스를 전혀 읽어내지 못한 채로 정말로 황송해했다.

"정말, 정말이지 영광입니다. 마스터 노팅엄. 언젠가 같이 또 사냥을 한다면 언제가 좋을지."

"로엔필드 양. 사냥에는 조예가 있으십니까?"

이안이 루이스 바턴의 말을 노골적으로 잘라먹으며 매들린을 떠보았다.

"아니요. 저는 그다지……."

그다지가 아니라 전혀. 사냥은 예나 지금이나 질색이었다. 물론 거기에는 개인적인 이유가 크게 자리했다. 어머니는 사냥을 무척이나 싫어했다. 그녀가 우울해하며 두문불출하는 동안 아버지는 아주 즐겁게 사냥하러 다니셨다. 지금 돌이켜 생각해보니, 그 꼴을 어찌 참았는지 모르겠다.

"사냥, 재밌습니다."

이안 노팅엄이 불쑥 내뱉은 말에, 매들린은 살짝 뜨악해졌다. 저 남자가 고작 저런 말을 하려고 대화에 불쑥 끼어든 건가. 그건 나머지 두 사람도 마찬가지였던 모양이었다. 이안이 헛기침을 몇 번 콜록였다.

"제 말은 사냥감의 움직임을 추적하는 것도 재밌고, 사냥개를 다루는 일도 꽤 재밌다는 겁니다. 요즘은 숙녀들도 많이 하는 모양이더군요. 로엔필드 양도 도전해봄이 어떤지요."

젊은 이안 노팅엄은 확실히 전 생애의 남자보다는 사교적이었지만 결코 '외향적'이라고는 할 수 없었다. 그는 어디까지나 자신만만한 사람일 뿐이었다. 이렇게 남에게 먼저 다가가는 것에는 오히려 어색한 면도 있었다.

"그렇지요. 사냥이야말로 신사 숙녀들에게 최고의 교양 아닙니까! 로엔필드 양. 로엔필드 남작께서도 굉장히 명사수라고 들었습니다. 영애께서도 소질이 있으실 거예요.”

“아…….”

루이스 바턴의 부추김에 살짝 기분이 떨떠름해지고 말았다. 나름 홀로 떨어져 있는 남자를 도와주려고 다가갔는데, 그런 건 까맣게 모르는 채로 이안의 비위를 맞추고 있는 꼴이라니.

“그나저나 깜짝 놀랐습니다. 마스터 노팅엄, 사냥감 앞에서는 꽤 손속이 무자비하시더군요.”

“…….”

그 말에 이안 노팅엄의 얼굴빛이 일변했다. 그러나 그 변화는 너무나 미묘해서, 또 매들린만이 알아차릴 수 있는 것이었다. 와 저 루이스 바턴이라는 사람, 진짜 눈치 없긴 하구나.

“사냥감이란 사냥감은 전부 사나이답게 처단하시는 모습이 참 멋졌습니다! 존경합니다! 그렇게 집요하시니, 뭐든 잘하시겠지요.”

여우 사냥에서 욕먹은 게 괜히 욕먹은 건 아니구나. 매들린은 미약한 두통을 느꼈다. 사교계의 언어 게임은 지나치게 미묘하고 치사했으나 루이스 바턴의 입방정은 그의 걸림돌이었다. 이 난관을 어찌 빠져나가나 눈을 굴리고 있을 때였다. 저만치서, 소리도 그림자도 없이 우아한 형체가 나타났다. 이사벨이었다.

검은색 머리를 굽이치는 똬리 형태로 땋은 다음에 올렸다. 치마는 장식 없이 단순했으나 전혀 싸구려라는 생각이 들지 않았다. 얼굴에는 살짝 오만한 고양이 같은 미소가 걸려 있었다. 그녀가 매들린을 내려다보며 고개를 갸웃거렸다.

“로엔필드 양. 여기 있었네요. 르봉마르세에서 새로운 드레스

카탈로그가 나왔다는데, 구경하러 갈래요?"

그녀가 아주 천진하고 천연덕스러운 미소를 지었다. 모르는 사람이 보면, 무척 사랑스러워 보일 지경이었다. 그렇게 한 치의 주저함도 없는 동작으로 매들린을 두 남자 사이에서 낚아챈 이사벨은, 아무도 없는 회랑으로 빠져나오자마자 중얼거렸다.

"난 사실 드레스 따위는 질색이라고요. 봉마르셰 백화점이니 하는 곳도 싫고."

"아, 그렇군요."

"오로지, 당신을 그 어색한 지옥 속에서 구출하기 위해서 꾸며 낸 말이에요. 새로운 카탈로그 같은 건 없어요."

"아… 네."

그러시군요. 멍하니 고개를 끄덕이는 매들린을 휙 돌아본 이사벨이 의심쩍은 표정으로 물었다.

"전부터 궁금했는데, 혹시 영매 같은 건 아니죠?"

"네?"

"귀신 보는 사람 말이에요. 타이타닉의 침몰을 예측하고 죽은 사람이랑 소통하는 그런 사람."

"아닐걸요?"

점입가경이었다. 차라리 아까 전으로 돌아가서 계속 사냥 이야기를 하는 편이 나을 것 같았다.

"하긴, 나는 유물론자니까 귀신 같은 건 당연히 없다고 생각해요. 하지만 당신. 정말 신경 쓰인다고요! 내 애인 이름을 맞추질 않나. 심지어, 앞으로 내가 할 행동 같은 걸. 어떻게……."

유물론자? 유물을 믿는다는 건가. 매들린은 알쏭달쏭했으나, 이사벨이 자신을 경계하는 것쯤은 알았다. 앞으로 할 행동을 알

왔단 이야기는.

"죽을 생각이었나요?" 역시 그날. 과속하거나, 핸들을 돌려서.

"……."

이사벨은 입을 꾹 다물었다. 가까이서 본 그녀는 꼭 이안을 닮아 있었다. 엄청나게 고집스러워 보이는 입매와 굵은 눈썹 같은 것이 말이다. 매들린이 표정을 풀고 차근차근 그녀를 달랬다.

"일단 바보 같은 짓이란 건 알죠? 고작 가족들을 화나게 하려고 연인과 동반자살……."

"당신이 뭘 안다고요!"

이사벨이 쏘아붙였다. 하지만 큰소리는 나지 않았다.

"……."

이번에는 매들린 쪽에서 입을 꾹 다물었다. 입을 다문 그녀를 본 이사벨이 그제야 고개를 끄덕였다.

"죽을 생각은 아니었어요. 그냥 좀 신나게 밟아볼까 싶었지. 술이 많이 취한 상태이기도 했고요."

"술에 취해서 과속 운전하는 것도 바보 같은 생각이지요."

"보기와는 다르게 참 얄밉게 말하네. 당신, 예의 바른 아가씨인 줄 알았는데 의외네요?" 그녀가 한숨을 내쉬었다.

"이번 생은 딱히 체면 차리고 싶지 않아서요."

사교계도 은근히 대충하고 있고. 낮게 중얼거리는 매들린을 보며 이사벨이 뭐 저런 사람이 있냐는 눈길로 바라봤다.

"당신이랑 비슷한 사람이 있는데……."

"네?"

"아니에요. 헛소리나 하는 게 꼭 어릴 적 친구를 닮아서요."

이사벨이 살짝 고개를 기울였다. 그녀가 품에서 담뱃갑을 꺼냈다. 럭키 스트라이크였다.

"어쩐지 우리는 좋은 친구가 될 수 있을 것 같아요."

시간은 사람을 기다려주지 않는 법이었다. 후작부인이 옆에서 '혼기가 다 차면 너는 끝장이다', '사교 시즌이 세 번 지나면 너는 노처녀다' 중얼거리는 건 차라리 소음이었다. 이제 그 어느 소리에도 그다지 정신이 흔들리지 않는 경지에 이르렀다. 혹시나 도움이 될까 싶어서 타자기를 갖춰두고 때때로 연습을 하고 있었다. 그리고 거기에 더해 회계장부 정리하는 법까지 독학중이었다. 취미는 아니었고, 나름 삶의 방편이었다.

매들린은 어떠한 이상적인 삶의 형태를 상상하고 있었다. 아직까진 그리 흔하지 않지만, 언젠가는 흔해질 삶의 방식 말이다. 결혼 같은 건 하지 않은 상태에서, 최대한 풍족하게 누릴 건 누리고 사는 삶. 감히 그것을 바랐다. 그러려면 일단 아버지가 물려주는 영지와 저택을 팔아치운 돈에다가 정기적인 수입이 필요할 터였다.

"흠."

괴발개발한 회계장부를 보니, 절로 모골이 송연했다. 역시 학교에 가야 하는 것 아닌가. 나는 왜 학교도 가지 못하고, 피아노나 회화, 고전 그리스어를 가정교사에게 배웠는가. 쓸모없어!

궁벽해진 양갓집 규수들이 가정교사 노릇을 하던 것은 과거의 일이었다. 상류층도 학교에 가게 되는 시대에 접어들면서, 교양을 집에서 가르치는 일은 드물어지고 말았다. 에라이 모르겠다. 젊고 사지 멀쩡하니까, 뭐든 되겠지. 매들린은 손에 쥐가 나기 전까지 타자를 치다가 책상에 엎드렸다.

죽기 전에 전쟁 직후 크게 오른 주식 10개는 외우고 죽었어야 했나. 매들린은 제 생각에 스스로 어이없어 헛웃음을 지었다. 영국의 고성 안에서 장미만 키우는 거야말로 정말 다시 태어나는 이유가 없는, 쓸모없는 시간이었다는 생각이 들었다. 결국 제대로 아는 거라고는 전쟁, 전쟁뿐이었다. 그 누구도 제대로 예측하지 못한 사건 말이다.


이안 노팅엄이 기분이 안 좋은 건, 그러려니 싶은 일이었다. 매들린으로서는 별로 신경 쓰고 싶은 기분이 아니었다. 아버지는 아버지대로 시한폭탄처럼 굴고 있지, 이사벨도 일단은 노팅엄이라서 꺼림칙하지(하지만 그녀와 나누는 대화 자체는 재밌었다), 도무지 옛 결혼 상대에게 집착하고 싶은 기분이 아니었다.

"내가 저번에 매들린을 채간 건으로 지금까지 오빠가 화나 있어요. 믿을 수나 있나요?" 이사벨이 매들린의 귓가에 속삭였다.

"이해가 안 가네요. 왜 그러실까요. 정말 쓸데없는 이유로 언짢으신 모양이네요." 매들린이 영혼 없이 반문했다.

"그거야말로, 정말이지, 참으로 마음에 드는 소리네요. 내가 정확하게 하고 싶은 이야기라니까요?"

이상한 일이었다. 이사벨은 매들린이 이안에 대해서 대충 싫은 소리를 할 때마다 좋아죽었다. 남매라는 게 다 저리 서로에게 적대적이지는 않을 텐데, 신기했다. 아무튼, 고작 그런 일로 이안 노팅엄의 기분이 좋지 않다고 해서 매들린이 신경 쓸 이유는 없었다.

"더 웃긴 건, 자신이 기분 나쁘다는 사실을 절대로 인정하지 않는다는 점이에요. 자기는 그냥 살짝 졸릴 뿐이라나."

이사벨이 웃겨 죽겠다며 낮게 깔깔거렸다. 그와 동시에 남자의 시선이 제 쪽으로 꽂히는 것 같았다. 매들린은 황급히 고개를 돌렸으나 한 박자 늦고 말았다.

이사벨 노팅엄이랑 친해져서 곤란하네. 사실 이사벨의 경우는 친구를 '당한' 거나 다름없었다. 매들린에게는 선택권 같은 건 없었다. 한참 동안 이사벨이 떠들게 내버려 둔 매들린은 잠시 후 사교계 어르신들의 오페라 맞장구를 쳐주느라 시달렸다. 어느덧 다시 혼자 남겨진 매들린은 내면에서 우러나오는 평화를 느끼며, 눈을 감고 졸기 시작했다. 그러나 그 평화도 잠시였다.

"요즘 자주 피곤하시군요."

"아. 깜짝이야."

매들린의 무례는 이제 아주 노골적이었다. 이안 노팅엄이 살짝 허. 소리를 냈다. 그녀가 대놓고 자신을 밀어내려고 하는 것이 재밌다는 투였다.

"이쯤 되면 런던 공기가 안 맞으시는 건 아닙니까. 만날 때마다 졸고 계시는군요."

"런던 공기가 별로인 건 사실이지만, 밤에 공부를 하고 있어서요."

"고전 그리스어 공부라도 하시는 모양이군요."

오호라. 매들린이 살짝 남자를 곁눈질했다. 표정에 변화가 하나도 없이 제 말을 받아치는 걸 보니, 싸움을 맞받아칠 준비가 된 모양이었다. 매들린이 고개를 내저었다.

"그리스 비극이랑 얼추 비슷하긴 하네요. 피할 수 없는 운명을 피할 방법에 대해서 생각하느라 잠을 못 잔답니다."

"……?"

이안이 저런 바보 같은 소리는 처음 듣는다는 듯이 매들린을 바라봤다. 저 아무것도 모르는 표정의 이안 노팅엄이라니. 왠지 신선했다. 젊을 뿐만 아니라 앳되고, 순진하기까지 하다. 그런 얼굴에 살짝 마음이 누그러진 매들린이 남자에게는 좀처럼 보여주지 않는 미소를 선뜻 보여주었다.

"쉽게 말할게요. 먹고사는 방법에 대해서 생각하느라 정신이 없어요."

"당신 같은 사람이 그런 걸 왜 걱정합니까."

이사벨이랑 놀더니 완전히 물들었군요. 이안이 고개를 저었다. 이렇게 헛소리만 하는 아가씨인 줄 알았더라면, 그때 춤을 신청하지 않았을 겁니다. 이안이 냉랭하게 투덜거렸지만, 행동거지는 달랐다. 그가 어느새 그녀 옆에 바짝 다가와 앉았기 때문이었다.

"저 같은 사람이야말로 생활에 대해서 관심을 가져야 한다고 생각해요."

"혹시, 로엔필드 경 때문입니까."

이안이 정면에 시선을 고정한 채로, 아주 작게 속삭였다. 그의 무뚝뚝한 어조에는 흔들림이 없어서, 무엇을 의도하는지 알수 없었다.

"역시, 제 아버지의 '넉넉한' 씀씀이는 런던에서 비밀도 아닌가 봐요."

매들린이 한숨을 쉬었다. 역시나가 역시나였다. 로엔필드 남작이 사치를 한다는 이야기는 이미 사교계에서 기정사실인 모양이었다. 이안조차 알고 있는 것을 보면, 분명.

"그래도, 영지가 있지 않습니까. 거기서 나오는 소출로만 해도 어느 정도는 괜찮을 겁니다." 물론, 사치만 하지 않는다면.

"믿을 수 없지요. 곡물가는 해가 다르게 내려가고 있고, 영지는 야금야금 팔리고 있는걸요. 그리고 저희 아버지가 사치를 안한다는 보장이 있나요?"

헛. 매들린이 대놓고 제 아버지를 비판하는 것을 들은 이안이 살짝 헛기침했다. 물을 마시고 있지 않은 게 다행이었다. 내가 너무 아버지에 대해서 심하게 말하고 있나. 어쩌면 지금 매들린의 지나친 현실주의는, 지난 생의 이안이 몸소 가르쳐준 것일 수도 있었다. 자유와 재산은 직결되어 있었고, 그것을 얻기 위해서는 빠르게 움직여야 했다.

"영애께서 고군분투하기보다는, 그것을 이뤄줄 수 있는 사람을 찾는 게 낫지 않겠습니까. 현실적으로."

그 말을 듣고서도 그다지 화가 나지 않았다. 지금 이안은 나름대로 자신의 허례허식을 전부 털어내고 말하고 있었다. 그로서는 진심 어린 충고였으리라. 그렇다고 해서 딱히 동의한다는 건 아니었지만.

"구원자라. 글쎄요. 저는 오로지 저 자신에 의지해 살아나가고 싶어요."

"이사벨이랑 비슷한 말씀을 하십니다."

이안이 들으나 마나 뻔한 소리라는 듯이 살짝 비웃었다. 그 모습을 본 매들린은 살짝 감정이 상했다.

"자신이 싫어서, 누군가를 싫어한 적이 있으신가요."

"······."

이안이 이건 또 무슨 소리냐는 듯이 매들린을 물끄러미 쳐다 봤다. 잘 빚은 듯 흠 없이 잘생긴 얼굴에는 약간의 동요만이 어려있을 뿐이었다.

"누군가를 미워하고 싶지 않기 때문에, 제 안의 힘을 키워나가고 싶은 거예요. 이해하지 못하신다고 해도 어쩔 수 없어요."

딱히 이해받기를 원하는 건 아니었다. 그저 갑자기 떠오른 깨달음을, 당장 남자에게 내뱉지 않으면 안 되었다. 뜬구름 잡는 소리를 했다는 자각이 뒤늦게 찾아오고 말았다.

잠깐의 어색한 침묵이 찾아왔고, 매들린의 얼굴이 그만 빨갛게 익고 말았다. 하지만 남자는 그녀를 놀리거나 더 추궁하지 않았다. 그는 살짝 무엇이 마음에 안 드는 것처럼 고개를 과묵하게 끄덕일 뿐이었다. 그렇게 생각하듯 끄덕이더니.

"당신은… 뭐, 아닙니다. 이만. 좋은 밤 되십시오."

말도 제대로 마무리하지 않고선, 자리를 떴다. 그리고 그게 다였다. 매들린은 그 뒷모습을 보며, 어쩐지 모를 낯익음에 몸을 떨었다. 너무 많은 사실을 이야기한 것 같으면서도 동시에 너무 설명하지 않은 것 같았다.


"아버지?"

그렇게 여느 때처럼 촘촘하게 짜인 사교계의 스케줄에 맞추어 만찬회에서 돌아온 때였다. 매들린은 타운하우스에 깔린 적요를 눈치챘다. 수상한 분위기가 감돌고 있었다. 이해할 수 없다. 불길하다. 그녀는 재빨리 하녀 도릿을 불렀다.

"도릿, 아버지께서 주무시고 계시나요? 왜 기척이 없으시죠?"

"저, 그것이……."

도릿이 주저했다. 그녀의 커다란 파란 눈에 금방 물기가 차올랐다. 분명 무언가가 심상치 않았다.

"내가 없는 사이 무슨 일이 일어난 것은 아니겠죠?"

"아가씨……." 눈물을 글썽거리던 도릿이 갑자기 왈칵, 울음을 터트렸다. "어떡해요……."

매들린은 곧바로 자신의 아버지가 사고를 쳤음을 직감했다. 그놈의 투자를 막았다고 일이 해결될 거였으면, 애초에 그런 결정을 하지도 않았을 거였다. 결국, 그 사달을 낼 아비였다.

그녀는 훌쩍훌쩍 눈가를 훔치는 도릿을 놔두고 황급히 계단을 뛰어 올라갔다. 아버지의 방을 노크도 없이 열자, 침대 위에 앓아누운 뒷모습이 보였다.

"아버지."

"매들린, 소란스럽구나. 숙녀가 되어가지고는……."

지금 그게 문제야? 매들린은 속으로 터져 나오는 욕을 삼킨 채로, 침착하게 상황을 따져 묻기 시작했다.

"무슨 일이 일어난 건가요?"

"그건 아니, 그게 말이다……."

매들린을 향해 돌아누운 로엔필드 남작이 급격하게 창백해진 얼굴로 울먹이기 시작했다.

"내가 죽일 놈이다, 내가 죽일 놈이야……."

"지금 누가 죽어서 해결될 문제가 아니니까, 진정하세요."

매들린은 재빨리 의자를 침대 가로 끌고 앉았다. 그녀가 아버지의 손을 다소 아프지만 굳게 다잡았다.

"일단 문제가 무엇인지 알아야 해결할 수 있으니까요."

"우리는 파산했단다."

남작이 해쓱한 얼굴로 중얼거렸다. 그가 그 말을 마지막으로 눈을 감고 실신했다. 정말……. 미래를 안다는 게 무슨 소용일까. 이토록 전과 같이 흘러간다면 말이다. 매들린은 격심한 두통 속에서 가만히 눈을 감았다.

아버지가 거액을 투자한 무역회사가 도산했다. 농장 대신 무역회사라. 꿩 대신 닭이란 건지. 전 재산이 걸려있을 뿐만 아니라 소정의 채무까지 남아있는 상태였다. 빚의 변제일은 넉넉했으나, 로엔필드 저택과 영지를 몽땅 팔아야 겨우 갚아나갈 수 있을 것 같다는 점에서 문제였다. 빚을 갚는 것 자체는 문제가 아니었다. 그 뒤로 어떻게 살아나가야 할지 완전히 막막한 상태였다. 영지 없는 남작 부녀는 어떻게 살아야 할 것인가? 영지 없는 귀족이 애초에 성립 가능한 것일까?

남작은 평생 손에 물 하나 묻히지 않고 살았다. 옥스포드에서 신학과 철학을 전공한 그는, 평생을 고상한 토론과 유희에 힘쓴 딜레탕트였다. 매들린 역시 크게 다를 것 없이 무능력했다. 바보 같았고. 온실 속의 화초처럼 바깥세상과 유리되어 살았다. 전생에 걸쳐 남작과 백작의 울타리 안에서 안온하게 살아온 그녀가 위기를 타진할 능력이 있을 리 없었다.

그래도 어떻게든 헤쳐나가야 한다. 매들린은 런던의 은행들을 돌아다니며 중얼거렸다. 드레스를 입고 양산을 든 어린 숙녀가 혼자 은행가를 돌아다니는 모양이 퍽 이상한지 사람들이 그녀를 힐끔거리며 쳐다봤다. 아버지가 자리를 보전하며 끙끙 앓는 동안 몸부림이라도 쳐야 했다. 이래서는 인생을 다시 사는 의미가 없어.

게다가 상황이 더 안 좋은 면도 있었다. 아버지는 이전의 삶보다 이른 시점에 파산을 했다. 차라리 뭐든 하게 내버려 두는 편이 나았을지도 몰랐다. 의도하진 않았지만, 다른 무리수를 두게 내버려 둔 꼴이 됐다.

그리고 그렇게 숨 막히는 일주일이 흘렀다. 부녀는 허겁지겁 런던의 타운하우스를 처분하기로 했다. 매각 절차는 복잡했고 구비해야 할 서류도 많았으나 따로 전문가를 고용하기는 여의치 않았다. 귀족이 아니라 아무것도 못 하는 바보인 쪽이 맞겠어.

이것도 매들린에게는 일종의 교육이었다. 사는 건 쉽지만 파는 건 어렵다. 흥정할 여유가 없을 때는 손해를 입게 된다. 이런 식으로 배우는 건 질색이었지만, 교훈은 교훈이었다.

일이 있은 지 일주일의 시간이 흘렀지만, 무슨 일이냐는 안부를 묻는 서신 하나 없는 것으로 보아, 이미 사교계에 소문이 파다하게 퍼진 모양이었다. 로엔필드 남작 부녀가 파산했다는 소문 말이다. 그 씀씀이가 후하다고 소문난 남작이 결국에는 그렇게 됐다는 소문이겠지.

차라리 이게 나은 걸지도 몰라. 몰락을 앞당기는 게 나쁘지 않을 수도 있다는 생각이 불현듯 들었다. 게다가 지금은 전 인생에서처럼 어마어마한 규모의 빚은 없었다. 팔을 걷어붙이고 무슨 일이라도 닥치는 대로 한다면 구원의 빛이 올지도 모르는 일이었다. 그러나 그 구원의 빛이, 전혀 바람직하지 못한 곳에서 올 줄은 매들린 자신도 모르는 일이었다.

편지가 왔다. 단정한 필치로 주소가 인쇄된 겉봉에는 밀랍을 녹여 굳힌 봉인이 있었다. 봉인에는 머리가 두 개인 사자, 노팅엄 가문의 문양이 새겨져 있다.

그것을 받아든 남작의 손이 덜덜 떨렸다. 로엔필드 남작은 체통도 잃은 채 허겁지겁 편지를 뜯었다. 지금 자신이 처한 행운을 믿을 수 없었다. 편지의 내용인즉슨, 돈이 썩어나도록 많은 노팅엄 백작가에서 로엔필드 부녀를 '콕' 집어 초대한다는 이야기였다. 따로 파티가 있는 것도, 만찬회가 있는 것도 아닌데, 로엔필드 부녀만을 초대하는 특별한 제안이라니. 적잖이 수상했다. 혹시……

자신의 딸이 노팅엄 백작의 장남과 춤을 자주 춘다는 이야기는 익히 알고 있었다. 후작부인의 말로는 이안과 매들린의 사이가 심상치 않았다. 단둘이 이야기를 나누는 모습도 목격했다고 했다. 신사로서 애써 모른 척하고는 있었으나 솔직히 말해 구미가 당기는 이야기였다. 그렇지 않아도 백작의 아들이 제 딸을 가지고 간을 보는가 싶어서 초조했던 참이었다. 물론 이안 노팅엄은 공인된 신사다. 그러나 혈기왕성하고 성공한 남자들이 어린 여자들을 가지고 어떻게 못되게 굴 수 있는지, 남작은 익히 알고 있었다.

로엔필드 남작이 어렸을 때는 혼기 찬 남녀 둘이 같이 홀로 남아 이야기를 나누는 것 자체가 무례한 행위였다. 지금이야 분위기가 많이 자유로워졌다지만, 사교계는 여전히 고루한 가십들과 체면치레로 가득했다. 그런 상황에서 이안 노팅엄과 엮이는 건 위험부담이 컸다. 그러나 달리 말해, 만약 자신의 딸 매들린이 이안 노팅엄의 마음을 사로잡는 데에 성공했다면?

그렇다면 남작은, 아니, 로엔필드 가문은 단숨에 지옥에서 천국으로 구원되는 꼴이었다. 그러나 로엔필드 남작은 애써 겉으로는 내색하지 않기로 했다. 그는 자신의 딸을 알았다. 자신이 의중을 비치면 청개구리 기질이 있는 매들린이 괜히 찬물을 끼얹을지도 모르는 일이었다. 게다가 지나치게 몸이 달아있는 걸 들켰다가는 백작가에서 되레 퇴짜를 놓을 수도 있었다. 그는 돈 관리에 있어서 신중함은 없었으나, 이런 혼담에 있어서는 무척 진지한 사람이었다.

그는 덜덜 떨리는 손으로 편지를 탁자 위에 올려둔 뒤, 두 손을 모아 생전 건성으로 찾던 신에게 진심으로 기도를 드렸다.

도대체 무슨 꿍꿍이인지 모르겠다.

매들린 로엔필드는 불안했다. 로엔필드 가문의 파산 소식이 런던 사교계에 퍼질 대로 퍼진 상황에서, 노팅엄 가문의 친서가 도착했다. 타이밍이 너무나 수상했다. 게다가 '단둘'만 초대한다 했다. 더더욱 수상했다. 어쩌면 이사벨 건으로 이야기를 나누고 싶은 걸지도 모르지.

그날의, 이안의 부탁을 떠올렸다. 관련해서 매들린으로부터 정보를 더 캐내고 싶은 걸지도 몰랐다. 물론, 단순히 친교적 의미에서 초대장을 보낸 것일 가능성도 있었다. 알게 모르게 노팅엄 가문 사람들과 자주 말을 섞어본 것도 사실이니까. 매들린은 자신이 지루하기 짝이 없는 여자라고 생각했으나, 상대방이 어떻게 생각하는지까지는 모르는 일이었다.

"거절의 편지를 써야겠어요."

매들린이 편지에 시선을 고정한 채, 담백하게 말했다.

"무슨 소리니? 딸아."

"아버지. 아시다시피 저희가 어디 놀러 다닐 형편은 아니잖아요. 게다가 이 타운하우스에 있는 세간살이도 다 정리해서 팔아야죠."

"바보 같은 소리 말렴, 매들린."

"바보 같은 소리라뇨?"

매들린이 영문을 모르겠다는 듯 미간을 찌푸렸다. 로엔필드 남작이 냉정한 눈초리로 자신의 딸을 노려봤다.

"이 서한은 사실상 백작의 장남이 '너'에게 보낸 초대장이다."

"그게 뭐 어때서요? 그는 원체 인기가 많은 사람이에요. 누구에게나 초대장을 보내는 사람일 거라구요."

분명, 이 초대장을 직접 쓰지도 않았을걸요? 매들린은 절로 헛웃음이 나왔다. 아버지가 기대하는 것은 무엇일까. 여전히 우리가 이 상류 사회의 일원으로 남아있다고 생각하는 것일까. 그녀는 그의 아둔함에 열불이 터질 것 같았다.

"오. 매들린. 내 딸이지만 너는 너무나도 둔하구나."

로엔필드 남작이 자리에서 일어나더니, 곧장 매들린의 손에 든 초대장을 앙칼지게 낚아챘다.

"우리가 이 지경이 된 걸 알면서도 보낸 초대장이다. 이럴 때 괜히 움츠러드는 건 상황을 악화시킬 뿐이야."

"……."

그 말에도 일리가 있긴 했다. 망해간다고 해서 움츠러들고 먼저 낯을 가릴 필요는 없었다. 오히려 뻔뻔하게 도움을 요청하는 게 나은 방법일지도 몰랐다. 당장의 체면은 손상되겠지만, 지금 그런 걸 따질 때는 아니었으니까.

"좋아요. 아버지. 하지만 너무 많이 기대해서는 안 될 일이에요. 노팅엄 가문은 부유하지만, 관대하진 않아요. 보나 마나 저희가 어떻게 지내나, 측은함에서 우러난 초대일 거예요."

매들린이 한숨을 쉬었다. 머리가 어지러웠다. 당장 타운하우스를 치우는 것도 일이었다. 중고 가구매장에는 이미 몰락 귀족들의 장식적인 고가구로 가득했다. 헐값에 내놓아도 구닥다리라며 팔리지도 않는 형편이었다. 가구들의 가격과, 바꿀 수 없는 운명의 비가역적 성질. 매들린은 그 속에서 한없이 초라하고 무력해진 스스로를 느꼈다. 자신이 바꿀 수 있는 거라고는 아무것도 없었다. 어차피 거대한 흐름 속 순리대로 흘러갈 일이었다면?

매들린이 고개를 푹 숙였다. 사회는 좁고, 그녀 앞으로 난 길은 더더욱 좁았다.


매들린은 가만히 앉아 치장을 받았다. 아직 팔지 않은 가장 아름다운 옷을 입고, 유일하게 남은 하녀의 손길을 받아 단장했다. 머리는 단정하게 땋아 올렸다.

"아씨는 장밋빛 볼이 참 매력인데, 그에 맞는 분홍색 드레스가 아직 있었으면 얼마나 좋았을까요."

"그래. 그랬다면 좋았을 텐데요."

매들린이 위로한답시고 씩씩하게 미소 지었다. 하지만 지금 입은 이 진녹색 드레스가 더 잘 맞을 터였다. 최대한 비극적인 분위기를 내야 하는데 발랄한 분홍색 옷을 입고 나갈 수 없지 않은가.


다시 찾은 노팅엄 저택은 기억과는 너무나도 달라서 어리둥절할 지경이었다. 음산한 분위기라고는 없이, 고풍스럽고 화려한 바로크 양식의 저택이었다. 앞에 있는 거대한 분수상에는 물줄기가 뿜어져 나오고 있었고, 모든 것이 잘 정돈되어 있었다. 매들린은 자신도 모르게 심장이 죄어오는 것 같은 기분을 느꼈다. 손바닥에 땀이 송골송골 맺혔다.

장미정원은 없었고 그곳에는 테니스 경기장이 차려져 있었다. 태양은 부녀의 심정도 모른 채로 밝게 내리쬐고 있었다. 매들린은 아버지의 팔을 붙잡고 조심스럽게 저택에 당도했다. 대문 앞에 늘어선 사용인들의 모습이 퍽 친숙했다.

엄숙한 얼굴의 집사장 세바스천, 역시나 말수 없지만 상냥한 릴리벳까지. 그때의 그 사용인들이 조금 더 젊은 얼굴로 있는 것을 보니, 괜스레 말을 붙이고 싶은 충동을 참기 어려웠다. 게다가 그들의 표정 역시 전부 다 한결 온화해 보였다. 새삼스럽게 노팅엄 저택의 변천을 실감할 수 있었다. 저택에 닥친 비극의 무게까지.

어쩐지 어색한 얼굴로 집사장의 안내를 받았다. 사용인들에 이어 노팅엄 백작과 가솔들이 그들을 맞이했다. 노팅엄 가문의 사람들을 이렇게 만난 것은 단연코 처음이었다. 당연했다. 전생애에서 그들은 죽거나 다쳤거나, 사라졌으니까. 지금 그들은 당당하고 우아한 자태로 로엔필드 부녀를 맞이하고 있었다.

노팅엄 백작, 루이스 노팅엄이 먼저 온화한 미소를 지으며 다가왔다. 초상화와 흑백 사진 속에서만 보아왔던 남자는 창백하고 초로한 사내였다. 겉으로 보기에는 전혀 냉혹한 사업가처럼 보이지 않았다. 그런 그의 옆을 캐서린 노팅엄 백작 부인이 함께했다. 조용하고 상냥한 여인은 '노팅엄 가문의 비극' 이후로 별장에 줄곧 은거했다. 지금은 그런 불행이 일어나리라고는 예상치도 못한 채 밝은 미소를 짓고 있는 모습이었다.

　부부의 뒤편에는 노팅엄 삼 남매가 있었다. 장남인 이안 노팅엄은 백작 뒤에 서서 은은한 미소를 짓고 있었다. 에릭은 즐거워 보였고, 이사벨은 여전히 매들린을 향해 의뭉스러운 시선을 던지고 있었다.

　"자. 들어가시죠. 선생님의 방문을 고대했습니다."

　파리한 안색의 노팅엄 백작이 남작과 매들린을 안으로 들였다. 매들린은 그의 수명이 얼마 남지 않았음을 알고 있었다. 그러나 굳이 그녀가 아닌 그 누가 봐도 백작이 오래 살 성싶지는 않았다. 한눈에 보기에도 병환이 꽤 깊어 보였다. 그래서 그런지 세 젊은이의 활달함에도 불구하고 저택에는 약간의 그늘이 드리워져 있었다.

　아픈 와중에도 백작은 시종일관 최선을 다해 남작 일가를 맞이했다. 초대의 본론을 이야기하는 것은 미룬 채로, 대화의 주제를 빙빙 돌려댔다. 그 탓에 천성적으로 느긋한 성격인 로엔필드 남작마저 좀이 쑤실 지경이었다. 주먹을 꽉 쥔다든가 식은땀을 줄줄 흘리면서 긴장하는 것이었다.

　매들린 역시 긴장되기는 마찬가지였다. 노팅엄 일가가 무슨 연유로 파산한 자신과 아버지를 초대했는지 의문이 해소되지 않아 답답했다. 그녀와 이안 노팅엄의 눈이 이따금 마주쳤다. 그는 어쩐지 이 상황을 즐기는 것 같았다. 만족스러움. 득의만면함이 살짝 묻어나오는 입꼬리를 보아하니, 무언가 꿍꿍이가 있는 것은 분명했다.

　매들린이 살짝 미간을 찌푸리자, 이안이 고개를 기울이며 시선을 돌렸다. 그때였다. 갑자기 백작이 마른기침을 하기 시작하더니, 몸을 떨며 자리에서 일어났다. 그가 희미하게 웃었다.

"자, 이제 우리들은 자리를 비켜주어야겠군요."

그 말과 함께 모두가 짜고 친 듯 동시에 자리에서 일어났다. 이안 노팅엄을 제외하고. 매들린은 어리둥절했다. 노팅엄 가족 사람들이 유유히 응접실을 빠져나갔다. 로엔필드 남작 역시 허둥지둥 그들을 따라 방을 나갔다. 그러면서 딸을 향해 의미심장한 눈빛을 보내는 것도 잊지 않았다. '뭐예요?' 매들린이 입 모양으로 물었지만, 대답은 돌아오지 않았다. 모두가 빠져나간 뒤 문이 닫혔다. 매들린이 뒤늦게 자리에서 일어섰다. 뭔가 분위기가 이상했다.

"굳이 설 필요는 없습니다. 제가 일어날 테니까요." 이안 노팅엄이 그 말과 함께 일어섰다. "그리고 이렇게, 당신 앞에서 무릎을 꿇을 겁니다."

그가 매들린의 앞에서 한쪽 무릎을 꿇었다. 그제야 돌아가는 상황을 머리로 이해한 매들린이 아랫입술을 깨물었다. 할 수 있다면 비명을 지르고 싶은 심정이었다. 상상하지도 못한 일이 일어나는 중이었다.

"도대체……."

"놀라셨습니까."

이안이 묵묵히 말했다. 그가 품에서 능숙하게 반지를 꺼냈다.

"단도직입적으로 말하죠. 파산했다는 이야기를 들었습니다."

"그게 지금 이 상황과 무슨 상관이죠?"

매들린이 황당한 나머지 목소리를 높였다. 이해할 수 없었다. 지금 제 집안이 파산한 게 지금 남자가 벌이고 있는 이 짓거리와 무슨 관계란 말인가.

"내가 당신들에게 필요한 걸 줄 수 있단 이야기입니다. 부모님까지 설득했으니 더 따져볼 건 없겠죠. 매들린 로엔필드 양. 당신을 좋아합니다."

그가 네모난 반지함을 열었다. 그 속에는 천박하리만치 커다란 다이아몬드가 박힌 반지가 있었다. 매들린이 작게 숨을 멈췄다.

"아버지의 상태는 당신도 보았겠죠."

"……."

"잘못되기 전에 매듭짓고 싶습니다. 적어도 당신께서 보고 가셔야 하지 않겠습니까."

"저와의 결혼을요?"

매들린이 믿어지지 않는다는 듯 한쪽 눈썹을 찌푸렸다. 헛웃음이 터져 나왔다. 뻔뻔하리만치 잘생긴 얼굴을 앞에 두고 계속해서 웃음이 나왔다. 매들린의 그런 반응에, 이안의 얼굴에서 표정이랄 게 사라졌다. 완전히 백지만 남았다.

"도대체, 이게 무슨… 날 사랑하기라도 하는 건가요?"

매들린이 재차 물었다. 그러지 않고는 도저히 남자의 지금 행동거지를 정당화할 수 없었기 때문이었다. 그 말을 들은 이안 노팅엄이 곧바로 대답했다.

"사랑이라. 그건 변덕스러운 표현 아닙니까. 그보다는 나쁘지 않다는 표현이 맞겠군요."

"……."

"당신의 이상한 철학자 같은 표현, 표정, 뜬구름 잡는 이야기들을 좋아합니다. 당신의 아버지와 달리-이 표현은 어쩔 수 없군요-, 나름 이성적인 면모도요."

"뭐라 대답해야 할지 모르겠군요."

"갑작스러운 건 이해합니다. 하지만 당신이 재정적인 위험에 처해있다는 이야기를 듣고 나니, 이 방법밖에는 없겠더군요. 매들린 로엔필드. 당신을 도울 수 있게 해주십시오." 결혼으로.

"……."

척수에 차가운 물을 부은 것처럼 전신이 오싹했다.

"돈으로 나를 사려는 건, 언제나 똑같군요."

결국, 그런 말이 나올 수밖에 없었다. 그런 못된 말이. 그 말에 의아하다는 듯 이안의 표정이 일그러졌다.

"나는 그런 적이……."

"이안. 나는 오늘 프러포즈를 받으러 온 게 아니에요."

"생각할 시간이 필요한 겁니까? 당신에게 갑작스러운 일이란 건 이해합니다."

이안이 무릎을 털고 일어섰다. 그가 매들린에게로 바투 붙자 그의 그림자가 매들린의 전신을 뒤덮었다. 남자는 살짝 화가 나 있었다. 아니, 용케도 참고 있었다. 거절이라고는 처음 당해본 것일 터. 그는 화를 내기에는 너무나도 당황한 상태였던 거다. 매들린의 이런 냉정한 반응은 예상하지 못한 것 같았다.

"아니요. 아버지의 빚 때문에 팔려가듯 결혼하고 싶지는 않아요."

"오해……."

"같은 실수를 반복하고 싶지 않은 거예요. 이안 노팅엄, 당신의 제안을……."

"같은 실수라니. 로엔필드 양, 무슨 소리를 하는 건지 모르겠군요. 지금 나는 당신을 욕보이려는 것이 아닙니다! 당신에게도 좋은 제안이 아닙니까?"

그렇게 남자는 그나마 유지해오던 평정을 완전히 잃고 말았다. 그 모습에서 매들린은 익숙함을 느꼈다. 자신을 붙잡던 백작을 떠올렸던 것이다. 역겨워해야 할 것 같은데 한편으로는 무참하게 서글펐다. 인간은 결국 자신의 본성이라는 굴레 속에 갇혀, 벗어나지 못하는 걸지도 모른다. 하지만 이제 남자가 자신의 오만 속에 빠져 살든 말든, 더는 신경 쓰고 싶지 않았다. 더는 얽히고 싶지 않았다.

"마스터 노팅엄."

매들린이 저도 모르게 슬픈 표정을 지었다. 그 얼굴이 남자를 얼마나 동요시킬지, 알지 못하는 채로 말이다. 그녀가 조곤조곤 말을 이어나갔다.

"당신과 저는 같이 있으면 안 돼요."

"로엔필드 양, 이유라도 알면 안 됩니까? 바보가 된 기분입니다."

이안이 손을 뻗어 매들린의 손등을 쥐었다. 그 큰손이 살짝 떨리는 것을 보아, 당혹감이 역력했다.

"서로를 안 좋은 길로 이끄는 유형이니까요."

"……."

이안 노팅엄이 조용히 매들린의 얼굴을 훑었다. 둘은 한참을 말없이 서로를 응시했다. 매들린은 동화 속 인어공주처럼 입을 달싹였다. 하고 싶은 이야기가 너무 많은데, 남자에게 전할 수 없었다. 당신은 이런 행동들 때문에 나를 잃었던 건데……. 안타까웠다.

고개를 먼저 돌린 것은 남자였다. 남자의 얼굴에 수치심과 일그러진 분노가 가득했다. 그가 그렇게 곧장 성큼성큼 걸어 나가고 나서야 숨을 쉴 수 있었다. 남자는 사라졌는데, 어째서인지 남자의 그림자만은 오롯이 남아 매들린을 묶어놓는 것 같았다.

그녀는 눈을 감았다. 정확히 그녀가 스물여섯 살일 때 이곳에서…….

## 4. 가지 말아요

오늘도 당신은 아름답고, 나는 너무나도 추해서.
내가 당신을 망가뜨릴까 봐 두려워서.

## 스물여섯 살의 매들린

바람이 불던 밤, 백작의 침대 옆에서 까무룩 잠이 든 이후, 둘 사이에는 제법 부드러운 바람이 불어오고 있었다. 매들린으로서는 이를 반겨야 할지 기겁해야 할지 알 수 없는 일이었다.

백작이 매들린에게 말을 걸어온 것이 시작이었다. 오후에 홀로 망중한을 즐기며 차를 마시고 있는 매들린에게로 그가 다가온 것이었다. 절뚝거리는 걸음걸이라든지 우울한 표정이라든지, 평소의 백작과 같았으나 무언가가 달랐다.

"코리는 괜찮소?"

"……."

매들린은 그 말을 듣자마자 찻잔을 떨어뜨려 깰 뻔했다. 남자의 입에서 강아지의 이름이 나온 게 신기할 뿐만 아니라 그가 강아지의 이름을 알고 있다는 사실 자체가 놀라웠다. 매들린이 넋이 나간 채로 고개를 끄덕였다.

"괜찮아요. 그 말썽꾸러기는 잘 있어요."

"다행이군."

그 말과 함께 백작이 흠흠. 두어 번 헛기침했다. 매들린의 머릿속이 팽팽하게 돌아가기 시작했다. 무슨 속셈이지? 남자의 말에는 무언가 의도가 있을 터였다. 한심한 잡담 따위를 즐기는 사람은 아니니. 그러나 설상가상으로, 남자가 매들린 앞의 의자를 당겨 앉았다.

"영화를 보고 싶다고 했던가."

매들린의 얼굴이 완연한 빨간색으로 익었다. 일전의 '가출'을 굳이 끄집어내고 있다.

"아직도 그 일로 화가 나 있어요?"

그러고 보니 지난밤에도 제 팔목을 잡으며 가지 말라느니 했던 게 생각났다. 이유 없이 자신에게 말을 걸 사람이 아니었다. 매들린은 잠깐 긴장했다.

남자가 천천히 고개를 저었다. 아직까지 다소 해쓱한 얼굴인 남자는 그나마 상태가 좋아 보였다. 그가 느릿느릿 낮은 목소리로 말했다.

"원한다면 자유롭게 다녀도 되오." 막고 싶지 않소.

그가 다시 헛기침을 했다. 음……. 매들린이 한쪽 눈썹을 의문 가득히 들어 올렸다.

"뭐, 내가 고마워해야 하는 일은 아니겠죠?"

의심이 반 섞인 나머지 날카로운 답변이 되어버리고 말았다. 이전에도 인근 마을은 자주 나다니고는 했으나, 언제나 사용인을 대동한 채였다. 그의 말에 따르면, 이제 혼자서 어디든 갈 수 있다는 이야기렷다.

"이전에는 그저 걱정이 됐을 따름이었소. 세상은 안전한 곳이 아니니까."

그러면 그렇다 말을 처음부터 하든가. 저이가 왜 이렇게 의뭉스럽게 굴지. 매들린이 살짝 미간을 찌푸렸다. 그 모습을 본 이안이 한숨을 쉬며 다음 한마디를 내뱉었다.

"파티 참석도, 모임도 당신이 마음 가는 대로 하시오."

"……."

아무래도 눈앞의 남자는 진심인듯했다. 매들린을 바라보지 않고 바깥을 흘겨보는 눈길이, 이 말을 꺼내는 것조차 다소 부담스러운듯했다. 매들린이 예상치 못한 일격에 할 말을 잃었다.

"무슨 심경의 변화라도 있었나요?"

그녀가 완전히 식어버린 찻잔을 손바닥으로 감쌌다. 변덕이라고는 부리지 않는 일관된 기질의 남자였지만, 이번에 제대로 확언을 받고 싶었다. 혹시 나중에 말이라도 바꾸면 안 되니까.

"당신까지 내 진창 속에 빠뜨리고 싶지 않소."

"진창이라니. 그렇게 말하지 말아요……."

매들린이 말끝을 흐렸다. 완전히 부정할 수는 없었으나 꽤나 괴팍한 단어 선정이었다. 제 처지를 그렇게 비하할 것은 없지 않은가.

"말하지 않는다고 사실이 아닌 게 되는 것도 아니니까."

매들린의 속마음을 읽기라도 한 듯, 그가 다시 한숨을 쉬었다. 두통이 이는지 살짝 눈을 내리깐 이안이 자리에서 일어섰다. 목발이 바닥을 긁는 소리가 났다. 백작이 완전히 자리에서 일어나 복도로 사라지는 찰나였다. 매들린이 떨리는 목소리로 그를 불렀다.

"이안."

"……."

남자는 몸을 가누기가 힘든 듯, 고개를 푹 떨군 채 매들린을 쳐다보지 않았다.

"원한다면 장미는 언제나 꺾어도 돼요. 이 정원은 당신 거기도 해요."

매들린 자신조차도 왜 튀어나왔는지 모를 말이었다. 그 말을 들은 남자가 미동도 하지 않았다.

"고맙소."

그 말을 남긴 채 그는 사라졌다. 그 짧다면 짧은 대화를 기점으로, 부부간의 사이는(어디까지나 전과 비교하여) 완만해져 갔다. 매들린은 하루에 한 번씩 백작의 서재를 방문했다. 어디까지나 동태를 살피고 진찰을 하기 위해서라는 미명을 달았다. 사실 백작의 서재는 꽤 괜찮은 도서관이었다. 매들린은 백작이 문서를 살피는 동안 책장 가까이에 서서 마음에 드는 양장본을 골라갔다.

"설마 이게 여기 있다구요?"

그녀는 손끝에서 바스러질 것 같은 질감을 느끼며 한 책을 조심스럽게 꺼냈다. 웬만하면 일하는 남편을 가만히 두고 싶었으나, 워낙에 놀라운 발견이었다.

"〈탬벌레인 대왕〉 초판본 말이군. 어차피 작가가 죽은 뒤 한참 뒤에 인쇄된 거요."

"흠……."

그렇다 해도 어림잡아 17세기 물건으로 보이는데. 여기 이렇게 아무렇게나 있어도 되나. 물론 관리는 어련히 잘하고 있겠지만. 매들린은 호들갑을 떠는 자신에 대한 백작의 덤덤한 반응에, 괜히 무안해지고 말았다. 다시 책을 꽂아 넣는 그녀를 보지도 않은 채 남자가 무심히 제안해왔다.

"원한다면 가지고 가서 읽어도 좋아."

"제 책처럼요?"

그녀의 말에 남자가 고개를 들었다. 남녀의 시선이 교차했다.

흉터로 덮이지 않은 이안의 한쪽 눈에서 영문 모를 감정이 스쳐 지나갔다. 그것을 불쾌함으로 오인한 매들린이 괜히 중언부언했다.

"뭐…, 어디까지나 법적으로 그렇다는 거죠. 몇 년 전에 재산법도 개정이 되었고…, 당신 걸 태우거나 찢겠다는 이야기는 아니고, 조심히 다룰게요."

"당신 거지."

"……."

"여기 있는 건 전부. 당신의 정원이 내 정원이듯, 내 서재도 당신의 서재지."

그가 그 엄청난 말을 툭, 던지고 몇 번 헛기침을 한 뒤, 다시 서류로 시선을 돌렸다.

"……."

매들린의 얼굴이 화악 익었다. 무언가 엄청난 이야기를 들은 것 같은데 두뇌에 입력이 잘 안 됐다. 그날 그녀는 책을 한 권도 가져가지 않았다.

백작과 매들린 사이에 원만한 난기류가 흐르고 있다는 건 분명한 사실이었다. 그것은 사용인들조차 감지하고 있는 모양이었다. 언제나 잔뜩 긴장한 상태로 매들린을 대하는 그들의 태도가 한결 부드러워져 있었다. 그전에 그들이 불친절했던 것은 단연코 아니었지만, 정체 모를 벽이 늘 있었는데, 그것이 좀 허물어진 느낌이었다. 물론 모든 게 단순한 착각일 여지는 있었다. 변한 건 사람들이 아니라 매들린의 마음일지도 모르는 일이었다. 그 마음이 구체적으로 어떻게 변했는지 설명할 수 없어 답답했다. 단 한 가지는 확실했다. 확실히 남자가 전처럼 무섭지는 않다는 것이었다.

그의 얼굴을 정면에서 봐도 끔찍하다는 생각은 들지 않았다. 비틀리는 입매라든가, 음울한 눈동자를 봐도, 그러려니 싶은 익숙함이 있었다. 그러나 그렇다고 원초적인 혐오감이라든지 적개심이 완전히 사라진 것은 아니었다. 대화 중간중간에 선을 넘나드는 긴장감이 여전히 드러나곤 했다.

이안은 무거운 사람이었고, 매들린은 그가 가하는 하중이 버거웠다. 얼마 안 되는 대화 가운데서도 이안의 냉혹한 가치관이 엿보여, 그 점이 부담스러웠다. 게다가 언제고 또 전쟁이 일어날 것처럼 구는 남자의 모습이 기이했다. 그의 눈에는 모든 것이 쇠락이요 부패인 게 아닌가 싶었다. 그런 그의 마음을 조금이나마 전환시켜 보고 싶었다. 뭔가 궁리해내야 했다.

어떻게? 어쩌면……. 매들린의 머릿속에서 다시 다채로운 빛깔의 풍경이 펼쳐지기 시작했다. 정말, 오래간만의 일이었다.


"마님. 그건 정말 무리입니다."

"진짜요?"

매들린이 눈을 반짝이며 세바스천을 바라봤다. 그를 간절하게 쳐다보면 뭐라도 떨어질 것처럼 말이다.

저택 근처에 있는 빈 예배당을 임시 영화관으로 꾸미고, 친구들과 마을 사람들을 초대한다는 계획을 세웠다. 저택 근처 예배당이야 백 년 가까이 방치되고 있는 실정이었고, 상영할 기자재, 필름이나 인력은 런던에서 구해오면 되며, 날짜야 넉넉하게 잡으면 그만이었다. 그러나 그 계획을 들은 사람들은 저마다 난색을 표했다. 일단 사용인들의 미적지근한 태도가 가장 큰 걸림돌이었다. 세바스천은 대놓고 난감함을 숨기지 않았다. 그나마 젊은 사용인들의 눈은 반짝반짝했다. 대놓고 티 내지 못하는 기대감 같은 것들이 그들의 눈동자에 여실했다.

매들린은 반대에도 불구하고 자신의 계획을 착실하게 실행에 옮기기로 했다. 오래간만에 그녀의 내면에서 의지라는 것이 샘솟기 시작했다. 무언가를 해내겠다는 강렬한 마음의 충동이었다. 백작의 허락은 처음부터 필요하지 않았다. 그가 먼저 원하는 대로 하라고 칼자루를 넘겨주지 않았는가. 모처럼의 기회를 아무것도 안 하며 낭비할 수는 없었다.

저택을 재단장하는 일부터 시작해야 했다. 이미 깨끗한 저택이었지만, 으스스한 분위기가 감돌고 있었다. 그것만은 어째 단시간에 바꿀 수 없을 것 같았다. 헌팅 트로피에 태피스트리 천을 걸어두고, 의자 천을 가는 것으로 만족해야 할 것 같았다. 하지만 저택을 단장하는 일보다 중요한 것은 바로 예배당을 영화관으로 만드는 일이었다. 의자를 놓고, 회벽을 칠한 흰 벽에다 스크린을 설치했다. 빛바랜 스테인드글라스를 두꺼운 천으로 덮었다. 얼추 준비가 끝났을 때, 매들린은 결심했다. 이제 본격적으로 시작하자고.

예배당을 꾸미는 일만 할 게 아니었다. 작은 모임이었으나 매들린은 안주인으로서 준비할 것이 너무 많았다. 사실 초대장을 작성하는 일이 제일 어려웠다. 애초에 주위와 별로 교류가 없었기에 누구를 초대해야 할지 도무지 결정할 수 없었던 탓이다.

지역 인사 편람을 펼쳐들고 지도와 전화번호부를 참고하면서 사람들의 면면을 살폈다. 교구 사제, 농부들, 잡화점 주인들, 사진가, 타이피스트, 의사, 변호사 등등. 하나같이 노팅엄 저택과

데면데면한 관계를 유지하는 이들이었다. 당연했다. 이안 노팅엄은 사업적인 관계를 제외하고는 그 누구도 가까이하지 않았으니까.

"흠……."

그들이 기꺼운 마음으로 초대에 응할지, 아니면 구경이라도 해보자는 심사를 품고 올지, 아예 거절할지 알 수 없는 노릇이었다. 아예 신문에 광고를 내는 건 어떨까. 사실 저주받은 집으로 유명한 노팅엄 저택에 사람들이 순수한 마음으로 찾아올 것 같진 않았다. 재미있는 이야깃거리를 찾는 호사가들이면 모를까. 그런 그들을 설득하는 것도 자신과 이곳 사람들의 몫인 건 맞았지만 말이다. 이번 기회에 분위기를 바꾸면 좋을 텐데…….

매들린으로서도 이것은 단순한 유흥이 아니었다. 그보다는 이 저택의 오명을 조금이나마 벗을 수 있다면, 또 그래서 백작이 사회로 나아갈 수 있다면. 내가 너무 주책맞은 생각을 하는 건 아닐까. 그이의 보모도 아닌데. 매들린은 당대 최신의 심리학은 몰랐으나 남편이 치유가 필요하단 것은 알았다. 그리고 그러기 위해서는 무언가 변화가 필요하단 것도.

그녀는 자신의 무지 속에서 그나마 가장 최선의 방식을 찾고 싶었다. 갑작스럽게 말고 천천히, 천천히 변화한다면. 언젠가는 남자도 웃을 수 있을 것이다. 세상에 비참한 것만 있는 게 아니라 밝고 아름다운 것도 있다는 걸 알려주고 싶었다. 그렇다고 그가 딱히 걱정된다거나 자신의 책임이라고 생각하는 건 아니었지만.

매들린은 내면의 목소리에 힘껏 항변했다. 그래도 명색이 배우자가 행복해지길 원하는 건 인간이라면 당연한 감정이었다.

딱 그 정도였다. 그녀의 작은 발상으로 인해 이안 노팅엄이 좀 더 행복해진다면 나쁠 건 없었다.

그 후로 며칠이 정신없이 지나갔다. 매들린은 할 수 있는 대로 마을 사람들에게 정성껏 초대장을 적어 보냈고, 빈 예배당을 영화관처럼 꾸몄다. 포스터도 붙였다. 여건상 유성영화를 상영할 수는 없었다. 미국에서 필름을 차입하고, 소규모 악단을 초빙해 배경음악을 연주하도록 할 예정이었다.

자. 얼추 다 준비했다. 이제 영화 상영이 끝난 뒤 모두가 즐길 수 있는 다과를 준비하면 됐다. 아래층 요리사들과 함께 메뉴를 짰다. 예산은 넉넉했다. 오랜만에 활기가 도는 노팅엄 저택을 바라보는 사람들의 반응은 각기 달랐다.

세바스천은 툴툴거리는 기색을 감추지 못했으나 매들린의 분부에 따라 움직였다. 정원사인 벤 호머는 매들린의 선택에 찬사를 보냈다. 풋맨인 찰스는 들뜸과 걱정 사이에서 혼란스러워했다. 여성 사용인들은 거의 매들린에게 동조했다.

"사실 이 저택도 분위기 전환이 필요했어요."

릴리벳이 수줍게 고백했다.

"도시에 있는 친구들이 보내오는 편지를 읽으면 어찌나 우울했던지요. 여기는 솔직히 말해서, 울적한 분위기가… 아니, 볼거리가 부족한 건 사실이니까요."

그리고 마지막으로 백작이 있었다. 아무런 내색도 없는 채로, 묵묵히 자신의 할 일을 할 뿐인 백작이 말이다.

매들린에게야 그가 미운 존재였지만 다른 마을 사람들에게는 흥미진진한 이야기의 주인공이었다. 그를 둘러싸고 온갖 소문이며 가십이 횡행하고 있었고 그럴 만했다. 그는 명망 있는 가문의 자제였으며, 전쟁영웅이었고, 부자였으니까. 하지만 그를 규정짓는 가장 큰 특징이 있다면, 그것은 베일에 싸인 미스터리한 존재라는 사실이었다. 바깥출입을 거의 하지 않으며, 괴팍한 데다가 사람들과 섞이지 않는 그의 성정은 사람들의 입을 타고 돌면서 부풀려져 갔다.

이곳 인근의 땅을 몇만 에이커씩 사가면서까지 사람들과의 접촉을 차단한단 이야기, 아름다운 아내가 키우는 장미정원에 사람들이 접근하지 못하도록 철저히 감시한다는 이야기, 비오는 날 들판에서 누군가를 부르면서 울부짖는 모습을 봤다는 이야기 등등. 매들린은 이런 관심이 완전히 나쁘지만은 않다고 봤다. 어찌 됐건 이안 노팅엄도 그냥 사람일 뿐이다. 이안 자신도 깨달아야 할 사실이었다.

매들린의 계획에 대한 반응이 제각기 달랐으나 이안 노팅엄의 반응은 뭐라 규정하기 어려웠다. 철저한 무관심으로 위장한 배려. 배려와 이안 노팅엄은 역사상 가장 거리가 먼 조합일 터였다. 그러나 그는 매들린이 하는 모양을 지켜보았다. 그녀가 의식하지 않을 만한 거리를 두고.

매들린은 구입한 천을 헌팅트로피에 둘렀다. 머리에 두건을 쓰고 앞치마까지 입은 그녀는 저택의 고고한 안주인이라기보다는 하녀 같아 보였다. 뒤에서 세바스천이 땀을 뻘뻘 흘리며 그녀를 말리는 모습이 보였다.

풋. 이안은 제 입에서 새어 나오는 작은 웃음소리에 스스로 놀라, 입을 꾹 다물었다. 지금 행복은 그의 손에 거의 잡힐 정도로 가까이 다가와 있었고, 그것이 두렵지 않다면 거짓말이었다. 위험했다. 그는 얼굴을 바꾸고 예의 그 딱딱한 외피를 뒤집어썼다. 매들린이 일을 끝내고 뒤를 돌아보기 직전이었다. 그는 서둘러 위층으로 올라갔다.

"……."

그러나 완전히 사라지지 않는 그림자의 끝자락이 있었다. 매들린은 한참 그림자가 스르륵 사라진 자리를 쳐다보다가 자리를 떴다.

상영회 전날 흑백 영상 릴과 함께 영상기사와 그의 조수들이 저택을 방문했다. 피아노와 바이올린을 연주해줄 사람들도 도착했다. 그들을 대접하느라 노팅엄 저택에는 오래간만에 떠들썩한 사람들의 목소리가 울렸다.

백작은 서재에서 내려오지 않았다. 손님을 대접하는 일은 매들린에게 위임되어 있는 셈이었다. 그러나 불평하고 싶지는 않았다. 처음부터 너무 과도한 자극에 남편을 노출시키고 싶지는 않았기 때문이었다.

그렇게 그들이 전부 잠자리에 들었을 때, 매들린은 떨림으로 인해 잠을 이루지 못했다. 자신이 너무 무리한 일을 벌이지 않았는가 하는 걱정이 들기 시작했던 것이다.

절대적으로 휴식을 취해야 하는 남편을 너무 혹사시키고 귀찮게 군 건 아닐까, 초대장을 보낸 사람들이 한 사람도 오지 않으면 어떻게 하나, 이렇게 악단과 기술자들까지 불렀는데, 영화가 재미없으면 어떡하지, 등등.

결국, 잠옷드레스 위에 숄을 두른 채로, 그녀는 위층으로 올라가야만 했다. 무언가 확신이 필요했다. 서재의 문틈 사이로 옅은 불빛이 스며 나오는 것을 확인한 매들린이 조심스럽게 노크했다.

"들어오시오."

남자의 동굴 같은 목소리에, 어쩐지 안심이 되어 살풋 미소가 지어졌다. 매들린이 문을 열고 들어가자 그곳에는 안락의자에 앉아 서류철을 눈 가까이 대고 읽는 백작이 보였다.

"아직도 일하는 중이에요?"

"이것도 휴식의 한 방편이오."

그가 무뚝뚝하게 대답했다. 그러나 빈정거림은 없었다. 매들린이 그의 가까이로 다가갔다. 남자가 살짝 몸을 뒤트는 것이 보였으나, 매들린은 오늘따라 그를 더 가까이 보고 싶었다.

"떨려요."

"……."

"내일 사람들을 처음으로 초대하는 거잖아요. 뭐라도 잘못되면……."

"그럴 일은 없을 거요."

남자가 무심히, 그러나 확신 어린 말투로 대답했다. 허나, 그는 매들린을 부러 쳐다보지 않은 채로 말했다.

"다과회를 연 다음에 다 같이 영화를 볼 거예요. 당신도 참석할 거죠?"

"……."

"싫다면 괜찮아요. 이해해요. 사람들은……."

"걱정할 필요는 없을 것 같군."

그가 서류를 접은 뒤 협탁 위에 가지런히 올려뒀다.

"누가 되지 않게 할 테니까."

"누라니. 그런 말 하지 말아요. 그냥 즐기면 돼요."

매들린이 씨익 웃었다. 남자가 이런 식으로 자신 없는 소리를 할 때면 괜히 수정해 주고픈 심사가 일었다.

"영화를 본 지 오래됐죠?"

"딱 한 번. 파리 박람회에서."

어린 시절이었지. 열차가 관객 속으로 돌진하듯 질주해오는 것을 봤어. 놀라운 광경이었어. 남자가 뜨문뜨문 그 시절을 회상하듯 말하다가 입을 다물었다. 남자가 제 옛날이야기를 하는 것은 처음 있는 일 같았다. 한때 전도유망한 젊은이로서 이곳저곳을 여행했을 남자를 그리는 것은 어려운 일이었다.

"그렇다면 이번에 나랑 꼭 같이 봐요. 재밌을 거예요."

매들린은 남자의 어깨를 살짝 그러쥐었다. 그녀는 남자의 귓바퀴가 화르륵 익은 것을 보지 못한 채로 자리를 떠났다. 어쩐지 단단한 어깨를 쥐었던 손바닥이 뜨겁게만 느껴져 쥐었다 폈다 했다.


간만에 저택이 각계각층의 사람들로 북적였다. 지역의 명사, 사교계에서 내로라하는 유명한 런던의 멋쟁이들까지. 매들린은 그들을 응대하느라 정신이 없었다. 초대장을 보내지 않은 사람들도 더러 있었는데 그만큼 관심을 받은 것이리라.

"요즘에는 이렇게 막무가내로 초대받지 않아도 오는 게 '예의'인 것 같군요."

세바스천이 툴툴거렸다. 그에게 있어서 요즘 도시 사회는 온갖 퇴폐의 온상지에 불과했다. 그런 도시 사람들이 한꺼번에 모여드니 기분 나쁠 만했다. 물론 매들린으로서는 새로운 바람이 불어온 것처럼 신선한 일이었다.

매들린은 부드러운 은색 실크드레스에 비단으로 된 머리띠를 쓰고 있었다. 차림새만 봐서는 누가 어떤 신분인지 알 도리가 없었다. 귀족과 평민들의 구분은 이제 큰 의미가 없었다. 사람들은 저마다 처음에는 노팅엄 저택에 압도되었다가, 서글서글한 매들린의 미소를 보며 안정감을 찾아갔다.

그들의 상상에서의 매들린 로엔필드는 창백한 비련의 여성이어야 하는데 실제로는 양 뺨에 홍조 가득한 건강한 여자였다. 그 사실을 믿을 수 없는 눈치였다. 그러한 손님들의 방문에 호기심이 없다고는 할 수 없었다. 누구나 다른 이의 몰락을 구경하고 싶은 심리가 있으니까.

그들은 매들린을 흘깃흘깃 곁눈질하면서 '자. 이제 안주인이 건강한 건 확인했으니 그 유명한 유령 백작은 언제 나올까' 식의 호기심 어린 시선을 던지곤 했다.

그렇게 다과회가 한창 순조롭게 이어져가고 있을 때였다. 매들린이 작은 초인종을 울렸다. 서로 대화를 나누던 사람들이 호스트인 매들린 쪽을 쳐다봤다. 흠흠. 매들린은 조심스럽게 목청을 가다듬고, 두 손을 모았다.

"자, 이제 같이 제가 준비한 영화를 보러 가요."

그녀가 다소 수줍게 제안했다. 그리고 그때였다. 검은 그림자가 계단을 타고 내려왔다. 백작이 사용인의 부축을 받은 채로 계단을 내려오고 있는 것이었다. 일순 군중의 숨이 멈추는 것이 느껴졌다. 매들린 역시 마찬가지였다. 그녀의 등 뒤로 식은땀이 흘렀다.

"……."

매들린이 계단 쪽으로 몸을 기울였다. 정말이지 남자가 무리해서 참석할 필요는 없었다. 계단을 다 내려온 백작이 제 부인에게로 시선을 던졌다. 그가 계단 아래서 자신을 지켜보는 손님들에게 인사했다.

"늦어서 죄송합니다. 이 저택의 주인인 이안 노팅엄입니다."

머리를 단정하게 정리하고 가진 최고의 옷을 입은 남자는 어째 평소의 음울한 은둔자 이미지와는 다르게 세련되었다. 자연스러운 표정을 짓는 그는 윤이 났다. 전성기만큼은 아니어도, 아니, 오히려 전성기와는 다른 이채를 뽐내고 있었다. 물론 남자가 얼마나 애써서 태연한 척을 하고 있는지 다른 사람들은 알 수 없었다.

뒤틀린 진주처럼 기이한 매력을 띤 백작의 모습에 압도된 것은 매들린뿐만이 아니었다. 좌중의 사람들 역시 고개를 끄덕였다. 저마다 백작에 대한 첫인상을 수정하느라 바빴다.

"같이 가지."

그 말과 함께 이안이 목발을 잡지 않은 한 손으로 매들린의 팔을 감았다. 그 능숙한 모습에 사람들은 감탄을 금치 않았으나 매들린은 속이 울렁거렸다. 자신의 팔에 걸린 남자의 손이 사시나무 떨리듯 떨리고 있었다.

예배당까지는 무척이나 가까웠지만, 백작이 움직이기에는 불편할 수 있었다. 매들린이 아주 작은 목소리로 백작의 귓가에 속삭였다.

"휠체어가 필요하지 않나요."

남자가 천천히 고개를 저었다.

"그 정도는 아니니까."

그들은 타인이 보기에는 꽤 다정한 부부였다. 완벽하지는 않아도 서로에게 의지하는 남녀. 진실과 먼 이미지. 그러나 그 연기에, 매들린조차 속아 넘어갈 지경이었다.

지금 자신에게 손을 맡긴 남자와 귓속말을 나누는 모습이 이상하게 익숙하고 편안했다. 앞으로 이렇게 조금씩 가까워졌으면 하는 기대가 생길 정도였다. 그들은 예배당으로 발걸음을 옮기는 손님들 뒤를 따라 천천히 걸어갔다.

"무리할 필요는 없어요."

남자가 손을 떨던 감촉을 영영 잊지 못할 것 같았다. 매들린이 조심스럽고 확실하게 남자의 안색을 살폈다.

"당신 혼자 손님들을 맞이하는 것도 힘든 일이오." 그가 대번에 일축했다.

"그래도……."

"영화가 보고 싶기도 했고."

그가 말끝을 흐렸다. 어둠 속이라서 그의 붉어진 귀 끝이 보이지 않았다. 매들린의 미소도 어둠 속에 묻혔다. 하지만 그 온기만큼은 서로가 여실히 느끼고 있었다.

예배당에 모두가 들어서자, 영상기사가 필름을 상영하기 시작했다. 하나, 둘, 셋. 피아니스트가 경쾌한 곡을 연주하기 시작하고, 현악단이 유쾌한 반주를 넣었다. 명멸하는 스크린 빛을 받아 사람들의 얼굴이 번뜩였다.

매들린이 고개를 돌리자, 그곳에는 침착한 표정으로 모든 것을 감내하는 남편이 있었다. 흉지지 않은 얼굴의 반쪽에는 이상한 감정들이 응어리진 채 그대로 드러나 있었다. 그것은 너무나도 날것의 무언가라서, 매들린은 서둘러 다시 정면의 화면을 쳐다볼 수밖에 없었다.

버스터 키튼 감독의 〈제너럴〉. 런던에는 유성영화를 벌써 상영하고 있다고는 하지만, 무성영화도 여전히 개봉 중이었다. 지금 상영하는 이 무성영화도 미국에서 건너온 물건이었다. 버스터 키튼. 유명한 무언극 배우라는데, 사실 매들린은 아는 것이 별로 없었다. 그래도 재미는 있었다. 미국의 남북전쟁을 배경으로 한다는 사실을 알지 않아도 말이다. 그녀는 남편을 체크하는 것도 잊을 뻔할 정도로 영화에 몰입해 있었다.

사람들은 우스꽝스러운 대목에서 와하하 웃음을 터트리고는 했으나, 백작은 웃지 않았다. 그는 다채로운 흑백 화면을 쳐다보기만 할 뿐이었다. 몰입해 있는 건지, 아니면 권태로운 건지 구별하기 어려운 모습이었다. 그리고 한창 영화가 막바지에 달할 무렵이었다. 남부군으로 추정되는 군인들이 포탄을 쏘는 장면이 나왔다.

쿵.

그와 동시에 매들린 옆에서 둔탁하고 묵직한 소리가 들렸다. 분명히 무성영화라 했는데. 관중석에 앉은 사람들이 웅성거리기 시작했다. 매들린이 손바닥으로 입을 가리며 비명을 가까스로 참아냈다. 자리에서 일어나려던 이안이, 그만 꺼꾸러지고 만 것이었다.

"나는, 괜찮……."

남자가 끙, 억눌린 소리를 내며 몸을 움직이려 노력했다. 매들린이 서둘러 쓰러진 남자 옆에 앉았다. 그녀가 남자를 어떻든 일으키려 노력했다. 그러나 남자의 몸이 크게 떨리고 있었다. 발작이었다. 순간, 매들린의 심장이 멈춰버린 듯했다. 박동을 멈춘 심장이 끝없이 가라앉는 것만 같았다.

예배당이 난리가 났건, 사람들이 웅성거리건, 매들린의 귀에는 아무것도 들리지 않았다. 허둥지둥하면서 남자를 어떻게든 일으켜 세우려고 끙끙거리던 때였다. 갑자기 누군가가 그녀 곁으로 다가오더니 이안 옆에 몸을 웅크렸다.

"부인. 진정하세요. 저는 의사입니다."

가까이로 다가간 남자가 매들린을 조심스럽게 뒤로 물러 세웠다. 그가 익숙한 손길로 쓰러진 백작의 맥박과 호흡을 재기 시작했다.

"다들 진정하시고. 걱정하지 마세요. 지금 백작께서는 증후군에 빠져있을 뿐입니다."

그가 휘파람을 불었다. 팔을 휘두르며 사용인들을 불러 모은 그가 차분하게 상황을 진두지휘했다.

"지금 멀뚱히 서서 뭐 하는 건가. 빨리 백작 각하를 침실로 모시게."

영화 상영은 그 후에 어떻게 됐는지 알 바 아니었다. 세바스천이 알아서 수습했을 것이다. 매들린은 당장 호스트로서의 책임감보다는 쓰러진 이안이 걱정되어서 죽을 것 같았다. 침대에 누운 그의 얼굴은 연보랏빛으로 창백했다. 손과 발끝이 경련하고 있었다. 침대가에 앉은 '의사'는 백작의 손목의 맥을 잡고 이것저것을 확인했다. 그가 한숨을 쉬었다.

"부군께서는 '포탄 충격'의 후유증을 앓고 계시는 것 같군요."

포탄 충격이라니. 처음 들어보는 말이었다.

"……."

매들린이 할 말을 잃은 채로 입만 뻐끔거리자, 의사는 안심하라는 듯 미간에 힘을 풀었다.

"신경증의 일종… 아니, 걱정하지 않으셔도 된다는 이야기입니다. 안정을 취하고, 어둠 속에서 번쩍이는 것만 보지 않는다면 말이죠."

"제가 바보 같은 일을 벌였군요."

영화 같은 걸 보는 게 아니었어요. 애초에 이런 파티를 여는 게 아니었어요. 이안처럼 하얗게 질린 매들린이 중얼거렸다.

"부인을 책망하려는 의도로 한 말은 아닙니다. 신경적인 분야는 아직 규명되지 않은 바가 많으니까요."

의사의 단정한 금발은 살짝 흐트러져 있었다. 멀끔한 얼굴에서는 다정함과 냉정함이 개개로 스쳐 지나갔다. 마치 표본을 살피는 나비처럼, 그는 기민하게 기진한 백작을 살폈다.

"선생님, 정말 괜찮을까요?"

충격이 휩쓸고 지나가자 이제는 후회의 눈물이 비집어져 나오기 시작했다. 매들린은 고개를 돌렸다. 이런 한심한 안주인이라니, 한심하고 한심해서 견디기 힘들 지경이었다.

"괜찮을 겁니다. 그보다 부인께서도 안정을 취하는 게 좋겠습니다."

남자가 일어섰다. 일어서고는 곧장 품 안에서 명함을 꺼냈다.

"제 이름은 코넬 알링턴입니다."

코넬 알링턴은 귀족 가문의 장남으로 태어났고, 빈에서 학위를 땄으며, 전쟁이 발발한 이후에는 의무장교로 복무했다고 했다. 인근 병원을 운영하면서 임상 연구를 계속해오고 있다고 했다. 남자는 매들린 앞에서 그 이야기를 덤덤하게 내뱉었다.

한 모금도 마시지 못한 찻잔을 바라보며 매들린이 아랫입술을 짓씹었다. 우연이라기에는 지나치게 절묘한 순간에 남자가 나타났다. 마치 기다린 듯이······.

"제 남편 역시 선생님의 임상 연구 사례가 될까요?"

매들린의 뼈있는 말에, 조용히 차를 마시던 알링턴이 고개를 들었다. 그가 마주한 것은 수치스러워하는 낯의 여자였다. 무언가 굉장히 싫은 것을 깨달은 사람의 표정. 알링턴의 기분도 과히 좋지만은 않았다.

"오해하진 마시죠. 부군을 임상 연구의 소재로 쓰려고 이곳에 온 건 아니니까요."

"······."

"저 역시 영화를 좋아하는 시골 사람입니다."

물론 그 말을 매들린이 곧이곧대로 믿을 것 같진 않았다. 알링턴은 병리학계에서 유명한 남자였다. 심리학 분야에서 걸출한 글들을 게재했다고도 했다. 의사라기보다는 임상 연구가 더 걸맞은 느낌이라고 해야 할까. 특히 그는 전쟁 신경증 분야에 있어서 두각을 나타내고 있었다.

그가 소유한 남작위는 부수적인 후광이었다. 알링턴 남작가. 매들린도 언뜻 들어 알고 있는 가문이었다. 알링턴 가문은 19세기 후반에 들어가면서 빈한해진 여느 시골 귀족 가문과 비슷한 처지였다. 그러나 지금 그런 걸 신경 쓰는 사람은 소수였다. 결국, 가문보다는 개인의 성취가 더 주요한 시대였다. 사람들은 그를 알링턴 남작이라기보다는, 알링턴 박사라고 불렀다. 그리고 그 자신도 그것을 더 명예롭게 여겼다.

백작은 쓰러진 이후로 말이 없었다. 매들린 역시 말을 할 수가 없었다. 섣부른 위로로 그에게 말을 걸 수 없었다. 얼마나 수치스러워하고 있을까. 얼마나 후회하고 원망하고 있을까. 감히 그

마음을 헤아릴 수 없었다. 저택은 다시 예전의 그 죽음 같은 고요 속으로, 어둠 속으로 가라앉기 시작했다.

·✣·

아버지와 크게 싸웠다. 당연한 일이었다. 남작은 매들린이 청혼을 받아들이지 않은 걸 이해할 수 없다며 역정을 냈다. 매들린이 감상적이며 철부지이고, 지금 당장 부녀가 굶어 죽는다면 다 그녀의 잘못이라는 식이었다.

매들린은 그에 맞서서 아무 말도 하지 않았다. 그녀는 차가운 눈빛으로 아버지를 쏘아볼 뿐이었다. 그래도 아버지는 자신을 사랑했다고 생각했는데, 무지의 베일이 걷히자 모든 것이 또렷하고 분명하게 보이기 시작했다. 눈앞의 아버지란 남자는 그녀를 사랑하지 않았다. 그에게 매들린 로엔필드는 자신의 허영을 채워주는 트로피일 뿐이었다. 그마저도 상황이 궁색해지면 언제든지 팔아버릴 수 있는.

어머니와의 뜨거웠다던 사랑도 이제 그에게는 지나간 과거의 일일 뿐이었다. 하지만 이제 상관없었다. 그가 자신을 미워하든, 실망하든 말이다. 이안과는 이미 그렇게 끝을 냈으니. 그와는 다시 돌이킬 수 없는 관계가 되고야 만 셈이었다. 그녀는 관자놀이를 다시금 짓눌러오는 미약한 두통을 무시했다.

6월 28일. 사라예보에서 총성이 두 번 울렸다. 두 발의 총성은 오스트리아 황태자 페르디난트와 황태자비를 죽였다. 매들린은 신문을 펴들고 찬찬히 활자를 눈에 담았다. 정말 전쟁이 얼마 남지 않았다. 결국에는 똑같이 이렇게 되고야 말았다. 물론 지금 대다수는 전쟁 같은 게 일어날 리 없다 생각했다. 전쟁이 일어난다 해도 얼마 안 가 사태가 정리될 거라고. 세르비아는 오스트리아의 요구를 들어줄 것이며, 이 모든 게 큰일로 번지지는 아니할 거라고 말이다.

매들린은 웃고 싶었다. 또 울고 싶었다. 곧 선전포고가 이어질 거고, 사람들은 짧은 전격전을 예상할 거다. 매들린이 기억하는 대로라면 다들 전쟁을 반겼다. 모두가 애국심에 가득 차서, 참전하지 않는 겁쟁이들을 비난하고 그 증표로 깃털을 건넸다.

지난 생에서 매들린도 그렇게 생각했었다. 두루뭉술하게나마, 조국을 지키겠다는 남자들의 기개를 높게 평가했던 것이다. 없는 형편에 국가 채권을 샀던 기억이 있다. 그러나 그 애국심의 대가가 젊은 사람들의 피라면.

그녀의 전신에 소름이 돋았다. 아버지의 우는 소리는 이제 더는 대수롭지 않았다. 영국은 언제 선전포고를 했던가. 정확한 날짜가 기억이 나지 않는다. 그러나 이 모든 사실을 알려봤자 고대 그리스의 예언자 카산드라처럼 천덕꾸러기 취급밖에 더 당할까. 무슨 말이라도 토해내고픈 마음을 꾹 참으며 로엔필드 저택의 가구들을 포장하기 시작했다.

전부 깨끗한 상태로 내놓아야 했다. 약간의 하자라도 생겼다가는 후려친 값으로 팔아야할 테니까. 게다가 가구를 팔고 난 후에는 매물로 올라온 로엔필드 저택을 보러오겠다는 구매자들을 맞이해야만 했다. 가장 유력한 구매자 후보로는 젊은 미국인 부부가 있었다. 식료품 사업을 크게 하는 그들은 영국에서 거주할 집을 찾고 있었다. 본격적으로 전쟁이 일어나기 전에 팔아야 할 텐데. 매들린은 온통 그 생각뿐이었다.

　아니, 사실 정말이지 이안 노팅엄을 머릿속에서 지우고 싶었다. 그의 의기양양한 모습과 오만한 젊은 표정을. 그리고 제 앞에서 불붙듯 이글거리던 눈빛을. 그렇게 전장으로 걸어가는 그를 생각하면, 참을 수 없이 심장이 조여오는 것 같았다. 매들린의 볼이 점점 창백해졌다.

　시간은 무정하게 흘러갔다. 모두가 정신을 차리지 못할 정도로 많은 일들이 일어났다. 오스트리아가 선전포고를 했다. 독일이 선전포고를 했다. 러시아가, 영국이, 미국이 선전포고를 했다. 40여 개의 나라가 줄을 서듯 서로에게 총구를 사열하면서 전쟁이 시작되었다. 그와는 별개로 매들린 로엔필드의 삶은 어느 정도 계획대로 진행되고 있었다. 평온하고 모두와 무관한 삶을 살고자 하는 계획 말이다.

　로엔필드 저택이 팔렸다. 다행히 전쟁 전에 계약을 해서 제값은 받았다. 이제 그 돈으로 교외의 작은 주택에 세 들어 살 요량이었다. 그렇게 해서 남은 적은 돈을 가지고 전쟁 중에 무엇을 해야 할지 고민해야 할 차례였다.

　할 수 있는 게 있을까? 여성들이 점점 사회에 진출하는 시기가 다가오고 있었으나 그녀는 그 시대적 흐름 앞에서 무력한 유한계급이었다. 타이핑을 능숙하게 하는 능력도, 회계장부를 작성하거나 하다못해 옷감을 만드는 생활 능력도 없었던 것이다. 장사를 한다 해도 수완이나 말주변이 형편없었다. 그렇다고 무능한 아버지에게 기댈 수도 없었다. 남작은 술독에 빠졌다. 그는 언제고 취할 때마다 매들린이 이안 노팅엄의 청혼을 받아들였어야 했을 거라고 중얼거렸다. 번듯한 중년의 얼굴이 술기운으로 불그죽죽해진 게 꼴사나웠다.

매들린은 추적추적 내리는 빗방울을 쳐다봤다. 얼마 안 가 열차역에는 사람들로 가득할 것이다. 아들과 연인을 전송하는 사람들이 깃발을 흔들 테지. 나는 그래, 한마디만 더 했어도……. 매들린의 입이 달싹였다. 눈을 깜빡이고, 손을 까딱였다.

"……."

그녀는 눈을 감았다 떴다. 이게 정녕 마지막이라면, 한마디라도 해야 하지 않을까? 어차피 그와 더는 얽힐 수 없다면 말이다.


장대 같은 비가 억수로 내리는 날이었다. 늦은 밤은 아니었으나 그 통에 바깥은 어두웠다.

노팅엄 백작이 위독했다. 아들들은 자진 입대를 선택했고, 사람들은 비통한 불길함에 잠식되어 있었다. 노팅엄 백작부인은 가장 큰 비통함에 빠져있는 상태였다. 사랑하는 두 아들이 동반 입대를 선택한다는 것도 충격이었거니와, 자신이 그들을 말릴 수 없음을 알기 때문이었다. '명예'. 목숨보다 소중하지만, 결국엔 아무것도 아닌 것.

백작부인으로서도 결코 무시할 수 없는 가치였다. 게다가 백작부인은 다른 사람들과 마찬가지로 전쟁을 잘 알지 못했다. 그녀는 전쟁터를 주말에는 싸우지 않고 경건하게 예배당에 가고, 밤에는 잠을 잘 수 있으며 이따금 여흥도 주어지는 곳으로 예상했던 것이다. 그러나 그런 그녀도 이따금 엄습하는 불길함과 비통함은 어찌할 수 없어서, 저택은 암운에 휩싸여 있었다.

이안 노팅엄은 행장을 완전히 꾸린 채였다. 이제 몸만 가면 된다. 장남이 참전한 이상, 차남까지 군에 입대할 이유는 없었으나 에릭은 완전히 열의에 들떠 있었다. 마땅히 필요한 때에 목숨을 바쳐야 진정한 남자라는 둥, 떠들어대고 있었다. 이안은 그 정도의 열의까지는 없었지만, 필요한 일이라면 기꺼이 나서야 하는 게 귀족의 책무라는 의식 정도는 있었다. 오로지 이사벨만이 악을 쓰며 그들을 말리고 있는 상태였다.

최전방에 나가서 죽는다면 개죽음일 뿐이라느니 험악한 소리를 남발하고 있는 것이었다. 하지만 이안은 그녀의 말에 냉소할 뿐이었다. 어차피 선택할 수 없는 길이다. 징집을 피할 수 없다면 제대로 해내고 싶을 뿐이었다.

그는 미약한 두통을 느끼는 채, 폭풍우 치는 바깥을 응시했다. 떠날 땐 떠나더라도 아버지의 임종을 지키고 싶었다. 오랜 세월 몸이 좋지 않았던 부친이 눈 감을 때라도 편안히 눈감았으면 하는 바람이었다.

백작의 목숨은 경각에 달해 있었다. 이미 장례절차가 준비되어 있었다. 장례식은 간소하게 치러질 예정이었다. 시국이 시국이기도 하거니와, 백작의 당부이기도 했다. 자신의 죽음은 너무나 오랜 시간 걸렸으니 더는 호들갑 떨지 말라는 것이었다.

그 의사를 충분히 존중해야 했다. 이안은 머리를 짚고 의자에 앉았다. 그것 외에도 신경 쓸 곳이 많다. 에릭과 자신이 없는 동안 사업을 어떻게 꾸려갈 것이며, 집안은 누가 통솔할 것인지. 이사벨이 잘 해낼 거라 생각하긴 했다. 그녀는 훌륭한 교육을 받은 데다가, 기개도 남달랐으며 총명하기까지 했다. 그러나 계속해서 신경 쓰이는 지점들이 있었다. 제 동생 옆에 독사처럼 달라붙은 남자. 재커리 밀로프. 거기에 더해 그녀의 다혈질도 걱정이 되었다. 그래. 그 정도뿐일까.

"……."

마지막으로 이안은 여자를 생각했다. 매들린 로엔필드. 햇살을 녹인 것 같은 금발을 가진 여자를. 어디서부터 잘못된 것이었을까. 대화를 나누면 나눌수록 이안은 그녀가 기이하다 생각하면서도, 자신과 여자가 잘 맞는 한 쌍이라고 생각했다.

어째서였을까. 매들린은 자신을 그다지 좋아하지 않았다. 알 듯 모를 듯한 감정들이 여자의 눈가에 서리는 것을 이따금 보았다. 그것은 오히려 이안의 정복욕을 끓게 하는 촉매가 되었다. 하지만 이제 다 소용없는 일이지. 그의 치기 어린 시도는 실패로 돌아갔다. 이안은 여자의 창백한 낯 앞에서 자신의 어리석음을 처음으로 마주했다.

답은 명확한 거절이었다. 승복하기 싫었으나 승복할 수밖에 없었다. 매들린의 경멸을 온몸으로 치받고 조금씩 부서지는 기분이었다. 내가 오만했다. 그는 인정했다. 돈으로 뭐든지 사려는 자신을 매들린이 좋아할 일은 아마 없다는 것도. 이제 승산은 없었다. 그녀의 경멸을 어떤 방식으로든 자신의 편으로 돌리려면 시간과 정성이 필요할 터였다. 하지만 시간이 부족했다. 그는 이제 전쟁터로 가야 한다.

시간은 없고, 주사위는 던져졌고, 미래는 기약할 수 없다. 이안은 이 이상 그녀에 대해서 생각하지 않기로 결심하였다. 스쳐 지나간 인연을 붙들고 사지로 뛰어들어봤자 서로에게 좋을 일이 없으니까. 이루어지지 못한 인연 정도로 갈무리하면 될 일이었다.

쿵쿵. 그때였다. 제 침실의 문을 누군가가 다급하게 두드리기 시작했다. 신경이 곤두선 이안이 성마른 목소리로 외쳤다.

"이 시간에 무슨 일이지."

문을 연 것은 잠옷을 입고 숄을 걸친 이사벨이었다. 그녀가 격앙된 표정으로 말했다.

"오빠. 그 여자가 왔어."

"무슨… 아니, 그보다도 '그 여자'라는 게……."

"매들린 로엔필드. 그 이상한 여자."

"……."

콰쾅. 번개가 번쩍, 내리쳤다. 얼마 안 가 우레같은 천둥소리가 울려 퍼졌다. 이사벨이 인상을 찌푸렸다.

"그 여자가 찾아왔어. 비에 젖은 생쥐 꼴이 되어서 말이야."

매들린 로엔필드는 완전히 금도를 어긴 기분이었다. 아니, 기분만이 아니라 확실히 넘어섰다. 늘 모범적인 삶을 살아왔던 그녀로서는 처음 벌이는 기행이었다. 한밤중에 비에 왕창 젖은 꼴로 뛰어와, 헛소리를 늘어놓는 여자라니. 하지만 마음속에서 끓어오르는 충동을 다스릴 수 없었다. 답답해서 속이 터질 것 같았다. 남자가 이대로 속절없이 떠난다 해도. 적어도 자신이 하고 싶은 말이라도 제대로 쏟아내고 싶었다.

코트가 빗물을 먹어 잔뜩 무거웠다. 그것을 벗어두고 저택의 하녀가 내어준 수건을 어깨에 둘렀다. 그렇게 난롯가에서 떨고 있을 때였다. 노크 소리가 들렸다.

"로엔… 필드 양?"

응접실로 긴 그림자가 들어왔다. 젊은 이안 노팅엄이 눈앞의 자신을 귀신들린 사람처럼 쳐다보고 있었다. 매들린이 물기 어린 앞머리를 털어냈다. 치맛자락에서는 빗물이 뚝뚝 흘러내리고 있었다. 그녀가 바들바들 떨면서도 용케 자리에서 일어났다.

"전쟁터로 가신다고 들었어요."

매들린의 말에 이안의 경직된 표정이 일순 풀렸다. 그가 하하 작게 웃었다.

"그러지 않는 젊은이도 있습니까?"

"꼭 가서야 하나요."

그 말에 이안이 의아하다는 듯 숱 많은 굵은 눈썹을 기울였다.

"왜죠. 제가 어디서 무얼 하든, 이제 당신과 일절 상관없는 일이잖습니까."

그가 모난 소리를 하며 몸을 뒤로 뺐다. 매들린이 고개를 뻣뻣하게 들어 올렸다. 그녀의 턱이 추위로 부들부들 떨렸다.

"그 전쟁에서 당신은 모든 것, 많은 것을 잃게 될 텐데도요?"

"점이라도 치시는 겁니까. 불쾌하군요."

이안 노팅엄의 곧은 미간에 주름이 잡혔다. 짜증스러운지 화가 난 건지 그가 표정을 굳혔다. 그럴수록 매들린은 더 절박해질 뿐이었다. 무언가에 씐 사람처럼 그녀가 중얼거렸다.

"역시, 이 말을 가장 하고 싶었던 거예요."

그녀가 숨을 한번 참더니 속사포로 말을 이어나갔다.

"가지 말아요. 전쟁터로 가지 마요."

그녀가 고개를 떨궜다. 혼란스러웠다. 자신은 눈앞의 남자를 증오하는 건지, 아니면 동정했던 것인지. 그러나 이제 더는 중요한 사실이 아니었다. 지금 이안 노팅엄은 자신을 미친 여자라고 생각할 테니까. 한참 말이 없던 이안이 입을 열었다.

"당신에게 프로포즈했다고 해서, 당신이 내게 어떤 행동을 해도 정당화되는 건 아닙니다. 농을 치려는 거면 그만두세요."

그의 차가운 눈빛이 아프게 박혔다.

"……."

"전쟁터야 당연히 위험하겠죠. 그곳에 나가는 다른 젊은이들도 생각이 없는 것은 아닙니다."

"그렇지만……."

위축된 매들린이 입술을 달싹이며 항변하려 했다.

"나 역시 많은 것을 걸 각오가 되어있습니다. 그런 각오 없이 나갈 정도로 바보는 아니란 겁니다. 아."

남자가 뭔가 생각났다는 듯이 눈을 가늘게 떴다. 그가 비틀린 미소를 지으며 날카로운 비수를 던졌다.

"나를 '걱정'하는 거라면 그건 필요 없다고 해두고 싶군요. 하기야, 가족과 연인을 한시바삐 전쟁터로 등 떠밀어 보내는 세상에서 참으로 특이하긴 합니다만."

그가 시계를 확인하더니 한숨을 쉬었다.

"이야기는 이쯤 하죠. 밤이 깊었으니 오늘은 여기서 잠을 청하면 되겠군요."

그가 매들린을 잠시 곁눈질하더니 그대로 몸을 돌려 걸어나갔다. 더는 말할 가치가 없다는 식이었다. 매들린은 덜덜 손을 떨었다. 사실을 말할 수는 없었다. 이전 생에서 나는 당신의 아내였다고 말할 수 없었다. 세간의 상식 앞에서 자신의 경험은 아무런 힘이 없었다. 그래서 결국.

"내게 왜 청혼했어요?"

매들린의 목구멍 사이로 새된 목소리가 비집어져 나왔다. 도대체 왜. 왜. 당신은 지난 생에서나 지금 생에서나 나를 구속하고 청혼하고, 또 붙잡는 건가. 매들린은 따져 묻고 싶었다.

불합리했다. 왜 자신만 이 짐을 지어야 하는지. 사랑하지도 않는 사람이 전쟁터에서 산산이 부서지면 왜 그 마음의 짐은 자신이 짊어져야 하는 것인지, 이해할 수 없었다. 당신은 결국 내 경고를 듣지도 않을 거잖아. 늘 나를 무시할 거잖아.

"……."

"사랑하지는 않는다고 했죠. 그래요. 좋아요. 나 역시 마찬가지니까. 그 결혼 응할게요." 나 역시 당신을 사랑하지 않으니 수지맞는 장사죠?

"로엔필드 양."

이안은 뒤돌아섰다. 얼굴은 이제 짜증을 넘어 피로가 가득했다.

"나와 결혼하면 참전하겠다는 결심을 거둘 건가요? 그러면 우리 결혼해요."

"모욕이 지나치군."

남자가 진절머리가 난다는 듯이 고개를 저었다. 매들린의 입가가 파르르 떨렸다.

"나는 겁쟁이가 될 순 없습니다. 갑작스러운 당신의 변덕 때문이건, 동정심 때문이건."

"……."

"참전할 겁니다."

매들린이 눈물을 글썽였다. 그러나 표정은 찌푸리지 않았다. 그녀의 결연한 눈가가 축축해졌다. 이안이 잠시 주저하듯 한숨을 쉬더니, 그녀 가까이로 다가갔다. 매들린이 쥐어짜는 목소리로 간신히 매달렸다.

"가지… 마세요."

그녀는 제 눈앞에서 발작하던 백작을 떠올렸다. 자신을 붙잡던 남자를, 그 이후에도 언제나 그림자에 머물던 시선들을. 포탄과 함께 갈가리 찢긴 남자의 마음을 말이다.

매들린 로엔필드는 그를 품을 수 없었다. 그러기에 그녀는 메마른 바다였고, 남자는 상처받은 물고기였다. 첫 단추부터 잘못 꿰진 거라면, 매들린은 어떻게든 그것을 고쳐 쓰고 싶었다.

그래서 이곳으로 온 거야. 참을 수 없어서. 한 사람의 인생이 지옥으로 변하는 걸 놔둘 수가 없어서. 매들린이 입술을 달싹였다. 평소의 다홍색 입술과 뺨은 이제 거의 연보랏빛으로 질려 있었다. 이안의 눈동자가 흔들렸다. 아까 전의 경멸보다는 안타까움이 더 담겨 있었다.

"매들린, 전부터 생각했지만, 당신은 정말 이상한 여자요."

그가 조심스럽게 매들린의 축축한 어깨를 붙들었다. 남자의 강건한 손바닥이 그녀의 둥그런 어깨를 감쌌다.

"나를 걱정하는 건 알겠지만, 이런 행동까지 벌일 이유는 없을 것 같군요."

그가 한쪽 손등으로 매들린의 볼을 엷게 쓸었다. 미적지근한 남자의 손가락이 비를 맞아 차가운 여자의 볼을 스쳤다. 둘의 시선이 맞부딪혔고, 그가 입꼬리를 힘겹게 당겼다.

"당신이 말했던 대로 나는 오만한 남자입니다. 프로포즈를 거절한 건 현명한 행동이었어요. 매들린 로엔필드. 더 나은 사람을 찾길 바랍니다."

그가 잠시 머뭇거렸다. 그리고 한마디 덧붙였다.

"원래 적진에 들어간 군인이 죽음을 각오하는 건 당연한 일입니다. 그뿐인 겁니다."

그렇게 말을 다 끝낸 그가 그대로 응접실을 나갔다. 온몸이 젖은 매들린은 그렇게 응접실에 한참을 우두커니 서 있을 뿐이었다.

미래를 바꿀 수 있는 기회는 여러 번 있었다. 매들린은 그것들을 전부 놓친 자신의 어리석음을 믿을 수 없었다. 결국에는 눈앞의 남자조차 구할 수 없었다. 과거로 돌아온 보람이라고는 하나도 없었다. 새된 목소리로 소리를 질러가며 미친 여자처럼 굴어봤으나 소용이 없었다. 그녀는 어디까지나 열일곱 살 철부지 귀족 여자아이에 불과할 뿐이었다. 제 손으로 아무것도 이룬 적 없는 사람이 남을 움직일 수 있을 리가 없었다.

8월이 가기 전에 노팅엄 가문의 남자들이 떠날 예정이었다. 노팅엄 가문뿐만이 아니었다. 조지 콜하스도, 윌리엄 레버렛도. 젊은 남자들이 사라진 사교계는 파탄이 난 지 오래였고, 온 국토에는 전쟁의 열기가 드리워져 있었다. 다들 애국심으로 난리도 아니었다. 매들린은 환송식에 차마 참석할 수 없었다. 밝은 모습의 젊은이들을 두 눈 뜨고 바라볼 수 없었던 것이다. 기사도 신화에 휩싸인 사람들의 삿된 정열을 비난할 힘도 없었다.

대신에 그녀는 신문지를 바라보며 일자리를 구하고 있었다. 앞으로 여성도 일자리를 쉽게 구할 수 있을 테니까 살 방도가 있을 터였다. 매들린은 일전에 구입한 타자기 앞에 앉았다. 정좌한 그녀는 타이피스트 교본에서 읽은 대로 기계를 매만졌다. 치링. 경쾌한 소리와 함께 기계가 움직이기 시작했다.

## 5. 부디 살아 돌아와서

나와 당신이 서로를 이해하는 날은
끝내 오지 않을 거라고 생각했다.
하지만 어쩌면 우리에게 필요한 건 이해가 아닌,
용서였는지도 모른다.
…자기 자신에 대한 용서.

안녕하세요. 매들린 로엔필드 양. 이 주소가 맞는지 모르겠군요.

저 역시 당신에게 이런 편지를 보낼 줄은 예상하지 못했어요. 하지만 의심하지 마세요. 저는 지금 제가 아는 모든 사람들에게 이 편지를 쓰고 있으니까!

사실대로 고백부터 할게요. 처음부터 난 당신이 껄끄러웠어요. 무슨 꿍꿍이로 그때 내 보호자를 자처했는지 지금도 이해할 수 없어요. 나와 그이(아시죠?)의 관계를 아는 것도 좀 의심스러웠지요.

하지만 글쎄요. 껄끄러움도 껄끄러움이지만, 우리의 대의 앞에서는 그런 게 중요할까요.

당신이 내게 말했었죠, 살아있으면 길은 있다고. 그러니 살아있는 사람이 할 수 있는 최선의 행동을 하고 싶어요(당신이 적이 아니라면 말이죠).

노팅엄 저택을 상이군인 재활병원으로 만들 생각이에요. 지금은 유럽 본토에 있는 야전병원으로 충분할지 모르겠지만, 앞으로 전황이 확대되면 될수록 영국의 병원들이 필요해질 거예요.

우리 저택이야말로 병원으로 쓰이기에 적절하죠. 가족 인원수에 비해 지나치게 넓고 사치스럽고, 게다가 정원도 아름다워서 부상당한 군인들이 쉬기 좋을 거예요.

이런 땅을 놀리는 건 죄악이 아닐까요.

어머니는 강건하게 반대하고 계시지만, 나를 막을 사람은 아무도 없답니다. 간호학을 배우고 같이 봉사할 사람을 찾고 있어요.

물론 경험 풍부한 의사와 간호사들도 모집하고 있답니다.

봉급과 관련한 사항에 대해서 물어보고 싶은 게 있다면 연락해요.

경의를 담아, 이사벨이.

믿기 어려운 편지였다. 자신이 비 오는 날 노팅엄 저택에서 보였던 추태를 생각해보면, 이사벨의 제안은 대담함을 넘어서 경이롭기까지 했다. 도대체 무슨 생각인 건지 싶었다. 그러나, 지금 당장 유럽으로 뛰어들 수는 없었으나 할 수 있는 일을 하자는 이사벨의 제안이 가슴에 와닿았다.

게다가 아버지의 상태가 갈수록 안 좋아졌다. 남은 재산도 부족한 데다가 술독에 취한 아버지는 재활이 필요했다. 귀족 영애가 간호사가 된다는 말은 퍽 파격적으로 들렸으나, 모든 것이 허물어져 가고 있는 상황에 그 어떤 것도 파격적일 수는 없었다.

매들린은 편지를 고이 품에 넣었다. 그녀의 제안을 받아들여야 할지 결정하는 데에는 시간이 필요할 것 같았다. 그녀가 한숨을 쉬었다. 하지만 어느 순간에는 결단을 내려야 한다. 비통함에만 빠져있을 수는 없었다.

## 스물여섯 살의 매들린

그 '사건' 이후로 알링턴은 주기적으로 저택을 방문했다. 그는 냉소적이었으나 기본적으로 재치가 있었다. 인류에게 의학으로서 공헌하겠다는 마음만큼은 진심으로 보였다. 물론 어디까지나 과학적인 관심이 가장 큰 사람이었다. 남자는 백작의 동태를 관찰했고, 그를 '치료'했다. 그러나 어느 정도 진전이 있었는지는 매들린도 의문이었다. 잠깐이나마 흘렀던 난기류가 꿈결이라도 되는 것처럼 사라져버린 탓이었다.

백작은 다시 자기 안으로 침잠해버렸다. 매들린 역시 다시 손을 뻗을 용기가 사라진 지 오래였다. 어떻게 다가가야 할지 몰라서, 자꾸만 주저하게 됐다. 괜찮다고 말해주고 싶었다. 하지만 어떻게? 예전의 활달한 그녀는 어느새 마찬가지로 고립된, 존재에 불과했다. 그녀는 멈춰서 있었다. 시대의 흐름에 역행한 채로, 우두커니.

오전 진료를 끝내고 난 알링턴에게 굳이 차를 마시고 가라고 권했다. 어쩐지 사람과 이야기를 하고 싶기도 했고, 남편의 동태가 궁금하기도 했던 것이다.

"알링턴 박사님."

그녀가 최대한 상냥한 미소를 지으며 그에게 다가갔다.

"부인."

반면에 알링턴의 눈빛은 무미건조했다. 그러나 이안과는 다른 방향에서 그러했다. 과학과 합리를 통한 인류의 진보를 믿는 사람. 그렇기에 개개인의 사람에는 한없이 무심해질 수도 있는 자의 눈빛이었다. 금발을 단정하게 빗어넘긴 푸른 눈의 사내였다.

"남편은 어떤가요?"

알링턴은 여러 기계를 가지고 왔다. 백작이 앓는 발작은 '포탄 충격'에 의한 것이었으므로, 충격으로 '둔감화'해야 한다는 이유에서였다. 매들린으로서는 명망 높은 심리학자가 허튼소리를 한다고 볼 이유가 없었다. 그녀는 그저 알링턴의 치료에 많은 것을 기댈 수밖에 없었다.

"당분간은⋯⋯." 알링턴이 찻잔을 내려놓고 매들린에게 속삭이듯 말했다. "당분간은 부군과 조금 떨어져 지내시는 것도 방법입니다. 자극에 노출된 직후에는 혼자 있을 시간이 필요할 테니까요."

워낙 부담스러운 치료법이라서요. 알링턴의 권고는 사실상 명령이나 다름없었다.

"그이가 많이 힘들까요?"

매들린도 모르게 제 목소리가 떨리기 시작했다. 이안이 괜찮을까. 안 그래도 약한 사람이다. 치료하는 내내 위층에서 낮은 비명 소리가 들리곤 했다. 얼마나 아플까. 전기자극으로 치료받고 약물을 주입받으니, 보통 사람들이 이겨내기 힘든 고통일 것이다. 지금으로서는 다듬어지지 않은 기술이었다. 매들린의 속이 역해졌다. 머릿속 깊은 곳에서부터 멍해지는 것 같았다.

"어쩔 수 없는 일입니다. 치료니까요. 썩은 환부를 도려내듯이, 망설임이 없어야 해요."

알링턴은 차분하게 설명했다. 그가 찻잔을 치운 뒤에 자리에서 일어섰다.

"백작 각하가 노력하는 건 오로지 부인 때문입니다. 그 노력에 같이 부응해주셔야 하지 않겠습니까."

그 말을 하는 알링턴의 표정은 알 수 없었다. 그런데도 불구하고 밤이 되자 매들린은 이안의 침실로 향했다. 남자가 자고 있는 동안이라도 잠깐 그의 동태를 확인하고 싶었던 것이다.

희미한 불길 앞에, 앉아있는 남자가 보였다. 가늘게 눈을 내리깐 채, 안락의자에 앉아 졸고 있었다. 손에는 서류를 들고 있는 것을 보아 일을 하려고 했던 모양이었다. 치료는 육체적으로 무척이나 힘든 일이었다. 매들린은 한숨을 내쉬었다.

"……."

이만 나가봐야지. 매들린은 최대한 거리를 두라는 의사의 조언을 떠올렸다. 쉬고 있는 이안을 방해하기는 싫었다. 그렇게 방 밖으로 나가려는 찰나였다.

"무슨 일이오."

남자가 그녀를 불렀다. 매들린이 뒤를 돌자, 힘겹게 눈을 뜬 남자가 보였다. 매들린이 고개를 저었다. 애써 웃어 보이려 노력했다.

"힘들지 않아요?"

"치료?"

끄덕. 그녀의 고갯짓에 백작이 희미하게 웃었다. 그가 고개를 저었다.

"나아야지."

"하지만 너무 힘들다면 계속하지 않아도 돼요."

"당신을 위해서라도."

"……."

"당신을 위해서라도 나아야 하지 않겠나."

그가 그 말을 남겨두고 그대로 눈을 감았다. 그는 그대로 기진한 것이었다.

어쩌면. 이사벨로부터 편지를 받은 날, 으슥한 밤. 침대에 누운 매들린은 생각했다. 어쩌면 알링턴의 치료를 받게 하지 말아야 했던 게 아닐까. 치료를 기점으로 모든 것이 손쓸 도리 없이 무너져내린 기분이었다.

알링턴을 철석같이 신뢰하기만 했던 매들린으로서는 굉장히 의외인 생각이었다. 그러나, 갑자기 의문이 들기 시작했다. 공포를 공포로써 이기는 방식 자체에 문제가 있다고 보진 않았다. 하지만 그것이 백작에게는 오로지 고통이었을 수도 있겠다는 의심이 들었다.

치료를 받기 시작하면서 백작은 말수가 없어졌다. 손을 떨기 시작했고 매들린을 제대로 쳐다보지 못했다. 햇빛을 보는 것을 힘겨워하기 시작했다. 이게 괜찮아지는 거라고? 매들린은 그 광경을 떠올리며 질문을 던지기 시작했다. 그 치료 자체가 효과가 없을뿐더러 남편을 더 고통 속에 빠뜨렸던 게 아닐까 자문하기 시작했다.

매들린이 몸을 웅크려 무릎을 껴안았다. 그게 사실이라면 자신은 정녕 스스로를 용서할 수 없을 것 같았다. 그때는 매들린에게 알링턴과 그의 병원이 가진 권위는 세상 제일의 것이었다. 영국왕립의학회 회원인 데다가 대륙 최고의 논문을 쓴다는 사람을 그 누가 쉽게 의심할 수 있었을까. 하지만 시간이 뒤집히고 다시 살게 된 지금, 모든 것을 의심할 수밖에 없었다.

그 모든 치료들. 구리 전선과 주사기들. 치료가 끝나면 몸을 가누지 못하던 이안 노팅엄. 갈수록 말라가던 남자의 몸. 자신을 위해서는 뭐든지 감내할 수 있다던 말. 날카로워져 가던 신경 줄. 자신을 찾던 거친 목소리까지. 매들린의 두 눈에서 뜨거운 눈물이 흐르기 시작했다.

어쩌면 우리는 이렇게 되지 않을 수도 있었어. 불면의 밤이었다.

이사벨은 창가에 기대선 채로 담배를 피웠다. 인간사에 드리워진 암운을 예고하듯 날씨도 좋지 않았다. 물론 영국에서 볕이 좋은 때를 찾기란 어렵지만 말이다. 우중충해서 을씨년스럽기까지 한 날씨였다. 간호 선생을 초빙하고 교구를 구입하는 데에도 한세월이었다. 알고 지내던 모든 숙녀들에게 편지를 보냈지만 답장은 딱 두 개였다. 하나는 예의 바르고 완곡한 거절의 편지, 또 하나는……. 좋은 결과가 있기를 바라야겠지.

이사벨은 조급하지 않았다. 그녀는 자신의 대의를 굳게 믿고 있었다. 그런 사람들에게는 자기 확신을 위한 증거 따위는 필요하지 않다. 이사벨은 자신의 목걸이에 달린 로켓을 매만졌다. 재커리가 마지막으로 준 선물이었다.

"그 어떤 것도 우리를 막아설 수 없어."

자신의 목덜미에 닿았던 남자의 한숨을 생각하면 지금도 가슴이 먹먹했다. 이렇게 가까운 것 같은데 멀다. 하지만 또 가깝다.

전쟁터로 나간 남자 형제들을 생각하면 마음이 좋지 않았다. 공군 비행사를 하겠다고 고집을 부리는 에릭에게 울고 불며 난리를 쳐 후방의 운전병으로 빼낸 게 그나마 위안이 되었다. 하지만 이안은 최전방의 장교로 배치되었다. 그를 미워했으나 동시에 누이로서 사랑했다.

이사벨이 그렇게 한참 수심에 빠져 저택 앞 광활한 땅을 응시하고 있을 때였다. 지평선에서 하나의 흐릿한 점이 다가오는 것이 보였다. 그녀는 자리에서 일어나 그것을 지켜보았다.


"무엇부터 해야죠?"

매들린이 쑥스러운 미소를 지으며 물었다. 이사벨이 하하하. 크게 웃더니 매들린에게 다가왔다.

"당신이 여기로 온 첫 번째 사람이에요."

"그럴 리가요."

"제가 그다지 상류 사회에서 평판이 좋진 못해서요."

매들린이 고개를 갸웃거렸다.

"솔직히 놀랐어요. 우리 오라버니와 좋게 끝나지 않았단 걸 아니까요."

"……."

"뭐. 그게 뭐가 중요한 거겠어요? 남자들이 없는 지금, 우리들이라도 최선을 다해야죠."

이사벨이 싹싹하게 웃으며 매들린의 짐가방 하나를 냉큼 들었다. 어어어. 매들린이 어찌할 줄 모르는 사이에 그녀가 짐가방을 든 채로 재빠르게 계단을 올라갔다.

"자. 빨리 올라와요. 매들린의 방은 이미 꾸려놨답니다."

매들린의 방은 사용인들의 방 중 하나였다.

"있는 손님방은 전부 실습실로 개조를 해버려서요. 이렇게 초라한 방인데도 괜찮을까요?"

"괜찮아요!"

매들린이 결연하게 말하자 이사벨이 마음에 들었다는 듯 이를 드러내고 웃었다.

"그래요. 내가 바로 옆방이니까 잘됐네요."

매들린이 행장을 푸는 것을 무연히 지켜보던 이사벨이 경쾌하게 손바닥을 마주쳤다.

"이제 같이 저녁을 준비하죠!"

백작이 죽고 남자 형제들이 사라졌다. 나이 많은 집사장을 제외한 남자 하인들도 몇몇은 차출되어 사라졌다. 그러나 이사벨은 활기차게 움직였다. 그녀는 아래층으로 내려가 사용인들과 부대끼며 음식을 만들려고 했다. 그러는 통에 집사장이 진절머리를 내며 그녀를 말리려 했다.

"아가씨, 제발 이런 채신머리 없는 짓은 그만하시죠!"

"지금은 전시상황이라고요. 아가씨니 뭐니 하는 말도 그만둬요."

그녀가 신나게 야채를 다듬기 시작했다. 어색한 모양으로 당근이 썰리는 것을 본 요리사가 침통한 표정을 지었다.

"그리고 거북이라거나, 뇌조 같은 고급 요리는 더는 사지 않도록 해요. 요리를 할 수 있는 인력을 더 채용해야 하기도 하고요. 이제 이곳이 곧 병원이 될 거잖아요. 얼마나 많은 사람들을 먹여야 하는지 아세요?"

이사벨이 들떠서 재잘거렸다. 냉랭한 평소의 그녀로서는 의외의 모습이었다.

"아가씨."

세바스천은 이제 완전히 진력이 난 상태였다. 그가 매들린 쪽을 힐끗거렸다. '아가씨 좀 말려주십쇼' 하는 눈치였다. 매들린이 수줍게 미소를 지었다. 그녀가 팔을 걷어붙였다.

"노팅엄 양. 저도 야채를 다듬어볼게요."

그날 저녁은 야채 스프와 스테이크였다. 마지막 양념 간을 요리사인 제닝스 부인이 해서 그나마 먹을 만했다. 썰린 당근과 감자는 크기가 제각각이어서 씹기 과히 불편했다.

이사벨의 파격은 거기서 멈추지 않았다. 그녀는 사용인들과 함께 식사를 했다. 사교계에서 평판이 안 좋았다는 이야기는 어쩌면 당연하다 싶을 정도였다. 매들린은 맛있게 그릇을 비워냈다.

"이번 주 내로 우리를 지도할 '선생님'이 올 거예요."

이사벨이 흐뭇하게 웃으며 말했다.

"그리고 물자들도 속속들이 도착할 예정이고요. 이곳을 쓸 만한 병원으로 만들기 위해서는 우리들의 힘이 필요하다구요."

이제 와서 보니 이사벨은 비운의 처녀도, 사랑에 빠진 여인도 아닌 강철 같은 심지를 가진 사람이었다. 비록 다혈질적인 측면이 다분하지만, 이안과 비슷하게 제 의지를 관철해나가는 면모가 있었다.

매들린은 식사 자리를 주재하는 그녀의 모습이 너무 빛나 보인다고 생각했다. 용기 내어 이곳까지 온 게 다행이었다. 물론 이사벨은 사재를 털어 이미 전문 인력을 고용한 상태였다. 그러나 그녀는 그것만으로도 부족하다고 여겼는지, 자원봉사자까지 모집했다. 노팅엄 저택에 머물면서 숙식을 해결하고 소정의 봉급을 받는 대신 간호사로서의 훈련을 받고 야전병원을 운영하는 조건이었다. 이사벨은 전국이 애국심으로 들끓는 지금이야말로 지원자들을 모집하기에 적기라고 단언했으나, 실상 모집된 자원봉사자는 매들린을 제외하고는 없었다.

선생님으로 초빙된 간호사 선생은 노숙한 여성이었다. 그녀는 눈앞의 두 사람을 바라보며 흠흠. 몇 번 헛기침을 하더니 비상한 표정으로 일갈했다.

"단기간 안에 쓸 만한 간호사가 되는 건 불가능해요. 처음부터 나이팅게일은 꿈도 꾸지 말아요! 하지만 지금은 전시상황이니까 여러분들도 힘을 보태야겠죠……."

그녀가 잠시 뜸을 들였다.

"물론 귀족 아가씨들에게는 받아들이기 어려운 일들도 많을 거예요."

"……."

"피라든지, 장기라든지, 울부짖는 젊은 병사라든지 말이에요. 재활병원이니까 피를 자주 볼 경험은 적겠지만 언제든 대비해야 해요."

엄격하고 딱딱한 여학교 교장 선생님 같은 인상의 얼굴에 미소가 깃들자 온후함이 뿜어져 나왔다. 그녀가 모두에게 다정하게 말했다.

"언제나 낯섦을 극복하고 기꺼이 배우려는 자들에겐 문이 열려있죠." 수업을 시작할까요.

다림질을 하고 소독을 하고 깨끗한 병실을 만들었다. 매들린은 정신없이 지식을 흡수했다. 수많은 장기들의 이름과 환부의 상태를 암기했고 담력과 관찰력을 길렀다. 지난 생과는 다르게 인생을 풀어나가고 싶었다. 그리고 그렇게 하려면, 각고의 노력을 해야 했다.

두 달의 시간이 훌쩍 흘러갔다. 라디오로, 신문으로 전쟁의 참황이 속속들이 들려오기 시작했다. 미적지근하던 전황은 한 번 불꽃이 튀듯 격화되더니 곧 참호전으로 번지며 지지부진한 상태로 흘러갔다.

매들린은 의식적으로 뇌를 비웠다. 생각을 비우고 당장의 노동에 집중했다. 손이 부르트도록 세탁물을 정리하고 밤을 새워 공부를 했다. 날이 지날수록 마르는 매들린을 보며 이사벨조차 걱정할 정도였다.

"매들린. 무리할 필요는 없어요. 아직 환자들도 없는걸요. 걱정된다면 사람을 더 모집하면 돼요."

"아니에요. 할 수 있는 건 해야죠."

매들린이 활짝 웃었다. 그러나 그녀의 속은 이미 썩을 대로 썩어 있었다. 가진 건 가문의 허명뿐인 빈털터리 젊은 여자라는 걸 상기할 때마다 기운이 빠졌다.

"흠… 매들린."

이사벨이 그녀에게로 가까이 다가갔다.

"담배를 권하고 싶지만, 여기는 이제 엄연히 병원이니까요." 게다가 오츠 선생님이 제게 불호령을 내리실 거예요.

그녀가 웃었다. 배급제가 된 이후에도, 정신없이 바쁜 와중에도 어떻게든 붉은색 립스틱을 바르는 이사벨의 진한 입가가 장난스럽게 뒤틀렸다.

"우리 오라버니가 그렇게 걱정이 된다면, 편지를 써보는 건 어때요?"

"편지요?"

"편지요. 사흘이면 도착해요. 물론 답장을 쓸 겨를이 있는지는 모르겠지만."

"제안은 감사하지만, 노팅엄 씨가 걱정되지는 않아요."

그를 걱정하기에는, 그는 매들린의 그 무엇도 아니었다.

"그렇다면야, 뭐. 다행이네요."

이사벨이 음흉한 눈빛을 날렸다.


겨울이 오고 있어요.

당신에게 이런 편지를 보내는 걸 용서해주시길. 이걸 읽을 시간에 부족한 잠을 자도 괜찮을 것 같군요.

모든 것이 너무 급작스럽게 이루어졌어요.

언젠가는 당신과 있었던 일에 대해서 제대로 된 대화를 나눌 시간이 있겠지요.

하지만 그때가 될 때까지 기다리다가 모든 것이 늦을까 봐 편지를 써요.

차가운 물 속에 발을 너무 오래 담그지 않기를 바라고, 당신이 두꺼운 옷을 입어서 감기에 걸리지 않기를 바랍니다. 연료 탱크 주위에 불을 붙이는 일도 없었으면 좋겠어요. 벨기에에서 독일군이 부주의한 실수로 많은 피해를 입었다는 기사를 읽었어요.

~~어째서일까요. 저는 당신을 무척이나 걱정하고 있어요. 이런 말을 할 자격이 없다는 걸 알면서도 그렇게 되네요. 그러니 무사히 돌아와 서 저를 비웃으시길 바랍니다.~~

제 하나 마나 한 조언을 잘 참고하시어, 안전하게 지내시길 바랍니다.


추신 : 이 모든 당부는 동정심으로 인한 것이 아닙니다.

10월 8일,

매들린 로엔필드가.


고심 끝에 보낸 짧은 편지의 답장은 오지 않았다. 당연한 일이었다. 매들린은 상심하지 않았다. 그나마 다행인 것도 있었다. 에릭은 비교적 안전한 후방으로 빠졌다고 했다. 그러니 이 안이 느꼈을 충격도 조금은 덜어지리라. 물론 삶에 대한 의지를 불어넣는 것만으로 사람의 운명을 바꿀 수 있으리라 생각되진 않았다. 그 정도로 매들린은 순진하지 않았다. 편지에 썼던 말 대로 이안이 자신의 편지를 찢어서 버린다고 해도 어쩔 수 없는 일이었다. 불쾌할 수도 있을 테니까.

청혼을 거절할 때는 언제고, 전쟁터에 나간다니까 갑자기 눈물을 흘리며 걱정한다고 하는 심경의 변화를, 남자에게 설명할 수 없었다. 다행히도 잡다한 생각을 할 겨를이 없었다. 진땀을 흘리며 지도를 받느라 온몸이 천근만근이었다. 현재로선 간호사 면허제도도 없었고, 도제식 훈련이 이루어지고 있었지만, 직무의 막중함은 여실했다. 알아야 할 게, 배워야 할 게 너무도 많았다. 직무를 마치고 방으로 돌아온 매들린은 이날도 공부를 하다가 등잔 밑 책상에 엎드려 고개를 파묻은 채 선잠에 들었다. 정리되지 않은 그날의 공부와, 상념들이 얽혀 꿈으로 화했다.


매들린 로엔필드 양에게

녹색 봉투에 담긴 편지는 검열되지 않는다고 합니다. 웃기는 일이죠. 장교의 특권을 이용하면서 이런 시답잖은 편지나 보낸다는 것이.

당신의 말을 곰곰이 생각해봤습니다. 결론은 이렇습니다. 여전히 참전했다는 것에 후회는 없어요. 그 나이대 남자로서 할 수 있는 일을 했다는 생각뿐입니다.

하지만 당신의 고백은 내게 정말이지 신기한 일이었습니다. 모두가 참전을 권하는 시대에서, 깃털은커녕 깃털을 주지 않을 거라고 호언장담하는 아가씨가 있다는 것이 이상했습니다.

전쟁에 나가지 말라고, 그랬다가는 모든 것을 잃을 거라고 을러대는 여자 말입니다. 살면서 반전주의자를 처음 보는 건 아니지만 말입니다.

그래서일까요. 당신에게만은 솔직한 편지를 쓸 수 있겠다는 생각이 듭니다. 전쟁에 대한 솔직한 편지 말입니다.

가족들과 친구들에게는 말합니다. 모든 것이 잘 돌아가고 있다고요. 전선은 확보가 되었고 사기는 충천되어 있으며 지휘관은, 혹은 부하들은 훌륭하다는 이야기를 하지요.

하지만 현실은 그것과 괴리가 있어요. 진실은 항상 기대보다 추악합니다. 이곳은 나에게 끝없이 내가 피와 뼈를 담은 살자루에 불과하다는 사실을 일깨워준단 말입니다.

겨울입니다. 참호 속에 물이 차오르는데 그걸 퍼낼 수가 없습니다. 발은 얼어가고 병사들은 발이 썩어들어가죠.

우리는 적들에 의해서보다 우리 자신의 어리석음 때문에 더 많이 죽어가고 있습니다.

하지만 그것도 잠시입니다. 곧 본격적으로 전투가 시작될 거고 이런 부당한 상황에 대한 불평도 잦아들겠지요. 그러나 겁이 나진 않습니다.

전투의 열기가 내게 강림하면, 이 모든 고통도 잊을 수 있겠지요.

공적 몇 개는 더 추가해서 돌아가도록 하겠습니다.

그래야 당신에게 비웃음당하지 않을 수 있을 테니까요. 아니, 이건 농담이에요.


추신 : 매들린 로엔필드, 당신에 대해서 더 알고 싶다는 생각은 진심입니다.

아, 그리고 편지에 담긴 조언은 감사합니다. 덕분에 연료탱크 주위에서 차를 끓이는 불상사는 일어나지 않을 것 같군요.

진심을 담아,<br>이안 노팅엄이.


　녹초가 된 채로 쓰는 이 편지가 당신에게 닿을지 모르겠습니다. 이사벨과 선대 백작부인은 눈코 뜰 새 없이 바빠요. 관료들과 협상하고 인력을 충원하는 데에 힘을 다하고 있죠.

　이미 알고 계시겠죠. 노팅엄 저택이 병원으로 변모한 일과, 제가 이제 당신의 저택에서 수련을 하고 있다는 이야기 말이에요.

　이사벨 말에 따르면 사전에 당신의 허락을 분명히 받았다고 하던데 사실인지는 모르겠네요. 솔직히 말해 그녀가 당신의 허락을 구하는 장면이 상상이 안 가요. 아무튼 선대 백작부인은 긍정적이세요. 대단한 분이십니다.

　본론으로 들어가겠습니다. 당신의 답장을 받고 안도했어요. 비 오는 날 저의 무례를 용서해주셨는지는 모르겠지만, 그래도 편지를 보내도 좋다는 말씀이겠죠. 감사합니다.

　노팅엄 씨가 저에 대해서 알고 싶어하는 것만큼이나 저도 당신에 대해서 알고 싶답니다. 자… 그러면 무엇부터 시작해야 할까요.

　저는 금발이지요.

　참. 할 말이 없군요. 재미없는 사람이에요. 오만한 이야기지만 외모에는 약간의 자신감이 있었지요. 그것 외에는 가진 게 없다는 방증입니다.

　할 줄 아는 것도 별로 없고, 좋아하는 것도 천편일률적이죠. 사고를 잘하는 것도 아니고, 매력적인 성격도 아닌 것 같군요. 그저 당신의 관심 한 자락을 받았을 뿐이었건만 그조차도 내쳐버렸네요.

　한때는 피아노를 연주하는 것을 좋아했어요. 영화를 보는 것도 좋아하지요. 늘 새로운 곳을 방문하는 것을 즐겨요. 혼자 있는 것을 그다지 좋아하지 않지만, 책이 있으면 괜찮지요. 가장 좋아하는 작가는 크리스토퍼 말로입니다. 저는 소설을 좋아합니다. 루이스 스티븐슨, 디킨스… 그 외에는 별로 읽지 않아요. 제게는 철학이나 과학이 너무 엄숙하게 느껴지거든요. 반면에 이사벨은 다방면의 책을 고루 읽지요. 옥스퍼드에 있는 신사들보다 박식할 거라 자신해요. 다들 그녀를 좀 더 인정할 필요가 있어요.

경애를 담아,
매들린 로엔필드가.


오해 하나를 바로 잡아야겠군요. 이사벨은 애초에 내 허락을 구하지 않았습니다. 좋은 뜻에서 한 일이라 굳이 말리지 않았을 뿐입니다. 재활병원이라는 것이 굳이 왜 필요한지에 대해서 장문의 편지를 보냈더군요. 수리하는 것은 그리 큰일이 아니었습니다. 그 아이도 결국에는 마땅히 애국자로서 할 일을 하는가 싶었을 뿐.

그보다 의외인 것은, 당신이 그런 궂은일을 자처했다는 점이었습니다. 하는 일을 낮잡아보려는 의도는 아닙니다. 하지만 어렵지 않겠습니까? 연민은 훌륭한 덕목이지만 때로는 무리하지 않는 게 중요하지요.

나에 대해서 궁금한가요. 내 이름은 이안 노팅엄이고, 지금은 군인이며, 이사벨의 말에 따르면 유한지주계급이고, 어쩌다 보니 10대째 작위를 상속하는 집안에 태어났군요.

부정하진 않겠어요. 백작이라는 직함은 참으로 편리합니다. 군 경험이 없어도 귀한 대접을 받을 수 있고 원하면 원하는 대로 보직을 변경할 수 있으니까요. 대다수의 군인들은 그 편의를 누리지 못하죠.

하지만 지금의 나는 그 어떤 다른 무언가인 것보다 살과 피로 이루어진 인간이고 때로는 그 사실조차 의심스러울 지경입니다.

추신 : 크리스토퍼 말로를 좋아한다면, 저택(지금은 병원이겠지만) 서재를 잘 살펴보시길 바랍니다.

진심을 담아,
이안 노팅엄이.


서부전선이 교착상태로 빠져든 이후로 자잘한 전투들이 벌어졌다. 사람들은 이 전쟁이 빨리 끝나지 않을지도 모른다는 사실을 서서히 받아들이기 시작했다. 더불어 노팅엄 재활병원에도 새로운 얼굴들이 속속들이 도착하기 시작했다. 이사벨과 선대 백작부인이 팔을 걷어붙이고 병원 운영에 힘쓴 결과, 세 명의 새로운 자원봉사자와 두 명의 의사, 간호사가 도착한 것이다.

노팅엄 저택이 병원으로 바뀌었다는 소식이 신문 기사화되면서 많은 지지와 성원이 전국에서 몰렸다. 첫 환자는 1915년 2월에 도착했다. 야전에서 기본적인 처치를 받은 환자였으나 대공포 파편이 얼굴을 온데간데없이 찢어놓았다. 처음에 흉터를 봤을 땐 생리적으로 온몸이 굳어버리긴 했다. 그러나 그것도 잠시, 이내 배운 대로 그를 눕히고 동태를 확인하고 몸을 씻길 수 있었다. 대소변을 받아내고 몸의 위치를 변경하고 상태를 확인하는 것까지.

여전히 부족한 감은 있었으나 숙련된 선배들의 동정을 확인하면서 감을 잡아나갈 수 있었다. 귀족다운 뻣뻣한 태도를 벗어던지고 좀 더 자연스럽고 전문가적인 태도를 견지해나가야 한다.

그러려면 더 많이 노력해야 할 테고.

첫 환자를 기점으로 속속들이 사람들이 입원해오기 시작했다. 도버 해협을 너머 수송되어온 환자들. 도저히 전투 불능이라고 여겨질 만큼 중상을 입은 사람들이 주였다. 다리가 없어진 사람, 팔이 없어진 사람, 환청을 듣는 사람, 내부 장기가 망가진 사람…….

그러한 사람들에게 점점 익숙해져 간다. 눈앞에 보이는 고통에 놀라고 안타까워하기보다는 실질적으로 무엇을 해야 하는지에 대해서 더 잘 살피게 된다. 그것은 고된 훈련의 힘이었다. 숙련된 의료진들의 처치를 어깨너머로 배우고 보조하면서 얻은 노력의 결실. 그녀는 분명 성장하고 있었다. 자신도 모르게 한 뼘씩 타인을 공감하는 능력을 키워나가고 있었던 것이다.

알듯 말듯 불분명한 전황 속에, 매들린은 남자가 프랑스 남쪽으로 향하고 있다는 편지를 받았다. 상황이 이 지경인데 편지가 이토록 잘 전달된다는 것이 신기했다. 물론 그가 말한 대로 '장교의 초록색 봉투'가 지닌 힘일지도 몰랐다. 편지를 교환하면서 매들린은 자신이 저도 모르게 그의 편지를 기대하고 있음을 깨달았다. 이안의 편지를 받지 못한 주는 일이 손에 잘 잡히지 않았던 것이다.

어렸을 때 내성적이어서 또래와 잘 어울리지 못했던 그녀는 언제나 편지 친구를 고대해왔다. 서간체 문학을 읽으면서 자신에게도 미스터리한 친구가 생겼으면 했다. 그것은 어쩌면 그녀가 가장 바라던 일일지도 몰랐다. 청혼이나 괴상한 사랑 고백이 아닌, 잔잔히 스며드는 관계 말이다.

이사벨과 동료들과의 잡담, 아버지를 향한 잔소리(그래도 그는 조금씩 움직이고는 있었다), 서재에서의 공부. 그런 일상들이 전쟁 중에서도 그녀를 지탱하는 보루였다. 하지만 별개로 편지를 교환할수록 속에서 끓어오르는 불안감과 고통이 있었다.

남자에게 다가올 운명을 막지 못한 채로 그가 지옥 속으로 걸어가는 것을 두고만 봐야 한다는 사실이 불안했다. 하지만 그녀는 자신의 불안감을 편지에 쏟아내지 않기로 결심했다. 그것이 그녀가 할 수 있는 최선의 행동이었다.

보낸 편지에 대한 답장이 한참 동안 오지 않는 날들에는 집중하기 어려웠다. 그런 날들엔 더 열심히 공부하고 일하려고 애써야만 했다. 이사벨은 믿을 수 있는 상대였지만, 자신의 비밀까지 터놓을 수는 없었다.

어느 날 그녀가 먼저 매들린의 옆구리를 쿡쿡 찔러오는 날이 있었다. 그럴 때면 달큰한 밀크티를 만들어 마시며 밤새 이야기를 나누곤 했다.

"이게 위스키를 탄 게 아니라는 게 너무 슬프네. 그놈의 배급."

"하……."

술은 전시에 귀했다. 원료가 전부 소독약으로 쓰이는 탓이었다. 둘은 한참 시시덕댔다. 이사벨이 중얼거렸다.

"이런 이야기는 좀 그런데, 남자 없어요?"

"남자요?"

"우리 오빠 말고. 그건 아무래도 안 궁금하니까."

"……."

매들린의 얼굴이 빨갛게 익자 이사벨이 큭큭 웃었다.

"이안은 내게 엽서만 보내요. 만사 잘 풀리고 있다, 괜찮다… 집안을 잘 지키고 어머니를 잘 모셔라. 그런 내용이죠."

이사벨이 담배가 당기는지 손가락을 까딱였다. 그녀가 넌지시 질문을 던졌다.

"오빠랑 잘해볼 생각 없어요?"

"네?"

"이안이 저렇게 구는 걸 본 적이 없어서."

이사벨이 어깨를 으쓱했다. 그녀의 이지적인 초록색 눈이 어둡게 반짝였다.

"우리 오빠는 수지 타산적인 사람이거든요. 자신의 이해관계에 어긋나는 행동은 절대 하지 않아요."

"……."

"청혼을 거절한 여성과 사심 없이 편지를 주고받는 성품은 못 된다는 거죠. 게다가 전쟁터에서라면 말 다 한 거 아닌가요?"

"위로가 필요한 거겠죠. 그리고 이사벨. 저와 노팅엄 씨는 이제 좋은 친구랍니다."

"친구라."

이사벨이 놀랍다는 듯 입을 벌렸다. 매들린이 고개를 떨궜다.

"뭐. 아름다운 우정이 되길 바라요. 솔직히 내 입장에선 이해가 안 되지만?"

"남녀 사이에 동지애가 없다고 생각하는 건가요, 이사벨?"

"그러면 내가 할 말이 없네."

이사벨이 큭큭 콧등을 찡그리며 웃었다. 그녀가 매들린에게 속삭였다.

"전쟁이 끝나면 그이와 같이 살 거예요. 여기서 배운 걸 토대로 할 수 있는 일이 있을 테니까."

그 말에 무어라 답할 수 있을까. 매들린은 그저 조심스럽게 고개를 끄덕일 뿐이었다. 이사벨의 화려하고 이지적인 얼굴 뒤에 어떤 정열의 불꽃이 타오르고 있는지 감히 헤아릴 수 없었다.

매들린은 약간의 부러움을 느꼈다. 치기 어린 질투심. 선망. 뭐라 이름 붙이건 초라한 감정일 뿐이었다. 나도 이렇게 빛날 수 있을까. 하지만 그녀에게는 용기가 없었다.

솜강 유역에서 큰 전투가 있었다. 전쟁 속의 전투, 지루한 참호전과 일상 사이를 횡으로 종으로 갈가리 찢는 전투 말이다. 전투 속의 살상. 오물과 피와 염소가스의 냄새. 땅을 파도 파도 사람 시체를 다 묻을 수 없었다.

쥐들은 시체를 먹고 살이 뒤룩뒤룩 쪄 군인들을 공격했다. 지뢰가 땅 밑에서 격발한다. 동료의 부서진 유골이 그들 머리 위에 흩뿌려지곤 했다. 그곳에는 신도, 조국의 명예도 없었다.

매들린은 자신의 손을 바라봤다. 부르트고 거칠어진 손이었다. 일하는 사람의 손. 같이 일하는 사람들과는 부쩍 친해졌다. 이사벨, 엠마, 카를라와는 흉금을 터놓을 수 있는 사이가 되었다. 전쟁 발발 후 약 2년이 지난 지금, 저택은 완전한 병원으로 변모해 있었다.

매들린은 아연했다. 이전 생에서 살았던 괴물의 성이 깨끗하고 분주한 병원이 되어있다니. 인생의 궤적이 부쩍 달라진 기분이었다. 폈던 손을 다시 휠체어의 손잡이 부분에 놓는다.

제임스 고든 상병은 유쾌한 이였다. 늘 담배를 피우고 싶다고 꼬장을 부리는 게 아니라면 훨씬 괜찮은 사람일 텐데. 두 다리가 없는 그는 언제나 이렇게 휠체어로 산책하는 것을 좋아했다.

"고향으로 돌아가고 싶네요. 간호사 아가씨." 지평선 언덕을 바라보며 제임스가 중얼거렸다.

"저도요."

로엔필드 저택. 다시는 보지 못할 그곳. 매들린은 조용히 그곳을 그렸다. 끝이 나지 않을 것 같은 사교 시즌, 형형색색의 옷을 입은 귀족들, 콧대 높은 그들의 허영까지. 조금은 그리울지도 모른다.

"고향을 그리는 데에는 담배만 한 게 없을 것 같은데."

"휴……."

매들린이 한숨을 쉬었다. 그녀가 주위를 둘러봤다. 병원에서는 꽤 떨어진 곳까지 산책을 나온 데다가 주위에는 다른 사람들도 없었다. 그녀가 품 안에서 몰래 꿍쳐놓은 담뱃갑을 꺼냈다. 담배는 요즘 같은 시기에 민간에서 구하기 어려웠다.

"여기요."

"와우!"

"절대 다른 사람들한테 말하면 안 돼요."

그녀가 담배 한 대를 입에 물려준 다음 지포 라이터로 불을 붙여줬다. 담배 연기를 시원하게 내뱉은 제임스가 미소를 지었다. 그가 능청을 부렸다.

"나에게 이렇게 잘해주는 이유가 뭐죠? 역시 내가 잘생……."

"곧 퇴원하시니까요."

물론 매들린은 받아주는 법이 없었다. 둘은 한참을 키득거렸다.

솜강 유역의 전투 소식을 들을 때마다 피가 마르는 기분이었다. 한 달 가까이 몇만 명이 죽었다. 몇만 명이! 개틀링 기관총 앞에서 허무하게 쓰러졌다. 돌격, 앞으로. 죽음을 향한 전진이었다.

편지는 매일 하는 기도처럼 계속 썼다. 답장이 오지 않더라도 상관없었다. 오늘은 어떤 환자를 봤다, 날씨가 참 예쁘다, 이런 음식을 먹었다, 같은 쓸데없는 이야기들이었지만, 활자로 적힌 고국의 일상들이 그에게 먼지 한 톨만큼이라도 의미를 주기를 바랐다.

어쩌면 남자를 동정하거나 책임감을 느끼는 것을 넘어 일종의 우정 같은 감정을 느끼는지도 몰랐다. 우정. 동료애. 그런 것들. 6년간 내가 당신을 견뎠듯이, 당신 역시 나를 견뎌줘서 고맙다고 말하고 싶다. 부디 살아 돌아와서, 살아 돌아와서……

무엇을? 채 마무리 짓지 못한 문장들이 그녀의 혀끝에 걸렸다. 무엇을 하려고, 이제 와서. 그녀는 대답할 수 없었다. 끝맺지 못한 문장이 그녀의 목덜미에 걸렸다.


앞에서 진격하던 분대는 온데간데없다. 다들 기관총의 위용에 갈려나간 것이다. 지옥이었다. 포병부대가 이미 적진을 뒤흔들어놓았을 거라고 자신하는 수뇌부의 호언장담과 달리, 독일군은 이미 전열을 갖추고 있었다.

철조망과 지뢰조차 그대로였다. 그나마 파괴된 곳을 뚫고 지나가려는 육군은 오히려 좋은 먹잇감이었다. 가까스로 분대를 엄폐하는 데 성공했으나, 살아 돌아가는 것 자체가 불가능에 가까웠다.

뭉쳐서 들어가면 죽는다. 기관총을 좌우로 갈기기만 해도, 영국군은 나뭇잎처럼 떨어져 갈 뿐이었다. 간신히 병사들을 지형 뒤에 엄폐시키는 데 성공했지만, 앞으로 살아남을 수 있을지는 장담할 수 없었다. 뒤에서 병사들이 울기 시작했다. 연대나 분대를 조직할 때 동향인으로 구성한 통에 정신적 외상이 컸다. 눈앞에서 동네 친구가 쓰러지는 것을 보는 일이 괜찮을 리 없었으니까.

"울지 마. 내 말 들어."

일선의 초임 장교지만 그래도 눈앞의 사람들을 어떻게든 살아남게 해야 할 의무가 남자의 어깨를 내리눌렀다. 이안이 큰소리로 외쳤다.

"지금부터 산개한다. 앞의 3번 참호까지 전력을 다해 뛰어간다. 엄폐물을 이용하고, 절대 뭉치지 말 것."

쾅. 그리고 그 순간 굉음과 함께 오물과 더러운 흙이 병사들에게 쏟아졌다. 시간이 없었다.

"전원 진군한다!"


전투가 끝나고, 연기가 자욱한 땅 위로 시체들만이 가득하다. 까마귀들, 쥐떼들, 진드기들의 시간이었다. 이안은 참호 안에 앉아 무언가를 끄적였다. 보낼 수 없는 편지들이었다. 하루가 다르게 정신이 무너져내리고 있었으나 내색할 수 없었다. 자신이 무너지면 아래에 있는 사병들도 무너진다.

귀족의 책무. 고결한 책임 따위는 아무래도 좋았다. 무너진다는 것은 또한 죽음을 의미했다. 그리고 죽으면 돌아갈 수 없다. 이곳에서 쥐들의 먹이가 되는 거지. 참호로 간 이후 몇 번을 무인 지대를 왔다 갔다 하면서 낙오자들을 구해냈는지 모르겠다. 영웅적인 행적이라며 칭송을 받을 겨를은 없었다. 대충 몸뚱이들을 참호 안으로 눕혀 놓았을 뿐이었다. 무인 지대에는 일종의 마비가 있었다. 두려움도 용맹함도 없는 정신의 공백 상태 말이다.

날 왜 구하셨어요. 하반신이 없는 병사는 그렇게 말하며 죽었다. 시체는 바깥에다 버려야 했다. 참호를 오염시킬 수는 없었으니까. 이안은 자신 안에 있었던 자신감이 이미 남아나지 않았음을 알았다. 인류의 진보도, 유럽의 미래도 그가 꿈꾸던 이상과는 다름을. 자신은 판을 주도하는 사람이 아니라 역시 그 안에서 종속된 존재임을 알았다.

매들린을 가끔 생각했다. 짙은 꿀색 머리를 한 여자는 수줍어하면서도 대담한 이야기를 늘어놓았다. 두 눈은 갈망으로 빛나고 있었고, 자신도 모르는 무언가를 욕망하는 것처럼 입을 달싹였었다. 그 무언가가 자신은 아니었지. 그건 분명했다. 이안은 씁쓸하게 웃었다. 청혼의 거절도, 그녀의 제안을 이안이 거절한 것도 다행이었다. 돌아갈 수 없을 것 같았으니까.

눈앞의 신문을 치웠다. 독일인들의 비열함과 장병들의 용맹함을 칭송하는 시들이 역겨웠다. 차라리 그는 그 시간에 카드게임을 하고 싶었다. 전장에서 도박은 일약 열풍이었다. 살아남은 군인들은 자신의 운을 몇 번이고 증명하고 싶어 했다. 여자 이야기는 그다음 순번이었다.

이안은 10분만이라도 눈을 붙이고자 눈을 감고 참호 벽에 기대어 잤다. 손에는 몇 번이나 읽고 읽어 종이가 바스러지는 편지를 쥐고선. 그는 꿈을 꿨다. 눈을 뜨는 순간, 기억하지 못할 꿈을.

당신의 편지를 받지 못한 지 오랜 시간이 지났어요. 괜찮습니다. 전혀 원망하지 않아요. 바쁘고 정신없고, 힘든 곳이잖아요.

양말을 주기적으로 말리고, 담뱃불을 잘 비벼끄는 것은 잊지 않고 계신가요? 병사들에게도 주기적으로 알려주시길 바랍니다.

정말이지, 위생이라는 건 중요한 일이더군요. 플로렌스 나이팅게일의 업적을 배우다 보면 경이로울 지경이에요.

하지만 안전한 이곳에서 떠들어봤자 무엇 하나 와닿지 않을 거란 건 분명합니다. 당신은 그곳에 있고, 나는 이곳에 있으니까요.

지금까지 당신이 보냈던 편지를 읽어보면 우리는 참 많은 이야기를 했었어요.

당신은 오페라를 좋아하죠. 신고전주의 회화를 좋아하고. 살짝 구식인 감은 없지 않지만 어울려요(농담입니다).

당신은 단 것 또한 좋아하지 않죠. 스포츠를 좋아하고 승부욕이 강한 편이시죠. 하지만 동시에 책임감도 강해서, 가족과 친구들에게 신의를 지키지 않던가요.

신의도 좋지만 스스로를 귀하게 여겨주세요.

당신은 당신을 이루는 것만이 아닌 그 자체로 소중하다는 것도 명심하시고요.

이상한 일이에요. 어째서일까. 이토록 우리 사이가 먼 지금. 당신은 바다를 건너 지옥 속에 있는 지금. 우리가 만나지 못하는 지금. 나는 당신과 제일 가까운 것 같아요. 그러니 우리 둘 다 말솜씨를 키워야 할 것 같군요!

다시 만나면, 좋은 친구가 되도록 해요.

그러니 꼭 돌아오세요. 이곳으로, 이곳 노팅엄 저택으로 말이에요.

신의를 담아,

매들린 로엔필드가.

노팅엄 저택, 아니, 이제는 병원이었다. 속속들이 입원한 환자들이 늘어나고 있었다. 감당하기 아슬아슬할 정도로 밀려들어 오는 중이었다.

매들린은 차에 실려오는 환자들을 병원 안으로 안내하며 그들의 상태를 빼곡히 서류에 옮겨적었다. 이번에 들어온 환자는 총 세 명. 한 사람은 비교적 경미한 부상으로 금방 퇴원할 수 있을 것 같았고, 또 다른 한 사람은 지뢰를 밟아 무릎 아래가 없었다. 그리고 마지막 환자는 온몸에 전신화상을 입은 사람이었다.

신원 미상, 아마도 연합군 소속으로 사료됨. 코마 상태. 그는 람세스 2세의 미라처럼 들것에 실려 들어왔다. 그 모습을 본 간호사들과 의사들이 얼굴을 찡그렸다. 아무리 숙달된 이들이라고 하더라도 이런 참상은 처음인 모양이었다. 매들린 역시 처음의 생리적인 거부감은 어쩌할 수 없었다. 그러나 곧 다들 전문가다운 평온을 되찾았다. 그들은 즉시 환자를 병실로 옮기고 그의 동태를 기민하게 체크하기 시작했다.

"환자의 이름은……."

그가 깨어나기 전까지, 아무도 그의 이름을 알 수 없었다. 환자 X. 그것이 당분간 그의 이름이었다. 환자 X. 매들린은 그 사람을 자세히 관찰했다. 얼굴 표면은 이미 녹아버려 형체를 구분하기 어려운 데다가, 사지 역시 화상투성이였다. 그를 증명할 수 있는 단서들 역시 다 타버렸다고 했다. 그나마 다행이라면 다행인 점은, 그가 연합국 소속임은 확실하다는 것이었다. 그렇기에 여기까지 호송되어온 것이기는 하지만.

매들린은 환자의 몸을 정성스럽게 닦고 그를 지극히 간호했다. 다른 환자들도 열심히 돌보았으나 환자 X는 유독 마음이 가는 구석이 있었다. 이안이 생각나서는 아닐 것이다. 아마도. 그가 기진해있는 터라 신분을 따지기는 어려웠으나 지극히 본성에서 우러나오는 연민으로 인하여 손이 갔다.

전쟁의 비극으로 인해 다친 병사들은 남으로 느껴지지 않았다. 비단 전쟁뿐만이 아니라 아프고 힘든 사람들은 전부. 그리고 그런 연민이 들 때면, 지난 생의 자신의 삶이 얼마나 폐쇄적이었는지 새삼 실감할 수 있었다. 그때에는 스스로의 불행이 가장 무거워 보였는데, 지금은 그 불행 역시 한없이 가벼워만 보였다.

나쁘지 않았다. 지난 삶을 폄하하고 싶은 것은 아니었다. 그러나 놓친 것들이 이렇게 많았다는 사실이 새삼 놀라울 따름이었다. 그날도 환자 X를 돌려 눕히고 상태를 확인하던 중이었다. 갑자기 이사벨이 빠른 걸음으로 다가왔다. 병실이라 차마 뛰지는 못하고, 바짝 붙어서 매들린 귀에 속삭였다.

"매들린, 이안한테 편지 왔어."

그녀가 긴 녹색 봉투를 매들린의 품 안으로 찔러넣었다.


~~친애하는~~ 매들린 로엔필드 양에게.

나에게 편지는 이제 그만 보내줬으면 하는군요. 오해하지 마시길 바랍니다. 당신의 문제가 아니니까요. 전적으로 내 개인적인 문제입니다.

각설하고 본론으로 들어가지요.

나는 적어도 살아서는 돌아가지 못할 것 같습니다.

다시 만나지 못할 사람과의 서신교환 같은 건 불필요한 일입니다. 당신의 편지는 불길합니다. 내가 이토록 무가치한 존재임을 깨달을 때마다 살고 싶게 하니까. 헛된 희망은 위험한 것 아닙니까?

부탁입니다. 내게 헛된 희망을 불어넣지 말아 주십시오.

이안 노팅엄이.


편지에서 '친애하는'이라는 서명 위에 취소 선이 그어져 있었다.

"매들린?"

편지지를 붙든 매들린을 본 이사벨이 불안한 듯 그녀의 이름을 불렀다. 매들린의 손이 부들부들 떨리고 있었다. 그녀가 아랫입술을 깨물었다.

"매들린, 괜찮아요?"

매들린이 고개를 돌렸다. 그리고 그대로 병실을 빠져나갔다. 환자들 앞에서 눈물을 보일 수는 없었다. 그녀는 곧바로 세면대로 가서 얼굴을 힘주어 씻었다. 수돗물과 눈물이 뒤섞였다. 물소리에 흐느낌이 묻혔다. 어째서일까. 남자가 무너져내리는 것을 확인하고 나니 강렬한 고통이 그녀의 폐부를 찌르기 시작했다. 손이 시종일관 부들부들 떨렸다. 괴로웠다.

그녀의 괴로움은 이중적이었다. 고통을 느끼는 사실에서 오는 고통. 동정심이었나. 아니야. 오만함이었다. 자신이라면 그를 구원할 수 있으리라고 내심 생각했던 건지도 모른다. 그럴 권한도 능력도 없으면서. 고작 편지나 보내는 주제에. 그런 글줄로는 남자에게 닥쳐올 불행을 막을 수 없다.

지난 생에서 그를 이미 저버렸으면서. 자격도 없는 내가 무슨 권한으로 그를 구할 수 있단 말인가? 뜨거운 눈물이 그렇게 하염없이 그녀의 볼을 적셨다. 그러나 그녀는 그것을 수돗물이라 생각했다.

모두가 병원의 주인이자 총책임자인 선대 백작부인 앞에 섰다. 처음에는 다섯 명 정도밖에 되지 않았던 사람들은 어느덧 제법 병원에 걸맞게 불어나 있었다.

"의사 한 분이 더 들어올 거예요."

선대 백작부인은 이제 완전히 실무적인 옷차림이었다. 화려한 모자도, 드레스도 없었다. 수수한 회색 치마를 입은 그녀였지만 남편의 죽음으로 인해 침울하던 표정에는 힘이 돌아와 있었다. 새로운 일과 소명이 그녀에게 활력을 가져다준 것이었다. 실로 이사벨의 덕이었다. 사람의 진정한 재능은 직접 맞부딪쳐볼 때까지 모르는 일이었다. 그 누가 선대 백작부인이 탁월한 경영자이리라 예상이나 했을까. 그녀는 훌륭하게 병원을 운영했다.

"얼마 전까지 서부전선에서 의무장교로 복무한 분이에요. 어깨에 관통상을 당해서 물러나게 됐어요. 빈에서 신경생리학을 수학한 인재죠. 부디 많은 도움이 되길 바랍니다."

"……."

어쩐지 불길한 기분이 들었다. 매들린이 홀로 으슬으슬한 기운에 떨고 있을 때였다. 이사벨이 매들린의 귓가에 속삭였다.

"듣기로는 지체 높은 가문 출신이라는데요? 괜찮은 사람이면 좋겠어요. 으스대는 귀족은 당신과 나 둘로 충분하니까." 그녀가 짓궂게 웃었다.

"……."

매들린은 알 듯 모를 듯한 미소로 대답했다.


잠도 식사도 잊고 환자들 간호에 몰두한 탓이었을까. 열이 나고 말았다. 이대로 가면 폐만 될 것 같아 홀로 침실에서 누워 쉬고 있었다. 똑똑 문을 두드리는 소리가 났다. 매들린이 한숨을 쉬었다.

"이사벨, 저는 괜찮아요. 그냥 놔두면 나을 것 같아요!"

갑자기 벌컥, 문이 열렸다. 문 너머로 나타난 것은 이사벨과 한 남성이었다. 의사복을 입고 있는 것을 보아하니 선대 백작부인이 말했던, 새로 온 의사인 모양이었다.

"닥터, 저기 혼자 무리해서 쓰러진 가여운 여인 좀 진찰해주시죠."

"그럴 것 없다니까요……."

매들린이 자세를 고쳐잡고 일어났다. 열에 달뜬 얼굴을 가라앉히기 위해서 손부채질을 했으나 소용이 없었다. 갑자기 불쑥, 남자가 매들린 앞으로 다가왔다. 키가 큰 사람이었다. 그가 저벅저벅 앞으로 바짝 다가오더니 대뜸 매들린의 이마에 손을 올렸다. 몸을 물릴 겨를이 없었다.

"열이 상당하군요."

이 목소리. 매들린의 심장이 덜컹, 아래로 추락했다. 고개를 들어 본 얼굴의 정체는… 아냐. 이럴 수는 없어. 이래서는 안 돼. 코넬 알링턴이었다. 금발에 냉정한 푸른색 눈. 이지적이고 차분한 입매. 매들린이 소스라치며 알링턴의 손에서 제 얼굴을 떨어뜨렸다. 알링턴이 의아하다는 듯 고개를 기울였다.

"진찰입니다. 안심하시죠."

"그, 그건……."

"아. 소개가 늦었군요. 제 이름은 코넬 알링턴 박사입니다. 정신생리학 전문이죠." 그가 이사벨을 흘깃 돌아봤다.

"매들린, 앞으로 같이 일하실 분이에요. 알링턴 박사님. 매들린이 오늘 상태가 좋지 않네요."

"네, 안녕하세요……."

매들린이 죽어가는 목소리로 말했다. 운명이 자신을 놀리고 괴롭히는 것 같았다. 그것은 살아있는 악의로 가득 차 있었다. 그녀의 양 손바닥이 땀으로 축축했다.

"일단 푹 쉬며 안정을 취하면 될 것 같군요. 해열제를 처방해드리겠습니다."

알링턴이 매들린을 내려다보며 중얼거렸다. 그에게는 일말의 동요나 감정도 느껴지지 않았다. 언제나처럼 핀셋으로 표본을 관찰하는 곤충학자 같은 차분함이 있었다.

"네. 의사 선생님. 일단 이곳 병원부터 다 소개해드릴게요."

이사벨이 매들린을 바라보며 윙크했다. '푹 쉬어요' 그녀가 입 모양으로 매들린에게 말했다. 그러거나 말거나 매들린의 내면은 폭격을 맞은 듯 공황상태였다. 지금 가장 보고 싶지 않은 사람의 얼굴을 보고 말았다. 과거는 이런 식으로 반복되는 것인가. 한 번은 비극으로, 또 한 번은 비극보다 괴로운 희극으로. 두통이 재발했다.

## 스물일곱 살의 매들린

매들린은 알링턴에게 따졌다. 처음에는 온건하게, 나중에는 소리를 지르면서까지. 알링턴은 차분하게 그녀의 말을 하나하나 반박했다. 최신 생물학 심리학 이론들을 거론하며 매들린의 입을 다물게 했다. 다행인지 불행인지, 백작은 다시 차도를 회복하기 시작했고 매들린은 제 우려가 바보 같은 것이었음을 실감할 수밖에 없었다. 그리고 알링턴이 넌지시 책을 건네왔다.

"백작 각하의 상태를 이해하는 데에 도움이 될 책입니다."

〈신경생리학의 지평〉

"부인께서는 알아야 할 권리가 있으니까요."

"괜찮아요. 저는 대학교도 가지 않았고 사실상 무지렁이인데요." 매들린이 자신감 없이 얼버무렸다.

"그게 무슨 상관입니까." 박사가 일견 무례한 투로 말했다. "알고 싶으면 배우면 됩니다. 백작부인께서는 적어도 제게 질문하는 용기는 가지고 계시지 않습니까."

그가 은은하게 미소지었다. 강퍅한 말투와 달리 퍽 부드러운 표정으로 말이다. 그러나, 백작은 종내에는 활기를 되찾았지만, 어쩐지 그는 그녀가 봐왔던 사람이 아니었다. 조금은 무심해졌다고 해야 할까. 거침없이 사업을 추진하는 데에는 무리가 없었지만, 주위 사람들에게는 더더욱 메말라갔다. 사용인들에게도 박해졌다.

매들린의 숨통이 점점 조여왔다. 차라리 이전의 고요와 침묵이 나았다고 느낄 지경이었다. 백작은 매들린을 더더욱 통제하기 시작했다. 그리고 그때, 박사는 매들린에게 제안을 던졌다.

"어때요, 날 전혀 좋아하는 마음이 없어도 상관없어요. 일종의 복수 같은 거라고 생각하면 됩니다."

그를 떠나서, 공부를 해보고 싶지 않으신가요. 나와 함께라면, 어디서든지 자유롭게 원하는 것을 할 수 있습니다. 오스트리아에서, 프랑스에서. 원하는 대학교에서 공부하게 해드리죠.

미끼였다. 미끼라는 걸 알면서도, 그러니까 알링턴 박사를 전혀 좋아하지 않으면서도 매들린은 그것을……

·✽·

"하지만, 그이는 결국⋯⋯."

　매들린이 아픈 몸을 일으켜 책상 앞에 앉았다. "그래도, 그때 이야기를 해야 했었어." 매들린이 혼잣말했다. 변명하고 싶지는 않았다. 그저. "다시는 같은 실수를 반복하지 않을 거야."

　열에 들떠 계속 혼잣말을 중얼거렸다. 그녀는 계속해서 눈에 들어오지도 않는 교재를 보다가, 이안의 편지를 읽다가 했다. 그리고 그렇게 책상에 엎어져 기절하듯 잠에 들었다. 고통스러운 밤이었다.

# 6. 무저갱 속으로

그때 알았어야 했다.
어두운 먹구름 속에서 희끄무레하게 빛나는 희망.
그것이 보일 때가 가장 위험한 때임을.

감기가 나은 매들린은 더욱 일에 매달리기 시작했다. 알링턴과는 최대한 사무적인 거리를 유지했다. 다행히도 그 역시 수선을 떠는 매들린을 별로 이상하게 생각하는 것 같진 않았다. 그냥 좀 열심히 일하는 간호사쯤이라고 보는 모양이었다. 그는 그저 냉정하고 차분하게 환자들의 동태를 살필 뿐이었다.

아주 이른 새벽이었다. 매들린은 그날도 환자들의 동태를 체크하는 중이었다. 그녀는 등불을 든 천사와 거리는 멀지만, 적어도 등불을 든 번견 정도는 되었다. 죽음이라는 불청객으로부터 환자들을 지키는 케르베로스. 매들린은 등불이 환자들을 깨우지 않게 조심하며 그들의 용태를 리스트에 기입해나갔다. 그리고 그때였다.

"끄으응……."

저 먼 구석에서 소리가 났다. 환자가 악몽을 꾸는 거라 생각할 수도 있었으나 끓는 듯한 거친 목소리는 처음 듣는 것이었다. 매들린이 재빨리 구석으로 다가갔다. 환자 X가 눈을 뜨고 알 수 없는 말을 중얼거리고 있었다.

"로웰… 로웰… 아… 나는……."

미국 억양이야. 매들린이 재빨리 남자에게 다가갔다. 그녀가 남자 가까이에 붙어 귀를 기울였다. 천근 같은 침묵이 둘 사이를 감쌌다.

"가지… 마시…오."

꺼져가는 촛불처럼 미약한 목소리였다. 매들린의 심장이 철렁였다.

남자의 이름은 존이었다. 성은 기억나지 않는다고 했다. 격렬한 충격으로 인한 기억상실증일지도 몰랐다. 환자를 진찰한 알링턴은 침착했다. 그는 남자의 기억상실증이 일시적인 것이며 안정을 취하면 곧 나아질 거라 했다. *물론 그게 언제냐는 게 문제겠지만.* 단서를 다는 것도 잊지 않았다.

일시적인……. 매들린은 중얼거렸다. 그녀는 그 말을 그대로 환자에게 해주었다. 나와 저 사람의 차이는 없어. 그녀는 생각했다. 그녀가 겪고 있는 것 역시 일시적인 기억상실증일지도 몰랐다. 방향성만 다를 뿐, 존재하지 않는 시간을 계속해서 다시 살고 있다는 공통점이 있었다. 환자 X는 혼란스러워했다. 그는 괴로워하며 말했다.

"영원히 기억나지 않으면 어떡하죠?"

"괜찮아질 거예요. 정말요."

매들린은 힘겹게 마주 미소지었다. 스스로도 믿지 못하는 말이었다.


매들린은 그 이후로 쉼 없이 매일 편지를 쓰기 시작했다. 매일 부칠 수는 없었으나 보낼 수 있는 한 보냈다. 편지를 보내지 말라니. 보내지 않을 수 없게 했으면서.

도저히 그를 포기할 수 없었다. 남자를 그 지옥도에서, 화마 속에서 홀로 있게 내버려 둘 수는 없었다. 당신이 스스로를 저버려도, 난 당신을 저버리지 않을 거야. 그러나 그 외침은 연약한 것이었다. 무척이나 연약하고 헛된 것이었다.

전쟁이 막바지로 향하는지, 절정에 다다랐는지, 아니면 막 시작했는지도 구분이 가지 않았다. 이안 노팅엄은 참호의 장교 구역에 기대어 섰다. 손에 쥔 편지지가 바스러질까 봐 조심스러운 몸짓이었다. 한 손에 쥔 담배가 속절없이 타는 것도 잊을 지경이었다.

매들린에게서 온 편지 4장. 한숨이 절로 나온다. 미련한 여자. 매들린 로엔필드는 자신이 생각한 것보다 이상하고 미련한 여자였다. 자신의 청혼을 거절한 주제에 전쟁에 가지 말라며 붙잡더니, 이제는 기약 없는 편지까지 보낸다. 무사히 도착하면 그때 말해주리라. 당신은 정말 멍청한 여자라고. 그리고 안아줄 것이다. 그녀를 꼭 안고……. 그런 미래를 상상하는 이안 노팅엄이야말로 가장 미련한 사람일 터였다.

이안은 한숨을 쉬었다. 편지에 쓴 이야기들은 진심이었다. 매들린의 편지는 위험했다. 계속 헛된 희망을 품게 했다. 다시 돌아가 그녀에게 두 번째로 청혼하는 장면을 머릿속에서 그렸다. 망상이었다. 사지 성하게 돌아가면 실낱같은 희망이 있을까. 그는 계속해서 가정법을 덧붙이는 자신에게 혐오감을 느꼈다.

귀족이라면 마땅히 조국을 위해 목숨을 바쳐야 한다. 장교라면 사병들의 목숨 앞에 자신의 목숨을 내놓아야 한다. 죽음을 두려워해서는 안 된다. 그런데 자신은 지금 자꾸 그 이후를 생각하고 있었다. 죽고 싶지 않았다. 고결하지 않았다. 신사라기보다는 겁쟁이처럼 굴고 있었다.

"……."

담배를 발로 비벼 끄고 편지지를 품 안에 넣었다. 가슴팍에 총알을 맞으면 피에 젖을 것이다. 그래도 곁에 두고 싶었다. 이제 곧 전투가 재개될 예정이었다. 지도부가 목표하는 고지 탈환이 머지않았다. 몇만 명을 희생한 전투의 목표치고는 지나치게 소박한 목표였다. 그러나 목표는 목표였다.

이안은 참호 밖으로 걸어 나갔다. 청명한 프랑스 하늘. 마치 아무 일도 없는 듯한 평화 상태, 그 자체였다. 인간은 이리도 비참한데 자연은 이토록 찬란했다. 병사들도 같은 생각을 하는지 저마다 하늘을 바라보며 멍하니 쉬고 있었다. 그리고 그때였다. 저 너머 지평선에서 검은 떼가 몰려오기 시작했다. 병사들이 아연한 한숨을 내쉬었다. 이안이 재빨리 망원경을 꺼내들었다. 하늘을 어느덧 깜깜하게 메워버린 것은, 바로… 까마귀 떼였다. 까마귀들이 무인 지대에 버려진 시체를 뜯어먹기 위해 거대한 무리를 지어 날아오고 있었다.

노팅엄 재활병원은 어느덧 환자들이 많아지기 시작했다. '재활병원'이라는 개념 자체가 처음에는 익숙하지 않았으나 심각한 부상을 입은 병사들이 많아지게 된 것이다.

처음에는 간단한 병들이었다. 손과 발을 청결하게 유지하고 영양 상태를 회복시키면 낫는 병에 걸린 병사들이 많았다. 그러나 전황이 악화되면서 갈수록 심각한 경우들이 생겨났다. 사지가 없거나 전신에 화상을 입거나, 정신적으로 큰 외상을 입은 병사들이 늘어났다. 더 심각한 것은, 병원에서 해줄 수 있는 처치에 한계가 있었던 것이다. 의학 기술의 한계는 여실했다. 그들에게 도움이 될 수 없다는 무력감이 사람들 사이에 무겁게 내려앉았다. 활달하던 이사벨까지 말수가 적어질 정도였다. 알링턴은 차분했으나 그 역시 동요감을 완전히 숨기지 못했다.

매들린이 가장 침착한 편이었다. 이안의 편지로 적잖이 흔들린 상태였으나 그렇다고 약한 모습을 보일 수는 없었다. 그녀는 자신의 감정을 죽였다. 숨겼다. 그러나 밤에는 그녀조차도 어쩔 수 없이 감상적이게 되었다. 마음속에서부터 격렬하게 들끓기 시작했다.

자신이 하는 행동이 정말 환자들에게 도움이 되는가에서부터 시작해서, 앞으로의 일들, 아버지까지. 마지막에는 항상 사고가 이안으로 돌아왔다. 잡념을 품으면서 환자들을 돌보는 것은 안 될 일이었다. 그렇게 가까스로 정신을 가다듬고 라운딩을 마치려던 차였다.

"간호사, 간호사……."

갑자기 구석에서 한 환자가 그녀를 부르기 시작했다. 매들린이 고개를 돌리자 목소리가 나온 곳은 환자 X, 아니, 존의 쪽이었다. 매들린이 가까이 다가가자, 그곳에는 끙끙거리고 있는 존이 있었다.

"존. 괜찮아요?"

"물, 물 좀 주시오."

매들린이 재빨리 컵에다 물을 채웠다. 그녀가 깔때기를 통해 남자의 목을 축여줬다. 그제야 정신을 차린 존이 끙끙거리자, 매들린이 그의 몸을 살폈다.

"괜찮아요?"

걱정되는 마음에 재차 물었다. 온몸이 녹은 남자가 눈을 깜빡이더니 읊조렸다.

"꿈을, 꿈을 꿨소."

"……!"

설마. 매들린이 더 가까이 남자에게로 몸을 숙였다. 존이 떠듬 떠듬 말을 이어나갔다.

"열차에 탄, 어머니와 내가……."

"더 말씀해보세요."

매들린이 침착하게 남자의 말을 경청했다.

"허스트, 허스트란 이름이 기억나오……."

허스트. 이름인가? 당연히 매들린이 알지 못하는 성이었다. 그러나 그녀는 침착하게 계속해서 남자에게 말을 걸었다.

남자는 자신이 꾼 꿈 이야기를 시작했다. 사실상 한 사람의 삶 이야기나 다름없이 장황했다. 어머니와 함께 기차를 탄 이야기, 아버지가 사준 사탕, 사랑하던 연인과의 한때, 이름이 잘 기억나지 않는 전우들……. 하나의 영화 같은 이야기였다. 그의 일생이 회전목마에 탄 사람들의 모습처럼 빙글빙글 눈앞에 스쳐 지나가는 기분이었다.

"다 꿈일지도 모르지."

남자가 다시 목이 마른 듯 끙끙거렸다. 매들린이 다시 목을 축여주었다. 사무치게 외로웠다. 어둠 속에서 기억을 잃은 남자와, 아무도 모르는 기억을 가진 여자가 단둘이 앉아있다. 사실인지 아닌지 알 수 없는 이야기를 주고받으면서.

"난 당신 말을 믿어요."

매들린이 천천히 답했다. 남자의 녹아버린 얼굴이 희미한 미소로 변했다.

"당신 이름이… 매들린이었나."

"네."

매들린이 고개를 끄덕이자 남자가 입을 다물더니 갑자기 물어왔다.

"내 꿈 이야기를 들려줬으니, 이제 당신의 꿈 이야기를 들려주시오."

"……."

무엇에 홀린 것이었을까. 참을 수 없는 마음과 감정이 솟아올랐다. 매들린이 잠시 주저했다. 그리고 그녀가 아주 작은 목소리로 이야기를 시작했다. 한 남자와 결혼했었노라고. 넓고 슬픈 저택에서 장미를 키우고, 영화를 보고, 개를 돌보고. 남자를 미워했었다고. 남자는 남몰래 자신의 장미를 꺾는 취미가 있었다고. 그 역시 자기 자신을 미워하는 줄 알았는데 지금 와서는 잘 모르겠다고.

배신도 했고, 증오도 했고, 연민도 했는데 결국엔 자신의 손으로 모든 걸 망쳐버렸다고. 말했다. 긴 이야기가 끝나고 그녀는 입을 다물었다. 곧 다른 간호사가 들어올 시간이었다.

자고 있나. 눈을 감은 채 미동도 하지 않는 존을 보며 그녀는 자리에서 일어났다. 기억에서 사라지기 전에 존이 말해준 이야기를 수첩에다 옮겨적어야 할 것 같았다. 그녀가 일어나서 등을 돌리자 등 뒤에서 작은 소리가 들려왔다.

"나 역시… 믿소. 당신 말을 믿소."

매들린은 조용히 눈을 감았다. 잘 자요.


날이 밝아진 새벽부터 전투가 시작되었다. 독일군의 기관총 사수들 앞에서 추풍낙엽처럼 흩어지는 연합군들이었다. 그나마 물량 공세를 퍼붓자 승기가 눈앞에 잡히는듯했다. 그러나 저항은 완강했다. 독일군들은 수류탄을 던져댔고 폭탄이 여기저기 떨어지면서 순식간에 전장은 지옥도가 되었다. 아군이 쏜 포탄인지, 적군이 쏜 포탄인지 구분할 수 없었다. 그러나 그건 중요한 일이 아니었다. 중요한 것은 당장의 목표를 탈환하는.

그때였다. 펑! 소리가 들리더니 엄청나게 큰불이 눈앞에 붙기 시작했다. 독일군 화약고에 불이 옮겨붙은 모양이었다.

조지……! 앞의 소대는 조지 콜하스가 속해있는 곳이었다. 그쪽의 병사들이 이리저리 도망치다가 독일군들의 총포 아래에 쓰러지기 시작했다. 이래서는 탈환은 고사하고 전멸을 피하기조차 어려웠다. 전선이 뒤엉켜 난장판이 되었다. 이안이 목청을 높였다.

"지금 후퇴하는 아군들을 전원 엄호한다!"

참호로 물러나 조지가 이끄는 소대가 무사히 퇴각할 때까지 돕는 수밖에 없었다. 그렇게 한창 엄호사격을 하고 있을 무렵이었다. 무사히 탈출한 아군 중 하나가 급박하게 이안에게 달려왔다.

"중위님, 중위님. 큰일입니다!"

"빨리 말하게."

"지금 콜하스 중위께서 쓰러져서…….."

"뭐라고?"

이안이 큰소리를 내자 아군 병사가 말을 더듬었다.

"같이 퇴각을 하던 중, 갑자기 사라지셨습니다. 아무리 찾아도 보이지 않아서… 아마도 독일군의 지뢰에 당하신 것 같습니다!"

"……."

이안은 속이 부글부글 끓기 시작했다. 조지 콜하스가 무인 지대에 버려져 있다. 물론 눈앞의 사병을 책망할 순 없었다. 공황 상태에서 상관이 어디 있는지 어떻게 파악하겠나. 이안이 차분하게 숨을 골랐다. 그가 젠킨스 상사에게 명령을 하달했다.

"잠깐 자리를 비우겠다. 그때까지 철저히 아군의 움직임을 제한할 것. 이 참호를 벗어나지 않고 수동적으로 응전하라."

"중위님?" 젠킨스의 표정이 새하얗게 질렸다.

"지금부터 콜하스 중위를 무사히 탈환해오겠다."

"저도 가겠습니다!"

"안 돼. 이곳에 남아있는 사람들이 믿고 의지할 만한 곳이 필요하다."

"제가 가겠습니다."

눈앞에 있는 병사가 자청했다. 이안이 고개를 끄덕였다.

"그래. 나와 같이 간다. 콜하스 중위가 있는 곳을 기억하겠지."

병사가 연신 고개를 끄덕였다. 미친 짓이라는 건 어렴풋이 알았다. 하지만 이성적으로 판단해봤을 때, 완전히 허황된 계획은 아니었다. 일단 아군 부대가 지원해주고 있는 판국이었고, 병사의 말에 따르면 여기서 그리 멀지 않은 곳이었다.

조지를 살려야 한다. 중대장인 그가 없어지면 대대에 손해가 막심할 뿐만 아니라, 그는 자신의 친우였다. 그때였다.

"살려줘! 살려줘!"

포탄과 총포의 아수라장 너머에서 조지의 목소리가 들렸다. 애처롭게 살려달라고 울부짖는 목소리를 듣자 이안은 더는 망설일 수 없었다.

"지금 간다."

이안이 총을 든 채로 몸을 낮추었다. 그대로 참호를 벗어나자마자 그에게로 총알 세례가 쏟아졌다.

이안은 스스로를 책망했다. 조지를 내버려 둬야 했을지도 모른다. 그러나 살려달라는 목소리를 듣자마자 몸이 먼저 반응했다. 그는 최대한 몸을 납작하게 엎드리며 조지가 있는 곳을 향해 나아갔다. 커다란 나무 뒤에서 피를 흘리는 남자의 모습이 보였다. 펑! 펑! 좌우로 포탄이 날아왔다.

날아오는 총알과 포탄을 피한다는 의식도 없이 정신없이 갔다. 처음에는 몸을 낮추고 뛰어가다가 나중에는 기어갔다. 얼굴에 진흙과 오물이 잔뜩 묻었다. 처음으로 진지하게 죽는다는 생각이 들었다.

이안이 간신히 피를 흘리는 장교에게 다가갔다. 얼굴을 가까이서 보니 조지 콜하스가 맞았다. 이마가 찢어졌는지 온통 얼굴이 피범벅이었다.

"조지. 조지. 정신 차려."

"이안."

"움직일 수 있겠나. 빨리 가야 해."

이안이 조지의 어깨를 흔들었다. 다행히 큰 부상을 입은 것은 아니고 탈진한 것 같았다. 이안이 옆에 엎드려있는 병사에게 고갯짓하며 말했다.

"조지. 내게 업혀."

병사가 서둘러 조지를 이안의 등 위로 옮겼다. 포화가 쏟아지는 한복판으로 질주했다. 주변의 소리를 들을 수 없을 정도로 몰두한 상태였다. 극도의 홍분이었다. 살아남아야 한다는, 살려야 한다는 일념뿐이었다. 그러다가 몇 번을 바닥에 처박혔는지도 모르겠다. 세지 않았다. 넘어지면 다시 일어서고, 넘어지면 또 다시 일어서고, 이름 모를 병사는 이미 눈앞에 없었다. 먼저 갔나. 그렇다면 다행이다. 눈앞에 아무것도 보이지 않았다. 계속 앞으로, 앞으로 무인 지대를 헤쳐나갔다. 그리고 그때였다.

"중위님!"

사람들의 목소리가 들린다. 이제 거의 다 왔어. 조지. 조지, 우린 살 거야. 쾅! 거대한 굉음과 함께, 이안은 온몸이 찢기는 고통을 느꼈다. 몸이 떨리더니 만 갈래로 찢어졌다. 그의 의식은 잠시 명멸했고 이내 무한한 고통의 무저갱 속으로 침잠했다.

매들린… 당신에게 하지 못한 이야기가 있소. 미안하오. 어째서, 가장 마지막의 순간에 그 여자가 생각났는지, 그는 알지 못했다.


매들린은 창밖 지평선으로 녹아드는 노을을 바라봤다. 자연의 무심할 정도의 평온함이 도리어 그녀의 가슴을 옥죄는듯했다. 오늘 그녀는 여러 번 실수를 했다. 한번은 위험할 뻔했는데 알링턴이 막아줬다. 그는 냉정한 얼굴로 매들린을 일별한 후, 한숨을 쉬었다.

"지친 것 같은데, 쉬시죠."

"그럴 순 없어요."

"쉬세요. 로엔필드 양. 무리하고 있지 않습니까."

"괜찮다고 말씀드렸잖아요."

하필이면 걱정해주는 게 알링턴이어서 더 화가 났는지도 모른다. 이안이 편지를 쓰지 않아서, 그가 다쳤을 것 같아서 불안한 건지도. 게다가 솜에서 들려오는 소식은 너무나도 끔찍해서 견디기 어려웠다. 매들린이 화가 잔뜩 나 응수하자 알링턴이 한숨을 쉬었다.

"요 며칠, 이상하게 굴고 계시는군요."

"그럴 리가요."

"단적으로 말해서 방해가 되고 있지 않습니까."

알링턴이 처음으로 얼굴을 붉혔다. 적잖이 성이 난 모양이었다.

"그래요."

그녀가 고개를 숙이며 돌아서자 알링턴이 다급하게 매들린을 붙잡았다.

"내가 한 말, 마음에 담아두지 마세요. 나는 그저 당신이 무리하지 않기를 원했을 뿐입니다."

매들린은 괘념치 않는다는 듯 고개를 저었다.

"방해가 되는 게 사실이라면 물러나야겠죠."

그녀가 자리에서 물러났다. 알링턴의 말이 맞았다. 잔 실수가 늘어나고 있는 건 사실이었다. 마음의 평정을 되찾지 않으면 안 돼. 그녀가 그렇게 결심하고 병실을 빠져나오는 때였다. 창백한 얼굴의 이사벨이 그녀 쪽으로 뛰어왔다.

"매들린, 매들린……."

"이사벨, 무슨 일이에요?"

"오빠가, 이안 오빠가……." 그녀가 눈물을 왈칵 쏟았다.

"……."

무엇인가를 예감한 듯 매들린의 얼굴 역시 파리해졌다. 그녀가 부들거리는 손으로 이사벨이 든 쪽지를 받아들었다. 이안 노팅엄이 중상을 입고 지금 입원해있다는 짤막한 단신이었다.

중상. 그 단어 하나에 담긴 여러 가지 함의들에 매들린의 정신이 아득해졌다. 어째서. 결국에는. 그녀가 보낸 편지들은 아무짝에도 쓸모없는 일이었다. 그것만으로는 한 남자의 불운을 막을 수 없었다. 아무것도 바꿀 수 없었다. 무력한 편지쪼가리, 글줄로 무엇을 달리할 수 있을 거라 생각했나. 그녀는 지금 세상에서 가장 무력한 존재였다.

1918. 전쟁이 막바지에 달하고 있다는 게 피부로 다가왔다. 병원은 환자들로 가득 차 있었다. 속속들이 귀환하는 병사들을 맞이하는 사람들은, 자신이 사랑했던 이들이 영영 다른 사람으로 바뀌어 왔다는 사실을 믿기 어려워했다. 비단 돌아오는 사람들뿐만이 아니었다. 기다린 사람들도 완전히 다른 사람이 되었다. 서로 변해버린 얼굴을 마주하는 것은 또 다른 고통이었다.

하지만 믿어야 해. 매들린은 기다렸다. 이안 노팅엄이 돌아오기만을 기다렸다. 병원에서 일하다 창문 밖으로 대로를 보며 기다렸다. 적어도 살아있다. 그가 죽었다는 이야기는 들려오지 않았다. 그러니까…….

"어머니."

돌아온 것은 에릭이었다. 후방에서 또 전방에서 두루 작전을 수행하고 돌아온 그는 부쩍 어른스러운 태가 났다. 키도 컸고 젖살도 빠졌으며 완연한 어른의 모습으로 변모했다. 병원으로 바뀌긴 했지만, 여전히 남아있는 사용인들이 귀환한 차남을 바라보며 눈물을 흘렸다. 에릭은 자신의 어머니인 선대 백작부인을 꼭 안아준 다음, 이사벨에게 미소지었다.

"어른스러워졌네, 오빠." 이사벨이 눈물을 글썽이며 웃었다.

"……"

에릭의 시선이 방황했다. 그렇게 한참을 머뭇거리던 에릭이 갑자기 이사벨을 와락, 힘주어 안았다.

"동생아. 보고 싶었다."

"빨리도 말한다."

노팅엄 일가 간의 감동적인 해후를 끝내고 난 뒤였다. 에릭이 사용인들에게도 하나하나 악수를 청하며 인사를 했다. 그 뒤에 병원 직원들에게도 인사하며 잘 부탁한다고 말을 하더니 매들린을 바라보며 의미심장한 미소를 지었다.

에릭 노팅엄은 이안과 같은 흑발이지만 어쩐지 부드러운 인상의 미청년이었다. 비슷하게 생겼으나 안광과 얼굴선이 자아내는 분위기가 딴판이었다. 좀 더 반듯하고 정돈된 느낌. 혈기왕성한 청년의 에너지 역시 완연했다.

매들린은 에릭을 향해 마주 웃었다. 속은 타들어 가는 것 같았으나 반가운 건 사실이었으니까. 전생에서는 유명을 달리했던 사람이 살아 돌아왔다는 것이 얼마나 기쁜 일인가. 매들린 자신이 어떤 기여를 했는지는 모르겠으나 적어도 이전 삶이 반복되지는 않는다는 걸 확인한 것 같아 마음이 놓였다.

"로엔필드 양. 오랜만입니다."

에릭이 얼굴을 붉히며 인사했다. 매들린이 입꼬리를 당겨 미소를 그려 보였다. 그것에 쓸쓸함이 녹아있는 건 아무도 눈치채지 못했으리라.

에릭이 돌아온 뒤로 저택에는 활기가 다시 돌기 시작했다.

에릭은 백작부인을 열심히 도왔다. 전쟁이 완전히 끝나고 가업이 정상화되면 케임브리지에 돌아가 학업을 마칠 예정이라 했다. 그런 에릭을 보는 매들린의 시선이 흔들렸다. 너무나 죄스러운 일이지만 자꾸 다른 남자를 겹쳐보게 되는 것은 어쩔 수 없었다.

이안은 괜찮을까. 이안은 살아 돌아올 수 있을까. 얼마나 다쳤을까. 언제, 언제쯤이면 다시 만날 수 있을까. 이런저런 생각에 속이 문드러지는 것 같으면서도 쉬이 티를 낼 수 없었다. 매들린 자신에게는 이안 노팅엄을 걱정할 어떤 권리도 없기 때문이었다. 그저 돌아오지 않는 답장을 기다릴 뿐, 할 수 있는 것이 없었다.

어느덧 뉘엿뉘엿 노을이 지고, 매들린은 존 옆에 의자를 두고 앉았다. 근래에 존은 퍽 외로워했고 그의 말 상대를 해줄 사람은 매들린뿐이었다. 그녀 역시 그 역할이 싫진 않았다. 둘은 이런저런 이야기를 나눴다. 매들린은 자신의 이야기를 약간의 각색(계단에서 떨어졌는데 과거였다느니 하는 이야기는 빼고)을 곁들여 풀어놓았다.

존 역시 제 '꿈' 이야기를 늘어놓았다. 대부분 단편적인 기억에 불과했지만, 매들린은 그의 진술을 토대로 밤잠을 아껴가며 기록하고 자료를 찾아가며 그의 집을 수소문했다.

어딘가에 단서가 있을 법했다. 미국에 있는 인명 편람을 토대로 일일이 일치되는 집안을 찾고 있었다. 동부부터 서부까지 국토가 참 넓기도 했다. 이대로 가다가는 짚단에서 바늘 찾기란 생각이 들었다. 전보를 쳐도 답장이 오지 않는 경우도 부지기수였다. 하지만 그 사실을 존에게 알리지는 않았다. 그가 알아서

부담스러울 일은 만들고 싶지 않았던 것이다.

"……."

그날도 한참 존이 이야기하는 것을 받아적고 있었다. 매들린이 열심히 노트에 이야기를 받아 적는 것을 본 남자가 한숨을 쉬었다.

"그만 해도 될 것 같군요. 굳이 적지 마세요."

"존."

"어차피 내 가족들은 나를 잊은 것 같아요." 그가 색색거리는 목소리로 말했다.

"그런 소리 말아요." 매들린이 정색했다.

"아니에요. 잊은 게 틀림없어요."

"찾을 수 있을 거예요. 존. 걱정 말고……."

위로의 말이 필요하지 않다는 듯 존이 눈을 감았다. 그가 화제를 전환했다.

"그나저나 매들린, 새로 온 젊은 친구 말입니다."

"젊은 친구? 에릭이요?"

어느덧 매들린은 에릭을 이름으로 부를 만큼의 친분이 생겼다. 에릭은 원체 붙임성이 좋았고 밝았다. 수심에 빠진 매들린마저 살짝 미소짓게 하는 힘이 있었다.

"그이가 퍽 당신을 마음에 두고 있는 것 같더군요."

"네?" 그만 헛웃음이 나올 뻔했다.

"숨길 생각 말아요. 당신은 모르겠지만, 훗……."

"정말 아니에요. 그리고 존. 안정을 더 취하세요."

매들린이 다정하게 웃었다. 그녀는 온 힘을 다해 존의 자세를 바꿔준 뒤 자리를 털고 나갔다. 에릭이 자신을? 말도 안 되는 이야기였다. 굳이 따지자면 막 전쟁에서 돌아온 터라 오랜만에 보는 이성에게 호감을 느낄 수는 있었으나 그것 역시 일시적일 터였다. 게다가 매들린은 이안의 청혼을 거절한 위인이었다. 그런 여자에게 관심을 둘 리가. 매들린은 씁쓸하게 웃었다. 내일은 내일의 일을 해야 한다.

매들린이 고개를 들었다. 머리를 빗고 틀어올려 묶었다. 찬물로 세수하고 난 다음 아침을 먹고, 그다음부터 정신없이 일과가 시작되었다. 그렇게 환자들을 돌보다 보면 점심시간, 고개를 푹 숙이고 밥을 먹었다. 전쟁이 끝나간다. 몇 개의 지리한 협상과 행정절차를 마치고 나면 완전히 끝이었다. 물론 재활병원은 계속 운영될 것이다. 군인들의 상처는 그보다 더디게 나으니까.

매들린이 자리에서 일어났다. 오늘은 매들린이 설거지를 할 차례가 아니었다. 그녀는 접시를 가지런히 정리한 후 식사 자리를 벗어났다. 얼마간의 시간 동안 잠시 눈을 붙일까 싶었다.

그때였다. 저 멀리서부터 어수선한 소리가 들렸다. 쟁그랑거리는 소리와 목청을 높이는 소리, 달뜬 사람들의 얼굴들. 매들린이 눈썹을 찡그리며 사태를 파악하려는 때, 이사벨이 그녀에게 바투 다가와 어깨를 잡고 흔들었다.

"매들린, 이안이 돌아온대."

"어?"

"이안이 돌아온다고!"

이사벨이 왈칵 눈물을 터트렸다. 그녀가 목이 메는 소리를 내며 고개를 숙였다. 가녀린 몸이 경련하듯 떨렸다. 매들린이 그런 여자를 꼭 안았다. 그녀의 목덜미에 자신의 얼굴을 파묻었다. 옅은 소독약 냄새. 매들린의 눈물이 이사벨의 옷깃을 축축하게 물들였다. 이번에도 그녀는 눈물을 부인할 터였다. 그냥, 소독약 때문에 눈이 매워서라고 생각하기로 했다.

이안 노팅엄을 다시 만나게 되면 무슨 말을 해야 할지 알 수 없었다. 어색할까? 이상할까? 슬플까, 아니면 기쁠까. 어떤 감정이 들지 알 수 없었다.

매들린은 거울에 비친 자신을 바라봤다. 옛날보다 말랐다. 젖살이 내리고 전체적으로 쓸쓸한 분위기가 풍겼다. 지난 생과는 다른 분위기가 제 얼굴에 풍기는 것 같아 스스로가 낯설었다. 매들린은 늘 하던 대로 머리를 질끈 묶어 올렸다. 묶어 올리는 손이 자꾸만 떨려서 핀을 몇 번이고 놓쳤다. 미세하게 경련하는 손끝이 마음에 들지 않았다.

평소보다 오래 준비를 한 뒤 방을 나섰다. 빳빳하게 다린 순백의 간호복을 입었다. 환자들을 둘러본 뒤 하루의 일과를 시작하려고 했다. 그때였다. 저택의 사용인들과 병원 직원들이 일제히 바깥으로 나가기 시작했다. 집사장 세바스천이 병실을 둘러보던 매들린을 향해 종종걸음으로 다가오더니 손발을 휘적이며 갈피를 못 잡았다.

"아가씨, 저… 그게……."

"저도 걱정돼요."

매들린의 차분한 표정을 바라본 세바스천의 얼굴이 빨갛게 익었다. 그가 흠흠 헛기침을 했다.

"주인님께서 돌아오십니다."

"내려가야겠네요. 그렇죠?"

"저, 그……."

매들린이 남자의 표정을 자세히 응시했다. 파리한 얼굴, 덜덜
떨리는 손끝.

"무서워요. 저도 무서워요."

"아가씨."

"하지만 가장 무서운 건 바로 그분일 거예요."

"……."

세바스천이 고개를 떨궜다. 무릇 평생을 백작가에 헌신을 다
한 남자는 동요하고 있었다. 매들린이 그에게 속삭였다. 그녀가
안심하라는 듯 미소지었다.

"같이 마중하러 나가요."

양옆으로 늘어선 사용인들과 추가된 병원 고용인들 그리고
객식구들까지 모두 백작의 귀환을 기다리고 있었다. 숨소리도
나지 않는 적요 속에서 얼마 후, 차 한 대가 모습을 드러냈다. 매
들린의 옆에서 이사벨이 숨을 멈췄다. 에릭의 주먹이 부들부들
떨리고 있었다. 어느덧 자동차가 가까이서 멈췄다. 운전사는 군
인이었다. 그가 자리에서 내려오더니 경례했다.

그가 뒷좌석의 문을 열었다. 자동차의 뒷문으로 거무스름한
형체가 나타났다. 그것이 군복을 입은 남자라는 건 곧바로 알
수 있었다. 비척이는 형체가 갑자기 쓰러지자 운전병이 그것을
부축하느라 휘청였다. 보다 못한 에릭이 달려나가려 하자, 이사
벨이 한쪽 팔을 들어 막았다. 정적이 모두를 감싸는 동안 뒷좌
석에서 남자는 고군분투하고 있었다. 이윽고 문이 닫히고 그 모
습이 드러났다.

그곳에는 이안 노팅엄이 있었다. 장교복을 입은 남자는, 한쪽

다리가 없었다. 매들린의 등골이 서늘해졌다. 얼굴의 반쪽은 화상 흉터가 나 있었으며 얼굴은 몹시도 창백했다. 쇠꼬챙이 같은 몸은 장대 같았다. 사람 같지 않은, 음울한 분위기가 있었다.

그가 우두커니 그 자리에 섰다. 매들린도, 식구들도, 사용인들도, 다른 사람들도 침묵한 채로 찰나의 시간이 흘렀다. 오래간만의 해후. 그러나 전혀 다른 사람이 왔음을 직감하는 사람들의 분위기. 숨 막히는 정적. 이안이 비척거리며 사람들에게로 다가왔다. 자신을 부축하려는 운전병을 뿌리치고 안간힘을 쓰며 다가왔다. 이사벨과 에릭이, 선대 백작부인이 뛰쳐나갔고 그들은 서로를 얼싸안았다.

고통스러운 눈물로 가득한 해후가 끝났다. 이안이 비틀거리며 다른 사람들에게 다가갔다. 바들바들 떠는 세바스천에게 인사를 하고 찰스와 다른 사용인들에게도 목례했다. 그리고 그가 매들린을 바라봤다. 남자의 얼굴이 딱딱하게 굳었다. 그의 미간이 사정없이 구겨지고 세상에서 가장 비참한 표정으로 일그러졌다.

"오랜만이에요. 이안."

한참을 마른 입술을 달싹이는 이안 대신 매들린이 먼저 말했다. 그녀가 들썩이는 속을 숨긴 채로 단정하게 말했다.

"매들린."

이안이 고개를 떨궜다. 남자의 속에서 들끓을 감정을 어찌 알까. 열패감, 낙오감, 이름을 붙일 수 없는 온갖 끔찍한 감정들이 그 안에서 요동치고 있을 것이다. 남자가 살짝 헛구역질이 나오려는 듯 몸을 숙였다. 에릭이 재빨리 형을 부축했으나 이안이 그보다 먼저 몸을 곧추세웠다. 구부정하게 있어도 원체 큰 몸이었다. 그가 결국에는 조금씩 매들린에게 다가왔다. 매들린은 속으로 되뇌었다.

그래. 나에게 와요. 이안. 기다렸어요. 당신이 이렇게 내 앞에 있기를 바랐어요. 이제서야 왜인지 알았어요. 이리 와요. 내 몫의 죄책감.

어느덧 둘이 거리를 좁히자 매들린이 목발을 붙잡은 이안의 거친 손등을 쓰다듬었다. 매들린이 눈을 찌푸렸다. 사실은 울음을 참기 위해서. 남자보다 먼저 울기 싫었으니까. 그녀가 남자만이 들을 수 있도록 작게 속삭였다.

"기다리고 있었어요." 이제야 그녀는 편안했다.


남자가 짐을 풀고 식구들과 회포를 푸는 사이 매들린은 여느 때와 같이 일을 했다. 환자들은 살짝 동요한 눈치였다. 가주가 돌아왔으니 병원도 다시 그 저택으로 돌아가지 않겠는가 싶은 것이다. 다른 병원으로 옮기는 건 싫다며 훌쩍이는 환자도 있을 정도였다. 매들린은 거기에 대고 뭐라 확답할 수 없었다. 이안이 어떤 결정을 내릴지는 그녀조차 알 수 없었으니까. 부디, 조금만 더 시간을 내어주기를. 그녀는 바랐다.

그녀가 이안 노팅엄을 다시 만난 것은 꼬박 하루가 지난 후였다. 여행으로 몸이 지친 모양인지 이안은 자신의 방 밖으로 나오지 않았다. 매들린 역시 그를 부러 찾아가지 않았다. 혼자만의 시간이 필요할 거다. 집이 병원으로 바뀐 것도 어색할 테고 보기 싫을 수도 있으니까. 내가 보기 싫을 수도 있지.

입이 썼으나 딱히 충격적인 진술은 아니었다. 자신은 이안의 그 무엇도 아니었으니까. 둘이 다시 만난 것도 순전히 우연이었다. 밤에 환자들의 동태를 체크하던 매들린이 계단에서 내려오는 그와 마주친 것이었다. 처음에는 소리를 지를 뻔했다. 인기척이 워낙 없어서 유령인 줄 알았다. 그녀가 등불을 높게 올리자 남자가 한 손으로 얼굴을 가렸다.

"이안?"

"……."

매들린이 황급히 등불을 다시 내렸다. 둘은 한참 말이 없었다. 이안이 더듬거리며 말을 시작했다.

"산, 산책을… 하고 있었습니다."

"이 밤에 불도 없이 돌아다녔다가는 떨어질 수 있어요."

낙상이 얼마나 무서운 건데요. 매들린이 고개를 저었다.

"그쪽이 상관할 일이 아닙니다."

"그래도요. 병원 물건들도 있어서 좀 어수선하다구요. 같이 가요."

그 말을 들은 이안이 침묵했다. 둘 사이를 침침한 등불과 침묵만이 감싸 안았다.

"솔직히 말해……."

등불에 비친 이안의 모습은 무척 야위고 지쳐 보여서, 매들린의 가슴이 침몰하는 배처럼 가라앉기 시작했다.

"당신이 밉군."

그의 건조한 목소리에 매들린이 몸을 떨었다.

"나는……."

이안의 목소리가 점점 격해졌다. 그 역시 몸을 떨고 있었다. 매들린이 그에게 가까이 다가갔다. 등을 바닥에 내려놓고, 그녀가 이안의 어깨를 잡았다.

"미워해도 괜찮아요. 마음껏 나를 미워해도 괜찮아요."

그녀가 남자의 품 안에 조심스럽게 안겼다. 아니, 그보다는 몸을 포갰다는 표현이 적합했다. 감싸 안은 남자의 몸이 간헐적으로 진동하는 게 느껴졌다. 다쳤을지언정 여전히 강건하고 큰 몸이었다.

매들린이 숨을 고르게 내쉬었다. 그녀가 눈을 감았다. 그녀의 심장박동과 남자의 박동이 어긋났다. 어쩌면 자신과 그는 전생에서도 이곳의 생에서도 영원히 이처럼 어긋날 운명인지도 몰랐다. 이렇게 돌고 돌아 다시 원점이라니. 그러나 이대로 엇갈린 채로 계속할 수 있다면…….


이안은 거의 방 밖으로 나오지 않았지만, 저택이 병원으로 운영되는 것을 당분간 허용할 모양이었다. 전쟁은 완전히 끝이 났다. 병원 사람들은 이를 약소하게나마 축하했으나 매들린은 덤덤했다. 어쩐지 축하할 생각이 별로 들지 않았다.

그녀는 이안을 먼저 찾아갔다. 지난 생에서는 먼저 다가가지 못했으니까 이번에라도 먼저 손을 내밀고 싶었다. 급작스럽게는 안 돼, 천천히. 매들린이 살풋 미소 지으며 이안의 서재로 들어왔다. 온종일 강도 높은 노동을 한 터라 몸이 욱신거렸지만 피곤하기보다는 정신이 또렷했다.

그녀가 서재 문을 열자, 흠칫, 이안의 몸이 떨리는 것이 보였다. 화들짝 놀라는 모습에 괜히 심장이 덜그럭거렸다. 매들린이 천천히 문을 열고 다가오자 이안이 앉은 채로 뻣뻣하게 굳어서 그녀를 바라봤다.

"안심해요. 나예요."

"하……."

이안이 쓰게 웃으며 고개를 저었다. 얼굴이 기묘하게 뒤틀렸지만 보기 나쁘지는 않았다. 보기 나쁘다, 좋다, 판단할 이유도 없었다. 왜일까. 왜 이전에는 저 모습이 그렇게 보기 싫었을까. 어쩌면 뒤틀린 것은 매들린의 내면이었을지도 모른다.

매들린이 고개를 저었다. 서서히 남자에게로 바투 다가온 그녀가 앞에서 한쪽 무릎을 꿇었다. 마치 이안이 청혼할 때 취했던 포즈 같았다. 그녀가 속삭였다.

"내가 나갔으면 좋겠어요? 그러면 언제라도 나갈게요."

이안이 입을 꾹 다물었다. 그가 고개를 저었다. 무언의 아니, 라는 대답이 들려오는 것 같아 매들린이 미소를 지었다. 극도의 열에 의해 녹은 한쪽 얼굴이었다. 매들린은 그 방향을 향해 앉아 있었다. 그녀는 이안의 얼굴을 오롯이 자신의 눈에 담았다. 이안이 한숨을 쉬었다.

"내게 너무 잔인하게 구는군."

그의 목소리는 낮고 마른 땅처럼 이리저리 갈라져 있었다.

"당신의 말을 듣지 않은 걸 비웃으려고 여기 남은 건지. 나를 찾아오는 건지……."

그 말을 하는 이안의 표정은 알기 어려웠다. 슬픈 걸까, 냉소하는 걸까. 그가 하 단발적인 웃음을 내뱉었다. 애써 미운 말을 내뱉는 남자를 탓하고 싶지는 않았다. 매들린이 이안의 손 한쪽을 잡았다. 굳은살과 흉터가 이리저리 난 손이었다. 남자의 손등에 제 손바닥을 포개자 남자가 굳는 게 느껴졌다. 그러나 그는 손길을 피하지는 않았다.

"내게 다시 한번 기회를 줄 수 있나요?"

한때는 무섭게만 보였던 얼굴인데. 매들린의 심장이 콩닥콩
닥 뛰었다. 분명히 들었을 텐데. 남자는 미동하나 하지 않았다.
그는 오래 침묵했다. 침묵 끝에 내뱉은 말은 조금 난폭했다.

"동정심 때문에 미치기라도 한 거요?"

"아니요⋯⋯."

그가 고개를 푹, 떨궜다.

"모르는 소리를 하는군. 나는 당신에게 기회를 거둔 적이 없
어."

그 말을 들은 매들린이 입꼬리를 당겨 따뜻하게 웃었다. 혹자
가 보면 누구라도 마음을 녹일 만한 따뜻한 미소였다. 이윽고
그녀 역시 고개를 숙였다. 그녀가 이마를 이안의 손등 위에 살
풋 갖다 댔다.

"그러면 한마디만 더 해도 돼요?"

"⋯⋯."

한없는 정적 속에서 둘의 숨소리와 심장 소리만이 났다.

"나와 결혼할래요?"

책임지고 싶어요. 당신을. 매들린은 그 말을 남자의 눈을 쳐
다보지 않은 채로 했다. 뺨은 남자의 거친 손 등에 대고 눈은 감
은 상태였다. 남자의 손목에서 정맥이 흐르는 소리만이 들렸다.

"나는 망가졌어."

"그래도 살아갈 수 있어요."

한 치의 흔들림 없이 대답했다. 남자가 망가졌을 수는 있다.
그러나 그것을 안고 살아갈 수 있다. 사람은 그렇게 살아간다.
상처를 안고, 앞으로 나아간다.

매들린은 남자의 침묵을 긍정으로 해석하지 않았다. 대신 고

개를 들고 눈을 마주했다. 그녀의 시야를 눈물을 뚝뚝 흘리는 이안 노팅엄이 채웠다. 그는 소리 없이 울고 있었다. 눈가에 드리워진 죽음의 그늘. 가엾게 혹 팬 볼. 남자다운 얼굴선. 그녀가 남자의 흉진 뺨을 조심스럽게 어루만졌다. 그 손 위에 남자가 자신의 손을 겹쳤다.

"나를 사랑해서 청혼하느냐는 질문은 하지 않도록 하지."

지금의 나는 당신의 연민 한 부스러기라도 걸신들린 짐승처럼 먹어치울 수 있으니까. 이안이 비틀린 미소를 지었다.

"계속해서 나를 동정해주기만 한다면."

나를 불쌍히 여겨줘. 연민해줘. 남자의 작은 목소리가 매들린의 심장을 움켜쥐었다. 옥죄었다.

청혼에 대한 답은 결국 유예되었다. 또다시 끔찍한 실수를 저지르는 걸지도 몰라. 매들린은 채신머리없이 충동적으로 군 자신을 스스로 탓했다. 그러나 그렇다고 후회하는 것은 아니었다. 대답을 들려줄 때까지… 이번에는 내가 기다릴 차례야. 그렇게 그녀가 서재를 빠져나오는 때였다. 갑자기 그녀 앞에 그림자가 드리워졌다. 흠칫 놀라 뒤로 몸을 뺐지만, 그보다 눈앞의 남자가 더 빨랐다.

에릭이 넘어지려는 매들린을 부축했다. 그 역시 놀란 듯 눈을 크게 뜨고 매들린을 바라보고 있었다.

"매들린."

"에릭."

매들린이 조심스럽게 남자의 품에서 빠져나왔다. 지나치게 가까웠다.

"이거 참 우연이네요. 형님이랑 할 이야기가 있어서 올라왔는데······."

그가 한 손으로 머리를 긁적이며 너털웃음을 내뱉었다.

"아, 전··· 그러니까······."

매들린이 으슥한 밤중에 제 형의 방에서 나왔다는 사실을, 에릭은 딱히 괘념치 않아 하는 것 같았다.

"형님의 상태를 많이 걱정하는 것 같아요. 매들린."

에릭의 입꼬리에 걸린 미소가 순식간에 사라졌다. 그 말을 내뱉는 남자의 눈빛은 평소와 다르게 어두웠다. 매들린이 어색하게 입꼬리를 당겼다. 어설프게 고개를 끄덕이자 에릭이 한숨을 쉬었다.

"당신 잘못은 없어요. 과한 부채의식······."

그가 갑자기 문을 힐끔 보며 목소리를 낮췄다.

"그러니까 형님에 대해서 죄의식 같은 건 느낄 필요가 없단 말입니다. 우리가 전쟁을 어찌하겠습니까. 더더군다나 당신은 그의 뭣도 아니었잖습니까. 약혼자도, 결혼 상대도."

매들린의 올라간 입꼬리가 그 자리에서 굳어버렸다. 차가운 물이 전신에 쏟아진 기분이었다.

"네······."

매들린이 고개를 연신 끄덕인 뒤 자리를 떴다. 에릭 노팅엄이 서재 문을 노크하는 소리가 등 뒤에서 들렸다.

"형님. 접니다."


에릭은 살면서 한 번도 큰형을 넘어서 본 적이 없었다. 모든 좋은 것이 장남의 몫이었다. 그 사실에 대해서 딱히 부당함을 느끼거나 불편했던 것은 아니다. 영국의 장자상속법은 엉터리지만 말이다. 실로, 그동안 곁에서 지켜본 이안 노팅엄은 훌륭한 신사의 전형이었으니까. 여유로움, 남자다움, 비상한 사업적 두뇌까지. 협잡마저 유능하고 우아하게 해내는 형을 보노라면, 자신은 차라리 광대 역할이 어울리는 것이었다. 하지만 상황이 바뀌었다.

"사람 새끼가 아닌가. 나."

에릭이 담배를 태웠다. 병원에서 멀리 나간 곳이었다. 구릉지와 황야가 눈앞에 펼쳐져 있었다. 형을 다시 보았을 때가 생각났다. 지금까지 영원히 강대할 줄 알았던 산 하나가 반파가 되어 나타난 것 같았다. 절뚝이며 사람들 손길 하나에도 벌벌 떠는 이안 노팅엄이라니. 이상했다. 납득하기 어려웠다. 부정하고 싶었다. 내 형은 저렇지 않다고. 저렇게, 저렇게……

"뒈지는 것보다는 사는 게 언제나 나아. 형님이 돌아온 건 좋은 일이었어."

그는 짐짓 소리 내어 말해봤으나 그 말을 신뢰할 수 있는 건 아니었다.


매들린이 환자의 붕대를 갈았다. 눈에 띄게 상태가 좋아지는 환자를 바라보며 심장이 작게 두근거리는 것은, 왜일까. 알 수 없었다. 그녀도 드디어 나이팅게일 선언의 참 의미를 깨닫게 되는 것일까.

"흠흠."

뒤에서 알링턴이 헛기침하는 바람에 재빨리 처치를 마무리했다. 하긴 넋 놓고 생각에 빠질 시간도 없었다. 조금 후에는 병원에서 주최하는 테니스 경기도 있을 예정이었다.

환자들이 쉬는 시간 때마다 가능한 운동을 하게 하는 건 병원의 방침이었다. 따라서 언제나 주위에서 산책을 하거나 운동을 하는 환자들의 모습을 볼 수 있었다. 이번에는 좀 더 분위기를 돋울 겸 소정의 상금을 내걸고 대회를 연 것이다.

"의사 양반, 간호사 양반. 이따 시합 때 날 응원하는 겁니다?"

붕대를 갈아준 환자가 큰소리로 떵떵거렸다.

"안 돼요. 선생님은 출전금지입니다."

알링턴이 냉랭하게 잘라냈다. 그러나 거기에는 약간의 애정 어린 잔소리가 섞여 있었다.

"아니. 봐달라니까? 내가 왕년에, 연대 격투기 챔피언이었는데!"

"격투기랑 테니스랑 같은 건 아니잖아요."

매들린이 피식 비집어 나오는 미소를 참지 못했다. 알링턴이 환자를 향해 눈을 부라렸다.

"출.전.금.지.입니다. 테니스 라켓 금지라고요."

알링턴이 곧바로 몸을 돌리고 다음 환자에게로 갔다. 매들린이 어깨를 으쓱했다. 다음 환자는 존이었다. 그는 부쩍 활기를 잃어가고 있었다. 가족들이 자신을 버렸다는 생각은 점점 우울증으로 번져갔다. 그러나 오늘의 그는 활기가 있는 편이었다. 그가 알링턴과 매들린을 보며 농을 던졌다.

"선남선녀로군."

"……."

매들린이 미간을 찌푸리며 그를 무언으로 나무랐다. 여자랑 남자랑 같이 일한다고 둘을 엮는 건 부적절한 행동이었다. 하지만 알링턴은 딱히 뭐라 반박하지 않았다. 대신 그가 존의 몸 이곳저곳을 먼저 살폈다.

"기억은 어떻습니까."

"글쎄. 불탄 남자가 기억을 찾아서 뭐할까 싶소."

"그렇지 않아요."

매들린이 더더욱 인상을 썼다. '불탄 남자'는 환자들 사이에서 도는 존의 별명이었다. 비행기 조종사였다더라. 비행기를 몰다가 엔진에 불이 나서 탔다더라. 자살하려고 총구를 당겼는데 총을 놓쳤고 그대로 비행기에 불이 붙었다더라. 소문은 점점 정교해지고 걷잡을 수 없이 불어났으나 존은 딱히 신경 쓰는 것 같진 않았다. 하지만 오늘 보니 아주 무심한 것도 아닌 모양이었다.

"선생님. 떠오른 게 있으면 언제든지 저희에게 말씀해주세요."

알링턴이 차분하게 말했다. 그가 수첩을 다시 주머니에 넣었다. 그리고 그때였다.

"으아아악!"

병실에서 큰 소리가 났다. 고개를 돌린 방향에는 칼을 든 남자가 서 있었다. 칼을 든 남자. 매들린의 사고가 정지했다. 칼은 어디에서 왔으며 남자는 누구인가. 아. 기억이 났다. 매들린은 그의 이름을 안다. 데이비드 크레이머 상병. 웨섹스 출신이고…… 그러나 생각을 정리할 틈도 없이 일이 일어났다.

"으악!"

별안간 남자가 괴성을 지르기 시작했다. 그러더니, 자기 자신을 찌르려고 팔을 치켜들었다. 매들린의 몸이 먼저 움직였다. 남자를 막아야 한다는 본능이 이성보다 앞섰다.

그녀가 달려들자 데이비드가 잠시 멈칫했다. 그리고 그때였다. 알링턴이 재빨리 매들린을 밀친 후, 남자의 팔을 가공할 만한 악력으로 내려쳤다. 날아간 칼은 바닥에 나뒹굴었다. 탁탁탁. 굴러떨어지는 소리가 났다. 칼을 놓친 남자가 벌벌 떠는 사이에 알링턴이 그를 제압했다.

"칼은 어디에서 구했나."

알링턴이 서늘하게 읊조렸다. 남자가 덜덜 떨며 중언부언했다. 알링턴이 미간을 좁혔다.

"술 냄새도 나는군."

"나는… 나는…, 여기서 나갈 거야…….."

뒤늦게 달려온 다른 직원들이 남자를 데려갔다. 알링턴이 바닥에 떨어진 칼을 주웠다. 매들린이 놀란 마음을 추스르고 그에게 다가갔다.

"괜찮아요?"

"괜찮습니다. 그나저나 칼 든 사람한테 그렇게 달려들지 마세요."

그가 단언했다. 매들린이 덜덜 떨리는 손으로 주위를 정리했다. 웅성거리는 환자들을 돌아보며 알링턴이 짜증 섞인 한숨을 쉬었다. 젠장. 병원에 누가 술을 들여온 거야.

"멋지구만. 의사 선생. 군대에서 배웠나."

병상에 누워서 이 모든 광경을 바라본 존만이 너스레를 떨었다. 알링턴이 그를 쏘아보았다. 이게 장난으로 보이냐는 눈초리였다. 알링턴이 화난 발걸음으로 사라지자 홀로 남은 매들린이 환자들을 하나하나 확인했다. 그러나 그녀의 손끝은 여전히 덜덜 떨리고 있었다.

매들린이 한참 환자들을 꼼꼼하게 확인하고 있을 무렵이었다. 불규칙한 걸음 소리에 고개를 돌리니, 그곳에는 이안 노팅엄이 서 있었다.

"이안."

환자들, 병원 사람들의 시선이 전부 남자에게로 꽂혔다. 셔츠와 바지만을 입은 남자는 불편한 몸을 이끌고 비틀거리면서 매들린에게 다가갔다. 병상에 누워만 있는 이들은 그 모습을 처음 보는 것일 터였다. 베일에 둘러싸인 백작. 병원의 주인이자, 전쟁영웅, 상이군인. 여러 타이틀을 지닌 남자였다.

"매들린."

그의 목소리에는 채 갈무리하지 못한 다급함이 잔뜩 묻어 있었다.

"아. 아까 그 소동이 벌써 귀에 들어간 모양이네요. 별건 아니었어요."

"……."

남자가 말없이 장갑을 낀 손으로 매들린의 손목을 확인했다. 그리고는 목덜미와 얼굴을 치밀하게 확인했다. 침윤된 한쪽 초록 눈동자가 정처 없이 흔들렸다. 그렇게 그는 한참을 집중하며 살폈다.

"……."

"저… 나 괜찮대도요."

주위의 시선이 두 사람에게 집중되고 있었다. 얼굴이 발갛게 달아오른 매들린이 고개를 저으며 너스레를 떨었다.

"……."

그제야 좌중의 시선을 눈치챈 이안의 볼 역시 뒤늦게 붉어졌다. 추태를 부렸다는 자각 때문인지, 그가 고개를 떨궜다.

"다행이군."

"네……."

이안이 다시 몸을 돌렸다. 그리고 그가 비척거리며 병실을 빠져나갔다. 매들린은 그 자취를 지켜볼 따름이었다.

"아무리 생각해도 이 병원을 계속 운영해나가는 건 무리예요." 에릭이 차를 홀짝이며 투정 섞인 말을 내뱉었다.

"하지만 아직 환자들이 있어!" 이사벨이 소리를 질렀다. 그녀가 주먹을 불끈 쥐었다.

"이제 제대로 된 병원에 보내야 할 때지 않겠어? 이곳은 어디까지나 '임시' 병원이잖아. 이건 모두에게 못 할 짓이라고." 에릭이 한숨을 쉬었다.

"좋은 일을 할 기회는 많아. 재산의 일부를 보훈병원과 상이군인협회에 기부하는 편이 더 생산적일 수도 있어."

선대 백작부인의 동공이 흔들렸다. 그녀가 난감하다는 듯 고개를 숙였다. 고민에 깊이 빠진 표정이었다.

"생각할 시간이 좀 더 필요하겠구나."

이사벨이 이안을 돌아봤다. 뭐라고 말 좀 해줘. 오빠. 이 병원은 이사벨과 선대 백작부인의 피와 땀이 어린 결과였다. 그녀로서는 이렇게 허무하게 사라져서는 안 되는 일이었다.

"……."

이안이 이마를 쓸었다. 그가 무슨 생각을 하는지 알기란 어려웠다. 저택에 돌아온 지 얼마 안 되어 그는 말수가 적어진 데다가 몹시 불안정했다.

"에릭의 말에 일리가 있지만."

이안이 느릿느릿 말을 꺼냈다. 이사벨이 뭐라 항변을 위해 입을 벌리기 전에 남자가 다음 문장을 내뱉었다.

"너무 성급하게 결정할 일은 아니다."

그가 협탁 위에 서류들을 툭툭 던져놓았다.

"그보다는 미국에서의 사업 이야기를 먼저 하는 게 좋겠군. 곧 모임도 열리니까."

에릭의 표정이 일순 밝아졌다. 독단적인 편인 이안이 저에게 사업 이야기를 같이 논의한다는 건 좋은 징조였다. 게다가 '모임'에 대한 이야기가 나왔다. 이 역시 좋은 징조였다. 반면 이사벨의 표정은 창백하다 못해 푸르딩딩했다.

"그 늙은이들, 허세 섞인 작자들은 여자들이 하던 일을 가로채려고 할 거야." 그녀가 조용히 중얼거렸다.

"무슨 소리야. 지금 돌아가는 게 소꿉놀이 수준이니까 그렇지. 제대로 된 병원은 아니잖니."

"소꿉놀이라고? 이걸 소꿉놀이라고 하는 거야? 어떻게 그럴 수가 있어."

"말이나 제대로 하자. 칼 든 부랑자가 제멋대로 설치는 게 제대로 된 병원이야?"

"그만."

이사벨과 에릭의 언쟁은 선대 백작부인의 노기등등한 발언으로 중단되었다.

"이사벨. 분란을 일으키지 마라. 시대가 바뀌었어도 너는 노팅엄 가문의 숙녀다."

"어머니……."

"그리고 에릭. 내 아들이라 할지라도 우리 모녀가 한 일을 폄하하는 발언은 삼가길 바란다."

노부인의 눈에는 위엄있는 분노가 어려 있었다. 에릭이 제 혈기를 반성하며 꼬리를 내렸다.

"죄송합니다."

"존속에 대한 건은 어른들께 맡기자꾸나. 우리의 사재로 꾸려왔지만 일이 이렇게 커졌으니 우리의 일만은 아니니 말이다."

"그 사람들 뜻에 따르라고요? 싫어요."

"이사벨. 말조심해라. 거기 홀츠먼도 있잖아."

"그게 무슨 상관이야. 누가 오건 나랑 관계없는 일이라고."

이사벨은 굉장히 화가 났는지 곧바로 자리를 박차고 일어서더니 그대로 사라졌다. 이안은 말없이 그 광경을 바라보았다. 전쟁은 남자들을 바꾼 것 이상으로 여자들 역시 바꾼 모양이었다. 이사벨의 혈기는 이제 진정으로 제 것을 지키려는 전투력으로 변해 있었다. 그녀도 가만히 당하고 살지만은 않을 것이다.

그는 잠시 두통을 가라앉히기 위해 눈을 감고 한 여자를 생각했다. 재밌었지만, 알기 어렵던 매들린 로엔필드는, 완연한 성숙함으로 온유함으로 빛나고 있었다. 어떻게 그토록 짧은 시간 안에 사람이 변할 수 있는지 신기할 지경이었다. 이전에 예쁜 소녀였다면, 지금은 아름다운 여자. 그녀를 생각하면 가슴팍의 흉터 깊숙한 곳에서 고통이 솟구쳤다.

아름다운 것은 언제나 고통이었다. 지금의 그가 추했기 때문에.

7. 에릭의 초대

"이렇게 산책을 나가니까 좋네요."

매들린이 이안과 같이 걸었다. 처음에 남자는 새로 맞춘 의족이 거추장스러운 듯 비틀거렸다. 그러나 차차 익숙해진 듯 제법 보조를 맞출 수 있게 되었다. 유럽 최고의 이탈리아인 의족 제작가는 요즘 눈코 뜰 새 없이 바쁘다 했으나 노팅엄 백작의 의족이라면 만드는 쪽이 영광이라며 빠르게도 만들어 보냈다. 좋은 의족이기도 하거니와 이안 노팅엄이 원래 운동신경이 좋아서였을 거다.

그는 빠르게 적응했다. 바쁜 일상이었지만 이렇게 느릿느릿 산책을 하는 것도 나쁘지 않았다. 바람이 솔솔 불어오고 있었다. 둘은 들판에 자리를 펴고 앉았다. 남자가 의족을 빼며 숨을 골랐다. 한참을 침묵 속에서 구릉 지대를 바라보고 작게 우는 새소리를 들었다.

"앞으로는 무엇을 하며 살겁니까."

저 멀리 들꽃을 바라보던 이안이 나직이 질문했다. 매들린으로서는 솔직히 생각해본 적 없는 주제였다. 그녀는 잠시 망설였으나, 답은 정해져 있었다.

"다른 병원으로 가야죠. 내가 일할 수 있는 곳으로."

"……."

남자는 그 말을 잠자코 들었다. 그의 시선은 여전히 정면을 향해 고정되어 있었다.

"로엔필드 저택으로 돌아가고 싶지는 않습니까."

"별로요."

매들린이 무릎을 끌어안았다. 정말이지 그곳이 그립지는 않았다. 그때의 권태로운 삶보다 지금이 훨씬 보람차고 즐거운걸.

"확실히 지금이 더 즐거워 보이긴 하는군요."

그가 살풋 웃자 흉터가 미묘하게 일그러졌다. 매력적이라고 할 수 있는 주름이 잡혔다.

"그래요? 일이 힘들긴 한데. 뭐 있는 게 젊음인데요. 아쉽지는 않아요."

"그렇습니까."

그의 목소리가 자못 쓸쓸하게 들린 탓일까. 매들린이 고개를 그쪽으로 기울였다. 그나저나…….

"아직 대답 안 했어요."

프로포즈 말이에요. 매들린이 살짝 입술을 삐죽였다. 그 모습을 본 남자가 푸스스 웃었다. 이제 웃음도 제법 나올 정도로 남자는 회복해가고 있었다.

"날씨가 좋군."

"이럴 건가요, 정말?"

말 돌리는 게 너무 뻔해요! 매들린이 미간을 찌푸리며 더 크게 입을 삐죽였다. 그런 매들린을 흘깃흘깃 쳐다보는 이안의 입꼬리가 완만한 호선을 그렸다. 둘은 가만히 들판에서 불어오는 바람을 맞이했다.

잠시 바깥에서 바람을 쐬고 다시 병원으로 돌아가려는 때였다. 병원 앞에서 일군의 사람들이 모여 있었다. 그들을 세바스천과 찰스 및 남자 사용인들이 필사적으로 막는 중이었으나 역부족이었다.

"여기서 이러시면 안 됩니다, 신사분들."

매들린이 자세히 살펴보니 사람들은 커다란 무언가를 이고 있었다. 그것이 카메라라는 것은 나중에서야 알았다. 무슨 일인가 하여 앞서 나가는 매들린을 이안이 붙잡았다. 조명을 든 남자가 이안과 매들린을 향해 손가락질했다.

"앗, 저기 있다!"

갑자기 사람들이 우르르 둘을 향해 달려오더니 예고도 없이 플래시를 터트리기 시작했다. 점멸하는 빛에 눈이 아파 손바닥으로 얼굴을 가렸다.

"솜 전선의 영웅 노팅엄 씨가 아니십니까?"

"콜하스 중위 말고도 10명이 넘는 사람들을 무인 지대에서 데려왔다지요?"

"백작 가문의 후계자로서 앞으로 어떻게 하실 생각이신지?"

"옆에 계신 숙녀는 약혼녀십니까?"

쏟아지는 질문 세례를 받기 시작하자 이안이 당황한 듯 딱딱하게 얼어붙었다. 가까스로 정신을 차린 매들린이 이안 앞에 나섰다.

"뭐 하는 짓이에요!"

뒤에서 세바스천이 화를 내기 시작했다.

"정말, 예의라곤 찾아볼 수도 없는!"

펑. 펑. 그들은 아랑곳하지 않고 몇 개의 사진을 더 찍은 다음, 쏜살같이 다음 특종을 향해 사라졌다. 남은 것은 창백한 얼굴의 이안 노팅엄과 매들린이었다.

"괜찮아요?"

매들린이 이안을 향해 물었다. 그녀가 남자의 손을 붙잡았다. 플래시 때문인지 손이 차가웠고 덜덜 떨리고 있었다. 남자는 미약한 쇼크 상태였다.

"정말 무례한 인간들이에요. 어느 신문사 소속이죠? 편집장한테 전화해야겠어요."

매들린이 과장하며 화를 내기 시작했다.

"……."

"이안. 이안."

남자가 식은땀을 흘리기 시작했다. 매들린은 불안해졌다. 예배당에서의 발작을 떠올렸다. 그녀가 남자의 손을 꾹 잡았다.

"당신은 안전해요. 호흡에 집중해요."

"괜찮소."

남자가 한참 뒤 숨을 고르며 고개를 끄덕였다. 그가 손등으로 식은땀을 닦았다. 그가 목발에 의지한 채로 안에 들어갈 때까지, 매들린은 긴장을 늦추지 않았다. 그러나 그가 느꼈을 수치심까지, 그녀가 짊어질 순 없는 일이었다.


사람들이 읽을 각종 신문을 다리던 세바스천이 혀를 찼다. 가만히 다리미를 대고 있는 통에 신문의 일부분이 거무스름하게 탔다. 그가 가까스로 다리미를 치우고 신문의 내용을 눈에 담았다.

백만장자 전쟁 영웅의 비참한 결말 - 그러나 그를 구원한 것은 사랑?

사진 한구석에는 어리버리한 표정의 매들린과 이안이 서 있었다. 마치 작정하고 포즈를 잡은 것처럼 보이는 사진이었다. 이안의 의족은 티가 나지 않았으나 목발이 눈에 띄었고, 저화질의 사진에도 한쪽 얼굴이 상했음은 훤히 보였다.

"이걸 어쩌나."

지역신문도 아니고 영국 유수 일간지에서 이런 유언비어성 기사를 내보낸다는 게 믿기질 않았다.

"이건 노팅엄 가문에 대한 모욕이야."

오래된 가문에 대한 예의 따위는 눈을 씻고도 찾아볼 수 없는 말세였다. 바야흐로 타블로이드의 보편화였다. 그러나 어찌할 수 없는 일이었다. 세상이 바뀐 것을 어찌 돌이킬 수 있을까. 귀족도, 부자도, 연예인도 전부 가십의 소용돌이 속에 소모될 뿐인, 그리고 타인을 소모할 뿐인 신세계의 출현이었다.

신문기사는 소소한 파문을 불러일으켰다. 기사의 내용인즉슨 이랬다. 장애를 가지고 폐인이 된 백작가의 장남이, 미모의 천사 같은 여성의 헌신으로 인해 구원받는다는 이야기였다. 삼류소설이나 다름없는 내용이었으나 사람들은 꽤 감동한 모양이었다. 전보들이 쉴 틈 없이 쏟아졌다. 매들린 로엔필드의 이름은 나와 있지 않았으나 이 여성에 대해서 알고 싶다는 이야기 반, 병원에 기부하고 싶다는 이야기 사분지 일, 그리고 나머지 사분지 일……

선대 백작부인은 충격을 받아 잠시 앓아누웠고, 이사벨은 길길이 화를 내며 날뛰었다. 에릭은 이리저리 도처에서 쏟아지는 연락을 받아내며 진땀을 흘렸다. 이안 노팅엄은 아무런 행동도 하지 않았다. 그는 침묵을 택했다. 그는 침묵하다가 그날 저녁 가족들 앞에서 처음으로 문제를 거론했다. 그것은 질문이었다.

"로엔필드 양은?"

"됐고, 일단 소송부터 이야기하자고."

"로엔필드 양에 대해서 물었어."

이안이 묵묵히 질문을 고수하자 이사벨의 어깨에 잔뜩 든 힘이 풀렸다.

"평소랑 똑같아. 오빠. 어차피 신문기사엔 매들린의 이름은 안 쓰여있어."

"……."

그래도 신문을 받아본 병원 사람들 사이에서는 말이 돌고 있을 것이다. 남자는 매들린 로엔필드의 모습이, 그녀의 얼굴이 사람들 사이에 오르내리고 있다는 것만으로도 광분의 살의를 느꼈다. 물론 그 어두운 감정들은 남자의 화상 흉터와 오랫동안 귀족으로서 단련된 얼굴 근육으로 가려져 있었다. 이안의 속에서 무슨 일이 벌어지고 있는지 아무도 몰랐다. 에릭이 너스레를 떨었다.

"에이 뭐. 애초에 간호사가 환자와 산책을 하는 게 이상한 거야?"

가족 구성원들의 시선이 에릭에게 향했다. 이안은 에릭을 쳐다보지도 않았지만. 에릭이 헛기침을 했다.

"간호사로서 환자의 요양에 도움을 주고 있을 뿐이잖아. 자자. 지금은 형님의 회복에 집중할 때이지 이런 소모적인 데에 에너지 쓸 때가 아니라고."

"오빠는 동생이 되어서 그런 게 말이 돼? 우리 가족이 모욕을 당했으면 배로 갚아줘야 하는 거 아냐!"

이사벨이 씩씩거리기 시작했다. 백삭부인이 한숨을 쉬었다.

"에릭 말이 맞다."

이안이 느릿느릿 담배에 불을 붙였다.

"굳이 이런 데에 힘 뺄 필요 없다. 의혹만 가중시킬 뿐이니까."

"오라버니."

이사벨은 여전히 이 모욕을 갚지 못한 채로 넘어가야 한다는 사실이 분한 모양이었다.

"상식 있는 사람이라면 로엔필드 양이 순전한 동정심에서 산책을 자처했다는 사실을 알겠지."

간호사로서 응당 가져야 할 소명의식. 동정심. 그 정도였다. 이안의 분노는 자기 객관화로 인해 가라앉았다.

"동정심이라니… 그런 소리 하지 마. 그리고 그게 문제의 요점이 아니잖아. 부상을 당했다고 해서 비참한 결말이니 뭐니 지껄이는 치들이 문제지!"

이안이 이사벨을 흘깃 지켜보더니 조금 태운 담배를 트레이에 비벼 껐다. 이제 이 이야기는 그만하도록 하지. 그가 서류철을 다시 꺼내 들었다.

"모임에서 논의할 병원 재정에 대한 이야기나 하지."

서류에는 냉혹한 현실과 손익계산이 담겨 있었다. 이안이 가장 평온함을 느끼는 세상이 그곳에 담겨 있었다.


"매들린."

"아버지, 말씀하세요."

인근 마을의 2층 주택에서 세 들어 사는 양반이 병원까지 행차한 것은 무슨 요량인가 싶었다. 매들린은 한숨을 쉬었다. 돈은 꾸준히 부처드리고 있는데, 돈이 아니라면 도대체 무슨 이유인가.

로엔필드 남작은 꼿꼿한 자세로 서 있었다. 병원 응접실에 앉아 이리저리 훈수를 뒀다. 한때 무척이나 미남으로 불렸던 얼굴은, 세월이 흘러 표독스럽게 변해 있었다.

"이 아름다운 저택도 이렇게 흉측한 장소가 되다니. 말세로군."

소독약 냄새가 싫은지 남작이 얼굴을 찌푸렸다.

"글쎄요. 지금이 더 낫지 않나요? 적어도 사회에 기여를 하고 있으니까요."

매들린의 말에 남작이 흠흠 헛기침을 했다.

"말씀하세요. 어떤 용건 때문에 방문하신 것 같은데."

매들린의 선 긋는 듯한 말에 남작이 혀를 찼다. 참하던 딸이 어찌 저리 독살스럽게 되었는지 한탄하는 것 같았다. 그가 품에서 신문 한 부를 꺼내어 보였다.

"이 신문의 내용이 사실이니?"

매들린이 남작의 손아귀에서 재빨리 신문을 뺏어 들었다. 어제 날짜의 신문에는 휴전 협상을 둘러싼 각국 정상들의 다툼이 헤드라인으로 실려있었고 귀퉁이에는 사진이 있었다. 사진에는 두 사람의 형체가.

"……."

매들린의 표정이 점차 무너지기 시작한 것을 본 남작이 머리를 짚었다.

"백작 각하와 잘해볼 마음은 있는 거냐?"

"무슨 소리……."

"뭐 사진에서 본 바에 의하면 그다지 몸 성히 돌아온 것은 아니다만, 결혼 생활에는 외적인 게 다가 아니다. 물론 생긴 게 중요한 요소긴 하지. 하지만 어차피 잘된 일이다."

"아버지."

지긋지긋하다. 이번에는 매들린이 머리를 짚을 차례였다. 어쩜 이리 속물적이실까.

"지금이라도 정신 차린 거라면 다행이구나. 작위도 작위거니와 이 저택과 영지, 미국의 온갖 부까지……. 너는 노팅엄 가문이 얼마나 풍요로운지 모른다."

그런 가문들의 위세는 총리와 대통령을 넘어서지. 로엔필드 남작의 표정에 공포 어린 경외심이 어렸다.

"그런 이야기는 하고 싶지 않아요."

"노팅엄 씨가 비록 잘생긴 얼굴이라는 큰 장점이 없어졌지만 말이다. 본판은 괜찮은 남자였잖니. 너와 그 둘 사이의 자식도 볼 만할 거다. 아니. 자. 매들린, 네가 한시라도 미모를 유지할 때."

"그만 하세요."

매들린이 그 말과 함께 자리에서 일어났다. 더는 이안과 자신에 대한 모욕을 받아들일 수 없었다.

"그래도 이 신문기사에 따르면 말이다."

"바보 같은 기사예요."

분노로 인한 울분이 터져 나올 지경이었다. 인생의 종말이라느니, 내리막길이라느니. 개소리 집어치우라 그래. 비참한 결말이라고? 누구 마음대로.

이번 생의 그는 다르다. 근거가 있든 없든 주장하고 싶었다. 매들린의 볼이 분노와 짜증으로 인해 장미처럼 붉게 물들었다.

완력만 있으면 제 아버지를 끌어내 쫓아버리고 싶었다. 그녀는 뒤에서 아버지가 뭐라 말하건 응접실을 빠져나왔다. 그리고 곧 막다른 그림자와 마주했다. 그림자의 정체는.

"이안."

매들린의 심장이 무저갱으로 추락했다. 설마…… 그는 응접실로 들어오려고 하다가 둘의 대화 때문에 계속 서 있었던 것 같았다. 다 들었어?

"엿들으려는 의도는 아니었는데, 그렇게 되어버렸군요."

이안이 허탈하게 웃었다. 그의 뒤에는 양복을 입은 남자 두 명이 서 있었다. 사업 이야기를 하러 온 게 분명했다. 매들린의 얼굴이 빨갛게 익었다. 조금 전의 대화를 지금 저 사람들이 다 들었다니 뛰어내릴 곳이 있다면 뛰어내리고 싶었다. 하지만 막다른 길이었다. 이안의 표정은 읽을 수 없었다. 애써 무표정을 가장하고 있는 건지, 뼛속 깊이 그녀를 경멸하고 있는 건지. 경멸해도 할 말이 없었다. 끔찍한 기분이었다.

그녀가 작게 목례한 뒤 한달음에 달려나갔다. 달려나가면서 가정할 수밖에 없었다. 이안은 어쩌면 자신의 청혼을 오해하지 않을까. 재산과 작위를 노린 행위라고 생각하진 않을까.

매들린의 얼굴이 창백해졌다. 그런 추궁과 맞닥뜨리면 항변할 도리가 없었다. 전생에서는 실제로 사랑 없이 재산만을 위해 그와 결혼하지 않았던가. 지금의 제안이라고 해서 뭐가 다르게 보이겠나 싶었다.

"내 탓이야."

거절당한다 해도. 결국, 그가 나를 못 믿는다고 해도 어쩔 수 없는 일이었다. 그를 위해 노력할 각오가 있었다. 전생의 전철을 피하고 같이 행복하게 살고 싶었다. 하지만 이미 늦었어. 늦었다. 시간을 되돌아가서도 그녀는 언제나 이안에게 해만 되는 존재일 터였다. 결국, 떠나는 게 맞을지도 몰랐다.

그렇게 병원 밖을 배회하고 있을 때였다. 그녀 옆에 한 인영이 드리워졌다. 흠칫 놀라 몸을 돌리니, 그곳에는 알링턴이 서 있었다. 언제나 냉랭한 기운을 풍기는 남자였으나 오늘은 유독 더 짜증스러워 보였다. 그가 무심하게 중얼거렸다.

"여기는 내가 담배를 피우는 곳인데."

"그런 게 어디 있어요."

안 그래도 심란해 죽겠는데 약을 올리는 듯한 남자의 말에 괜히 기분이 좋지 않았다. 알링턴이 매들린 쪽을 곁눈질했다.

"속이 상했나 보군요. 로엔필드 양. 평소의 그 긍정적이고 의지 넘치는 모습이 아니네."

그가 담배 한 대를 꺼내 지포 라이터로 불을 붙였다. 그 모습을 지켜보던 매들린이 한숨을 쉬었다.

"별로 속상한 일은 없는데요."

울먹이는 목소리 때문에 별로 설득력은 없었다. 알링턴이 작은 담배 구름을 만들어냈다.

"그 사진 때문에 그런 겁니까."

"……!"

흠칫 놀라 옆을 돌아봤으나 알링턴의 시선은 정면을 향해 있을 따름이었다. 그는 환멸이 가득한 눈매를 일그러뜨렸다.

"그런 가십 따위를 신경 쓰는 사람은 아무도 없으니 걱정 마세요. 누구나 젊은 남녀를 이리저리 엮고 싶어 하는 법이니까."

"누가 신경이나 쓴다구요." 매들린이 고개를 저었다. "물론 노팅엄·백작께는 폐를 끼쳤죠."

"생각은 자유지만, 저는 꽤 반대로 생각하는 편이긴 합니다."

알링턴이 담배를 태워대고, 불편해진 매들린이 병원 안으로
들어가려고 걸음을 뗄 때였다. 그가 돌을 던지듯 무심하게 한마
디를 툭 내뱉었다.

"그거 아십니까."

"네?"

"곧 환자들을 전부 다른 곳으로 옮긴다는 모양이군요."

"……."

"병원은 다시 저택이 될 모양입니다. 뭐. 어쩔 수 없지요. 저도
다시 직장을 구해봐야겠습니다."

그가 피다만 담배를 휴대용 재떨이에 비벼껐다. 놀라워해야
했을까. 아니. 놀랍거나 충격적이거나 배신감을 느낄만한 일은
아니다. 언젠가는 닥칠 일이라고 생각했으니까. 다만 그걸 이렇
게 알게 되는 걸 원하지 않았는데. 한참 얼어붙어 있던 매들린이
이해했다는 듯 천천히 고개를 끄덕였다. 알링턴은 백옥같이 차
갑게 얼어붙은 매들린의 얼굴을 바라봤다.

"어떻게 할 겁니까."

"어떻게… 하다니요."

"갈 곳은 있습니까?"

"어디든 갈 수 있죠. 두 손과 두 발만 있다면."

"계속 간호사로 일할 겁니까?"

어쩐지 남자와의 대화가 빙빙 겉도는 느낌이었다. 그의 저의
를 파악하기란 어려웠다.

"병원에서 일할 수 있으면 좋겠죠."

재능까지는 아니었다. 매들린 로엔필드는 자신이 나이팅게일이라 생각하지 않았다. 그러나 그녀는 환자들을 좋아하는 재주는 있었다. 환자들 역시 대체로 그녀를 좋아했고. 노동 강도만 아니라면 좋은 직업이었다. 그러니까 틀린 대답은 아니었다. 그녀의 대답을 들은 남자의 눈썹 한쪽이 살짝 올라갔다. 흥미로운 표본을 발견한 나비학자처럼 그의 표정이 미묘하게 흔들렸다.

"같이 일해보지 않겠습니까?"

알링턴이 제안했다. 노을이 매들린의 뒤통수를 붉게 물들였다. 여자의 금발이 금실처럼 타올랐다. 매들린의 청명한 눈동자는 숨죽인 저녁의 빛을 흡수했다. 그녀는 연이은 충격에 얼이 제대로 빠진 상태였다. 아버지와의 대화를 이안에게 들킨 것도 모자라서 이제는 알링턴이 폭탄 제안을 날렸다. 지금 그의 제안 속 동기는 순수할지도 몰랐다. 지난 생을 토대로 남자를 재단하는 건 불공평한 처사였다. 그러나 여전히 그를 완전히 믿을 수 없었다. 매들린에게는 뱀 같은 사람이었다.

동시에 그는 알면 알수록 낯선 얼굴을 자꾸만 드러냈다. 지금도 그랬다. 그는 낯선 얼굴로 그녀에게 뜻밖의 제안을 건네왔다. 노을 속에 파묻힌 매들린이 고개를 저었다. 노을빛 때문에 눈이 부신 알링턴은 가늘게 눈을 떴다.

"말씀이라도 고마워요. 하지만 선생님은……."

"저는 정신병원 출신이죠. 매들린. 무엇 때문에 주저하는지 압니다. 정신병원이 그렇게 좋은 이미지가 있는 건 아니니까요."

남자는 매들린이 다른 이유로 거절한다 생각하는 모양이었다. 그가 나름의 항변을 늘어놓았다.

"치료는 성공하기도 하고 때로는 상황이 나빠지기도 하죠. 하지만 그 가운데서도 보람은 있습니다. 이 분야에서의 진일보에 함께하고 싶지 않으십니까. 같이 일하게 된다면 후회하지 않을 거예요."

매들린이 거절의 변을 생각하며 시간을 지체하는 동안 알링턴은 두 번째 개비를 담뱃갑에서 꺼냈다. 성급한 손놀림이었다. 매들린은 눈을 감았다. 분명 이안은 점점 쇠약해져갔다. 하지만 거기에 매들린의 잘못은 없었을까.

*그때의 그가 어떤 표정을 지을지 궁금하지 않습니까?*

지금은 흐릿하고 뿌연 심상들이었다. 먼지 더께가 켜켜이 내려앉은 오래된 사진첩처럼 다시 들여다보지 않는 기억들이었다. 혼란스러웠다. 생각하고 싶지 않았는데. 고통스러운 과거의 잘잘못을 가르는 일은 힘들었다. 하지만 분명한 건, 모든 잘못의 원인을 눈앞의 남자에게 돌려봤자 소용없다는 거였다. 그녀가 다시 눈을 떴을 때 알링턴은 아지랑이처럼 일렁였다.

알링턴은 매들린의 노을빛으로 얼룩지는 얼굴을 바라보았다. 여자가 보여주는 다채로운 빛깔들이 있었다. 지금은 조금 슬퍼하고 있는 빛깔. 알링턴이 썩 마음에 들어하는 빛은 아니지만, 그것도 나름 나쁘지 않았다.

매들린이 근 몇 년간 간호사로서 보여준 성장은 놀라웠다. 그러나 더 놀라운 건, 자신의 제안이 순전히 충동적이었다는 거였다. 솔직히 말해 매들린은 간호사로 적합하다고 할 수 없었다. 그녀는 지나치게 무른 성정의 소유자였다. 연민이 지나치면 좋지 못하다. 환자와는 언제나 일정 거리를 둬야 하는데, 매들린 로엔필드에게는 그런 거리감이 부족했다.

전선에서 족히 수십의 다리와 팔을 잘라냈다. 그런 수술을 집도하면서 환자를 지나치게 연민하면 일을 그르칠 뿐이란 걸 알았다. 정신과적인 진료도 마찬가지였다. 환부를 도려내듯, 옳지 못한 사고방식을 도려낼 뿐이었다. 그가 한숨을 쉬었다.

"백작을 정말 동정합니까. 그렇다면 당신은 정말 보이는 것처럼 순진한 사람입니다."

"역시 그 기사로 저를 놀리고 싶으신 거죠? 아무런 사이도 아니라니까요."

매들린의 일견 부들부들한 외연이 바늘을 잔뜩 세운 고슴도치처럼 변모했다. 순식간의 일이었다. 알링턴이 담배를 손가락 사이에 끼운 채 두 손바닥을 내보였다. 항복.

"오해하지는 마십시오. 당신은 자신의 인생을 스스로 살 권리가 있다는 말을 하고 싶었을 뿐입니다. 제 제안은 진심이니, 재고해주시죠."

"……."

매들린이 찬찬히 알링턴의 얼굴을 훑었다. 그의 얼굴에서 잔술수가 보이지 않는 걸 확인한 매들린이 마지못해 대답했다.

"호의를 베풀어주셔서 감사해요."

이제 노을은 붉은빛을 넘어 자줏빛으로 변모하고 있었다. 알링턴의 냉정한 파충류 같은 푸른 눈이 어두워져갔다. 여기서 남자와 더 이야기를 하고 있을 수는 없었다. 매들린이 억지로 입꼬리를 당겨 웃어 보였다.

"하지만 정말 괜찮습니다."

그녀가 살짝 목례한 뒤 발걸음을 서둘렀다. 병원을 향해 성큼성큼 걸어가는 매들린을 바라보던 남자가 담배 연기를 한숨처럼 내뱉었다.

"저 여자는 끝까지 나를 싫어하는 티를 못 숨기는군." 좀 억울
한데.

그나저나 병원이 문을 닫는다니. 일이 도통 손에 잡히질 않았
다. 결국, 동료들이 매들린의 상태를 눈치채고야 말았다. 수간
호사인 오츠 부인이 그녀를 따로 부르는 지경까지 왔다.

"무슨 일이에요. 미스 로엔필드."

"죄송해요. 실수가 너무 잦아서……." 그녀가 거즈를 접으며
쩔쩔맸다.

"실수는 상관하지 않아요. 그저 당신이 너무 힘들어 보여서 그
래요."

진심으로 걱정하는 듯한 오츠의 얼굴을 보자 안 그래도 침울
한 마음이 더욱 가라앉았다. 주위의 사람들에게 걱정까지 끼치
고 있구나 싶어 자괴감이 내려앉았다.

"걱정해주셔서 감사하지만 저는 정말 괜찮아요. 열심히 할 수
있어요."

"매들린. 늘 생각하지만……."

늘 엄격하던 오츠 부인이 '매들린'이라고 친숙하게 부르는 건
정말이지 드문 일이었다. 그녀의 주름진 엄격한 얼굴에 따스함
이 깃들었다. 하지만, 그녀의 위로는 매들린을 더 슬퍼지게 할
뿐이었다. 눈앞의 스승과, 또 동료들과 곧 헤어진다는 생각에 가
슴이 횟횟해졌다.

"너무 무리하는 것 같아요. 지나치게 자신의 모든 것을 쏟아부
을 필요는 없어요. 이제 다 끝났잖아요."

전쟁이 끝났다는 의미일 테다. 매들린은 고개를 순순히 끄덕였다.

"억지로… 그러니까 역량 이상으로 활달하게 굴 필요도 없어요."

오츠 부인의 말이 맞았다. 매들린의 잦은 실수는 다 그로부터 기인한 것이었다. 힘들수록 더욱 노력하고 유머를 잃지 않으려 했다. 쫓기듯이 살아왔다. 지난 삶의 비참함으로부터, 자신의 잘못으로부터. 그러느라 점차 소진되어 가는 것도 몰랐던 거다. 이제 그렇게 안 해도 괜찮은 걸까. 전쟁도 끝났고 병원도 없어지니까. 매들린은 제멋대로 퐁퐁 솟아 나오는 눈물을 어찌하지 못했다. 오츠가 품에서 깨끗하고 부드러운 손수건을 꺼내 그녀의 눈가를 닦아줬다.

"우리 착한 매들린. 말없이 묵묵히 인내만 하지 말아요."

"오츠 선생님……."

"다 잘될 거예요. 매들린. 당신은 강한 사람이니까요."

그 후로 일주일이라는 시간이 지나갔다. 매들린이 한창 식사 자리를 치우고 있을 무렵이었다. 지하 하인용 식당은 그녀 외에는 사람 하나 없이 고요했다. 그리고 돌연 인기척이 들렸다.

매들린이 반짝거리는 식기에서 시선을 떼 고개를 들었다. 에릭 노팅엄이 문가에 기대어 서 있었다. 흰 셔츠는 소매까지 걷어붙인 채였다. 제대 후 테니스를 하느라 살갗이 살짝 그을려 무척 건강하고 생기 넘쳐 보였다. 그가 특유의 장난기 어린 미소를 지었다.

"……?"

매들린이 손가락으로 자기 자신을 가리켰다. 나? 무슨 용건이라도…….

"매들린, 요새 통 안 보이네요."

"일이 바빠서요."

"그 사진 때문에 그래요? 걱정 마요. 단단하게 경고했으니까 다시는 허튼수작 못 할 거예요."

"그래야겠지요."

매들린의 목소리가 어째 침울하자 에릭 쪽에서 다급해졌다.

"완전 혼쭐을 내줬다니까요?"

"……."

여전히 매들린의 안색이 어두웠다. 에릭이 혀를 찼다. 그가 그녀에게 속삭였다.

"그거 알아요?"

매들린이 고개를 들자 에릭이 환한 미소를 지었다.

"곧 우리 일가친척이 가문 별장에 모인다는 거."

"아… 그래요?"

매들린이 고개를 끄덕였다. 노팅엄 일가친척들이라. 전 생애에서는 얼굴조차 보지 못한 이들이었다. 어차피 그들을 맞이하는 건 그녀의 일이 아니었다. 노팅엄 가문의 사람들은 그녀에게 언제나 유령이었다. 존재하지 않는 이들이었다. 매들린이 처음으로 호기심을 보이자 에릭이 장광설을 늘어놓았다.

"일가친척이라고 해도 그렇게 많지는 않아요. 원래 우리 집안은 방계였는데, 이 이야기를 하려면 복잡하네요. 재산과 작위에 얽힌 지저분한 역사가 있었고, 우리 쪽이 승리했다는 사실만 알아두면 돼요."

그 덕분에 친척들의 절반은 절연한 상태라고 해야 할까. 에릭이 살짝 윙크하듯 한쪽 눈을 찡긋했다. 매들린은 문득 눈앞의 젊은이가 도대체 왜 제게 이 이야기를 꺼내는가 싶었다.

"대서양 너머에 있는 친척들과 우리가 투자하고 있는 기업의 사업가들이 별장에 모여 오찬을 열곤 합니다. 전쟁 때문에 중단이 되었지만."

"그렇군요."

처음 듣는 전통이었다. 나름 매들린 '노팅엄'으로 6년을 살았으나 한 번도 그런 오찬이 있는 줄은 몰랐다.

"이제 전쟁도 끝났고, 논의할 일도 많으니 곧 사람들이 별장으로 올 겁니다. 확인하고 싶은 것도 있겠지요."

"무엇을 확인한다는 건가요?"

"오, 매들린. 그야……." 아무도 없는데 그가 매들린 가까이에 속삭였다.

"우유에 차를 넣느냐, 차에 우유를 넣느냐 정도의 이야기겠죠. 별 이야기겠습니까."

"……."

그녀가 바람 빠진 듯 허탈한 웃음을 내뱉자, 에릭이 머쓱한 듯 웃었다.

"아무튼! 제가 매들린을 부른 건 이유가 있어요."

"……."

매들린의 푸른 눈이 다시 의구심으로 반짝였다. 이제 정말 본론을 말해야겠군. 에릭이 그 모습을 보며 살짝 미간을 찌푸리더니, 목청을 가다듬고 속삭였다.

"같이 별장으로 갈래요?"

"네?"

"모처럼 가족과 친구들이 별장에 모여서 만나는데, 매들린도 같이 가면 어떻겠냐는 거죠."

그 말을 내뱉는 에릭은 무척이나 즐거워 보였다. 매들린은 반대로 심장이 철렁였다.

"하지만 저는 병원에 할 일이 있는데요."

"안 그래도 오츠 부인께 물어봤어요. 듣자 하니 한 번도 휴가계를 낸 적이 없다면서요? 이번 기회에 일주일 푹 쉬죠."

"그렇지만……."

"매들린 로엔필드 양. 이번에 가면 혹시 모릅니다. 좋은 기회가 생길지도요. 가령 병원 이야기가 테이블 위에 오를지도 모르는 일이구요."

병원 이야기가 나오자 매들린의 동그란 눈이 더 동그래졌다. 평소에 차분한 매들린이 호기심을 보이자 좋았는지 에릭이 어깨를 으쓱거렸다. 매들린이 속삭였다.

"그렇다면, 병원에 대한 일들도 그분들이 결정하는 건가요?"

"결정이라. 저희는 합의라는 표현을 더 선호하긴 합니다만."

"아. 죄송해요. 그렇다면 그분들의 마음을 돌릴 수 있을까요? 에릭. 노팅엄 저택을 계속 병원으로 둘 수 없단 건 알아요. 하지만 시간이 좀 더 필요해요."

"……."

"염치없는 건 알아요. 죄송해요. 이곳을 어떻게 하든 제가 신경 쓸 일은 아닌데 말이죠."

매들린이 고개를 푹 숙였다. 그녀의 목소리가 점점 기어가듯이 힘을 잃었다. 불쌍한 여자. 매들린 로엔필드는 병원에 애정이 많은 모양이었다. 필사적이었다. 무엇을 지키기 위해서? 참전 군인들조차 빨리 잊고 뒤안길로 보내고 싶어하는 상처를 계속 되짚고……. 하지만 그런 속마음을 사실대로 말할 수는 없었다.

"저 역시 매들린과 같은 생각이에요. 그래서 더더욱 같이 모임에 가자는 거예요. 매들린의 이야기를 들으면 다들 뜻을 바꿀지도 모르고요."

"하지만 괜히 참석했다가 가족 모임에 누를 끼치는 건 아닌가요."

"다들 친구들을 데리고 오는걸요. 매들린도 우리 집안의 친구고."

에릭이 몇 번이고 안심시키고 나서야 매들린이 고개를 끄덕였다.

"그러면, 제가 참석하는 게 누가 되지 않는다면… 갈게요."

"잘 생각했어요. 콘월의 해변이 코트 다 쥐르는 아니지만 아름답다고요. 같이 테니스를 치죠."

병원 일을 잠시 손에서 떼야 한다는 사실이 어색했다. 어쩌면 오츠 부인의 말대로 일에 중독이 되어버린 걸지도 몰랐다. 부르트고 상처 난 손바닥을 보면서 갖은 상념이 몰아쳤다. 에릭의 친구로서 참석하는 게 맞을까. 내심 가족 모임이 기대가 되었다. 존재조차 몰랐던 별장도 두 눈으로 확인하고 싶었고 사람들도 보고 싶었다. 병원 일을 어떻게 설득할지 막막했지만 말이다.

노팅엄 일가. 전 생애에서는 이안이 거의 보여주지 않은 사람들이었다. 영국과 세계의 경제를 쥐락펴락하는 사람들. 사실 늘 아쉬웠던 것 같다. 왜 제게는 그 잘난 친척들을 소개해주지 않는지 의문이었다. 나를 부끄러워하는가 생각했지. 어리고 미숙한 부인이 부끄러워서 제 사람들 곁에 가까이 두지도 않는 거라 그리 생각했었다. 아무튼 곧 궁금증은 풀릴 터였다.

이번 기회에 그들이 어떤 사람인지 알아볼 수 있을 것 같았다. 병원의 향방에 대해서는 크게 기대하지 않았다. 한 사람이라도 더 설득하면 좋을 텐데. 그래도 무리하지는 말자. 나로 인해 뭐가 바뀔 거라고는 기대하지 말자고. 매들린은 이불을 입까지 끌어올린 다음 노곤한 눈꺼풀을 감았다. 수마에 빠져들 시간이었다.

휴가계를 받아든 오츠 부인은 별말이 없었다. 그동안 쉬지 않고 일을 했으니 마땅히 쉬어도 된다는 식이었다. 휴가 짐을 싸기 시작하면서부터 마음에 걸리는 게 한 가지 있었다. 에릭의 초대도 초대였지만, 이안과 마주하는 게 어쩐지 부끄러웠다. 아버지와의 대화를 어디부터 어디까지 들은 건지는 불분명했다. 처음부터 끝까지 들었다면? 생각만으로도 소름 끼쳤다. 매들린이 고개를 도리질 치며 잡념을 몰아냈다.

별장에서 입을 옷을 정하기 위해 옷장부터 열었다. 최신 카탈로그의 기준에 따르면 참담했다. 전쟁 전에 샀던 얼마 안 되는 옷들은 전부 유행을 한참 넘긴 구닥다리였다. 그나마 가지고 있는 입을 만한 옷들은 전부 작업복이었다. 19년도식 신식 드레스는 없었다. 결국 새 옷을 사야 하나. 나쁘지 않을지도 모른다. 그동안 모은 봉급으로 약간의 여유로운 사치를 부려보는 것도. 소비가 죄악은 아니지 않은가. 매들린은 시내로의 쇼핑을 계획했다. 드레스와 모자, 숄을 사면 될 것 같았다.

그때의 어색한 마주침 이후로 이안을 다시 만나는 일은 좀처럼 일어나지 않았다. 매들린은 부러 먼저 이안을 찾아 나서지 않았다. 그러기에는 수치심이 크기도 했거니와 괜히 남자 앞에서 해명해봤자 오해만 커질 것 같았다. 그런데, 이안이 먼저 매들린을 찾아왔다. 그는 돌격대처럼 매들린을 불시에 기습했다. 병동 교대를 마치고 옷을 갈아입으려는 때였다. 하인용 계단을 올라가던 매들린을 남자가 붙잡았다. 정확히는 불렀다.

"매들린."

그 부름에 매들린이 고개를 돌려 뒤를 바라봤다. 평소의 창백하던 얼굴과 달리 옅은 조도의 불빛 아래에서도 남자의 얼굴이 제법 상기되어 있는 것이 분명했다. 의아했다. 술을 마셨나. 하지만 이안이 술을 마시고 매들린을 찾아올 사람은 아니었다. 매들린이 우물쭈물하고 있을 때, 이안이 거두절미했다.

"왜 그 청에 응했습니까."

"네?"

매들린은 어안이 벙벙해졌다. 그녀가 뭐라고 대꾸하기 전에 이안이 재차 그녀를 채근했다. 갈급한 목소리가 오페라의 한 장면처럼 매들린을 마구 몰아쳤다.

"우리 가문을 너무 얕보고 있는 것 아닙니까."

"저기, 이안. 무슨 말씀이신지 전혀 모르겠어요."

"별장에 가겠다 하지 않았습니까? 에릭이 희희낙락하더군요."

아. 에릭의 청을 받아들인 일을 가지고 하는 말이구나. 매들린의 눈이 차갑게 가라앉았다.

"노팅엄 가문 사람들만의 모임이었다면 저도 부러 참석하는 폐를 끼치진 않았을 거예요. 단지… 에릭이 친구로서 참석해달라고 해서 응했어요."

"지금이라도 거절하세요." 단호한 명령조의 말에 매들린이 살짝 몸을 뒤로 물러세웠다.

"당장 거절하란 말입니다."

당황스러웠다. 그저 친척 모임에 참석한다는데도, 남자는 잔뜩 날이 서서는 자신을 몰아붙이고 있었다.

"제가 당신의 그 잘난 모임과 격이 맞지 않아서인가요?"

"그따위 이유가 중요합니까."

그가 성마르게 말을 내뱉었다. 제가 내뱉은 말에 스스로 얼굴을 구긴 남자가 노기를 가라앉히며 가까스로 숨을 골랐다.

"당신이 알아서 좋을 것이 하등 없는 사람들입니다."

"그 반대겠죠. 그 사람들이 저를 알아서 좋을 게 없는 거 아니에요?"

매들린의 서늘한 질문에 남자의 눈빛이 살짝 흔들렸다. 그래. 당신은 이런 사람이었지. 매들린의 심중 속 어두운 심사가 마구 분출하기 시작했다. 음험하고도 음험했다. 전 생애에서도 친척들로부터 자신을 꽁꽁 숨겨둔 이유가 있었을 테다. 어디 내놓기 송구했겠지. 하자 있어 보였겠지. 여러 가지로 실망스러웠다.

"노팅엄 씨는 제가 부끄러운 거 아닌가요? 지체 높고 부자인 당신의 친지들에게 저를 소개하기도 싫은 걸 수도 있겠군요."

"……."

이안의 얼굴에 진 그림자가 일렁였다. 그가 말을 잃은 사이 매들린이 쏟아냈다.

"가진 것도 없는 데다가 병원에서 일하는 사람이니, 당신 눈에는 얼마나 하찮아 보였을는지 모르겠네요. 하지만 저는 당신이 아니라 에릭의 초청을 받았어요. 친구로서요. 그러니 당신의 허락을 구할 필요는 없어요."

"자기 멋대로 논리를 짜 맞추어내는군. 그래. 좋습니다. 매들린 로엔필드. 당신의 말이 맞다고 쳐요." 이안이 짐승처럼 으르렁거렸다. "하지만 그들을 만나는 건 안 돼. 휴양이 가고 싶습니까? 프랑스, 스페인, 이탈리아. 그 어디든 보내줄 수 있습니다. 말만 하세요. 하지만 별장은 안 됩니다."

"모욕적이네요."

"……." 이안이 그 말에 입을 꾹 다물었다.

"병원을 없애려고 하신다면서요? 이야기 들었어요."

"……!"

어둠 속에서도 남자가 동요하는 건 분명했다. 그의 전신이 꺼지기 직전의 촛불처럼 위태로워 보였다. 그는 집안의 주인이면서도 초대받지 않은 유령 같았다.

"그것 자체를 나무라려는 건 아니에요. 전쟁도 끝나고, 다들 일상으로 복귀해야 하죠. 유감은 없습니다. 하지만 마지막으로 병원을 대표해서 한마디 말이라도 하고 싶어요. 고맙다는 말씀도 드리고 싶고요."

5초간의 침묵이 흘렀다. 남자가 힘겹게 눈을 깜빡였다. 진초록색 눈동자가 어두웠다.

"그렇다면, 어쩔 수 없겠군요. 좋을 대로 하세요. 로엔필드 양. 에릭의 친구로서 즐거운 시간을 보내길 바랍니다."

"……."

"그나저나 그대의 아버지가 굉장히 흥미로운 발언을 하더군요."

이번에는 매들린이 동요할 차례였다. 이안이 한쪽 입꼬리를 주욱 당겨올렸다.

"맞는 말 아닙니까. 다리 없는 병신인데, 돈은 썩어 넘칠 정도로 많죠. 얼마 안 가 죽을지도 모르는 사람인데 유산까지 남겨주니 참으로 훌륭한 신랑감 아니겠습니까."

"무슨… 소리예요."

남자의 언사는 매들린의 마음을 난도질하기 시작했다. 그는 매들린에게만 칼을 꽂는 게 아니었다. 그는 그 말을 하는 자기 자신을 파괴하고 있었다.

"매들린 로엔필드, 내가 당신 청혼을 받아들이지 않는 이유는 간단합니다."

"……."

"난 당신을 계속해서 의심하고 있습니다. 동정심을 구걸했지만, 그조차도 아닐까 봐서. 나는 기만당하고 싶지 않은 겁니다. 괴물 주제에 남에게 이용당하는 건 참을 수 없다니. 참으로 쓸데없는 고집이 아닙니까?" 남자가 이죽였다. "당신 아버지의 빚이 얼마라 했던가요?"

"……."

충격을 받아야 했을까. 모욕감을 느꼈어야 했을까. 그러나 마음은 이미 고통에 둔감해진 상태였다. 매들린이 덜덜 떨리는 손으로 난간을 짚었다. 아주 잠시간 둘은 서로의 얼굴을 바라봤지만 어두침침한 전기등 아래에서는 어떠한 것도 식별할 수 없었다. 지금 눈앞에 있는 건 이안이 아니라 그림자 귀신일지도 몰랐다. 남자가 살짝 목례한 후에 다시 비척거리며 계단을 내려갈 때까지 매들린은 난간을 짚고 있었다.

매들린이 다시 꼿꼿이 섰다. 온몸이 충격으로 부들부들 떨렸다. 힘이 잔뜩 풀린 다리로 계단을 오르는 게 힘에 부쳤다.

*난 당신을 계속해서 의심하고 있습니다. 동정심을 구걸했지만, 그조차도 아닐까 봐서.*

남자는 솔직했다. 자신의 취약함을 있는 그대로 들이밀었다. 그리고 그건 고통스러웠다. 매들린이 폭발할 듯 뛰는 가슴께를 한 손으로 움켜쥐었다. 울음보다는 토가 나올 것 같아 두려웠다. 속이 안 좋았다. 그녀는 휘청거리는 몸뚱어리를 이끌고 방으로 향했다.

매들린은 침대에 누워서도 콩닥거리는 심장 때문에 잠을 이루지 못했다. 진심이 전해지지 않았다는 열패감 때문인지 눈물이 나올 것 같았다. 전생의 업보를 이렇게 받는다면 억울할 일은 아니었다. 그러나 속이 상하다 못해 문드러지는 건 또 어쩔 수 없었다. 단순히 호의를 거절당한 것이었다면 이리 속상하진 않았을 거다.

이안의 마음을 쉽게 열 수 있을 거라고는 생각하진 않았다. 편집증적으로 타인의 호의를 의심하고, 자기비하적이지만 때로는 오만한 남자였다. 하지만 그럼에도 불구하고 그에게서 눈을 뗄 수가 없었다. 그를 가엾게 여기지 않을 수가 없었다. 증오하면서도 말이다.

어느 정도는 진심이 통했다고 생각했는데 전혀 아니었다. 각성된 의지와는 다르게 천근만근 무거운 몸은 점차 수마의 구렁텅이 속으로 모든 것을 끌고 내려갔다. 그렇게 스르르 잠이 들면서 매들린 로엔필드는 오랜만에 과거의 꿈을 꾸었다.

## 스물일곱 살의 매들린

평소의 차가운 모습을 떠올리기 힘들 정도로 알링턴은 다정하게 굴었다. 그는 천의 얼굴을 가진 사내였다. 이제 더는 그와의 관계를 친구 사이라고 단정하기 어려워졌다. 딱 어느 순간부터라고 짚기는 어려웠다. 하지만 이래서는 안 된다는 생각이 들었다.

알링턴이 맞은편에 앉은 매들린의 손등 위에 제 손을 포갤 때였다. 돌연 한기를 느낀 매들린이 불쑥 손을 쳐냈다.

"이제 그만 해요."

주어를 생략했으나 많은 것이 녹아 있는 한 마디였다. 일순 알링턴의 푸른 눈이 선연하게 얼어붙었다. 치밀하고 집요한 눈초리에 매들린이 공연히 몸을 움츠렸다. 따뜻한 얼굴이 자취를 감추고 냉정한 얼음 같은 표정이 떠올랐다.

"그런 식으로 얼마나 많은 주위 사람들을 내친 겁니까?"

"별로 좋아 보이지 않아요. 게다가… 그이에게 좋지 않을 거예요. 치료에 집중하는 것이⋯⋯."

"이안 노팅엄이 불편하다는 이유로 당신은 스스로 자신을 고립시키고 있습니다."

알링턴이 일갈했다. 그러나 아닌 건 아니었다. 매들린은 돌변하는 남자의 모습에 살짝 겁을 먹었으나 이왕 시작한 이야기였으니 매듭을 지어야 했다.

"하지만 이런 행동들…, 위험해요. 적절하지도 않고요."

그때였다. 갑자기 알링턴이 차분한 미소를 지었다.

"어차피 그는 당신을 사랑하지 않나요."

말도 안 되는 소리. 매들린의 뒷골이 짜르르 울렸다. 이제는 무섭기보다는 화가 났다. 그가 나를 사랑한다고?

"무슨 말이죠? 우선 그는 나를 사랑하지 않아요. 그런 게 가능한 사람이 아니에요. 두 번째로, 만약 정말로 그가 나를 사랑한다면 그거야말로 우리가 만나지 말아야 할 이유가 되겠죠."

알링턴이 눈을 가늘게 떴다. 그의 치밀한 파란색 눈이 창백했다.

"정말 아무것도 모르는군요. 매들린 노팅엄."

"……."

"그런 이야기를 차치하고서라도 말이죠. 불공평하단 생각은 안 드십니까. 그는 당신을 새장 속에 가두고 자기 멋대로 하는데, 당신은 아무것도 할 수 없다는 현실 말입니다."

"새장이라니……."

"어때요, 날 전혀 좋아하는 마음이 없어도 상관없어요. 일종의 복수 같은 거라고 생각하면 됩니다."

"복수요? 이상한 이야기네요."

알링턴이 툭. 사탕 과자를 던지는 마녀처럼 군 것은 그때였다.

"그를 떠나서, 공부를 해보고 싶지 않으신가요."

·✿·

노팅엄 가문의 별장인 골베인 저택은 콘월에 위치해 있었다. 그리 '가깝다'라고 할 수는 없었으나 멀다고도 할 수 없는 거리. 자동차로도 충분히 갈 수 있었다. 하지만 난 그곳을 한 번도 방문해본 적 없어.

당연했다. 전생의 백작은 웬만하면 저택을 벗어나려 하지 않았다. 노팅엄 저택은 그의 요새요, 성채였다. 그렇기에 부부 동반 여행 같은 건 상상하기 힘든 일이었다. 가주가 방문하지 않는 별장이었으니, 전생에서 별장은 있으나 마나 한 곳이었다. 사람의 손을 타지 않은 채로 서서히 부식되어가는 건물, 바닷바람을 맞아가며 깎여나가는 이미지가 그곳을 한 번도 방문하지 못했던 매들린의 뇌리 속에 박혔었다.

자동차에 타자 옅은 바람이 매들린의 머리칼을 부드럽게 쓸었다. 태피스트리와 실크로 장식된 조수석은 매들린의 가냘픈 몸체를 부드럽게 지탱했다. 에릭은 운전석에 앉아 신이 난 채로 잔뜩 떠들어댔다.

"행정병이라고 해서 서류작업만 하는 건 아니에요. 이렇게 운전할 일도 많았죠."

"그렇군요."

"그나저나 역시 요즘 자동차는 미국이 제일 잘 만드네요."

지금 그들이 타고 있는 자동차는 제너럴 모터스에서 생산한 것이었다. 앞으로 다가올 20년대를 예견하듯이 차체가 반짝였다. 휘황찬란한 광란의 20년대. 주식은 나날이 천정부지로 솟아오르고, 사람들은 술을 부어대며 바보 같은 짓을 벌였다. 그 뒤에 파국이 오건, 죽음이 오건 아랑곳하지 않았다. 매들린으로선 어차피 다른 세상 이야기였다.

차 앞 유리 너머 장밋빛 석조주택이 나타났다. 노팅엄 저택보다는 규모가 아담했지만, 훨씬 후대에 지은 태가 나는 자못 호감가는 건물이었다. 부드러운 사암으로 지어진 멋진 집. 차는 곧 별장 앞 마당에 도착했고, 에릭은 다시 중산모를 걸쳐 썼다. 그는 이미 주차되어 있는 차 한 대를 보며 쾌재를 불렀다.

"우리가 제일 늦게 도착하진 않은 모양이네요."

이사벨은 이사벨의 친구들을, 이안은 이안의 친구들을 데리고 도착하기로 했다. 차 한 대가 이미 있어서 1등은 아니란 게 분명했으나 일찍 도착한 편이었다. 매들린이 주위를 둘러보며 눈을 가늘게 뜨자 에릭이 무슨 생각을 했는지는 몰라도, 그녀에게 부드러이 말했다.

"걱정 마세요. 외관은 이래 보여도 안에는 방이 꽤 많으니까. 모두가 다 머무를 공간은 충분히 됩니다."

에릭이 가슴을 살짝 두드리며 자신감을 드러냈다. 매들린이 그저 힘없이 웃었다. 그녀는 별장 안으로 들어가기 전 자신의 복장을 살폈다. 오늘 매들린이 입은 하늘색 드레스는 그녀의 부드러운 금발과 어울렸다. 또한, 그녀가 걸친 크림색 스카프와 남색 모자 역시 보기 좋았다. 전체적으로 수수하지만, 그렇다고 마냥 초라하지만은 않은 차림새였다. 그렇게 차려입은 매들린이 에릭과 내리자 별장의 게이트가 열렸다. 문 앞에 별장관리자와 가족들이 나와서 둘을 맞이했다.

"잘 도착하셨습니다. 큰 마님과 주인님은 이미 여장을 풀고 계십니다."

"그래요. 여기는 내 친구 매들린 로엔필드 양입니다. 로엔필드 남작의 외동딸이죠."

별장관리자는 매들린의 얼굴을 무례하지 않은 선에서 훑은 다음 고개를 끄덕였다. 쓸데없는 질문을 던지지 않는 무뚝뚝한 성정의 그는 전쟁에서 무사해서 다행이라는 둥, 아름다우시다는 둥 흰소리는 일절 하지 않았다. 대신 그가 둘을 내부로 인도했다.

골베인은 겉으로는 석조였지만 내부는 목조 골재로 이루어진 집이었다. 음울한 고딕 분위기를 내는 노팅엄 저택과는 딴 판으로 화사한 느낌의 인테리어였다. 1층의 중앙 홀을 지나 2층으로 올라가자마자 보이는 방이 매들린의 방이었다. 그녀가 방문으로 미끄러지듯 들어가기 직전, 에릭이 속삭였다.

"틈나면 같이 바닷가도 가요. 콘월의 바닷가가 아주 아름답습니다. 물론 스페인의 해변에 비할 건 못되지만요."

"……."

"언젠가는 스페인의 해변도 다 같이 가죠!"

매들린이 고개를 살짝 끄덕였다. 방문을 닫고 나서야 깊은 한숨이 나왔다. 다행히도 이안 노팅엄을 마주치는 일은 없었다. 그날 밤에 있었던 대거리 이후로 그녀는 그가 너무나도 미웠다. 그러나 마냥 증오스럽다고 할 수도 없었다. 그보다는 갈무리되지 않은 채 남아있는 석연찮은 감정들이 있었다. 매들린이 잠시 침대 끄트머리에 앉아 고개를 숙였다. 즐거운 여행의 시작에서부터 어쩐지 느낌이 안 좋았다.

그녀가 이안을 다시 만난 건 저녁 식사 때였다. 이사벨은 여태 도착하지 않은 채여서, 선대 백작부인은 잔뜩 날이 서 있었다. 별개로 이안의 친구들인 조지 콜하스와 헨리 멈포드는 매들린을 무척 살갑게 맞이하며 호들갑을 떨었다. 이안만이 그녀를 무연히 쳐다볼 뿐이었다. 그 멀뚱함에 저도 모르게 흠칫한 매들린이 더더욱 정답게 굴었다.

"이렇게 다시 뵈어서 너무 반가워요. 콜하스 씨, 멈포드 씨. 런던에서 만났던 게 지난 생의 일 같네요."

"정말이지 오랜만입니다. 지난 생의 일은, 무슨 기원전의 일

같군요. 로엔필드 양."

콜하스는 생채기 하나 없었다. 그 멀쩡한 모습이 의외긴 했다. 이안이 그를 구하고 다쳤기에 남자도 많이 다쳤을 거라 생각했기 때문이었다. 헨리 멈포드 역시 겉으로 별 외상이 없는 것처럼 보였다. 그는 여전히 관망하는 듯한 나른한 얼굴을 하고 있었다.

조지가 한참 매들린의 근황에 대해서 꼬치꼬치 캐물은 다음 목청을 가다듬더니 돌연 선언하듯 말했다.

"그나저나 저는 곧 약혼을 하게 될 것 같네요. 이런 소식을 갑자기 전하게 되어 미안하지만, 물론 로엔필드 양처럼 아리따운 숙녀는 아닐지도 몰라요. 그래도 제 눈엔 가장 아름답습니다."

"아, 정말 축하드려요."

매들린이 진심을 담아 축하를 건넸다. 상대는 유명 미국 은행가의 여식이라 했다. 은근히 그 사실을 자랑하는 듯한 말투가 있긴 했으나, 조지는 진심으로 약혼자를 사랑하는 것 같았다. 그가 한참 약혼녀 자랑을 늘어놓았다.

"정말 사랑스럽기 그지없는 여성이죠. 그나저나 로엔필드 양. 에릭이라니. 깜짝 놀랐습니다. 전혀 예상하지 못한 조합이라서. 곧 좋은 소식을 들을 수 있는 건가요?"

"……."

그가 그 말을 내뱉은 때였다. 테이블 위의 분위기가 갑자기 얼어붙었다. 선대 백작부인은 헛기침을 해댔고, 나머지 사람들은 테이블만 쳐다볼 뿐이었다. 매들린이 입을 달싹이며 대답을 하려 했으나 말이 잘 나오지 않았다. 삼초 간의 침묵이 지나고 난 때였다.

"아. 내가 너무 넘겨짚었나. 불쾌한 발언이었다면 사과드리겠습니다. 다행히도 꼬마 에릭과 로엔필드 양은 친구 사이군요."

다행히도 조지 콜하스는 눈치가 빨랐다. 그가 다소 능청스럽게 상황을 모면했다.

"그나저나 이사벨은 늦게 오는 건가."

에릭이 뒤이어 중얼거렸다. 아. 이사벨. 어쩐지 근래 기운이 없어 보였다. 그녀에겐 어쩐지 선뜻 다가가기 힘든 절망감이 뿜어져 나왔다. 매들린조차도 그녀에게 쉽게 말을 걸기 어려웠다.

"아예 오지 않을지도 모르겠구나." 선대 백작부인이 덤덤한 투로 말했다. "차라리 그게 낫다. 그 아이가 저번 모임 때는 소동을 일으켰잖니. 아, 다들 시장할 텐데 먼저 식사부터 들죠."

백작부인이 서둘러 식탁 위의 벨을 울렸다. 곧 요리들이 나오기 시작했다. 이전의 화려한 코스 식사라기보다는 전채와 한 그릇 요리로 이루어진 평범하되 맛있는 한 끼였다.

일행이 전채를 마무리할 때였다. 딩. 딩. 바깥에서 투박한 차임벨 소리가 났다. 나타난 사람은 이사벨이 아니었다. 처음 보는 남자가 짝다리를 짚은 채 인사를 건넸다. 그는 잘 재단한 쓰리피스 슈트에 모자를 쓰고 있었고 키가 컸다. 온화한 다갈색 눈과 머리칼 때문일까, 젊게도 보였고 중년의 나이로도 보였다. 미남이라 할 만했다. 무엇보다 밝은 에너지가 그의 전신에서 풍기는 것이 인상적이었다.

"늦은 시간에 죄송합니다. 마리아나. 하지만 저는 미국인이잖아요. 아무리 몇 번을 왔어도 이곳 지리를 잘 모르는지라 찾아오는 데 고생을 한답니다. 택시 팁으로 얼마를 지불했는지 들으면 놀랄 겁니다."

남자가 내뱉는 미국 억양이 비단뱀의 비늘처럼 매끈했다. 그가 이안과 악수를 하며 친한 척을 했다. 이안 역시 고개를 끄덕였다. 그가 이안에게 작게 속삭이는 걸 의도치 않게 들었다.

"이사벨은 오지 않았나 보네."

"그런 것 같군."

이사벨이라니, 가족과 꽤나 막역한 사이인가. 그러나 매들린은 그의 존재조차 몰랐다. 그도 그럴 것이 전생에 부부의 연이었다는 사실이 무색할 정도로, 매들린은 이안에 대해서 몰랐다. 의도적인 무지였다.

손님은 그뿐이 아니었다. 뒤이어 사람들이 더 들어왔다. 꼬장꼬장해 보이는 노부인, 어쩐지 표독스러워 보이는 중년의 부부, 카랑카랑한 노인, 귀족인 사람들, 그렇지 않은 사람들, 변호사, 학자 등등 면면이 다양했다. 모습은 다양했으나 하나같이 지체 높고 부유한 이들이었다.

노팅엄 가문 비밀 집회의 구성원들을 보며 매들린은 제 모습이 갑자기 부끄러워졌다. 지금 아무런 보석이나 장신구도 하고 있지 않은 사람은 자신뿐인 것 같았다. 그도 그럴 것이 지금 별장에 모인 사람들은 남녀 할 것 없이 화려했다. 남자들은 비싼 시계를 찼고, 여자들은 무거운 보석 장신구를 착용하고 있었다.

연이은 손님들의 등장으로 인해 저녁 식사는 거의 파장 분위기였다. 결국, 식사는 중단되었고 모두가 흡연실에 모여 차를 들게 되었다. 매들린은 그들의 이름조차 다 외우지 못해 애를 먹었다. 한창 사교계에 있을 때에는 그런 능력이 발달했는데, 병원에 있다 보면 환자들 이름 빼고는 도통 외워지지 않는다. 더더군다나 긴 귀족식 이름이나 칭호 따위를 기억할 수 있을 리 없다.

다행히 매들린에게 신경 쓰는 사람들은 없었다. 에릭을 제외하고는 아무도 그녀에게 먼저 말을 걸지 않았던 것이다. 거북스러운 건 그들의 외양뿐만이 아니었다. 대화의 주제는 시종일관 무겁고 진지했다. 화목한 가족회의를 예상했던 매들린으로서는 당혹스러운 일이었다.

"그나저나 곧 파리에서 협상이 이루어지겠군요."

미국에서 온 홀츠먼이 능글맞게 웃었다. 그 말에 성마르게 생긴 노인이 반응했다.

"우리 몫을 정당하게 주장할 수 있어야겠죠."

'우리 몫', 이런 자리에서는 그저 방긋방긋 미소 짓는 게 최선이었으나 어쩐지 껄끄러운 단어 선택이었다. 다른 사람이 말했다.

"그래도 미국 정부는 아마 배상금 협상에 소극적일 겁니다. 이미 빈털터리가 된 독일을 더 자극할 필요는 없으니까요."

"그건 그들의 사정이죠. 미국 자유국채를 우리가 얼마나 샀는데. 두고 봅시다. 윌슨 대통령도 언젠가는 우리네에게 진 빚을 갚아야 할 겁니다."

노인이 다시 일갈하자 사람들이 이리저리 의견을 내놓기 시작했다. '빚', 매들린이 차를 마시며 곰곰이 발언을 되뇌었다. 그들이 내뱉는 단어들에 머리가 어지러웠다. 매들린은 이안이 자신을 흘깃흘깃 쳐다보는 시선을 느끼지 못했다. 그녀는 안절부절못하는 제 모습이 눈에 띄지 않으리라 생각했다.

국제 성세에 대한 이야기를 나누는 남자들은 연신 파이프에 담배를 채워댔다. 그들이 내는 담배 연기로 온 방이 자욱했고 눈물이 찔끔 나올 지경이었다. 얇은 손수건을 꺼내 눈물을 점찍어 닦아냈다. 그때 누군가가 백작부인을 향해 친근하게 말했다.

"그나저나 마리아나. 저택이 병원이 되었다니요."

"아. 안 그래도 그 건에 대해서 논의하려고 했어요." 백작부인의 목소리에는 어쩐지 자신감이 없었다.

"제 의견을 묻는 거라면 역시 그만두는 게 좋겠습니다."

"어째서죠?"

"일단 마리아나, 당신답지 않아요. 집안에 병원이라니 통제하기 어렵지 않겠습니까."

"……."

가만히 있던 사람들이 주저하며 한마디씩 덧붙이기 시작했다.

"맞습니다. 이건 우스꽝스러운 일입니다. 부인, 차라리 재단을 설립하는 게 나아요."

"그들이 어떻게 돌변해서 해코지를 할지 압니까. 빨리 당장 내보내세요."

"환자들도 사회로 돌아가야죠."

그렇게 한참을 사람들이 떠들썩하게 굴었다. 매들린은 끼어들지도 못할 정도로 비판적인 분위기였다. 종지부를 찍은 건 존 벨린저 노팅엄이라는 이름의 사촌이었다.

"애국자가 응당 할 멋진 행동이긴 하지만 이제 끔찍하고 괴로운 전쟁을 신경 쓰는 사람은 아무도 없어요. 따지고 보면 우리도 할 도리는 다했지요. 우리 가문 젊은이가 이렇게 다친 걸 보면 마음이 얼마나 아픈데요. 하지만 감상적인 자선사업가처럼 굴 일은 아닙니다."

감상적인 자선사업가. 매들린은 멍했다. 지금 나오는 날것의 이야기들에 정신을 차리기 어려웠다. 하지만 조금 뒤 그녀가 받게 될 충격에 비하면 아무것도 아니었다.

매들린은 점차 머릿속의 생각들을 정리해나갔다. 노팅엄 가문 사람들은 전쟁 중에 미국 채권을 사 재산을 불렸다. 또 독일에게 막대한 배상금을 매기는 데에 지대한 관심을 가지고 있었다. 물론 그렇다고 해서 그들에게 애국심이 없다고 할 수는 없었다. 애국심과 이해타산은 배치되는 개념이 아니었다. 전쟁은 언제나 그들에게 사업이면서 의무였다.

그들이 어째서 귀족의 황혼 시대에 몰락하지 않았는지를 알 수 있는 대목이었다. 그들은 허영과 실속을 동시에 챙기는 부류였던 것이다. 모두가 돈을 쫓는 시대에 비난할 거리는 아니었지만, 매들린은 그들의 그런 냉정함이 조금 무서웠다. 노인이 백작 부인을 향해 마지막 질문을 날렸다.

"혹시 그렇게 하면 그 살인적인 상속세 면제가 됩니까? 그러면 나도 내 집을 잠시 헌납하고 싶군요."

이안이 앉은 지 처음으로 말을 먼저 꺼냈다. 그의 얼굴은 석고상 가면처럼 감정을 드러내지 않았다. 일종의 불투명함이라고 해야 할까. 그는 제 감정을 전혀 드러내지 않았다.

"모두가 우려하시는 바는 이해합니다. 하지만 저희가 그저 자선사업을 위해서 병원을 운영하는 거라면 오해라고밖에 할 수 없군요. 일단 제가 거동이 불편하지 않습니까. 병원은 제 치료를 위해서도 필요합니다."

이안이 자신의 치부를 아무렇지 않게 드러내며 어머니를 보호했다. 그가 재떨이에 얇은 담배를 꽂아 거꾸러뜨렸다. 이제 이 주제에 대해서는 그만하라는 무언의 제스처였다. 홀츠먼이 가만히 그 모습을 보다가 손바닥으로 탁자를 두드렸다.

"자. 우울한 이야기는 나중에 하고 다 같이 게임이나 하지요."

손님들이 자아내는 분위기에는 지독한 구석이 있었다. 그들에게는 순진한 우월의식이 있었다. 마치 흙 위의 개미를 죽이는 아이들 같은.

매들린은 종잡을 수 없는 불편감을 안고 브리지 테이블에 앉았다. 사람들은 브리지 카드게임을 하기 위해 여덟 명씩 나누어 테이블에 앉았다. 다행스럽게도 매들린은 이안과 다른 자리에 배정되었다. 그러나 하필이면 홀츠먼이 옆자리에 앉아 있었다. 어쩐지 전혀 호감이 가지 않는 남자였다. 그는 능글맞게 웃으며 매들린을 곁눈질했다.

"로엔필드 양. 에릭과'도' 친구라고요."

"아, 네⋯⋯."

"이사벨이랑 친하다고도 들었어요."

"네."

"의외네요."

매들린은 그 말의 저의를 알 수 없었다. 저이가 왜 저렇게 능구렁이처럼 웃는지도. 그가 갑자기 보이는 관심이 무척 껄끄러웠다.

"저는 당신의 부친을 잘 압니다."

버터 같은 미국식 억양이 광고표어처럼 들렸다. 그래서인지 매들린의 대답이 한 박자 느렸다.

"네."

이 남자가 자신의 아버지를 안다는 걸 놀라워해야 할까. 매들린은 최대한 짧게 대답했다. 그와 말을 섞을수록 좋을 일이 없을 것 같았다. 손끝에서 착착 카드를 섞는 소리가 났다. 남자가 의뭉스러운 말 한마디를 던졌다.

"유럽 본토에 투자한 건 전쟁이 아니었더라도 큰 손실이 날 수밖에 없는 결정이었죠. 유감을 표해요."

저 사람 뭐지. 매들린은 제 불행을 비꼬는 듯한 그의 말투가 적잖이 거슬렸다. 그러나 남자는 아랑곳하지 않았다.

"……."

"저 같았으면 석유에 베팅했을 겁니다. 록펠러라는 유망한 젊은 기업인이 있어요. 그는 앞으로도 계속해서 잘 될 수밖에 없을 겁니다. 똑똑한 사람이니까요."

그 말을 하며 남자가 카드를 스르륵 펼쳤다. 부채꼴처럼 펼쳐지는 카드가 마치 그의 손 밑에서 살아움직이는 것 같았다.

"모든 것은 타이밍이죠."

그가 매들린의 말은 궁금하지도 않다는 듯이 굴었다.

"시간을 놓친 사람은 모든 승부에서 질 수밖에 없어요. 한번 거절한 기회는 다시 오지 않으니까요."

말에는 작은 가시가 돋쳐있었으나 말투 자체는 석유처럼 능글맞았다.

실전이었다면 굉장히 많은 돈을 잃었을 것이다. 이미 기분이 가라앉을 대로 가라앉은 매들린은 결국 게임을 기권했다.

그녀는 잠시 바람을 쐬기 위해 자리를 비웠다. 아무도 없는 발코니에 나가자마자 억눌린 한숨이 비집어져 나왔다. 오랜만의 '사교계'인데 전혀 즐겁지 않았다. 병원에서 환자들과 하던 떠들썩한 파티보다 재미있기를 기대하는 건 아니었다. 지금은 어쩐지 숨이 막히는 느낌이었다. 그냥 이대로 방에 들어가야겠다. 남은 시간 동안 꼼짝없이 이 별장에서 손님 행세를 해야 한다는 사실에 기운이 빠졌다.

그리고 그때였다. 몰래 제 방으로 들어가려던 매들린이 흡연실에서 흘러나오는 대화 소리에 돌연 발걸음을 멈췄다. 한둘이 아니라 여러 명이 열띤 대화를 나누고 있었다.

"뒷말을 하고 싶지는 않지만, 참 부적절하군."

중년 남성의 목소리였다. 부적절하다니? 매들린이 귀를 쫑긋 세워 대화의 내용에 집중했다.

"참, 에릭의 친구라니요. 외모는 봐줄 만한데 좀 뻔뻔스럽지 않나요. 교육도 받은 여성이 어쩜 그리 낯이 두꺼운 거예요? 에릭도 그렇고. 어떻게 이안의 청혼을 거절해놓고 저럴 수 있어요?"

이번에는 나이든 여성의 목소리였다. 매들린의 심장이 철렁 내려앉았다. 그들이 성토하고 있는 '뻔뻔스러운 사람'은 다름 아닌 바로 자신이었다.

"에릭은 어린 마음에 그런 분별없는 행동을 한 거겠지. 형이 건드렸으니 다 좋아 보이는 거야. 그리고 요즘 젊은 여성들은 독살스러운 데가 있으니까 당신이 이해해."

형이 건드렸으니 다 좋아 보이는 거라니…….

"그래도 눈살이 찌푸려지네요. 한몫 잡아보겠다는 심보인지. 귀족으로 길러졌다는데 그것도 거짓말 아니에요? 전 역시 마리아나를 이해할 수 없어요. 어째서 저런 여자를 보고 놔둘 수 있는 건가요."

"하긴 너무하지. 이안이 그렇게 되어 돌아왔으니 둘째에게라도 손길을 뻗어보겠다는 생각인가 봄세. 마리아나도 병원 놀음을 하기보다는 내부 단속을 하는 게 좋겠어."

'……'

"이안이 불쌍해요……."

울먹이는 목소리를 듣자 더는 참을 수 없었다. 그녀는 비틀거리며 어두운 복도 속으로 몸을 피했다. 그림자 속으로 침잠한 몸이 사후경직처럼 뻣뻣하게 굳었다. 피가 차갑다 못해 얼음이 되어 그대로 혈관에 멈추어있는 것 같았다. 그러나 처음의 충격이 가시자 이내 담담해졌다. 내용은 너무하지만 어느 정도 납득할 수 있었다.

냉정하게 생각해보자. 아무런 연줄도, 물려받은 재산도 없는 젊은 여성이 가문의 차남과 함께 나타난다면 누군들 그런 식으로 해석할 수밖에 없다. 게다가 그 젊은 여성은 이미 장남의 청혼을 거절한 전력이 있다. 아무리 순수히 '친구'임을 강조해봤자 노림수가 있는 걸로밖엔 보이지 않을 테다. 이안의 상태를 보고 차선책을 잡아챈 그런 여자라고 생각할 수밖에.

앞서 조지의 오해를 떠올렸다. 직설적인 조지라서 그 망정이었지, 다른 사람들은 얼마나 자신이 보기 싫었을까 싶었다. 오랫동안 일만 하느라 타인의 눈에 자신이 어떻게 비칠지는 생각하지도 못한 건가. 뒤늦게 후회가 밀려왔지만, 별수 없었다.

*이안이 다쳐서 돌아왔으니 둘째에게라도 기대보려는 거야.* 그 말은 대못처럼 그녀의 심장을 꿰뚫었다. 자기연민보다는 이안에 대한 죄책감이 더 컸다. 대화를 나누고 있는 게 누구인지 알고 싶지도 않았고 뭐라 책망하고 싶지도 않았다. 그저 아무도

없는 곳으로 피신하고 싶었다. 아무튼 지금 너무 오래 자리를 비웠다. 누군가가 자신을 찾으러 갈 수도 있었다. 그전에 돌아가야지. 그녀가 조심스럽게 발을 뗐다. 그리고 그때, 그녀는 단단한 몸과 마주 부딪쳤다.

"죄송합니다."

작은 목소리로 사과하며 고개를 살풋 숙였다. 뒤로 자빠질 뻔한 그녀의 허리를 뜨겁고 단단한 손이 지탱했다. 어둠 속의 그림자가 낮게 속삭였다.

"여길 나가죠."

이안. 매들린이 고개를 들자, 자신 앞에는 남자가 있었다. 어쩐지 훨씬 커 보이는 이안 노팅엄. 남자가 묻지도 않은 채로, 매들린에게 손짓했다.

별장은 겉보기에는 수수하지만 굉장히 미로처럼 복잡한 곳이었다. 다행히 남자를 따라가자 별장의 후원으로 빠져나올 수 있었다. 매들린은 신선한 바깥 공기와 밤하늘을 수놓은 별을 보며 다시금 숨을 쉴 수 있었다. 옆에 선 이안은 아무렇지 않게 안 주머니에서 담뱃갑을 꺼내고 있었다. 매들린이 그 모습을 보다가 이안의 손목을 잡았다.

"이안."

"무시하세요."

"……."

"원래 가십을 좋아하는 치들입니다. 내가 당신을 말렸던 건 그들이 원래 저열한 작자들이기 때문에……."

"아니에요. 사교계를 너무 오랫동안 외면했더니 분별력도 눈치도 없어졌나 봐요. 조금만 생각해봐도 오해를 살 만했죠. 제가 모자랐어요."

"......."

"저는 당신 가문의 뭣도 아니잖아요."

그녀가 과장된 웃음을 지었다. 지극히도 비참한 상황이었으나 그럴수록 씩씩하게 보이고 싶었다.

"당신이 왜 아무것도 아닙니까."

성난 어조였다. 남자의 답답함이 적나라하게 드러났다. 달빛이 그의 형형한 한쪽 초록 눈을 비추었다. 매들린이 그런 무시무시한 남자를 올려다보며 씁쓸히 웃었다. 이럴 때의 그가 이제는 무섭지 않으니, 참 신기한 일이었다.

"절 위로해주시는 건 감사해요. 아까 전의 배려도 그렇고요. 물론 애초에 좀 제대로 차근차근 이유를 설명하셨더라면 좋았겠지만요."

"미안합니다. 말주변이 없어서."

전쟁 전에도 이안은 현란한 언변으로 밀어붙이는 타입은 아니었다. 그에게는 언제나 살짝 강압적인 구석이 있었다.

"아니에요. 사실 저 같아도 '내 친척들이 널 싫어할 게 분명하니 참석하지 마'라고 말할 순 없을 것 같거든요. 역시 제가 알아서 판단할 문제였어요."

하하. 매들린이 어깨를 으쓱해 보였다. 이안은 말없이 매들린의 너스레를 지켜봤다. 그 시선이 조금 신경 쓰인 매들린이 하늘 속 별을 바라보며 말했다. 예전처럼 또렷하게 보이지 않는 별들은, 희뿌연 안개처럼 흐리고도 흐렸다. 잘 보이지 않는 별들은 그녀에게 있어 마치 불투명하고 흐릿한 자신의 미래를 보는 듯했다.

"앞으로 며칠은 이곳에서 따가운 시선을 견뎌야겠죠. 불평하는 건 아니에요. 제가 자초한 일이니까요."

"돌아가고 싶습니까."

당장이라도 그녀를 돌려보내기라도 할듯한 남자의 말에 매들린이 고개를 도리질했다.

"중요한 모임인데 제가 분위기를 깨뜨릴 순 없지요. 이안."

한 박자. 남자가 숨을 들이쉬는 습윤한 소리가 들렸다.

"나갑시다."

답지 않게 남자의 목소리에는 설익은 열렬함이 가득했다.

"네?"

"제가 견디기 힘들어서 그럽니다."

남자가 매들린을 향해 고개를 숙였다.

"밤의 바다가 갑자기 보고 싶군요."


전 생애와 현 생애를 통틀어서 밤의 바닷가는 처음이었다. 매들린 로엔필드는 폐부에 들이찬 짭조름한 공기에 전율했다. 가스등이 비추는 모래사장이 어쩐지 은색 융단 같았다. 운치가 남달랐다. 안개 때문인지 떨어진 시력 때문인지 주위가 몽롱하게 느껴졌다. 갈매기 우는 소리와 파도가 철썩이는 소리만 아득하게 들릴 뿐이었다.

뜨거웠던 바람은 한결 열기가 가셨다. 미풍이 그녀의 흰 목덜미를 어루만졌다. 굽이치는 금발 머리가 가스등에 반사돼 백금처럼 빛났다. 이안은 한 발자국 뒤에서 걸으면서, 그 광경에 갈증을 느꼈다. 어째서일까. 누군가와 함께하는 와중에도 그 사람을 그리워할 수 있다는 사실이 이상했다. 둘은 천천히 바닷가

옆 인도를 걸었다. 휴가철이라서 그런지 인적이 아주 없지는 않았다. 지나가는 사람들마다 힐끔힐끔 두 사람을 곁눈질하는 것이, 밀회의 현장쯤으로 생각하는 모양이었다. 침묵을 먼저 깬 것은 매들린이었다.

"이안. 앞으로는 악역을 떠맡지 말아요."

"그런 적 없는데, 이상한 일이군." 남자가 픽. 바람 빠진 웃음소리를 냈다. 악역이라니.

"제가 뭔가 실수를 하거나 잘못할 것 같으면 제대로 말해달라구요. 괜히 못된 말해서 제가 오해하게 만들지 마세요."

"미안하오." 이안이 비집어져 나오는 미소를 숨겼다.

"사과하라는 이야기는 아니었고요."

반 발자국 앞서가던 매들린이 갑자기 발걸음을 멈췄다. 그러자 남자도 제자리에 섰다.

"요즘 시력이 안 좋아진 것 같아요."

"……."

남자가 미간을 찌푸렸다. 매들린이 멀리 있는 표지판을 가리켰다.

"저게 안 보이네요."

"열 살 미만 수영 금지."

"큰일 났네."

밤이라서 안 보이는 줄 알았는데 그냥 시력이 안 좋은 거였어. 안경을 맞춰야 하나.

"지나치게 열심히 공부하니까." 남자가 작게 중얼거렸다.

매들린이 고개를 들어 뒤를 올려다봤다.

"일도 공부도 좋지만, 좀 쉬면서 하라는 거요."

"제가 밤새워 가면서 공부하는 건 어떻게 아셨어요?"

"그야……."

남자의 말이 갑자기 뚝 끊겼다가 간신히 이어졌다.

"이사벨이 그러더군."

어쩐지 궁색하게 들리는 대답이었다.

"아하……."

매들린이 가늘게 눈을 떴다. 장난기 어린 표정은 이내 담담하게 바뀌었다.

"이번 한 번은 더 캐묻지 않을게요."

남자가 바람 빠진 웃음소리를 냈다. 매들린이 큭큭거렸다.

"그나저나 이안. 병원에 대해서 고민 많을 것 같아요."

"……."

"편하게 결정해요. 이사벨도 알고 있어요. 이걸 영원히 계속할 수는 없다는 거. 아쉽긴 하겠지만, 각자 할 수 있는 다른 역할이 있을 거예요."

"병원이 없어지면."

"……."

"떠날 건가?"

둘은 서로의 얼굴을 쳐다보지 않았다. 걸음은 점차 느려졌고, 매들린이 먼저 멈춰 섰다.

"떠날 건가?"

"……."

그대로 멈춰선 매들린은 잠시 생각했다. 사실 생각할 게 많지도 않았다. 답은 이미 정해져 있는 거나 다름없었다. 그녀가 애달픈 미소를 지었다.

"떠나야지요."

매들린은 흉중 깊이 우러나오는 온유한 표정으로 이안을 바라봤다. 그러나 남자는 그녀를 쳐다보지 않았다. 어쩌면 필사적일 정도로 시선을 피하고 있었다. 당황이 역력했다. 안타까워진 매들린이 말을 이어나갔다.

"이안. 당신이 행복하기를 바라요. 좋은 사람들을 만나기를 바라고, 앞으로 하고 싶은 거 다 하면서 살기를 바라고요."

어쩐지 후련하고 섭섭한 기분이 들었다. 말하면서 생각이 정리되는 것 같았다.

"당신에게 청혼했을 때에는… 솔직히 '제가' 당신을 행복하게 만들 수 있을 거라 생각했어요."

"……."

"하지만 그건 오만이었어요. 사람은 누군가에게 구원받을 수 없어요. 또 다른 누군가를 일방적으로 구원할 수도 없죠……. 더군다나 저 같은 사람이 당신을 구원한다니. 말도 안 되죠. 우리는 그저 서로를 조금씩 도와나갈 수 있을 뿐인 거예요."

이전과는 조금씩 다른 선택을 해나가고 다른 실수와 다른 성공을 반복해가며 항로를 수정할 수밖에 없다. 그 결과가 또 다른 실패여도 어쩔 수 없다.

사람은 완벽하지 않다. 사람은 쉽사리 달라지지 않는다. 어쨌거나 자신이 이안을 구한다거나, 이안이 자신을 구하는 극적인 일은 일어나지 않는다. 그저 서로에게 호의를 베풀며 축복을 기원해준다면 그걸로 괜찮다. 그 기억들로 살아갈 수 있을 테니까. 그것은 그녀가 두 번째 생을 살아오면서 느낀 첫 번째 깨달음이었다.

매들린은 진심으로 이안 노팅엄의 행복을 빌었고, 그 감정이 그에게 전해지기를 바랐다. 그녀가 목발을 쥔 이안의 손을 감쌌다. 작고 부드러운 손은 따뜻했다. 그 온기가 남자의 투박한 손을 녹이기 시작했다. 그녀가 기도하듯 그렇게 양손으로 남자의 손을 잡고 고개를 숙였다.

"고마워요."

내 인생에 나타나줘서. 남자는 자신이 비명을 지르고 싶은 기분인지, 울고 싶은 기분인지, 아니면 하다못해 웃어버리고 싶은 기분인지 알 수 없었다. 셋 다 정답일지도 몰랐다.

분노일까. 그것도 맞다. 매들린 로엔필드가 자신을 떠난다는 데에서 느끼는 분노. 웃기는 일이다. 자신이 무슨 권리로 그녀에게 화를 낸단 말인가. 심지어 매들린 로엔필드는 성녀라도 되는 듯이 그의 앞날을 축복했다. 마치, 이안 노팅엄이 자신 없이도 알아서 살아갈 수 있을 것처럼. 제대로 살아갈 수 있을 것처럼 말이다! 성녀 나셨군. 허탈한 웃음이 나올 것 같았다. 어쩌면 분노의 방향은 여자가 아닌 자기 자신에게 향한 걸지도 몰랐다.

처음 그녀가 자신에게 장난스레 청혼했을 때 기회를 낚아채야 했다. 모르는 척 눈을 감고 그녀의 치기 어린 제안에 응했어야 했다. 여자의 동정심을 이용해야 했다. 이기적이건, 비신사적이건 말이다. 사랑이 아니어도, 동정심조차 아닌, 이해타산에서 우러나온 청혼일지라도 상관없었다. 어차피 이해타산이야 제 전문분야 아니던가?

화가 난다. 지금 자신을 붙잡고 있는 부드럽고 따뜻한 손 때문에 화가 난다. 오로지 그 손을 만지기 위해서라면, 남은 반절의 몸뚱이라도 희생할 수 있을 거란 생각에 비참하다. 별장 안의 사람들이 매들린에 대해서 이러쿵저러쿵하는 데에 화가 난다. 이해타산이 뭐가 나쁜가. 매들린 로엔필드를 돈으로 붙잡는 게 뭐가 나쁘냐는 말이다. 이안의 한쪽에서 사악한 목소리가 속살거리기 시작했다.

어차피 수지맞는 장사 아냐? 서로에게 넘치는 걸 맞바꿔 부족한 걸 채워주는 게 뭐가 나빠? 그녀는 돈이 없고, 나는 돈이 썩어 넘칠 정도로 많지. 나는 모든 곳이 고장 나있고, 그녀는 아름답지. 우리의 결합에 그 누구도 이의를 달 수 없을 거야.

이해타산에 능한 이안 노팅엄이 세운 대차대조표는 어딘가 기괴했지만, 상관없었다. 목소리가 계속 그를 충동질했다.

그래. 그 빌어먹을 병원 놀음에 죽을 때까지 장단을 맞춰 준다고 말해. 죽을 때까지, 아니. 죽고 나서도. 매들린 로엔필드가 떠나지 못하도록 해. 그녀의 죄책감을 자극하란 말이야. 그녀가 너를 벗어날 수 없도록 해. 모든 수단과 방법을 가리지 않고서.

이안은 고개를 돌릴 수 없었다. 고개를 돌려 마주하게 될 얼굴이 매들린의 것일지, 제게 사악한 소리를 중얼거리는 악마의 것일지 확신할 수 없었기 때문이다. 한편으로 철썩이는 파도 소리가 적요를 채우고 있었다.

"이안. 피곤해요? 돌아갈까요?"

걱정하는 목소리가 그를 깊은 마취 상태에서 일깨웠다. 결국, 이안이 천천히 고개를 돌려 웃어 보였다. 자신의 미소가 친근하기보다는 기괴해 보일 거란 열패감을 애써 잊으려 노력하면서.

8. 이상한 감정

매들린은 완전히 녹초가 되어 있었다. 저택에 도착하자 긴장이 한꺼번에 풀려 몸이 천근만근이었다. 가지 말고 일이나 할걸. 그래도 이안과 산책을 한 일은 뭐, 나쁘지 않았다. 음, 나쁘지 않았어.

"매들린. 정말 어땠어요? 사교계의 유명 신사 숙녀분들이 다 모였잖아요."

동료들이 그녀에게 물어볼 때마다 매들린은 애매하게 둘러댔다. 확실히 토레스 후작부인의 드레스는 아름다웠다. 스페인의 휴양지에서 직접 맞춰온 거랬나. 홀츠먼의 커프링크스에는 다이아몬드가 달렸었고, 폴리 제이 딜린저의 프랑스어는 너무나도 완벽해서 매들린은 감히 따라 할 수도 없을 지경이었다.

"정말 듣던 대로 대단하고 멋진 분들이었어요. 하하하."

물론 사실대로 말할 수는 없었다. '그 허례허식에 찌든 작자들이 병원을 없애자고 하네요'라고 어떻게 말하겠는가. 눈을 반짝이는 동료들을 보노라면 거짓말을 할 수밖에 없었다. 하지만 곧 병원이 사라진다 해도 그리 놀라울 건 없었다. 한때 병상을 가득 채웠던 환자들도 차차 퇴원하기 시작해 남는 병상이 늘었다. 이제 남은 건 중상을 입어 회복해야 하는 환자들, 그리고 정신적인 내상을 크게 입은 환자들이었다.

간호사들도 차차 그만두거나, 다른 병원으로 떠나는 이들이 있었다. 남편이 전쟁터에서 돌아와서건, 좀 더 견문을 쌓고 싶어서건, 매들린은 떠나는 모든 이들의 앞날에 행운을 빌어주고 싶었다. 물론 끝을 예감하는 것과 별개로 막상 병원이 문을 닫으면 퍽 속상할 것 같았다. 어쩔 수 없지. 모든 것은 영원하지 않다. 모든 것에는 언젠가 끝이 있다.

매들린은 묵묵히 일했고 공부했다. 얼마 안 되는 돈도 모이니 거금이 되어서 앞으로 어디서든 정착해 살 수 있을 것 같았다. 런던에 갈까……. 런던에서 간호학 공부를 좀 더 해보고 싶기도 했고, 다른 병원에서 일해보고 싶기도 했다. 그래도 할 줄 아는 게 있으니 희망이 있었다. 아무런 능력도 없어서 무기력하기만 했던 지난 세월에 비하면 훨씬 나았다. 또 그렇다고 모든 게 상쾌하고 희망적이기만 한 것은 아니었지만.

이안 노팅엄에 대한 갈무리 되지 않은 감정들이 있었다. 물론 그를 계속 붙잡고 매달릴 생각은 없었다. 바닷가에서 고백했던 말들은 전부 사무치는 진심이었다. 사람은 사람으로 구원되지 않는다는 이야기. 그러니 각자의 자리에서 최선을 다하자는 이야기는 여전히 유효했다. 전쟁 중 이안과 편지를 통해 소통했었듯이 그와 멀리서도 계속 인연을 이어나가며 먼 거리에서라도 응원해주고 싶었다. 그게 매들린 로엔필드가 과거와 제대로 화해하는 방식일 것이다. 그리고 왠지. 이번 생애의 이안은 망가지지 않을 것 같아.

이안 노팅엄은 꽤 안정된 상태였다. 지난 생애의 그는 복귀 후 많이 좋지 않았다고 했다. 복도에서 별안간 소리를 지르며 벌벌 몸을 떨기도 하고, 사람들과 일절 말을 섞으려 하지도 않았다고. 지금의 그 역시 지난날과 완벽히 다르다고 할 수는 없었다. 갑자기 몸을 떨거나 쇼크에 빠지는 때도 있었다. 하지만 그는 적어도 가족들과 주위 사람들에게 연결되어 있었다. 나아지려고 노력하고 있었고.

아마도 동생들이 살아있다는 점이 크게 작용했을 거다. 그뿐만이 아니라 병원도 도움이 되지 않았을까 싶었다. 그러고 보니 그는 친척들 앞에서 그리 말했다. 병원은 자신을 위한 것이라고. 아마도 진심 어린 말이었을 게다. 홀로 빨래를 하던 매들린의 입가에 은은한 미소가 떠올랐다. 그녀가 한참 창백한 손으로 옷감을 주물주물 매만지고 있을 때였다.

"매들린."

"앗, 깜짝이야."

수건의 물기를 짜던 매들린이 살짝 경기를 일으키며 몸을 뒤챘다. 뒤에 선 거대한 그림자가 바짝 얼었다.

"놀라지 않았어요. 이안."

"그렇게 말하는 것치고는 호흡이 가파른데."

언제부터 매들린을 지켜봤던 것일까. 세탁실의 문간에 이안 노팅엄이 기대어 서 있었다. 그가 살짝 고개를 까딱였다. 어느 순간부터였는지 그에게는 유머 감각이 생겼다. 전쟁 전의 장난기가 살짝 돌아온 것 같았다.

"아니에요, 제가 그 정도로 새가슴은 아니고요……."

매들린이 스툴에서 일어섰다.

"아, 아무튼, 이 누추한 곳에 귀하신 분이 어인 일인가요?"

"세탁을 직접 해야 할 필요가 있나 궁금했습니다."

뭔가 마음에 안 든다는 듯이 그가 세탁실을 둘러봤다. 회벽칠이 된 작고 누추한 방은 아마 이 반짝이는 저택에서 가장 초라한 장소일 터였다. 아마 이안 노팅엄은 한 번도 자의로 이 방을 방문해본 적이 없었을 것이다. 여전히 귀족적인 모습이었다. 매들린이 뭔 당연한 소리를 한다는 듯이 어깨를 으쓱했다.

"그야 일손이 부족하니까요. 일주일 전에 카밀라와 앤써니가 그만뒀잖아요."

지금은 그 후폭풍을 수습하는 중이죠. 다들 무슨 일이든 나서서 하지 않으면 병원이 돌아가질 않을 거예요. 아니, 병원뿐만이겠어요. 그동안 백작님이 입은 옷도 다 여기서 빤 거라고요. 매들린이 빨랫감을 추스르며 잔소리를 늘어놓았다. 그 조잘거림 폭격을 맞은 남자는 머쓱해진 것 같았다.

"시급을 올려서 사람을 구인해봐야겠군요."

그의 말에 매들린이 고개를 저었다.

"그럴 필요는 없어요. 어차피 환자들도 줄었잖아요."

"……."

남자는 매들린이 세탁 일을 마무리할 때까지 계속 그 자리에 서 있었다. 다리도 아픈 양반이 왜 저러는지. 매들린은 빨랫감을 정리하는 내내 신경이 쓰여서 일을 제대로 할 수 없었다. 마침내 마지막 빨래까지 반듯하게 맵시 좋게 갠 매들린이 허리춤에 손을 올려놓고 남자를 추궁했다.

"무슨 용건이에요. 빨리 말하세요."

별장을 다녀온 후 둘 사이는 부쩍 가까워졌다. 정작 당사자들은 의식 못 하는 일이었다. 이안이 매들린이 곱게 갠 옷감에 시선을 두었다. 그가 잠시 주저하더니 눈길을 다시 매들린의 손가락 끝으로 돌렸다.

"곧 런던에 갈 생각인데, 당신도 가는 게 어떻습니까."

"……."

매들린이 눈을 동그랗게 떴다.

"시력이 나빠졌다고 말하지 않았습니까. 물론, 이 근방의 안경점도 있지만, 제대로 된 곳에서 맞추는 게 아무래도 좋을 것 같고……." 그가 답지 않게 중언부언했다. 그 모습을 가만히 지켜보던 매들린이 대답했다.

"진짜요? 좋은 안경점을 소개해주시면 정말로 감사하죠. 하지만 값은 제가 지불할 거예요. 그 정도로 돈이 없지는 않으니까요."

"그러면 내가 같이 가는 게 의미가 없어지는데……."

"무슨 이상한 소리예요."

매들린이 남자를 위협하듯 버럭 성을 냈다. 그래봤자 작은 새가 짹짹거리는 정도의 위협이었지만 말이다.

"약소한 선물이라고 생각하면 안 됩니까."

"무엇에 대한 약소한 선물이요?"

"열심히 이 병원에서 일해준 것에 대한 것이라고 치지요."

남자는 자신이 내뱉은 말이 마뜩잖은 모양이었다. 하여간 너무 뜻밖의 제안이었다.

"하지만, 갑자기 런던에 가서 안경을 사주신다니, 너무 갑작스러운 것 같기도 하고요……."

매들린이 우물쭈물 말을 잇지 못했다. 남자와 사이가 회복된 건 안심이다만, 애써 마음을 정리한 상대와 계속 같이 시간을 보내는 게 맞는 일인가 싶었다. 그런 주저함을 알아차린 듯 이안이 선수를 쳤다.

"나도 런던을 구경하고 싶던 차였습니다. 보다시피 이 몸으로 혼자 어딜 쏘다닐 순 없잖습니까. 도시가 워낙 불친절해서 말입니다."

"아."

그 말은 결정적이었다. 이안은 매들린의 약한 지점을 요술처럼 알고 있었다. 결국, 그녀가 천천히 고개를 끄덕였다.

"좋아요. 그러면 같이 가요. 런던 구경이나 시켜주세요. 대신 안경은 제 돈으로 맞출 거예요."

매들린이 결심한 듯 고개를 끄덕였다. 기어코 원하는 대답을 받아내고 만 이안이 붉어진 뺨을 숨기려 고개를 숙였다. 그러나 그 역시 비집어져 나오는 웃음을 억제할 수 없었다.

지난 생에서 런던을 제대로 즐기지 못한 게 늘 후회스러웠다. 물론 런던에는 좋은 기억이 별로 없다. 사교계는 지루한 데다가 끝도 안 좋았고, 가출을 해서도 제대로 즐기지 못한 기억뿐이다. 이안에게는 이 도시가 다르게 다가오리라. 전쟁 전에 런던의 사교계를 휩쓸고 다니던 남자가 아니었는가. 게다가 전쟁 후에도 사업차 방문은 꽤 했으니 도시에 익숙할 터였다. 그런 남자가 여전히 도시가 낯선 매들린을 위해 직접 가이드를 해주는 것뿐이었다.

전쟁 전 같았으면 남녀 둘이 런던을 방문하는 것 자체가 말도 안 되는 일이었다. 그러나 시대가 바뀌었고 사람들은 이제 그 정도의 외출은 데이트라고 생각하지도 않았다. 새삼 몇 년 사이에 많은 것이 바뀌었구나 싶었다. 자유연애가 일상화되고 남녀 사이의 관계도 모호해졌다. 매들린으로선 여전히 어리둥절한 세계였다.

기차를 타고 당일치기로 시내를 구경하다 돌아오는 일정. 부담스럽지 않게 기분을 전환할 수 있을 것 같았다. 물론 마냥 기분 좋은 것만은 아니었다. 이사벨이 걱정스러웠다. 근래에 그녀는 침울해 보이는 데다가 기운까지 없었다. 그런 이사벨을 두고 외유를 나가자니, 눈치도 보이고 미안하기까지 했다.

매들린은 그녀가 자신을 피하고 있다는 느낌을 받았으나, 그걸 먼저 추궁할 수도 없는 노릇이었다. 어쩌면 오빠들에게 치근덕거리는 꼴사나운 여자라고 생각할 수도 있겠지. 이사벨이 정말 그렇게 생각하진 않겠으나, 실제로 그렇게 생각한다고 하더라도 어쩔 수 없는 일이다. 해명하는 것도 이상했고, 매들린은 그저 그녀가 빨리 기운을 차리기를 바랄 뿐이었다. 그렇게 모든 상념과 기대를 접어둔 채로 런던 방문 날짜가 다가왔다.


런던으로 향하는 일등칸 열차 좌석은 확실히 푹신하고 아늑했다. 매들린은 승무원이 내어주는 따뜻한 커피를 마시며 시시각각 변하는 풍경을 구경했다. 마주 앉은 이안은 서류와 씨름하는 중이었다. 얇은 장갑을 낀 한 손은 서류를 뒤적이는 데 여념이 없었다.

"이안. 가는 동안만 좀 쉬면 안 돼요?"

왜 이렇게 일중독이 되셨을까. 100년 전만 해도 귀족들에게 있어 노동은 경멸의 대상이었는데 말이다. 매들린이 툴툴거리자 이안의 두 눈이 서류 종이 너머로 나타났다.

"도착하면 시간이 없으니까……. 당신과 있을 시간 동안은 일 생각은 안 하고 싶어서."

"이안, 혹시 잊었나 해서 말하는 거지만, 우리 지금도 함께 있는걸요."

매들린이 고개를 당긴 채 이안을 바라봤다. 그녀가 한쪽 눈썹을 들어 올렸다.

"봐요? 나 여기 있죠?"

결국, 이안은 항복할 수밖에 없었다.

"거 참."

이안이 결국 서류를 책상 한쪽 끝으로 치웠다. 그가 두 손바닥을 살짝 보여 항복을 선언했다.

"그래서. 지금 여기의 나와 무슨 정다운 시간을 보내고 싶은 거죠. 매들린 로엔필드 양."

남자의 여유만만한 모습에서 예전의 그 자신감 있는 풍모가 떠오르는 것 같아 기분이 좋았다. 하지만 예전과 완전히 똑같다고만 할 수는 없었다. 그는 한결, 뭐라고 해야 할까……. 그때와 비교해 어른스러워졌다. 침착해졌고. 살짝 가라앉은 면도 있었으나 매들린은 그의 그런 모습이 더 좋았다.

"글쎄요. 시간을 즐겁게 보내는 데에는 여러 가지 방법이 있는데요. 서로 추측하기 게임이나 할까요?"

"나는 별로 흥미로운 사람이 아닌데."

"흥미롭지 않은 게 중요한 게 아니에요. 무슨 생각을 하는지 추측하는 게 중요한 게임이라고요."

"……."

"그럼 저부터 시작할게요. 지금 당신이 하는 생각을 맞춰볼 테니까. 기다려봐요."

그녀가 눈을 감았다. 용한 점성술사들이 으레 하는 것처럼 카드를 펼쳐놓는 시늉을 하더니 눈을 화들짝 떴다.

"알아냈어요. 런던의 클럽에서 친구들 만날 생각하고 있죠!"

남자가 고개를 저었다.

"아니면 저 구석에 있는 서류 속 숫자들에 대해서 생각하는 건가요? 어떻게 아귀가 안 맞는 숫자들을 요리할지 생각 중이죠?"

"틀렸습니다."

"눈앞에 있는 매들린 로엔필드가 퍽 성가시게 군단 생각?"

"그것도 아닙니다."

노팅엄이 보이지 않는 카드를 뒤집고선 매들린을 향해 고개를 숙였다.

"프랑스에 대해서 생각하고 있었습니다."

"프랑스요?"

전쟁. 매들린의 청아한 하늘빛 눈과 남자의 음울한 초록빛 눈이 얽혔다. 남자가 중얼거렸다.

"그곳에 있을 때는 지금 이 순간을 감히 그려보지도 못했는데 새삼스럽게 살아있기 잘했다는 생각이 들어서."

살짝 낯간지럽기라도 한 듯, 남자가 고개를 밖으로 돌렸다.

"……."

매들린으로서는 놀라운 일이었다. 작금의 분위기가 퍽 나른하고 좋기는 하지만, 이안의 입에서 '살아있기를 잘했다'라는 말이 나오다니. 차마 상상조차 하지 못한 순간이었다.

"앞으로 그런 순간들이 많을 거예요." 매들린이 아무렇지 않은 척 웃으며 말했다. "앞으로 매일매일 살아가면서 즐거운 일들이 일어날 거라고요." 그녀의 볼에 보조개가 폭, 파였다.

런던에 도착하자마자 공기가 안 좋아진 것이 폐부로 느껴졌다. 하지만 앳된 소녀 같은 흥분이 매들린의 기분을 잔뜩 돋웠다.

"사람이 정말 많군요!"

"런던에 사람이 많다는 소리는 바다에 물고기가 많다는 소리나 같……."

"아니. 전쟁 전보다 사람이 더 많은 것 같지 않아요? 게다가 치마가 정말 짧아졌네요."

다들 종아리를 드러내고 있었다. 매들린은 끊임없이 주위 경관에 감탄하면서도 세심하게 이안을 챙겼다. 그에게 거칠게 부딪쳐오려는 사람들을 미리 몸으로 막아내며 이안이 편하게 걸을 수 있도록 했다. 이안으로서는 살짝 조마조마한 광경이었다.

"노동자에게도 정당한 권리를 달라!"

"30세 미만의 여성에게도 투표권을!"

"우리 주 예수 그리스도를 믿고 구원받으라! 새천년이 멀지 않았느니!"

런던은 파티장이거나 아수라장이거나, 혹은 둘 다였다. 여러 사람이 표어를 들고 역 앞에서 장사진을 치고 있었다. 경찰들은 이들을 단속하느라 여념이 없었다. 소매치기와 좀도둑들은 역시 번성했다. 도심에는 마차를 탄 사람들과 자동차를 탄 사람들로 뒤섞여 더더욱 혼란스러웠다. 이안은 그 난장판 속을 불편한 몸을 이끌고도 능숙하게 헤쳐나갔다. 런던 길을 제 손바닥에 난 손금처럼 잘 아는 이이니 당연할지도 몰랐다.

그는 매들린이 자신 앞에서 나서는 걸 지켜보면서도, 그녀를 뒤에서 나름 예의주시하는 중이었다. 그렇게 짝이 되어 순조롭게 도로를 걷는 두 사람 앞에 한 남자가 나타났다. 삐쩍 마른 얼굴에 낡은 사냥모를 쓴 남자였다. 그는 팻말 같은 것을 몸에 걸고 있었다.

"참전 용사이신 것 같은데 동료에게 한 푼 부탁드립니다."

팻말을 자세히 보니 이렇게 쓰여 있었다.

나라를 위해 목숨을 바친 참전 군인의 생계를 보장하라.

남자는 손등과 손목의 뼈가 다 도드라질 정도로 말랐다. 매들린이 당황하며 지갑을 찾기 시작하자 낯선 남자의 눈빛이 달라졌다. 그걸 본 이안이 그녀 앞으로 나아갔다. 그가 일갈했다.

"비켜."

"같은 전우끼리……."

"비키라고 했어."

매들린이 뭐라 할 새도 없었다. 팻말을 목에 건 남자가 욕설을 중얼거리면서 바닥에 침을 뱉었다.

"웬 병신 새끼 때문에 재수가 없으려니……."

그가 욕설을 줄줄거리면서 그들을 지나쳐 사라졌다. 매들린이 뒤늦게 화를 냈다.

"이안, 괜찮아요? 저 사람 정말 너무하네요! 어떻게 같은 전우라면서 저런 심한 말을 할 수 있죠!"

"눈이 풀려 있었습니다. 매들린, 동정심도 좋지만 낯선 사람을 대할 때는 좀 더 주의해야 합니다."

그가 아무렇지 않은 듯 옷매무새를 다듬었다. 그가 당황하는 매들린을 부드럽게 잡아 이끌었다.

"……."

"전쟁 중에는 옆의 동료를 위해 모든 것을 다 바칠 수 있을 것 같지만 실상은 그렇지 않아요. 전쟁이 끝나고 가장 먼저 잊히는 게 바로 전우애라는 감정입니다."

다소 무거운 이야기였다. 매들린이 고개를 천천히 끄덕였다.

"좀더 잽싸야겠어요. 허튼소리를 하는 사람이 나타나면 냅다 가방으로 후려쳐야지."

"……."

매들린은 아까 전 이안의 조언을 좀 이상하게 받아들인 모양이었다. 그러나 그녀의 말에 남자의 입꼬리가 슬며시 올라갔다.

둘은 잠깐 걷다가 카페에서 잠시 쉬어갔다. 전쟁 후 굉장히 화려한 양식으로 개축된 카페는 이제 젊은 남녀가 같이 앉아 한담을 보내는 장소가 되었다. 자리에 앉자마자 매들린이 재잘거렸다. 원래 여성은 티하우스, 남성은 카페였던 관습이 무너졌다는 것에 고무된 것이었다.

"전쟁이 나서 남자들이 전부 떠났으니 여자들을 손님으로 맞이하지 않을 수 없었을 거예요."

"잘됐군."

차보다는 커피가 더 좋으니까. 둘은 구석의 자리에 앉아 함께 커피를 마셨다. 매들린은 커피에 설탕을 탔고 이안은 타지 않았다. 두 잔째라 그런지 매들린의 기분이 들떴다. 모르는 사람들이 카페에 앉은 둘에게 드문드문 인사를 해왔다.

"노팅엄 백작 각하. 안녕하십니까."

"런던에서 뵙는 건 전쟁 이후로 처음인 것 같군요."

"숙녀분과 함께시네요."

남자는 그럴 때마다 간단한 인사를 되돌려주며 악수를 건넸다. 그런 일이 한 세 번쯤 반복되자 남자가 조금 미안한 눈빛을 보냈다. 매들린이 어깨를 으쓱했다.

"백작님 명성도 대단하군요. 아무튼 저는 괜찮아요. 그보다 소문이 날까 두려운데요? 웬 여자와 고매한 백작 각하가 함께 있다는 소문 말이죠."

"당신만 괜찮으면 별로 상관치 않습니다."

이안이 남은 커피를 입에 털어내며 중얼거렸다. 그가 뭔가를 생각하듯 입을 꾹 다물더니 자리에서 대뜸 일어섰다.

"이제 안경점으로 가지요."


안경점은 고급 상점가가 위치한 본드 거리에 있었다. 그곳의 주인은 노신사로, 이안을 보자마자 연신 고개를 숙이며 둘을 맞이했다.

"미리 언질을 주셔서 이것저것 준비해봤습니다."

그가 갑자기 유리 진열대 안의 안경들을 이것저것 꺼내 선보이기 시작했다. 그러자, 매들린이 조심스레 말을 꺼냈다.

"일단 시력부터 측정하고 싶은데요⋯⋯."

"아. 맞아요. 시력 측정. 시력부터 측정해야지요." 남자가 호들갑을 떨면서 매들린을 이끌었다. "로엔필드 양이라고 들었습니다. 여기 앉으시죠."

이안은 탁자 위의 〈뉴요커〉를 읽는 둥 마는 둥 하며 매들린을 기다렸다. 시력을 재는 몇 분의 시간이 어찌 이리 긴가 싶었으나 실제로 시계를 쳐다보면 고작 십분 여 남짓이 지났을 뿐이었다. 일각이 여삼추였다. 안경을 쓴 채 빙그르르 돌며 나타나는 매들린을 볼 때까지. 그렇게 시간은 지독히도 느리게 흘러갔다.

"이 안경 어때요?"

매들린이 방에서 나오자마자 이안은 그 자리에 앉아 돌처럼 굳었다. 수만 겹의 꽃잎들이 겹겹이 펼쳐지며 화사하게 피어나

듯, 자신을 바라보는 여자가 너무나도 빛이 나서 어떤 사고도 할 수 없었다. 얇은 테의 둥그스름한 안경은 그녀의 콧잔등 위에 아주 잘 어울렸다. 고급 안경답게 나비의 골조처럼 가느다란 뼈대로 이루어진 물건이었다.

지금 눈앞의 여자를 이루는 모든 것이 얇은 설탕 장식처럼 아름답고 섬세했다. 안경이 그녀 얼굴의 일부분을 가린다는 사실이 뒤늦게 아쉬웠다. 젠장. 눈물이 날 지경이군. 그저 여자가 빙그르르 돌며 나타났을 뿐인데 이렇게 감상적이 되다니. 이미 곤죽이 되어버린 마음이 더 물렁해진 게 아닐까. 이안은 자조했다.

"어때요? 이안, 제 모습 괜찮아요?"

매들린이 이안을 가까이서 살피며 물었다. 그녀가 멍한 이안이 걱정스러운 듯 가까이서 눈을 깜빡였다. 매들린이 안경을 벗었다.

"어울립니다."

이안이 떨떠름한 듯 내뱉은 말에 매들린이 푸스스 웃었다. 실은 잔뜩 굳어 그런 경직된 어투가 나온 걸 아는 모양이었다. 그녀가 다시 안경을 걸쳤다.

"금속이 가벼워서 무척 마음에 들어요."

"그게 좋습니까. 다른 안경은······."

"이게 제일 가볍고 좋아요. 다른 안경은 좀 무겁더라고요."

이안이 목발을 짚고 일어섰다. 그가 코트 안으로 손을 넣더니 곧장 수표를 꺼내들었다.

"이안. 제가 산다고 했잖아요!"

잠시간 계산을 두고 실랑이를 벌이다가 결국은 매들린이 졌다. 가게 주인 앞에서 품위 없는 대거리를 계속할 수 없는 노릇이었다. 결국, 이안이 사게 내버려 두다니. 그나마 남자의 기분이 좋아 보이는 것은 다행이었다.

안경점을 나선 둘은 잠시 런던 시내를 활보했다. 매들린은 크림색 드레스를 입고 연보랏빛 숄을 두른 차림이었다. 수수한 하늘색 모자에는 새가 수놓아진 비단이 리본처럼 묶여 있었다.

"세상이 이렇게 아름다웠네요."

매들린은 안경을 쓴 후부터 시종일관 재잘거렸다. 그녀로서는 새로운 눈을 얻게 된 거나 마찬가지인 일이었다. 전 생애에서도 이렇게 선명하지는 않았는데. 어찌 그랬을까. 시력이 안 좋아지는 것도 모르는 채로 갇혀 살았기 때문일 테다. 그때 얼마나 많은 아름다움을 놓쳤는지 생각하면 씁쓸하면서도, 지금이라도 선명한 시야를 가지게 되니 다행이다 싶었다.

이제 주위의 모든 것들이 한결 생생하고 적나라하게 보였다. 런던 시내를 장식하는 네온사인, 턱시도를 입은 신사들, 그리고 단발머리를 한 숙녀들까지. 도시의 미추가 그녀 앞에 그대로 모습을 드러냈다. 매들린은 전율했다.

어느덧 저녁 시간이 되어 둘은 이안이 예약해놓은 호텔의 레스토랑에 당도했다. 이안과 매들린은 같은 메뉴를 주문했다. 긴긴 프랑스어가 붙은 요리였으나 간단히 말해 단 과일 소스를 곁들인 닭고기였다. 깔끔하니 입맛에 맞았다. 곁들인 와인 역시 무척이나 훌륭했다. 살짝 지친 몸을 훈기로 데워주는 듯했다. 노곤한 삭신에도 불구하고 너무나 즐거운 하루였다. 지금 눈앞의 남자와 나누는 대화도 좋았다. 이안이 장갑 낀 한 손으로 와인잔을 들었다.

"어떤가요. 음식은 입에 맞습니까."

그의 낮은, 침윤된 목소리에 무대의 악단이 연주하는 음악이 곁들어졌다. 매들린이 눈을 가늘게 뜨며 후후 웃었다.

"맛있네요. 런던에서 이렇게 즐긴 지도 백 년은 족히 넘은 것 같아요."

"고작 5년 정도입니다. 백 년이 아니라."

"그렇네요. 사교계 시절로부터 5년밖에 지나지 않았네요. 그런데도 참 많은 일이 있었어요. 마치 인생을 다시 사는 기분이에요. 정확히 말하자면, 다시 사는 방법을 배우는 것 같았어요. 지난 5년의 세월이 저에게는 일종의 교육이었지요."

와인 몇 잔이 들어가자 남자는 한결 나른해진 기분이었다. 분위기 때문일지도 몰랐다. 악단이 연주하는 스윙. 주위의 사람들이 재잘거리는 소리, 홀에서 춤추는 사람들. 얇고 섬세한 옷감으로 만든 드레스를 입은 여인과 잘 맞춰진 양복을 입은 남자들의 춤이었다. 그리고 눈앞에는 매들린이 있었다. 홀의 모든 조명을 삼킨 것처럼 제 눈에 너무나도 밝게 빛나는 여자. 계속 지켜보고만 있어도 즐거움을 주는 여자였다. 정말이지 다시 살아갈 가치가 있는 세상이 아닌가. 그는 한 점의 비아냥거림 없이 생각했다.

돌아오는 기차 안에서 둘은 이야기를 나눴다. 아무리 일등칸이라지만 뒤에 앉은 승객들이 전부 자고 있었기 때문에 아주 작은 소리로 말을 해야 했다. 그 통에 매들린은 이안과 마주 앉지 않고 그의 옆에 앉았다. 이안으로서는 제 심장 소리가 여자에게 들릴까 노심초사할 수밖에 없었다. 그걸 모르는지 매들린이 목소리를 낮춰 수다를 떨었다.

"어렸을 때 점쟁이 집시가 우리 집으로 온 적이 있었어요."

"……."

"꼬부랑 할머니였는데, 카드들을 늘어놓더니 점을 치는 거예요. 그때 저는 아직 어렸답니다. 어머니가 테이블에 앉아계시던 게 생각나네요."

매들린이 안경을 벗어 탁자 위에 올려 둔 뒤 눈을 감았다.

"신기한 건 돌아가신 어머니 얼굴은 기억이 나지 않는데도 그 노파의 얼굴만큼은 생생히 기억난다는 거죠. 그 여자가 그러더군요. 억세게 운 좋은 아이라고요."

"……."

이안이 입을 다물었다. 긴장감이 역력한 입가에 희미한 미소가 떠올랐다.

"저는 정말이지 억세게 운 좋은 여자예요. 비록 재산도 작위도, 그렇다 할 만한 능력도 없지만요."

차마 남자에게 두 번째 기회를 얻게 되었노라고 말할 순 없었다. 하지만 진심만큼은 전해지길. 매들린은 창문 너머 숨 막히게 빠르게 변하는 밤 풍경을 지켜보았다. 그리고 그 창에 비친 남자의 옆얼굴까지.


### <런던 텔레그라프>, 1919년 11월 18일
### 폭력적인 방직 공장 파업, 군이 나서서 진압

어제 스토크온트렌트의 방직 공장에서 폭력적인 파업 사태가 일어나 공장 두 개가 전소되고 노동자 세 명이 사살되는 사태가 일어났다. 조지 로이드 수상은 사태 이후 즉각 성명을 통해 민간인 사상자는 없다고 발표했다. 또한 파업의 모의자들이 현재로선 러시아 공산주의자 측인지 자생적인 조직인지 명확하게 확인된 바는 없으며 추후 수사를 통해 밝혀나갈 것이라 하였다.

에릭 노팅엄이 아무렇게나 제 머리를 흩트렸다. 다소 어려 보이던 얼굴에는 이제 완연한 사내의 태가 잡혀가고 있었다. 그러나 눈동자에는 여전히 치기가 역력했다. 그는 온통 짜증과 분노에 사로잡혀 있었다. 되는 일이 하나도 없었다.

에릭이 예상하던 것과는 일이 정반대로 돌아가고 있었다. 매들린을 직접 대동하고 모임에 나타나서 인정받고 싶었다. 어르신들에게 눈도장도 찍고 말이다. 하지만 일이 틀어졌다. 별장에 도착한 이후로 매들린은 부쩍 이안과 가까워졌다. 둘이 같이 이야기를 나누는 모습이 여러 번 포착되었다. 생각보다 둘의 사이가 나쁘지 않음을 공표한 꼴이 되어버렸다.

선대 백작부인조차 매들린을 탐탁하게 보기 시작하자 에릭은 조급해졌다. 그러나 그가 딱히 할 수 있는 일은 없었다. 매들린 로엔필드가 이안과 런던에 간 지금은 더더욱이. 그는 초조하게 방 안을 서성였다. 타닥타닥 장작이 지펴지는 소리가 벽난로에서 났다. 그는 제 복학원을 그 안에 넣을까 하다 포기했다.

"젠장……." 결국, 그 종이를 어찌하지도 못한 채 움켜쥔다.

안경을 쓴 매들린이 나타나자 간호사 친구들이 열띤 반응을 보였다. 다들 손뼉을 치며 재잘거리며 매들린을 새떼처럼 에워쌌다.

"너무 노인 같아 보이지는 않나요?"

매들린이 수줍게 웃자 친구들이 고개를 저었다. 아네트는 매들린의 안경을 쓰자마자 어지럽다며 이마를 짚는 시늉을 했다.

"매들린! 옥스퍼드 법학 교수 같아요. 아니, 고전 그리스어 선생님 같기도 하고."

"역시 노인 같은 거잖아요!"

"아니, 명석해 보인다고요. 똑똑한 아기 다람쥐 같기도 하고요."

꿀색 머리를 한 아기 다람쥐요. 아네트가 매들린의 머리칼을 꼬며 장난을 걸었다.

"똑똑한 아기 다람쥐라뇨."

매들린의 흰 뺨이 빨갛게 익었다. 그런 매들린을 보며 사람들이 꺄르르 웃음보를 터트렸다.

"역시 매들린은 우리 병원의 설치류예요."

"그런 소리 말아요. 그나저나 다들 런던에 새로 개봉한 루돌프 발렌티노 영화는 봤어요?"

"영화를 볼 시간은 없었네요."

"그건 그렇고, 매들린⋯ 다음에 런던에 갈 때는 나랑 꼭 같이 가요."

그녀는 잰걸음으로 이곳저곳을 분주히 돌아다니는 사용인들을 물끄러미 지켜봤다. 다들 바빴다. 환자들이 얼마 없는 윗 병동을 비우고 그 자리에 예전처럼 소규모 응접실과 연주회장을 마련해놓느라 일거리가 많았다. 환자들을 1층으로 옮기는 난리법석을 피우게 된 건 마뜩잖았으나, 그것도 결국 일상생활로 돌아가는 과정이라고 생각하면 나쁘지만은 않았다. 전쟁은 점점 사람들의 뇌리 속에서 잊히고 그 자리에는 미래와 호황을 향한 단꿈이 자리할 것이다. 이곳이라고 해서 다를 이유는 없었다.

우선 지금 눈앞에 사용인들을 지휘하며 담소를 나누는 이안의 모습을 보면…….

런던이 매들린에게만 마법을 부리진 않은 게 확실했다. 요 근래 이안은 한결 이완되고 안정되어갔다. 늘 날이 잔뜩 선 표정에서 어느덧 차분한 안정감이 느껴졌고, 그래서 그런지 그의 행동거지에는 단단한 위엄이 있었다. 걷다가 휘청거릴지언정 그 사실을 부끄러워하지 않고, 어디서나 타고난 우아함을 잃지 않는단 이야기였다. 말보다 행동으로 다정함을 보이는 건 여전했다. 그런 태도에는 무언가 존경할 만한 구석이 있었다. 더불어 완숙함에 접어든 남자의 외연을 보면 가슴께가 뻐근한 것이, 뭔가 이상야릇한 감정에 사로잡히게 된다.

마침 이안이 난간을 짚고 새로 들어온 풋맨인 케이시와 이야기를 나누고 있는 게 그녀의 눈에 보였다. 한참을 쳐다봤을까, 그가 제게 고정된 시선을 느낀 듯 매들린을 향해 고개를 돌렸다. 매들린은 굳이 고개를 돌리지 않고 그와 한껏 눈을 맞추며 함박 미소를 지어 보였다. 그러고는 그녀가 안경테를 손가락으로 가리키며 입 모양으로 말했다. '이제 당신의 얼굴이 잘 보이네요.'

"……."

남자의 얼굴에서 잠깐 얼이 빠졌다. 이안 노팅엄으로서는 드문, 무방비한 순간. 그 짧은 순간이 지나고, 남자가 번듯한 입꼬리를 트며 마찬가지로 큰 미소를 지었다. 그가 그렇게 웃는 건 처음 본다. 그 시원한 광경에 가슴이 뻥 뚫리는 것만 같았다. 그러다가 누구 하나가 먼저 볼이 발그랗게 변해 고개를 돌렸는지는, 모르는 일이었다.

사람들에게 조잘조잘 런던에 있었던 일들을 읊고 나니 정말 잠자리에 들어야 할 시간이 되었다. 아침부터 밤늦게까지 런던을 돌아다니느라 삭신이 쑤셨다. 여독을 풀기 전에 옷을 갈아입고 얼굴과 손발을 닦았다. 마지막으로 일기를 쓰려고 의자에 앉았을 무렵이었다. 그때 그녀의 문을 누가 노크도 하지 않고 열었다.

　"이게 무슨⋯⋯!"

　쉿! 이사벨이 매들린의 입을 막았다. 가까이 선 그녀에게서 특유의 제비꽃 향수 냄새뿐이 아닌, 비린 피 냄새가 났다. 본능적으로 몸을 움츠린 매들린이 이사벨의 어깨를 붙들었다. 이사벨, 이사벨, 진정해요. 이사벨의 몸은 발끝에서 머리끝까지 떨리고 있었다. 불길함이 그녀의 흉중 깊은 구석까지 엄습했다. 바르르 몸을 비트는 이사벨을 침대에 억지로 앉혔다. 그녀의 손에는 피가 잔뜩 묻어 있었다.

　"무슨 일⋯⋯."

　"매들린. 당신밖에 없어요. 도와줘요. 제발⋯⋯."

　이사벨이 비틀거리는 몸으로 다시 자리에서 일어서더니, 매들린의 손을 붙잡았다. 그녀가 매들린을 이끌었다.

　"한 번만요⋯⋯."

　도와달라는 이사벨의 청을 어찌 뿌리칠 수 있을까. 그녀는 파산한 매들린에게 구조의 손길을 내민 유일한 사람이었다. 그리고 그녀의 가장 소중한 친구기도 했다. 일단 사태의 급박함을 눈치챈 매들린이 묻지도 않고 그녀를 따라나섰다.

　둘은 몰래 저택의 뒷문으로 빠져나갔다. 그리고 마구간 옆의 헛간으로 향했다. 이사벨의 한 손에 들린 램프가 불안스럽게 흔들렸다. 자욱한 안개 덕분에 한 치 앞을 내다볼 수 없어 기억에 의존해 발걸음을 옮겨야 했다. 노팅엄 저택은 원래 그런 곳이었다.

헛간으로 다가갈수록 매들린은 너무나도 무섭고 떨려 몸을 가눌 수 없었다. 무엇이 안에 있을까. 이사벨이 문 앞에서 작게 속삭였다.

"제이크. 나예요. 친구랑 들어갈게요."

이사벨이 문을 열자 끼익, 거리는 소리와 함께 짚더미 냄새, 피 냄새가 났다. 매들린이 주춤하는 것을 놔둔 채로 이사벨이 안으로 들어갔다. 가스등이 더 가까이 다가가자 안에 있는 것의 정체가 드러났다.

사람이었다. 그것도 얼굴에 피가 흥건한 사람이 짚단 위에 쓰러져 있었다. 남자는 의식이 없는 듯 미동이 없었다. 짙은 색 머리칼과 살짝 까무잡잡한 피부로 보아 집시 계통인지도 몰랐다.

이사벨이 가방에서 붕대를 꺼내 응급처치를 시작했다. 매들린도 군말 없이 그녀의 처치를 도왔다. 대충 지혈해둔 헝겊을 벗겨내자 단단한 품 안에 세로로 그어진 자상이 눈에 띄었다. 칼은 아니더라도 날카로운 곳에 찔린 게 분명했다. 소독을 하고 붕대를 감고 남자의 상태를 기민하게 살폈다. 이사벨이 중요한 작업을 하는 동안 그녀는 계속해서 남자의 상태를 살폈다. 눈꺼풀을 열어 동공을 확인하고 심박수와 호흡을 체크했다.

다행이다. 물수건으로 피를 닦아낸 매들린이 이사벨을 쳐다봤다. 한숨 돌릴 때가 되어서야 추궁할 수 있었던 것이다.

"이사벨."

"매들린. 나 한 번만 도와줘요."

"일단 저분은…, 누구죠?"

당신의 애인은 아니네요. 안경알에 묻은 핏방울이 거슬렸다. 그 안경알 너머 이사벨은 울 것 같은 표정으로 매들린을 바라보고 있었다. 고고하고 아름답고 당차던 여성은 거대한 압박에 짓눌려 있었다.

"경찰들이 재커리를 체포했어요. 모든 게 끝장이 났어요."

"이런……." 끝장이란 게 뭔지 모르겠다.

"남은 건 저이뿐이에요. 제이크가 넘어가면 우리의 모든 게 끝나요."

"우리의… 모든 거라뇨?"

사실 알고 있다. 이사벨의 마음속 깊은 곳에서는 여전히 노동운동에 대한 열정이 불타오르고 있었다. 그것은 고귀한 것이었으나 위험한 길이었다.

"더 나은 세상을 만들고 싶을 뿐이에요. 그게 잘못은 아니잖아요?"

"하지만, 이사벨. 너무 위험해요. 너무 무모해요. 이대로 날이 밝으면 병원으로……."

"이곳이 병원이잖아요. 매들린."

"하지만 이곳은 상이군인 병원이에요. 경찰이 들이닥치면 이곳에서 이뤘던 모든 게 물거품이 되는 거예요. 잘못하면 당신도 위험에 처해요. 이사벨. 제발……."

그때였다. 이사벨이 눈물을 흘리기 시작했다. 가만히 굵은 눈물을 뚝뚝 흘릴 따름인 것이었다.

"일주일. 딱 일주일만요."

"……."

"일주일이 지나면 저이는 떠날 거예요. 그때까지만 나를 도와 줘요."

"그렇다 해도 있을 곳이 있나요?"

매들린은 지나치게 무른 자신의 마음을 책망했다. 오츠 부인이 늘 입버릇처럼 말하곤 했다. 의사와 간호사는 친절한 천사 같은 존재가 아니라고. 플로렌스 나이팅게일은 단호하고 사나운 전사였다. 매들린에게는 그런 단호함이 부족했다.

"저택 지하에 방이 있어요."

"네?"

지하실 방? 물론 있기야 하겠지만, 저택에서 장장 몇 년을 안주인으로 살았었음에도 매들린은 알지 못했던 공간이었다.

"방치된 지하실이 있어요. 매들린. 사정을 이야기하자면 너무 길어져요. 일단 날 좀 도와줘요."

아무리 두 사람일지라도 건장한 남자를 부축한 채로 먼 거리를 가는 게 쉬울 리가 없었다. 다리가 후들거리고 거꾸러지려는 것을 참아내 가며 이를 악물었다. 헛간의 근처로 돌아가자 작은 문이 달린 폐가가 있었다.

"예전에 이곳이 성당이었거든요. 포도주 저장실이랑 창고가 지하에 있었어요."

숨을 허덕여 꺼억꺼억 하는 소리가 나오면서도 이사벨은 말을 이어나갔다. 폐가의 문을 열자 지하실로 향하는 통로를 막은 나무 덮개가 있었다. 이사벨이 나무 덮개를 열자 가파른 통로가 보였다.

장정을 부축한 채로 가파른 계단을 내려가는 게 쉬운 일은 아니었다. 몇 번이고 헛발질을 해 그대로 굴러떨어질 뻔했다. 계단과 관련된 트라우마가 있는 매들린으로서는 가슴 철렁이는 일이었다. 이사벨이 든 랜턴에 모든 것을 의존하며 발끝으로 더듬어 걸어갔다. 석조 통로를 지나가자 다시 문이 나왔다.

이사벨이 품 안에서 열쇠를 꺼내 문을 열었다. 기름칠을 꽤 최근까지 했는지 삐걱거리는 소리 하나 없이 문이 열렸다. 문이 열리자 전쟁 참호처럼 나무로 덧대 만들어진 방이 나왔다. 한쪽에는 와인들이 진열되어 있었고 한쪽에는 작은 침대까지 있었다.

"여기는……."

"일단 눕히고 말하죠."

둘은 인사불성인 잭을 침대에 눕혔다. 풀썩하는 소리와 함께 매들린까지 휘청였다. 이미 온몸은 땀과 피로 절어있었다. 그녀가 색색거리며 주위를 둘러보았다.

"이제 설명해줄 건가요. 이사벨."

이사벨이 문득 무척 피로한 표정을 지었다. 그녀가 차근차근 이야기를 시작했다. 노팅엄 저택은 원래 수도원이 있던 곳이다. 엘리자베스 1세의 치세 이후로 성당들이 몰락하면서 터만 남아 있던 곳 위에 지어진 게 노팅엄 저택이었다.

"그리고 그 성당들은, 보통 이교도들의 성지 위에 지어지죠."

그러니 요는 그랬다. 켈트인들의 성지 위에 성당이 지어지고, 그 위에 또 노팅엄 저택이 지어진 것이었다. 이곳은 성당의 수도사들이 와인을 저장해두던 장소로, 성당이 없어진 이후에는 구교도들을 박해하는 고문실로 사용되기도 했다고 했다.

"왕당파와 의회파의 내전 때에는 사령관들의 대피소로 사용되기도 했죠." 이사벨이 한숨을 쉬었다. "이 저택에는 죽음의 역사가 서려 있는 거나 마찬가지예요."

그 역사의 무게가 이사벨을 온 힘을 다해 짓누르는 것 같았다. 그녀는 무척이나 지치고 힘겨워 보였다.

"매들린 날 도와주기로 한 거예요. 여기까지 저이를 데려왔으니까."

이사벨이 더러운 손으로 매들린의 손을 붙잡았다. 매들린이 한 손으로 안경을 추켜올리며 몸을 떨었다.

"저는 잠시 이곳을 떠나있어야 할 것 같아요. 그동안 잭을 돌봐줘요."

"그건, 미안하지만 이사벨……."

매들린이 고개를 저었다. 아무리 생각해도 이건 아니다. 신원도 제대로 모르는 사람을 저택에 들인다는 것 자체가 상식적이지 않았다.

"부탁이에요. 말했듯이 딱 일주일간만이에요. 그 뒤에 잭은, 제이크는 떠날 거예요. 절대로 문제가 되지 않는……."

"이사벨. 됐으니까 그저, 이곳으로 돌아올 거란 말만 해줘요."

"돌아올 거예요." 이사벨이 처음으로 희미한 미소를 지었다.

"좋아요. 그러면 딱 일주일이에요. 나는 저 사람을 딱 그때까지만 돌볼 거예요. 그 이후로 저이가 나가지 않는다면, 당신이 돌아오지 않는다면, 어떤 수단이라도 써서 쫓아낼 거예요."

"고마워요."

그 말을 들은 이사벨이 왈칵 울음을 터트렸다. 많이 충격을 받은 모양이었다. 그 어린 나이에 병원을 만들고 사람들을 구한 대단한 사람이 지금은 한없이 연약해 보였다. 매들린은 그녀를 끌어안았다.

"이사벨. 고마워하지 말아요. 당신이 내게 해준 모든 일에 비하면 아무것도 아닌걸요." 매들린이 눈을 감았다. "꼭 돌아와야 해요. 이건 부탁이 아니에요. 반드시 와야 해요."

이안을 위해서라도, 이곳의 사람들을 위해서라도요.

다음날, 이사벨 노팅엄이 사라졌다는 소식은 저택을 뒤흔들었다. 그녀는 장문의 휘갈긴 편지를 어머니에게 남긴 채로 종적을 감췄다. 그녀의 방은 급하게 옷가지를 챙겼는지 난장판이었다.

가출이었다. 모두가 아연실색한 와중에, 매들린은 조용히 할 일을 했다. 비밀은 죄책감을 불러일으켰다. 한마디 한마디 쉽게 내뱉을 수 있는 말이 없었다. 이사벨은 자신이 어디로 가는지 밝히지 않았다. 이사벨은 몇 번이고 미안하다고 썼으나 돌아오겠다는 말은 하지 않았다. 약속할 수 없었던 것이리라.

병원은 그야말로 쑥대밭이었다. 간호사들은 정신적 구심점인 이사벨이 사라지자 동요했다. 결국, 매들린이 더욱 씩씩한 척하며 그들을 다독이는 수밖에 없었다.

이안, 에릭, 그리고 선대 백작부인은 이사벨을 찾겠노라고 런던으로 출발했다. 경찰에 신고를 한다느니, 사설탐정을 고용한다느니 말이 많았으나 일단 가족들이 직접 찾는 편이 낫다는 판단이었다. 경찰이 엮이면 안 된다는 것은 다들 직감적으로 알았다. 이사벨이 전쟁 전에 어떤 이들과 어울렸는지를 알았기 때문이었다. 그들이 런던행 열차를 타기 위해 떠날 때였다. 저택 문을 나서려던 이안이 돌연 매들린에게로 다가왔다. 그가 매들린의 귀에 속삭였다.

"걱정하지 마시오."

가까이에 뚜렷하게 음영진 남자의 얼굴이 있었다. 합리적인 표면 밑에 들끓는 열기가 느껴졌다. 그것은 이사벨의 정열과 똑 닮은 면이 있었다.

"안전하게 다녀오세요."

그 말을 내뱉는 자신이 가증스러워진 매들린이 입을 꾹 닫았다. 그녀의 떨리는 손가락 끝을 이안이 가볍게 감싸 쥐었다. 장갑을 끼지 않은 그의 손등에는 화상 자국들이 굳어 단단했다. 반대로 장갑을 낀 손은 너무나도 부드러워, 모든 일이 거짓말 같았다.

밤이 깊어졌다. 어둠이 지고, 환자들은 잠을 청한다. 오로지 몇 명만이 깨어있는 시간이었다. 매들린은 조용히 먹을 것을 챙겼다. 돼지고기 조림 요리와 거친 식사 빵, 그리고 포도주 등을 광주리에 넣고 위에 헝겊을 덮었다. 당직 간호사를 피해 몰래 발걸음 소리를 숨기며 지하실로 내려갔다. 늘 오가던 하인 층 창고 뒤에 자하실로 가는 층계참이 또 있었을 줄이야. 하긴, 이 저택에 몇십 년을 살아도 모든 통로를 알 순 없을 것 같았다. 그만큼 넓고 복잡한 곳이었다.

지금 와서 생각해보면 전생에 악명이 자자했던 저택과 관련된 소문에는 다 나름 이유가 있었던 것이다. 저주받았다느니, 귀신 들렸다느니 하는 소문 말이다. 어쩌면 내가 새 삶을 얻게 된 것도 이 저택과 관련 있을지도 모르지. 소름이 오소소 돋았다.

그녀가 광주리를 들고 지하실로 가자 그곳에는 랜턴을 한켠에 둔 채 한 남자가 누워 있었다. 누워있던 남자는 매들린의 발소리가 들리자 소스라치듯 상체를 일으키며 그녀를 향해 총구를 겨눴다. 총구. 그래. 총이었다. 매들린을 향해 총을 겨눈 남자의 턱 가에는 벌써 까슬까슬하게 수염이 올라와 있었다. 살짝 탄 피부였으나 어떤 혈통이라 특정 짓기에는 애매했다. 곱슬기 있는 갈색 머리는 아무렇게나 헝클어져 있었고 눈썹은 굵었다.

꼬질꼬질한 누더기를 걸친 것 같은 행색과 사나운 눈동자만 아니었다면 꽤 호감형이라고 할 수 있었을 게다. 물론 남자에게 좋은 감정을 품기란 불가능했다. 일단 총을 거누고 있다는 것부터가.

품 안에 총이 있을 거란 생각을 못 했어. 마음 한쪽이 싸늘하다 못해 차갑게 얼어붙었다. 안일했다. 그의 품 안을 먼저 살폈어야 했다. 매들린은 광주리를 바닥에 내려둔 채 두 손바닥을 보이며 들어 올렸다.

"당신을 여기까지 애써 끌고 왔는데 총에 맞아 죽으면 억울할 것 같네요."

물론 빈정거리는 건 잊지 않았다. 두려움보다는 분노가 올라왔다. 저 남자 때문에 이사벨과 자신이 어떤 위험을 감수하고 있는데! 남자의 입매가 조심스럽게 일그러졌다. 그가 주저하며 물었다.

"당신. 이사벨의 친구인가."

"이사벨의 친구긴 하지요. 하지만 그렇다고 해서 당신의 친구까지 될 필요는 없을 것 같네요. 일단 총부터 내려놓으시죠?"

"……."

살이 빠져 푹 패인 남자의 볼이 민망함에 붉어졌다. 그가 총을 내리자 매들린이 광주리를 다시 집어 들고 그에게 다가갔다.

"일주일이에요. 딱 일주일. 그 이후에 여길 떠나세요."

그렇지 않으면 저도 다른 사람들에게 말할 수밖에 없어요. 진심이었다.

"어차피 오래 있을 생각은 아니었어."

그 말을 내뱉은 남자가 갑자기 윽, 소리를 내며 미간을 찌푸렸다. 매들린이 서둘러 그의 가까이로 다가갔다. 간호사로서 반사적으로 나온 행동이었다. 그녀가 남자를 천천히 짚단에 눕힌 다음 품 안을 열었다. 당황한 듯 옷으로 살갗을 가리려는 남자의 손을 야무지게 쳐냈다.

"방해하지 마세요."

그녀가 지체 없이 치밀한 눈빛으로 환부를 살폈다. 흉기로 찔린 자상이 벌어져 있었다. 그날 이사벨이 진작에 조치를 취하지 않았더라면 남자는 과다 출혈로 저승에 가고도 남았다.

그녀는 광주리에서 새 붕대를 꺼냈다. 붕대를 교체하는 손놀림에도 한 치의 흔들림이 없어서, 남자는 그대로 넋 나간 듯 몸을 맡길 수밖에 없었다.

"간, 간호사인가⋯⋯."

"아니라면 또 어쩌실 건데요. 그렇다면 또 어쩔 것이고."

그녀가 무뚝뚝하게 응수하자 남자는 입을 다물었다. 붕대를 다 갈아준 매들린이 광주리에 덮인 헝겊을 거두었다. 그녀가 팔꿈치로 남자에게 음식을 들이밀었다.

"먹어요."

"왜 나를 돕는 거지?"

남자의 눈에 산뜩 서린 경계심이 마치 덜 길들어진 맹수 같았다. 허기질 텐데도 저렇게 의심하는 것을 보니, 확실히 쫓기는 사람이다. 매들린은 확신했다.

"딱히 당신을 위해서가 아니라 이사벨에게 받은 은혜를 갚기 위해서예요."

매들린에게는 이사벨 노팅엄을 지켜내야 할 책무가 있었다. 이사벨이 그녀를 병원으로 불러준 덕분에 매들린은 새로운 인생을 살 수 있었다. 하지만 다른 이유도 있었다. 매들린이 개입해서 이사벨은 죽지 않고 이 현실 속에서 살아있다. 그러니, 매들린은 끝까지 그녀를 책임져야 할 나름의 의무 같은 게 있었다. 하지만 그걸 전부 낯선 남자에게 털어놓을 순 없었다. 매들린은 그를 빠른 손길로 챙긴 후 자리에서 일어섰다. 뒤돌아선 그녀를 뒤에서 남자가 불렀다.

"이름이 뭐지."

"알아서 좋을 게 있나요?"

"제발……."

어쩐지 갈급한 목소리. 다급하고 혈기 넘치며, 자신을 주체하지 못하는 이의 목소리였다. 매들린이 고개를 돌려 남자를 봤다.

"매들린 로엔필드."

"매들린…, 내 이름은 제이크요."

제이크. 사실 이런 상황에서는 서로의 이름을 아는 게 독이었다. 매들린은 착잡한 심정으로 뇌까렸다.

"일주일이에요. 그 뒤에는 꼭 여기서 나가야 해요."


낯선 사람이 지하에 서식하고 있다는 사실을 인지한 채로 평소처럼 구는 데에는 한계가 있는 법이었다. 그러나 불행인지 다행인지 이사벨의 가출로 인해 모두가 정신이 없었다.

매들린 역시 바보처럼 지하실의 남자를 돕기만 할 요량은 아니었다. 이사벨과의 약속은 약속이었지만, 그가 돌변해서 모두에게 해를 끼칠 가능성을 배제할 순 없었다.

한마디로 그를 믿을 수 없었다. 그게 문제였다. 남자가 가지고 있는 총을 생각하면 불안스러운 생각이 그녀의 척수를 타고 슬금슬금 타올라 왔다. 어떻게 상황을 모면했지만 돌이켜 생각해 보니 극도로 위험하지 않았는가. 까딱하면 저택의 지하실에서 시체로 발견될 뻔했다.

"매들린, 매들린."

그렇게 딴생각을 하고 있던 그녀를 동료인 아네트가 불러세웠다.

"무슨 일, 있어요?"

매들린이 화들짝 놀라자 아네트가 안쓰럽다는 표정을 지었다.

"노팅엄 경이 전보를 보냈어요."

"……"

이사벨이 사라진 지 이틀째였다. 아네트가 매들린의 품 안으로 작은 쪽지를 집어넣었다. 아네트가 복도의 저편으로 걸음을 옮기고 나서야 접힌 쪽지를 폈다. 그 안에는 단신이 적혀 있었다.

[지나치게 걱정하지 말고 무리하지 말 것. 당신의 I가.]

"……"

동생을 찾느라 정신없는 와중에도 부러 전보를 보내다니. 게다가 '당신의 I'라는 표현이 가슴에 뜨겁게 스며들었다. 매들린이 조심스러운 손길로 쪽지를 접어 앞치마 주머니에 넣었다.

"……"

역시 이사벨을 말렸어야 했다. 그러나 매들린은 이사벨의 성정을 잘 알았다. 그녀를 말리는 건 불가능에 가까웠다. 곧은 나뭇가지를 꺾을지언정 휘게 할 수는 없듯이. 결국, 답은 하나였다. 지하실의 남자를 어떻게 해서든 그에게서 알아낼 건 알아내야 했다. 그녀는 밤에 몰래 가져갈 메뉴를 고민하는 한편으로, 다시금 다짐했다.

그날 밤, 매들린은 조심스럽게 층계를 내려갔다. 돌계단이라 삐걱이는 소리가 나지 않아 다행이었다. 그녀가 광주리를 이고 오자 기척이 섬뜩하게 다가왔다. 등 아래로 남자가 웅크린 늑대 인간처럼 매들린에게 기어오려 하고 있었다. 매들린이 작게 으르렁거렸다.

"멈춰요."

남자가 멈췄다. 매들린이 광주리를 바닥에 내려놓은 뒤 발로 그것을 밀었다.

"드세요."

남자는 잠시 주저했다. 이내 광주리 위의 천을 걷어내고 허겁지겁 빵과 치즈를 먹는 남자를 보며 매들린이 심호흡했다.

"난 당신을 믿을 수 없어요."

"피차일반이야."

"장난하는 거 아니에요."

"내 말이 장난으로 들리나."

남자가 음식을 우걱이며 위협조로 중얼거렸다. 우물거리는 모습 때문인지 위협은 실패했다. 그녀는 남자가 전혀 무섭지 않았다. 그보다 절박함이 앞섰다.

"이사벨, 어디 있어요."

"그걸 나도 알면 좋겠군."

남자는 딱히 거짓말을 하는 것 같지는 않았다. 그의 전반적인 낙담한 분위기가 많은 것을 설명하고 있었다.

"하지만 어떤 방식으로든 당신들끼리 소통하는 수단이 있을 거 아녜요."

"……."

그 말에 남자가 짐승처럼 눈을 희번덕거리며 매들린을 노려봤다. 매들린이 담담하게 말했다. 그녀의 안경알이 랜턴의 불빛을 반사하며 빛났다.

"난 당신이 두렵지 않아."

두렵지 않아. 정말로 두렵지 않아. 속으로 혼잣말을 되뇌고 되뇌며 매들린이 한 발자국씩 남자를 향해 다가갔다. 두렵지 않다는 혼잣말과 달리 손에는 어찌나 땀이 나는지 한 손에 든 랜턴을 떨굴 지경이었다. 몸을 숙이고 남자를 향해 위협적인 눈빛을 보냈다. 마치 맹수와 대적하는 조련사처럼. 얼마나 같잖아 보일지는 부러 생각하지 않았다.

남자 역시 경계하는 짐승 같은 눈빛을 쏘아댔다. 그렇게 한참의 대치 상태가 흘렀다. 일각이 여삼추라, 무슨 세 시간을 노려보고 있는 것 같았다. 그리고…….

"풉."

느닷없이 남자가 웃음을 터트렸다. 풋. 어떻게 들어도 비웃는 소리였다. 그리고 남자는 나자빠져 폭소하기 시작했다. 어찌나 웃어대는지 나중에는 복부의 상처가 벌어지는 거 아닌가 싶었다(이 와중에 매들린은 그런 걸 걱정했다).

"뭐야……."

장난하는 건가. 자신이 장난하는 걸로 보이는 건가.

"내가 하는 말이 우스워요?"

"딱 봐도 샌님 귀족 아가씨처럼 보이는데, 사람을 죽여본 적은 있나?"

남자의 얼굴에는 여전히 웃음기가 역력했다. 죽어본 적은 있는데…… . 매들린이 아무 말도 하지 않는 동안, 남자가 계속해서 빈정거렸다.

"간호사 양반. 먹을 걸 주는 건 고맙지만 연락책을 밝히느니 차라리 죽겠어. 목숨보다 소중한 거라고."

"당신만 지킬 게 있는 건 아니에요. 내게도 목숨보다 소중한 건 있어요." 매들린의 목소리는 싸늘했다.

"당신 때문에 이 집안사람들이 곤란에 처하면… 가만 안 둘 거예요. 내 목숨을 걸고 맹세하죠."

"이 집안이 당신에게 퍽 중한 것 같군요. 귀족 아가씨."

남자가 혼자 뇌까렸다.

"그렇다 해도 그들은 뱀 같은 인간들이요. 어떤 관계인지는 모르겠지만, 뭔 짓을 해도 이용당하다 버려질 뿐이라고."

"……."

"귀족을 믿지 마요. 아무도, 아무도 믿지 말라고요."

"……."

"결국, 당신은 진짜 전쟁을 몰라. 여기서 환자들을 돌보는 건 대단해. 인정하지. 하지만 당신은 나라를 위해 목숨을 바치고도 버림받는 사람들의 심정을 모른다고. 그리고 그 나라가 얼마나 많은 사람들을 핍박하고 있는지도."

남자의 말은 매들린의 인생을 부정하고 있었다. 그러나 그의 형형한 눈을 마주 바라보며, 매들린은 무연히 고개를 돌릴 수밖에 없었다. 전의를 상실했다고 해야 할까. 그와 말다툼을 시작했다가는 승산이 없었다. 이사벨과 그녀의 친구들은 다 한 말솜씨 하는 모양이었다.

"그럴지도 모르죠. 전 아는 게 별로 없으니까요. 아무튼, 연락책을 알려달라고요."

몇 마디 대화만으로도 서로 좁혀지지 않는 입장 차이가 극명하게 드러났다. 남자의 거친 북부 말투와 매들린의 나긋나긋한 악센트가 물과 기름처럼 겉돌았다.

"말해요."

이사벨의 안위, 그리고 이안의 평안. 매들린에게는 지금 그 둘만이 중요했다. 나머지는 그리 깊이 관여할 주제가 못되었다. 아니, 별로 신경 쓰고 싶지도 않았다. 남자가 어떤 대의를 추구하건 간에 그녀가 참견할 일도 아니었고. 그러니, 남자가 귀족과 이안을 비방하는 말을 한다고 해서 화나진 않았다. 심지어 그녀는 남자의 말에 어느 정도 진실이 있을 거라 봤다. 객관적으로 봤을 때 이안은 끔찍한 사람이 맞을지도 모른다. 그 사실까지 부정하고 싶은 것은 아니었다. 하지만 매들린에게 있어 이안 노팅엄은 외로움에 고여있는 사람일 뿐이었다. 그리고 그를 건져내기 위해서라면, 그녀는 많은 것을 희생할 수 있었다.

잔뜩 뒤틀려 깨진 렌즈 알처럼 그녀는 자신이 이성을 잃었음을 무겁게 받아들였다. 그래, 자신의 손이 닿을 때마다 사시나무 떨리듯 떠는 남자를 떠올리면 가슴께 깊은 곳에서 뜨거운 뱀의 혓바닥처럼 타오르는 충동이 있었다. 그 격정을 어찌 부정하랴. 눈앞의 남자가 부리부리한 눈을 깜빡이더니 입으로 쯧쯧 소리를 냈다.

"젠장. 여기 집주인 나으리에게 단단히 반하기라도 했나. 당신의 그 순진무구한 눈을 보니 내 마음이 약해지는군."

"헛소리는 집어치우고 내놔요. 연락처."

"당신을 어떻게 믿고?"

"말을 돌리시네요. 그렇담 지금 저는 당신을 믿어서 이렇게 도와주고 있나요? 가는 게 있으면 오는 게 있어야죠."

"일리가 있군."

남자가 그 말에 살짝 고개를 기울이더니 쓴웃음을 지었다. 철컥. 그때였다. 철컥, 하는 소리에 매들린이 소스라치게 놀랐다. 그것은 남자, 제이크가 총의 잠금장치를 거는 소리였다. 그가 한숨을 쉬었다.

"날 못 믿겠으면 이거라도 가져가. 하지만 연락처는 못 줘."

그가 피스톨을 바닥에 내팽개친 뒤 발끝으로 툭, 차서 매들린 쪽으로 미끄러트려 보냈다. 매들린이 어두침침한 바닥을 더듬자 바로 앞에 차가운 총신이 손가락 끝에 닿았다. 뱀을 만진 것처럼 소름이 돋았다. 사람을 죽일 수도 있는 물건. 총. 이 발명품으로 인해 얼마나 많은 사람들이 죽었는지……. 매들린은 그것을 집어 들고 조심스럽게 품 안으로 가져갔다.

"날 못 믿겠다고 하면서 총은 또 주는 건가요. 내가 원하는 건 이게 아닌데요."

남자가 어깨를 으쓱했다.

"적어도 나는 날 도와준 사람을 쏴버리는 쓰레기는 아니란 걸 보여주기 위해서지. 일종의 보증수표라고 해야 할까."

"이런 걸 내게 떠넘기고서 잘도 그런 말을 하는군요."

매들린이 총을 등 뒤로 숨겼다. 이 무시무시한 물건을 그냥 넘겨주는 남자의 의도가 의심스러웠다.

"마음대로 해. 버려도 괜찮아."

"총인데 쉽게 버릴 수 있을 리가 없잖아요!"

눈앞의 남자는 제멋대로였다. 매들린은 머리끝까지 화가 솟구쳤다. 누구 때문에 지금 이렇게 마음을 졸이고 지내는데! 이사벨의 행방도 안 알려준다고 하지. 총이나 주고 말이지. 고집을 부리는 남자에게 열불이 났다.

"게다가 저는 당신에 대해서 아는 것도 없는데요. 당신이 쓰레기건 아니건 뭐가 중요한가요."

"그래. 그것도 일리가 있어. 자기소개가 늦었군. 내 이름은 제이크고, 이사벨의 친구지."

"장난하세요?"

남자는 지금 이 모든 상황이 장난인 것처럼 굴고 있었다. 갑자기 궁금하지도 않은 자기소개를 하고 있다. 매들린이 무슨 바보인 줄 아는 모양이었다. 그러나 남자는 매들린의 분노에는 아랑곳하지 않고 자기 이야기를 이어나갔다.

"내 피에는 집시의 피가 흐르고, 우리 할머니는 주술사였어. 하지만 나는 용케도 런던에 있는 대학에 갔단 말이지."

"그래서……."

그래서 어쩌란 말이에요. 당신의 과거 이야기 따위는 궁금하지도 않는데. 매들린이 미간을 한껏 찌푸렸다. 지금 사람이 하는 말이 말 같지도 않나. 남자가 한쪽 손을 들어 올렸다.

"화난 건 알겠지만, 내 이야기 좀 들어봐달라고. 적어도 내가 왜 칼을 맞았는지 당신이 납득할 수 있게라도 말이야."

그가 이야기를 시작했다. 어느덧 한 시간 정도가 지난 것 같았다. 그러나 둘은 시간을 잊은 지 오래였다. 매들린은 어느덧 남자의 옆에 쭈그리고 앉아 그의 이야기를 듣고 있었다. 총을 빼앗기지 않도록 긴장을 늦추지 않았다. 하지만 그것조차 가끔은 허술해질 정도로 남자의 이야기에는 설득력이 있었다. 그가 겪은 불의와 운동에 투신한 계기까지. 불공평한 세상에 맞서는 게 얼마나 소중한 일인지. 매들린은 숨죽여 듣기만 했다.

자신의 두 번째 인생보다 훨씬 역동적인 삶이었다. 무대가 파리였다가, 런던이었다가, 더블린이었다가, 시시각각 바뀌었다. 남자 역시 자신의 이야기에 어지간히 몰입한 것 같았다.

"이 사회에는 거대한 불의가 있어요. 그런데도 사람들은 그걸 못 본 척 잠자코 있단 말이죠. 우리는 그런 상황을 용납할 수 없을 뿐인 겁니다."

어느덧 남자의 말투는 자못 공손해져 있었다.

"하지만 그렇다고 해서 모든 기업가나 지주가 악한 것은 아니잖아요?"

"그럴 수도 있겠죠. 하지만 그들이 악하지 않아도 체제가 악하다는 게 문제예요." 그 악한 체제를 깨부수는 게 중요하고.

"……."

그의 말투는 어느덧 퍽 누그러져 있었다. 다만, 매들린은 고개를 갸웃했다. 평생을 귀족 아가씨로 살아와서인지 그녀로서는 다소, 받아들이기 힘든 이야기였다. 러시아에서 혁명이 일어난 것은 알고 있었으나 그것은 아주 먼 세계의 일처럼만 느껴졌을 뿐이었다. 이사벨도 이런 생각을 하고 있었겠지. 그저 놀라울 따름이었다.

이사벨은 매들린에게 자신의 견해에 대해서 일언반구도 하지 않았다. 서운하지 않았다면 거짓말이지만, 그게 그녀 나름의 배려였을 거라는 생각도 들었다. 문득 궁금증이 일어난 매들린이 남자에게 질문했다.

"그러면 당신은 참전하지 않았나요? 당신의 말에 따르면 그 전쟁이라는 것도 부르주아 나라들 간의 다툼일 뿐일 텐데요."

"당신 말대로 난 참전했습니다. 전쟁이 터지자마자 자원했죠."

"……."

"이런 나를 위선자라고 생각해도 좋아요. 하지만 현실적으로 할 수 있는 걸 하고 싶단 겁니다. 지금은 버밍햄이나 다른 남부 도시들을 돌아다니면서 조합을 조직하는 걸 돕고 있어요. 아일랜드 노동자들도, 스코틀랜드 노동자들도, 유대인들도, 흑인 동지들도 전부 살 만한 세상에서 살 수 있었으면 합니다. 소박한 목표 아닙니까."

"……."

소박한 목표. 매들린은 고개를 끄덕였다. 전혀 나쁜 이야기는 아니었다. 나쁜 이야기가 아닐 뿐이랴. 매들린 자신의 사고보다 진취적이지 않은가. 사회를 뒤바꾸려는 것일진데, 그녀는 자신이 그 앞에서 퍽 고리타분하단 생각이 들었다.

"하지만 그 과정에서 누군가가 다친다면……."

"하."

"그렇잖아요. 러시아에서 일어난 일을 나도 알고 있어요. 많은 사람이 죽……."

"이봐요. 로엔필드 양. 우리가 폭력을 쓰는 건 어디까지나 최후의 수단이랍니다. 누가 제일 그 폭력이란 걸 쓰는 줄 알아요? 노동쟁의를 하면 짐승을 잡듯이 몽둥이를 휘둘러대는 그 잘나 신 자본가 나리들이 그럽디다."

"……."

"루드로에서 많은 사람들이 죽었지요. 비단 미국뿐만의 이야 기겠습니까. 여긴 더 심각하다고 봐요. 세계 각국의 노동자들은 그렇게 짐승만도 못한 취급을 받으며 하루하루 살아가고 있으 니까요."

"……."

"뭐, 딱히 당신 기분 나쁘라고 한 소리는 아니에요. 훈계처럼 들렸다면 정말 미안하고요."

남자가 별안간 풀 죽은 매들린의 눈치를 보기 시작했다. 그가 헛기침을 하며 화제를 돌렸다.

"우리 중에서 제일 배우고 똑똑한 건 이사벨인데 말이에요. 그녀라면 더 그럴싸하게 설명할 수 있었을 겁니다. 내가 좀 말 주변이 없긴 해요."

"글쎄요. 그런 것 치고는 길게도 이야기하시던데요."

매들린이 씁쓸하게 웃었다. 그녀가 빈 광주리를 들었다.

"오늘의 천일야화는 여기서 끝내도록 하지요. 그나저나 닷새 뒤에는… 약속한 대로 정말 가셔야 해요. 이사벨도 돌아와야 하 구요."

그녀는 계단을 올라갔다.

다음 날 아침 그녀는 신문지 더미를 뒤졌다. 남자가 말해준 이야기를 바탕으로 사건을 짜 맞춰 가니 그럼직한 사건은 단 하나쁜이었다. 스토크온트렌트에서 공장 두 채가 전소되고, 국왕을 모욕하는 전단지가 뿌려졌으며 경찰관 한 명이 상해를 입었다. 주모자는 부상을 입고 도주 중. 당국은 현상금을 걸 예정.

매들린의 푸른 눈이 차분하게 가라앉았다. 그녀는 그 사건의 내용이 담긴 신문지를 난로에 전부 태웠다. 지하실의 남자, 제이크는 그 사건의 주모자일 가능성이 높았다. 무척이나 과묵했던 첫인상과 달리 남자는 쾌활한 성격이었다. 매들린과 흉금을 터놓고 대화를 나누자 한결 이완되어 시시껄렁한 농담 따먹기까지 주고받기 시작했다. 그럴 때 남자의 얼굴은 상처받은 야수라기보다는 커다란 개 같았다. 웃을 때를 보면 에릭과 동갑으로 보이는 만큼 앳된 상이었다.

매들린 역시 인정하고 싶지 않지만, 그가 나쁜 사람이라는 생각은 들지 않았다. 그렇게 생각하는 것 자체가 위험하단 건 알았다. 남자가 무엇 때문에 쫓기는지 아는데도 갈등하는 자신을 스스로도 이해할 수 없었다. 수배령이 내려진 남자다. 확실히 올바른 시민이라면 그를 신고해야 하는 걸지도 모른다. 하지만, 몇 마디 이야기를 나눴다고 말이지, 그럴 생각이 들지 않았다. 이상한 일이었다. 평소 같았으면 적어도 다른 사람에게 먼저 알렸을 텐데.

번뇌와 불면이 그녀를 괴롭혔다. 한 편에는 알량한 정의감과 연민, 그리고 다른 한 편에는 '상식'이 있었다. 그 둘은 끊임없이 엎치락뒤치락하며 그녀를 시험에 빠뜨렸다.

남자가 피를 흘리며 나타난 지 나흘이 지난 밤이었다. 잠을 제대로 못 자 눈이 퀭한 매들린은 그날도 남자를 위한 식사와 옷을 가져다줬다. 묵묵히 음식을 먹던 남자가 갑자기 졸음에 빠져 고개를 끄덕이는 매들린에게 툭, 내뱉듯 제안해왔다.

"로엔필드 양."

"……."

"당신의 제안을 생각해봤습니다. 내 부탁을 들어주면, 나도 그대가 원하는 걸 줄 수 있을 것 같군요."

"……!"

"난 곧 엑시터로 떠날 겁니다. 그 전에 이 쪽지를 여기 적힌 주소로 보내줘요. 전보 보내는 법은 알지요?"


매들린은 꼬깃꼬깃 구겨진 쪽지 하나를 목숨줄처럼 쥐고 있었다. 전신 주소가 적혀 있는 쪽지는 조직의 연락처였다. 아마 이사벨은 그들과 함께 있지 않을까 싶었다.

이안에게선 어떤 다른 메시지도 없었다. 런던에서는 도대체 무슨 일이 일어나고 있는 걸까. 지금이라도 이 사실을 노팅엄 가족들에게 알려야 하는 것은 아닐까. 감당하기 어려운 비밀의 무게를 생각했다. 총과 남자. 남자와 이안. 이안과 자신에 대해서.

[A는 3일 뒤 엑시터로 갈 예정]

남자의 부탁대로 우체국에서 짧은 전보를 보내는 데에도, 긴장이 되었다. 이를 악무느라 관자놀이가 시큰할 지경이었다. 마치 자신의 얼굴에 대놓고 '위험한 사람을 몰래 숨겨놓고 있음'이라고 쓰여있는 것 같았다. 그러나 겉으로는 아무것도 아닌 것처럼 태연하게 굴 수 있었다. 귀족 여성으로서의 고된 사교계 훈련이 이런 곳에는 쓸모가 있었다.

시내에 나온 김에 매들린은 방한용 외투를 하나 샀다. 그리고 이안을 위해 손목시계 하나를 맞췄다. 회중시계는 이제 그에게 불편할 테니까, 이렇게 손목에 찰 수 있는 게 낫겠지. 그녀의 벌이를 생각하면 제법 큰 지출이었으나 부담스러운 정도는 아니었다. 둥근 평범한 원형 시계에 검은 양가죽으로 된 스트랩은 이안의 뼈대 굵은 손목에 제법 잘 어울릴 것 같았다. 그 상상만으로도 근래 그녀를 짓누르던 근심이 조금은 잊혔다.

매들린의 부드러운 얼굴에 미소가 번졌다가 다시 사그라들었다. 편하게 쇼핑을 즐기기에는 심사가 너무 복잡했다. 이사벨은 정말 괜찮은 거겠지. 연인을 구하러 동분서주하고 있는 걸까. 미국이라거나, 러시아라거나. 그런 곳으로 도망친 건 아니겠지. 아니다. 이사벨이 자신의 입으로 곧 돌아오겠다 했으니 돌아올 것이다. 하지만 그렇다 해도 마음속에 뱀처럼 똬리를 튼 불안감을 완전히 억제할 수는 없었다. 이사벨 노팅엄은 지난 생에서 스스로 목숨을 끊었던 여자였다. 그녀가 어떤 일을 감행할지는 그 누구도 짐작할 수 없는 것이었다.

시내에서 돌아오자마자 매들린은 지하실로 내려갔다. 남자가 잘 있는지 확인하고 싶었다. 어쩌면 그가 자신의 상상에서 만들어낸 존재가 아닐까 확인하고 싶은 마음도 있었고.

그러나 그곳에 그는 없었다. 안경을 고쳐 쓰고 랜턴을 이리저리 휘둘러봐도 없었다. 매들린이 종종걸음을 뛰며 그가 있었던 자리를 손으로 헤집었다. 정말 사라졌어. 환상처럼. 수증기처럼. 열에 들뜬 목소리로 자신에게 역사에 대해서 말하던 사람이. 짚더미를 정신없이 뒤지자 꾸러미가 있던 벽 귀퉁이에 작게 분필로 글귀가 쓰여 있었다.

그동안 고마웠소. 동지

"허⋯⋯."

동지라니. 웃기지 말라고. 매들린이 한숨을 내쉬었다. 문제가 생기기 전에 사라져서 다행인 일일지도 몰랐다. 무척이나 허탈해 가슴에 구멍이 뚫린 것과는 별개로 말이다.

"안전하게 가든지, 말든지."

저도 모르게 그의 안녕을 기원하는 것까지는 어쩔 수 없는 일이었다. 잠깐 사이에 정이라도 든 모양이었다.


다음날 전보의 답신이 도착했다.

[알겠다. I는 잘 있음. 곧 런던을 떠날 예정]

놀란 가슴을 몇 번이나 쓸어내렸는지 가슴께가 닳아 없어져 버릴 것 같았다. 이사벨이 무사하다. 곧 돌아온다 했다. 하지만 동시에 모든 게 후련해진 건 아니었다. 지하실의 남자는 무사할지, 그로 인해 무슨 일이 일어날지, 총을 계속 가지고 있는 건 괜찮은 건지. 걱정스러운 마음만 계속되었다.

불길해. 아무래도 총은 은밀한 장소에 버려야겠다 싶었다. 하지만 정확히 어디에? 실탄은 이미 도랑에다 버렸지만, 총은 어디에다 잘못 두었다가는 도리어 문제가 더 커질 수도 있었다. 버리려면 아주 먼 곳에다가-적어도 강에다가-빠뜨려야 할 것 같았다.

전보는 사실이었다. 이사벨은 노팅엄 일가와 함께 돌아왔다. 백작부인은 피로한 얼굴로 그녀의 팔을 붙잡았고, 이사벨은 그보다 더 창백한 안색을 한 채로 고개를 푹 수그리고 있었다. 챙이 긴 모자가 그녀의 눈을 가렸다.

가솔들은 이 소동과 수치에 대해서 어찌할 줄 몰랐다. 이미 사교계나 런던에 소문은 퍼질 대로 퍼진 상태였다. 노팅엄 일가의 여식이 남자 한 명 때문에 가출했다는 소문이었다. 그러나 차라리 그런 가십이 나을지도 모른다. 그 뒤에 얽혀있는 어마어마한 문제가 드러나는 순간, 모든 것이 풍비박산이 날 테니까.

이안은 가장 마지막에 차에서 내렸다. 그는 특별히 더 피로해 보이지는 않았다. 원체 평소 염세적인 얼굴을 하고 있어서였을 것이다. 그런 그가 마중 나와 있는 매들린을 보더니 주춤했다. 목발을 손에 쥐고 삐걱거리면서 매들린에게 다가왔다.

그가 매들린의 바로 앞에 멈춰 섰다. 올려다본 남자의 얼굴이 살짝 상기되어 있었다. 그러나 그곳에는 다른 감정들도 있었다. 눈가에 둘린 불그스름한 기운, 억지로 미소지으려는 듯 뒤틀린 입매, 그리고 규칙적으로 경련하는 한쪽 손.

"오랜만이에요."

"그렇군. 정말 오랜만⋯⋯."

남자가 고개를 돌려 기침했다. 그가 비틀거렸다. 남자에게 생겼던 용기와 안정감은 며칠 사이에 전부 연기처럼 증발해버린 것 같았다. 그 광경에 몹시도 불안해진 매들린이 선수를 쳤다.

"이안. 이사벨이 무사해 보여서 다행이에요."

"다행인지는 두고 봐야겠지. 그나저나⋯⋯."

매들린이 미약한 죄책감으로 주저하는 바로 그때였다. 이안의 성마른 얼굴이 갑자기 풀어지며 그곳에 미약한 온기가 깃들었다. 그것은 놀라운 발견이었다. 누구보다 강건한 강철로 만들어진 복잡한 장미 같은 인상.

"매들린. 보고 싶었소."

감정표현을 잘 하지 않는 남자에게는 놀라우리만치 솔직한 발언이었다. 매들린의 심장이 낙하하는 것처럼 울렁거렸다. 남자가 며칠간의 고생으로 지친 건 분명했으나, 그의 기세는 전혀 꺾이지 않았다. 그는 매들린이 생각했던 것보다 더 강했다.

이안 노팅엄의 입꼬리가 완만하게 올라갔다. 무언가 지나치게 연약하며 사랑스러운 것을 보는 사람처럼 눈이 가늘어졌다. 그의 눈꺼풀 속에서 명멸하는 초록색 눈빛을 받아, 매들린의 가슴께가 말랑말랑해진 것 같았다. 이안이 그의 거친 손끝으로 아주 조심스럽게 매들린의 손등을 쓸었다.

"정말, 보고 싶었소."

"없는 동안 심심했어요. 이안."

이안이 어쩌나 솔직하게 구는지, 도리어 매들린 쪽이 민망함을 가시려 노력했다.

"거 참. 이상하군. 내가 그리 재밌는 사람은 아닌데……."

뒤늦게 이안이 말을 흐리며 그녀의 어깨를 다독였다. 그가 거대한 날개로 감싸듯 그녀를 인도했다.

"바깥이 추우니, 이만 안으로 들어갑시다."


이사벨은 근신 처분을 받았다. 그녀는 저택 맨 위층에서 꼼짝달싹할 수 없었다. 노팅엄 일가는 응접실을 걸어 잠그고 몇 시간 동안이나 이야기를 나눴다. 이사벨의 처우를 어떻게 할 것인가. 그 위험한 무리들로부터 갈라놓을 수 있을 것인가. 단순히 치정문제로 치부하기에는 이미 지나치게 사건이 커졌다. 앞으로 일이 어떻게 풀릴지는 알 수 없는 일이었다.

응접실에서 나온 이안은 지쳐 보였다. 그러나 절망적인 기색은 없었다. 응접실 밖으로 나온 그는 곧장 매들린에게로 다가와 그녀의 손바닥 속으로 슬쩍 무언가를 건넸다.

손목시계였다. 초록색 가죽이 스트랩으로 달려있고 금색 타원형의 시계로 이루어져 있는 물건. 매들린이 산 것보다 훨씬 정교하고 우아했다. 금속성의 시계는 남자의 손바닥 온기로 뜨끈뜨끈했다. 매들린은 제 손에 들린 것을 가까이 들여다보았다. 런던에서 그 사달을 겪으면서도 기어코 매들린에게 무언가를 사다 줄 생각을 한 게 대단했다. 게다가 그가 고른 물건이 하필이면 매들린이 산 것과 똑같은 손목시계란 것도 놀라운 일이었다. 어쩐지 볼이 발갛게 달아올랐다. 왠지 자신이 산 조악한 손목시계와 너무나도 비교가 돼 부끄러웠다.

"이안. 이 와중에 제게 이런 값비싼 물건을 주는 건 좀 그렇지 않아요?"

"선물입니다. 일로 바쁜 와중에 일일이 시계를 확인하기 힘들 것 같아서."

그가 서둘러 단서를 붙였다. 나름 실용적인 물건이니 사줬다는 식의 변명. 그러나 그러기에는 너무나 비싼 물건이었다! 슬몃슬몃 화롯불처럼 지펴 올라오는 웃음을 참을 수 없었다.

"참 이상한 일이네요."

그녀가 제 다른 손에 쥐고 있던 시계를 꺼냈다.

"저도 이안을 위해서 시계를 샀거든요."

확실히 비교가 되었다. 매들린이 나름 사재를 털어 산 시계는 이안이 준비한 수공예품에 비하면 싸구려였다. 그렇다고 부끄러워할 필요는 없다는 걸 머리로는 알아도, 막상 두 선물이 차이가 나니 민망했다. 하지만 그런 민망스러움도 잠시였다.

"매들린. 정말 고맙소."

예상치 못한 놀라움이었다. 남자가 달라졌다는 것을 온몸으로 실감했다고 해야 할까. 그가 순순히 매들린의 호의를 받아들였다. 늘 특유의 방어기제로 호의를 거절해 버릇한 남자였다. 전쟁 전에도 약간 꼬인 구석이 있는 이였는데…… 일주일 못 본 사이, 남자에게 무슨 일이라도 일어난 걸까. 매들린은 심각하게 고민할 수밖에 없었다.

매들린이 얼떨떨해하는 와중에 이안은 그녀가 건넨 선물을 망설임 없이 가져갔다. 그 와중에 서로의 손끝이 다시 한번 스쳤다. 짜릿한 전기 스파크가 손끝을 간지럽히는듯했다.

"우, 우리 방금… 시계 교환식이라도 한 건가요?"

"그렇게… 느꼈다면."

그가 살풋 다시 웃었다. 강철로 이루어진 꽃이 차분하게 피어나는 모습. 남자가 웃는 모습을 보노라니 그런 표현이 절로 떠올랐다.

남자는 가고, 매들린은 홀로 남아 그가 선물한 시계를 두 손으로 한껏 모아 심장 가까이로 당겼다. 그녀는 비밀스러운 미소를 지었지만, 그건 한순간이었다. 불길한 예감이 그녀를 옥죄기 전까지 한순간.

## 9. 징조도 없이

과거의 꿈을 꾸지 않게 되었다.

언젠가부터, 저택을 맴도는 유령은 점점 희미해져 갔다.

그녀의 마음속 미래가 봄 새싹처럼 돋아났다.

우리는 시간에 묶여있는 존재들.

사고방식과 생활, 흥얼거리는 노래까지도.

강 속의 물고기가 물을 인지하지 못하듯이 우리는 시간을 알지 못한다.

우리는 갇혀있는 몸이다.

이사벨의 일로 병원 분위기는 심란함의 극치였다. 정신적 지주인 그녀가 흔들리자 모두 불안해했다. 그 와중에 존이 위독했다. 호흡기가 약해진 통에 약한 감기에도 맥을 못 추렸다. 매들린은 단단한 베개를 여러 개 구해 그의 허리 밑에 끼웠다. 수시로 자세를 바꿔주는 것은 물론이요, 그의 차도를 살피는 데 열심이었다.

"이런. 의사 선생님이고, 간호사 선생님이고 다들 수선이야……."

농담을 던지는 목소리가 바람 빠진 풍선 같았다. 환자들은 이제 거동이 불편한 사람, 돌아갈 곳 없는 사람을 제외하고는 얼마 없었다. 빈 병상이 주는 허전함이 있었다. 그 공허감은 환자들뿐만 아니라 의료진들까지 느끼고 있었다. 앞만 보고 달려왔을 때는 느끼지 못했던 허무함이라고 해야 할까.

"존. 기운을 내요."

"글쎄. 내 운은 여기까지인 것 같군."

풍선에서 바람 빠지는 것 같은 소리가 그의 목구멍에서 비집어져 나왔다. 남자의 명운이 다해가고 있는 게 너무나도 분명했다.

"존." 어쩔 수 없이 목소리가 떨린다.

"매들린. 지금의 삶은 덤 같은 것이었소. 아무리 생각해봐도 나는 전쟁터에서 죽는 게 맞았어요."

"……."

"그래도 나쁘지 않았습니다. 덤으로 얻은 시간 동안 되돌아볼 수 있었거든요. 나의 과거. 지난 세월들……."

"기억나신 거예요?"

매들린이 서둘러 수첩을 가져오려고 몸을 일으키자 남자가 파르르 떨리는 손을 들었다.

"매들린, 그럴 필요 없어요."

"하지만 가족을 찾아야……."

"변호사를 불러주시오. 그뿐이면 됩니다." 유언장을 만들고 싶소.


"……."

"침울해 보이는군."

"당신에게서 그런 소리를 들으니 뭔가 잘못된 건 분명하네요."

매들린이 한숨을 푹푹 내쉬었다. 손목에 걸려있는 가느다란 손목시계는 어둠 속에서도 윤이 났다. 마찬가지로 남자의 손목에도 그녀가 준 시계가 보란 듯이 걸려 있었다.

"그 환자 때문에 그러는 겁니까."

"그런 것도 있고……."

둘은 땅거미가 지는 중앙 정원을 거닐고 있었다. 날이 추워지는지라 꽃들의 싱그러움은 덜했다. 쓸쓸하고 축축한 영국의 가을 공기는 무겁게 목덜미에 내려앉았다. 매들린이 어깨를 떨었다.

"이사벨은……."

"그 이야기는 미안하지만, 어떤 질문이 되더라도 확답 못 하겠군." 이안이 즉답했다. 단호했다.

"……."

"당신을 신뢰하는 만큼, 말할 수 없는 일들이 있소. 가족의 일이니 이해해주면 좋겠어."

"이해해요. 하지만 저는 이사벨이 무엇을 그렇게 잘못했는지 잘 모르겠어요……."

"……."

침묵은 동의하지 않는다는 의미였다. 남자와 매들린이 다른 생각을 하고 있는 건 분명했다.

"가둬지지 않는 불타는 영혼이죠, 이사벨은."

"그런 것 같군."

이안이 입을 꾹 다물다가 갑자기 멈춰서, 매들린 쪽으로 몸을 돌렸다. 그가 살짝 상체를 기울이자 그림자가 여자의 몸을 덮었다.

"당신도 비슷한 과요."

매들린을 바라보는 이안의 시선은 파악하기 어려웠다. 어쩐지 아쉬워 보이기도 하고, 살짝 화가 난 것 같기도 한, 은근하고 모호한 눈동자.

"이사벨에 비해서는 그래도 길들어진 새라고 생각하는데요. 저는 대체로 사람들에게 지시받는 데 익숙하거든요."

"……."

"자유로워지고 싶어요. 제 두 발로 이 땅을 딛고 서고 싶어요. 이 세상 누군들 그렇지 않겠어요? 용기가 부족한 게 문제죠……."

민망한 나머지 괜스레 너스레를 떨게 된다. 그러나 남자는 진지했다.

"내 곁에……."

"네?"

매들린이 고개를 들어 올리자 둘은 서로를 가까이서 마주 보는 모양새가 되었다. 자줏빛이 된 땅거미가 잿빛 풍광 사이로 가라앉고 있었다. 그 황혼 속에서 남자가 입술을 달싹였다. 무어라 말하는 건지 들리지 않았다. 그가 조금 더 목소리를 높여 속삭였다.

"내 곁에 있어도 날 수 있소. 내 곁에 있어도 자유로워질 수 있단 말이요."

그 두어 마디 말을 내뱉고야 만 남자의 볼이 노을처럼 익었다. 그가 아무 말 하지 않은 척 서둘러 자리를 떴다. 매들린만 뒤에 남겨진 채였다.

어리둥절했다. 몇 초가 지나서야 이해가 되었다. 그녀의 단전에서부터 열기가 올라와 마찬가지로 얼굴을 빨갛게 익혔다. 방금, 저이가 고백한 거야? 설마, 정말 고백이냐고.

이미 마음을 접은 지는 오래되었다. 청혼은 여차저차 흐지부지된 게 분명했고 그게 유감은 아니었다. 어쨌거나 둘은 격이 맞지 않는 상대였다. 엇갈린 마음이 아팠으나 이안을 위해서는 충분히 단념할 수 있었다. 바닷가에서 했던 고백은 진심이었다. 그녀는 기꺼이 남자의 행복을 빌어줄 준비가 되어 있었다. 그가 다른 좋은 상대를 찾길 바랐단 말이다. 그런데 지금 이러면 안 되지. 당신이 이렇게 나를 흔들면, 나는…….

시곗줄이 둘린 손목이 불타는 것처럼 뜨거웠다. 뭐야……. 조금 더 산책을 해서 열기를 식혀야 할 것 같았다. 하지만, 열에 들떠 중요한 것을 잊어서는 안 되는 법이었다.

어쩌면 그녀는 괜한 고민을 한 건지도 모른다. 대답을 돌려줄 시간 따윈 없었다. 그다음 날 저택은 쑥대밭이 되었으니까. 불행은 언제나 징조도 경고도 없이 모두를 덮치는 법이었다. 대낮부터 저택으로 검은 차들이 도열해 들어섰다. 중절모를 쓴 건장한 체구의 중년 남성이, 경찰들을 양옆에 끼고 저택 대문 앞에 섰다. 세바스천과 사용인들이 막아서자 그가 능란하게 말문을 열었다.

"이 일을 소란스럽게 하고 싶진 않군요."

"도대체 무슨 일인지 말씀을 해주셔야 할 것 아닙니까. 환자들이 당황합니다."

"고귀한 노팅엄 가문의 이미지에 먹칠하고 싶진 않습니다. 아. 이 말부터 했어야 했겠군."

그가 한 손에는 배지를, 다른 한 손에는 서명한 종이를 들어 올렸다.

"찰스턴 경감입니다. 런던 중앙경찰청에서 여기까지 달려왔지요. 협조를 부탁드립니다. 수색영장은 보다시피 제 손에 들려 있습니다."

경감이 나타났다. 그것도 런던 중앙경찰청에서 온 경감이었다. 온 병원 사람들이 동요할 만했다. 간호사들은 경찰들을 곁눈질하느라 업무에 집중하지 못했다. 경찰들은 소파나 의자에 아무 데나 앉아서 대접받은 차를 홀짝였다. 모두가 딱딱하게 굳어 안절부절못할 때 이안이 층계를 내려왔다. 그는 평소의 살짝 구부정한 자세가 아닌 허리를 꼿꼿하게 세운 채로 낯선 침입자들을 맞이했다.

"무슨 일이십니까."

그는 마치 상처받은 우두머리 사자처럼 그렇게 서 있었다. 살짝 압도가 됐는지, 경감이 중절모를 벗어 인사했다. 그가 초반의 허세는 접어둔 채 공손하게 응수했다.

"백작 각하. 만나게 되어 영광입니다. 다름이 아니오라 최근 스토크온트렌트에서 일어난 일로 상의를 드리고자 왔습니다."

이안이 살풋 웃었다. 그러나 눈은 전혀 웃음기가 없었다. 좌중의 경찰들이 성가시다는 듯이 그가 고개를 기울여 경감을 안내했다.

"모두를 겁에 질리게 하지 않도록 미리 전신을 부쳤으면 좋았을 겁니다. 올라오시죠."

순간만큼은 어정쩡하게 선 에릭도, 이 모든 소요에서 비껴선 듯한 무심한 알링턴도 아닌, 이안 노팅엄이 진정한 저택의 주인으로 보였다. 그렇게 이안은 능숙하게 경감을 데리고 서재로 올라갔다. 병원 사람들은 그런 그의 태연하고 자신만만한 모습에 한결 안도한 것 같았다.

매들린만 덜덜 손이 떨렸다. 그것까지는 어떻게 통제할 수 없었다. 생리적인 반응이 이성을 압도했다. 이사벨을 잡으러 온 건가? 정황은 매들린도 모르지만, 이사벨이 공산주의자들과 연관돼 있다는 건 분명했다. 그 남자 제이크와 재커리. 어떡하지. 이사벨이 잡혀들어가면……. 이안이 어련히 잘 해결해주기를 바랐지만, 이사벨이 벌인 일을 정확히 알지 못하는 매들린으로서는 모든 게 두려웠다.

매들린이 방으로 돌아가려는 때였다. 경감이 서재에서 빠져나와 경위에게 속삭였다. 그리고 그와 동시에 경찰들이 나서기 시작했다. 경찰 중 한 명이 휘슬을 불었다. 그가 우렁차게 경고했다.

"자. 여기 수색영장이 있습니다. 다들 제 자리에 계시오."

매들린이 움직이자 경위가 그녀를 향해 삿대질했다.

"거 아가씨. 이리로 내려오세요. 움직이지 말라고 했잖습니까."

"다들 가만히 있으십시오. 지금부터 아무도 여기서 못 나갑니다."

"남김없이 샅샅이 뒤져라. 단, 소란은 내지 말고. 체포영장이 발부된 건이야."

경감이 외쳤다. 그가 팔을 커다랗게 휘저었다. 경찰견이 짖었다. 그렇게 수색이 시작되었다. 그들은 병원의 베개 커버까지 뒤졌다. 까슬까슬한 린넨의 밑으로 뭐라도 나올 것처럼 치밀하고 세심하게.

매들린은 숨이 멎은 채로 아무것도 할 수 없었다. 그저 아네트와 오츠 부인과 함께 응접실에서 오들오들 떠는 것밖에는. 무력했다. 자신의 무력함과 바보 같음에 치가 떨릴 지경이었다. 어떡하지. 어떡하지? 방에 있는 총이 떠올랐다. 낡은 서랍장에 열쇠로 잠가 놓은 물건. 저들이 숙녀의 방까지 뒤질 정도로 악독하게 굴까 싶었으나 무엇 하나 안심할 수 없었다. 오히려 사람들이 가장 먼저 수색할 장소였다. 낡은 서랍장의 귀퉁이는 원래 뭐든 숨겨놓는 곳이니까.

그녀는 왼 손목을 쥐었다. 손목시계의 서늘함이, 경찰견의 혈

떡임이, 응접실 공기 중으로 부유하는 먼지들이, 그리고 청결한 소독약의 냄새가 오감을 포화했다.

이사벨은 맨 위층에 감금돼 있었다. 경찰들이 그녀를 사냥하러 왔다면 벌써 하고도 남았을 것이다. 그들이 찾는 건 그러니까… 지하실의 남자. 제이크.

벌컥. 응접실의 문이 열렸다. 경감이 매들린을 향해 성큼성큼 다가왔다. 이윽고 그가 묵직한 금속성 물체를 그녀의 손등에 올려놓았다. 그 무게를 정확하게 기억하고 있다. 잠금장치를 풀 때의 선연한 감촉을, 손은 기억하고 있었으니까.

"이 물건이 아가씨의 눈에 익지 않습니까."

강건하고 네모진 얼굴의 남성은 귀족과는 거리가 멀었다. 투박한 뱃사람 같은 얼굴에 치밀한 수사관의 눈빛을 지닌 이였다. 저건 사냥개의 눈빛이야. 피해갈 수 없어. 어떤 거짓말도 통하지 않을 거야. 매들린이 달달달 떨었다. 이빨이 부딪치는 소리가 뇌를 울렸다. 총이었다. 무거운 총. 그녀가 숨긴 총이었다.

"아가씨. 이름이 로엔필드 양이라고 하더군요. 아무래도 우리 둘이서 긴긴 이야기를 나눠야 할 것 같지 않습니까? 상호 간의 오해를 불식시키고, 또, 정의를 위해서 협조해주셔야겠군요."

남자의 혓바닥은 투박한 외양과 다르게 능란했다. 그가 뱀같이 속삭였다.

"다른 분들은 모두 나가서도 좋습니다."

매들린과 경감은 응접실에 단둘이 마주 앉게 되었다. 경감이 한쪽 다리를 꼰 채로 손깍지를 꼈다.

"우선, 너무 겁먹으실 필요는 없을 것 같군요. 몇 가지 질문을 하고 싶을 뿐입니다."

"총에 대해서 이야기를 하고 싶으신 건가요?"

매들린이 눈에 힘을 줬다. 주웠다고, 지하실에서 발견했다고 끝까지 잡아떼야 한다. 설득력이 있을지 없을지 따져볼 계제가 안 되었다. 당장 눈앞의 남자에게 빌미를 주지 않는 게 중요했다.

"아니. 총에 대해서 당장 이야기하고 싶은 것은 아닙니다. 그보다 더 중요한 건이 있지요."

찰스턴은 유쾌했다. 뭔가 실마리를 잡았군. 그래서 나를 족치면 될 거라고 생각 중인 거야.

"총의 소유주. J라는 사람에 대해서 지대한 관심이 있는 거라면, 그건 맞습니다."

"……."

"묵비권 행사는 아가씨에게 그리 도움이 되지 않을 겁니다. 지하실이 꽤 먼지 없이 깨끗하더군요? 거기서부터 질문을 시작하도록 하지요."

"모르겠네요. 부랑자들이 깃들어서 살다가 나가는 것까지 일개 간호사인 제가 어떻게 아나요? 총은 제가 근처에서 주운 거예요. 그 이상은 말씀드리고 싶어도 알지 못하니 어떻게 도와드릴 수 없네요."

"이사벨 노팅엄 양과 가장 친하다는데, 거기에 대해서는 할 말이 없고요?"

"노팅엄 양에게 무슨 짓을 할 셈인가요?"

"글쎄요. 무슨 짓을 한다기보다는 죗값을 치러야 하지 않겠습니까. 최소한 내란선동죄, 반란 모의를 도운 죄 등등으로 십수년은 감옥에 썩힐 수 있겠지요."

"내란선동이라니……."

"사회를 혼란에 빠뜨리는 족속들과 한패잖습니까. 솔직히 터놓고 말하지요. 아가씨 역시 '그녀'에게 동조한 것은 아닙니까?"

"……."

말할 수 없다. 무슨 말을 해도 눈앞의 남자가 설계해놓은 덫에 들어가는 꼴이니까.

"노팅엄 아가씨에게 보이는 충성심인지, 의리인지 모르겠군요. 입을 다물어봤자 귀족들은 당신에게 덤터기를 씌울 뿐입니다. 그들은 당신을 위하는 척해도 그뿐입니다."

경감이 혀를 찼다. 그가 진심으로 동정하는 눈빛을 보냈다.

"난 진심으로 아가씨를 가엾이 여기고 있어요. 이 거대한 가문은 당신을 이용하고도 남아요. 막내딸 대신 당신을 산 제물로 넘기고 입을 씻을 겁니다. 이사벨 노팅엄을 위해서가 아니라, 가문의 명예를 위해서. 그리고 나는 그걸 원하지 않습니다. 경찰 된 본분을 다하고 싶어요. 범인을 잡고 정의를 실현하길 원할 뿐입니다."

그가 한껏 몸을 앞으로 숙인 채 빠르게 말을 이어나갔다. 귀족에 대한 해묵은 원한이 있는 건지, 직업의식이 투철한 사람인지. 긴장한 매들린이 침을 꿀꺽 삼켰다. 그리고 그와 동시에 응접실의 문이 젖혀졌다.

"그 누구도 들어오지 말라고 했을 텐데!"

경감이 문 쪽을 돌아보며 신경질적으로 소리 질렀다. 응접실 안으로 들이닥친 자의 정체를 알아차리고 나서야 뒤늦게 입을 다물 수밖에 없었지만. 거대한 그림자. 베일에 싸인 귀족 가문의 수장. 이안 노팅엄. 척척 방안으로 들어선 그가 경감을 향해 차갑게 일갈했다.

"경감. 이곳은 취조실이 아니오."

서늘한 공기가 감돌았다. 매들린이 작게 고개를 저었다.

"그렇지요. 백작 각하. 취조실이라기에는 지나치게 아름다운 방 아닙니까. 이곳에서 빅토리아 여왕이 차를 마셨다지요. 확실히 지저분한 이야기를 할 장소는 아닙니다." 경감이 너스레를 떨어봤으나 소용없었다.

"알았으면 일어섰으면 하네."

"그러지요. 그러지요, 각하." 그가 자리에서 일어서면서 중절모를 고쳐 썼다. "하지만 로엔필드 아가씨는 저와 가야겠습니다."

"이 저택의 주인은 나요. 저 여성은 이곳에서 일하는 사람이고."

"그리고 이 나라의 주인은 폐하지요. 이 땅도 그렇습니다. 저는 폐하의 명을 받았어요. 이미 위층에서 영장을 보셨을 텐데요."

"수색영장이었지, 체포영장은 아니었던 걸로 아는데?"

이안은 물러서지 않았다. 경감이 싸늘하게 매들린을 돌아보더니 백작을 향해 공손한 척 말했다.

"약식 조사로 끝낼 예정이었습니다만, 이런 물건이 나왔습죠."

그가 총 한 정을 보란 듯이 들어 올렸다. 그 모습을 본 이안의 표정이 딱딱하게 굳었다.

"매들린 로엔필드 양의 방에서 나온 물건입니다. 이렇게 된 이상 저희와 같이 가주서야겠습니다."

매들린이 군말 없이 자리에서 일어섰다.

"안 돼. 앉으시오."

이안이 한 손을 들었다. 그가 천천히, 위엄있는 걸음으로 경감에게 붙었다. 목발을 짚어도 경감보다 훨씬 키가 큰 남자였다. 그가 속삭였다.

"경감. 지금 신이 났군. 굉장히 기분 좋아 보여서 어리둥절할 지경이야."

그 말을 들은 찰스턴 경감의 한쪽 눈썹이 기묘하게 올라갔다. 그 역시 지지 않고 맞섰으나 영문을 모르겠다는 기색이 역력했다.

"이해를 못 하겠군요. 저는 최대한 백작 각하의 편의를 봐드리고 있습니다만."

그 말에 숨겨진 함의를 단박에 읽어낼 수 있었다. 이사벨 노팅엄을 놔주는 대신 사용인 조무래기 한 명을 잡아간다는데, 왜 화를 내고 앉았냐는 뜻이었다.

"흐음……."

경감이 수염을 쓰다듬었다. 무언의 이해가 그의 기민한 두뇌를 스친 모양이었다.

"백작 각하. 걱정 마시지요. 혐의를 벗는 순간 이분은 자유의 몸이 될 겁니다. 그동안 숙녀의 안위에는 그 어떤 위험도 없으리라 약조하지요." 그가 품 안에서 종이 한 쪼가리를 내밀었다. "제게로 바로 연락되는 전화번호입니다."

백작이 그 종이를 받아들었다. 그의 차가운 눈이 선연하게 불타올랐다. 창백한 불꽃 같은 눈빛이 경감에게 꽂혔다.

"찰스턴 경감의 명성은 잘 알고 있소. 수단과 방법을 가리지 않는 탁월한 수사관이라는 이야기를 들었지."

"감사…….."

"하지만 당신이 선 위치를 아시오. 출세욕이 그대의 발목을 잡을지도 모르니까."

"……!"

음산한 이안의 읊조림에는 경멸과 적의가 가득했다. 마치 전생에서 대치하던 때가 떠올라 소름이 돋는 한편으로, 이상하게 의지가 되었다. 이안이 턱 끝을 들어 올렸다. 그가 노골적으로 깔보는 투로 말했다.

"그리고 내 앞에서 폐하니 왕실이니 다시는 나불거리지 마시오. 참으로 역겨우니까."

둘 사이에 엄혹한 냉기가 도사렸다. 경감이 먼저 백기를 들었다.

"저는 사법 집행의 하수인일 뿐입니다. 불운하게도 숙녀의 방에서 총이 나온 것은 사실이니까요. 이 문제에 대해서 더 파고들 수밖에 없단 걸 이해해주셔야 합니다."

이안이 매들린을 바라보았다. 그의 첨예한 시선이 살짝 흔들렸다. 놀랐지만, 놀라지 않은 척하고 있다. 매들린은 그런 이안의 시선을 회피했다. 차마 설명할 수가 없었다. 다행히 이안은 겉으로나마 완벽하게 침착함을 유지하고 있었다.

"협박에 의해서였거나, 우연히 습득한 것일 수도 있소."

"그렇지요. 그것은 추가적인 조사를 통해 밝혀질 일입니다. 다시 한번 말씀드리지만, 로엔필드 양은 용의자 신분도 아니에요. '참고인'일뿐입니다. 수사를 돕기 위함이지요."

"……."

"이사벨 노팅엄 양 주위에 맴도는 불온한 '학생' 무리에 대해서는 백작 각하도 잘 아시지 않습니까. 로엔필드 아가씨가 그 사람들을 잡는 데에 도움이 될 수도 있겠죠."

"매들린, 가기 싫다고 말하시오."

이안은 경감을 완전히 무시했다. 그가 매들린을 뚫어져라 쳐다봤다. 어찌나 눈빛이 선연한지, 매들린은 시선만으로도 제 두개골에 구멍이 난 것 같았다.

"……."

"백작 각하. 이건 애들 장난이 아니……."

"가기 싫다고 말하면, 내가 무슨 수단을 써서라도 막을 테니까."

"각하. 지금 방금의 말씀만으로도 공무집행방해입니다."

둘 사이의 대치는 점점 극에 치닫고 있었다. 경찰들이 노팅엄 병원을 포위한 지금, 이건 위험했다.

"마스터 노팅엄."

매들린이 차분하게 미소지었다. 그녀가 정중하고 차분한 어조로 자신을 부르자, 이안이 숨을 멈추었다.

"당당하게 조사를 받겠어요. 경감님 말씀이 맞아요."

"매들린, 다시 생각해."

이안의 목소리에는 여전히 찬 서리 같은 위엄이 서려 있었으나 다급함도 엿보였다. 그의 주먹 쥔 손이 통제되지 않는 분노로 떨리는 게 보였다. 매들린은 그의 시선을, 그의 덜덜 떨리는 주먹을 외면했다. 이 이상 이안과 얽혀서는 좋을 게 없었다. 공무집행방해라는 무서운 단어까지 나왔다. 차라리 자신이 곤궁에 빠지는 한이 있더라도 이안까지 얽히게 해선 안 되었다. 그녀가 경감에게 시선을 보냈다.

"경감님. 같이 가시죠. 수사를 최대한 돕겠습니다."

매들린이 허리를 곧추세우고 걸어 나갔다.


총구에 새겨진 일련번호는 경찰들이 추적하고 있는 총기들의 것과 일치했다. 러시아 적색군으로부터 흘러들어온 물건들이었다. 매들린은 빠져나갈 수 없는 거미줄 속으로 걸어 들어간 거나 마찬가지였다.

공산당이 버젓이 공식 인가를 받아 단체로 활동하고 있는 세상이었으나, 그렇다고 세상 사람들이 그들을 곱게 보는 것은 아니었다. 게다가 대규모 파업을 획책하고 왕의 초상을 태운 범죄자를 도왔다는 건 무척이나 심각한 혐의였다.

차에 탄 매들린은 수갑을 차진 않았으나 그녀의 양옆에 무장한 경찰이 앉아 있었다. 쇠 곤봉을 허리춤에 차고 제식총까지 있는 진짜 경찰 말이다. 사태가 심각했다. 매들린은 생각해야만 했다. 지혜를 짜내서 이 상황을 모면해야 했다. 그러나 계속해서 손끝에서 헝클어지는 실타래처럼, 머릿속의 생각이 꼬여만 갔다.

이사벨은 이 사실을 알고 있을까. 그녀는 괜찮은 것일까. 아니, 사실 그리 중요한 문제는 아닐지도. 중요한 건 당장의 생존을 도모하는 일이었다. 이사벨을 빼내면서, 동시에 자신도 걸리지 않게. 하지만 경감이 어디까지 알고 있는지 알 수 없었다. 그리고 둘 중 하나만을 선택해야 한다면 매들린은 기꺼이 이사벨을 구할 터였다. 어디로 가는지 굳이 물어볼 필요는 없었다. 어차피 저절로 알게 될 테니까.

경감은 그녀를 자신의 집무실로 데려왔다. 깨끗하고 격식 있는 회사 중역의 사무실 같은 곳이었다.

"취조실은 춥고 축축하니까요."

"감사합니다."

푹신한 의자에 앉았지만, 전혀 아늑하거나 편안하단 느낌은 없었다. 경감이 고개를 끄덕끄덕 거리며 그녀에게 다가갔다.

"사실, 저택에서 꽤 놀랐습니다. 의외로… 노팅엄 백작 각하와는 꽤 가까운 사이신가 보더군요."

"글쎄요. 관점에 따라서 다르겠지요. 저에게 많은 도움을 주신 분이세요."

"미리 알려두겠습니다. 매들린 로엔필드 양. 방금 먼친 경위가 흥미로운 보고서를 제출했습니다. 거기에 무어라 적혀 있는지 궁금하지 않으십니까."

"별로 궁금하지 않은걸요. 본론부터 말씀해주세요."

피곤했으나 그 이상으로 신경이 곤두서 있었다. 매들린은 능구렁이 같은 경감의 목소리를 들을 때마다 이상하게 피부 밑이 가려웠다.

"레이디 이사벨 노팅엄과 함께 '병원'을 시작한 초기 멤버더군요."

"그렇죠. 예전부터 아는 사이였으니까. 저는 로엔필드 남작의 딸이에요. 사교계에서 몇 번 본 사이기도 했고요. 제가 재정적 곤경에 빠져있을 때, 저를 도와주려고 제안해온 것뿐이에요."

"재정적 도움일 뿐일까요." 경감이 한숨 죽인 뒤 말했다.

"이 일이 확전되는 걸 원치 않아요. 귀족 가문의 고명딸이자 치기 어린 이상주의자가 제 혈기 때문에 국가 전복 세력과 어울리는 사건이라. 호사가들이 들쑤시기에 딱 좋지요. 그전에 이 일을 최대한 원만하게 해결하는 게 모두의 이익에 부합하는 바 아닐까요?"

"그래서 저를 지목하신 거군요. 귀족의 고명딸 대신에 몰락 귀족의 여식을 잡는 편이 나으니까……."

"오."

경감이 흥미롭다는 듯 매들린을 쳐다봤다. 그가 매들린을 향해 고갯짓했다.

"로엔필드 양. 나를 너무 몰아세우는군요."

그는 자신이 지극히 합리적인 근거에 의한 추론을 내리고 있는데 매들린이 너무하다는 식이었다.


그곳은 '방'이라고 불렸다. 경찰서에는 수많은 방들이 있었고, 그곳에는 범죄자들, 경찰들, 관료들, 타이피스트들이 있었지만 '그 방'에는 누가 있는지 소수를 제외하고는 아무도 몰랐다. 정확히는 알아서는 안 되는 비밀이 그 방에 서려 있었다. 알아도 모른 척해야 한다는 게 두 번째 규칙이었다.

방에는 언제나 쇠 냄새와 피 냄새가 뒤섞인 퀴퀴한 내음이 났고 어두웠다. 경사가 든 작은 랜턴에서 나오는 것 말고는 빛 하나 없는 그곳에 경감과 매들린이 들어섰다. 매들린은 기세가 꺾여 본능적으로 몸을 떨었다. 저택의 지하실에 들어설 때보다 공포스러웠다.

"놀라지 마세요."

경감은 아무것도 아닌 일인 양, 나긋나긋한 목소리로 매들린을 달랬다. 하지만 마음을 진정시키는 데에 전혀 도움이 되지 않았다. 들어서서는 안 될 장소에서 봐서는 안 될 것을 본 기분이었다. 방의 한가운데에, 피투성이의 남자가 의자에 앉아 있었다. 온 얼굴이 피 칠갑이라서 신원을 알기 어려웠다. 흰자위를 빼고는 전면이 붉었다. 그 모습을 본 매들린의 안면이 딱딱하게 굳었다. 그녀의 턱 가장자리가 힘을 받아 뻐근했다.

"로엔필드 양. 두려워하지 않기를 바랍니다. 이 작자는 아주 위험한 인간이에요. 제압하는 과정에서 약간의 갈등이 있었을 뿐……."

"당신들, 당신들이… 사람을 이렇게 만든 거예요?"

"저자는 반란을 획책하고 폐하 암살을 모의했습니다."

"네?"

그녀는 눈앞의 남자를 그제야 알아봤다. 제이크. 그는 지하실의 남자였다. 숱 많은 검은 머리는 피와 기름으로 떡이 되어있었고, 홀쭉한 얼굴은 더더욱 메말라 있었다. 입술은 붉어터져 있었고, 이야기를 할 때 반짝이던 눈은 뜨지도 못하고 있었다. 피 냄새에 질릴 정도로 익숙해졌다고 생각했는데, 몸서리가 쳐졌다.

"제이크. 면회인이 왔어. 고개를 들게나."

"……."

남자가 비척이며 고개를 들었다. 이채 없는 눈과 마주하자, 매들린은 그가 이미 속으로 꺾여있음을 직감했다.

"이 여자가 맞지? 자네를 숨겨준 위인."

"……."

"이런 식으로 사람을 고문해서 증언을 받아내려 한 건가요?"

매들린이 격렬하게 경감을 향해 으르렁거렸다. 양쪽에서 경찰들이 그녀의 어깨를 붙들었다.

"고문이 아니라, 정당한 제압이었습니다. 저자는 흉기를 들고 있었어요. 총이 아니어서 다행이었죠. 그 총은 이미 제 동지에게 준 모양이지만?"

경감이 입 끝으로 쯧쯧 소리를 내며 품 안에서 담뱃갑을 꺼냈다. 그가 담배를 꺼내 라이터로 불을 붙이더니 피투성이인 제이크의 입가에 물렸다.

"제이크. 똑바로 보게나. 자네가 말했잖아. 로엔필드 양이 은신을 도왔다고. 전보도 부쳐줬다지?"

"……."

"사실 우리는 정말 오랫동안 추적을 했답니다. 맹랑한 학생들에게 본때를 보여줄 기회를 놓칠 수는 없는 법이지요."

"……."

"저자가 당신의 이름을 발설한 순간부터 진즉 끝난 일이었습니다. 로엔필드 양. 전 단지 기회를 한번 드리고 싶었어요. 자신의 입으로 스스로 진실을 밝혀, 더럽혀진 명예를 회복할 기회 말입니다."

"더럽혀진 명예라. 사람을 죽기 직전까지 팬 당신에게 듣고 싶은 이야기는 아니군요."

"상황 파악을 못 하는군. 안 됐어."

경감이 제이크가 물고 있는 담배를 다시 채갔다. 그가 그것을 제 입에 물며 슬며시 웃었다. 그가 처음 보여주는 미소였다.

"당신은 이미 갇힌 몸입니다."


이안 노팅엄이 벌써 여자에게 칙선 변호사를 붙였다는 이야기에 청장은 진노했다. 그러나 소기의 목적은 이미 달성했다.

위세 좋은 노팅엄 가문의 딸을 재판에 올리지 않는 것만으로도 윗선에서는 만족하는 분위기였다. 로엔필드? 그래봤자 오래전 파산한 귀족 나부랭이 이름에 불과했다. 그리고 요즘 같은 시기에 파산한 귀족이란 실업자보다 못한 천둥벌거숭이였다. 적어도 경감은 그리 판단했다.

이사벨 노팅엄이란 대어 대신에 피라미라도 낚아올렸다. 제이크 콤튼을 내란죄로, 매들린 로엔필드를 방조죄로 같이 엮으면 그림도 좋다. 몰락 귀족 출신의 여성이 집시 사회주의자와 사랑에 빠져 그의 범죄를 돕다. 지나치게 멜로드라마 같지만 나쁘지는 않다. 그림이 어느 정도는 된다는 거다.

이사벨 노팅엄과 그 잔당들은 이를 교훈 삼을 수도 있을 테다. 그리고 이를 통해 다른 무리들도 스스로 몸가짐을 단속하겠지. 물론 그렇다고 해서 경감은 그리 낙관적이지만은 않았다. 이안 노팅엄이 여자에게 꽤나 신경을 쓰는 것 같았기 때문이다. 정부인가? 경감은 그런 이유라면 더더욱 남자를 이해할 수 없었다. 하찮은 애인 따위에 칙선 변호사라니.

지체 높은 가문이 그런 범죄에 엮였다는 것 자체가 추문이요, 불명예인데 말이다. 물론 그의 추락을 바라는 사람들은 이미 많았다. 백작은 부유한 만큼 친구도 많았고, 적들도 많았다. 미국인들과-심지어는 그곳의 유대인들과도!-손을 잡아 엄청난 부를 일궈내고 있는 노팅엄 가문에 대한 견제와 질시도 심했다.

전쟁 전 번성하던 세력들은 쇠퇴해가고 있었다. 그들에게 있어 노팅엄 가문과 그들의 미국인 친구들은 몹시나 성가신 존재들임이 분명했다. 일이 어떻게 되건 간에 경감은 물러설 생각이 없었다. 왕의 얼굴에 낙서를 한 풍자 포스터를 시내 이곳저곳에 붙여놓은 건은 세간의 분노를 일으켰다. 누군가는 응분의 대가를 치러야 했다. 게다가 스토크온트렌트에서의 파업. 그 일을 수습하는 데에도 또 다른 한 명분의 피가 더 필요할 것이었다. 한 사람은 부족했다. 그리고 산 제물을 바치는 데에 있어서는 언제나 하나보단 둘이 낫다.

　매들린은 이해할 수 없었다. 익숙했던 모든 것이 불가해했고, 발을 딛고 선 땅조차 믿을 수 없었다. 저택과 병원만을 알던 그녀에게 거대한 사법행정체계는 미궁과도 같았다. 디킨즈의 소설에 나왔던 모습처럼. 그것은 탐욕스러운 포식자여서 한번 눈독 들인 표적은 좀처럼 놔주지 않았다. 물론 그녀는 전격으로 기소된 것이 아니었다. 예비심문을 거치고 나서야 기소 여부가 결정된다. 그러나 그녀는 그것과 무관하게도 독방에 수감 중이었고, 그것이 부당한지를 따지기를 앞서서 무척이나 두려웠다.

　제이크는 치료를 받았는지 모르겠다. 이사벨과는 연락할 방법이 없었다. 저택은 보지 않아도 풍비박산이 났을 게 뻔했다. 하지만 냉정하게 생각해보면 두려워할 이유는 없었다. 경감이며 누구며 악을 쓰며 주장한다 해도 내란선동죄라는 거대한 혐의를 입증할 도리는 없었다. 그들이 얻은 것이라고는 고문을 통한 자백 하나와 방에서 찾은 총 한 정뿐이었다.

　기껏해야 방조죄 정도겠지. 멋모르고 위험한 사람을 도와준 정도의 벌을 받을 것이다. 벌금? 집행유예? 그러나 차분하게 사고를 진전할 수가 없었다. 일단 지나치게 추웠다. 춥고 축축하고, 썩은 환부처럼 소름 끼치게 퀴퀴한 냄새가 그녀의 후각 신경을 마비시켰다. 한참을 오들오들 떨던 매들린은 떠는 것도 지친 나머지 몸에 힘을 풀고 구석에 앉아 웅크렸다. 예심이 언제 열리는지 알지도 못한 채로 그녀는 이곳에 감금되어 있었다. 그녀가 그동안 믿어왔던 관념이 완전히 무너져내렸다. 제이크가 귓가에 속삭이는 것 같았다.

*내 말이 맞지? 이 세상은 다른 사람의 피로 유지되는 거야.*

"아가씨."

경찰 한 명이 떨떠름하게 매들린에게로 다가갔다. 묘하게 그녀를 어려워하는, 앳된 태가 나는 젊은이였다. 붉은 머리에, 스코틀랜드 악센트를 쓰는 그의 이름은 콜이었다. 그가 쭈뼛쭈뼛 매들린이 수감되어 있는 쪽으로 바싹 다가갔다.

"무슨 일이죠?"

또 진술을 받아낸다느니 하면서 취조실로 데려가는 것일까. 제이크의 입에서 재차 매들린의 이름이 나오자 처음의 정중함은 온데간데없이 사라졌다. 그녀는 용의자 신분으로 전환되었고 그러자 주위의 모든 것이 매들린을 옭아매는 족쇄로 전락했다.

적어도 눈앞의 콜은 그녀를 무척이나 조심스럽게 대하는 축이었다. 매들린은 도대체 그가 왜 저렇게 정중하게 구는지 이해할 수 없었다. 영락한 귀족도 귀족이라는 건가. 아니면 명색이 '신사'처럼 '숙녀'를 배려해주는 건가. 이해하고 싶지도 않았다. 경찰 한 사람 한 사람의 태도를 신경 쓰기에 그녀는 너무도 지쳐 있었다.

"저, 아가씨. 나오셔도 됩니다." 아가씨라니. 웃기지도 않는다.

"다시 취조실로 가라는 이야기죠?"

매들린이 헝클어진 머리를 손으로 더더욱 흩뜨리며 중얼거렸다. 이틀 사이에 수사관들이 어찌나 지긋지긋하게 그녀를 불러대는지, 이골이 날 지경이었다. 판결 없이 사람을 구금해도 되는 건가? 괴로워. 이안이 보고 싶다. 그가 옆에 있다면 조금은 안심할 텐데.

매들린은 스스로의 생각에 소스라치게 놀랐다. 나약할 뿐만 아니라 경멸스러운 의존적인 생각이었다. 이안 노팅엄에게 기댄다는 선택지는 애초에 없었다. 없어야 했다. 고통을 의연하게 혼자서 감내해야 했다.

그녀는 상체를 곧추세웠다. 상대가 아무리 직급이 낮은 경찰이라 하더라도 저들에게 자신의 약한 모습을 보여줄 수는 없었으니까. 그녀가 매섭게 어린 남자에게 쏘아붙였다.

"제가 할 말은 다 한 것 같은데요? 취조실로 다시 보낼 바에야 차라리 고문을 하시지요. 그런 것 잘하시잖아요?"

매들린이 강경하게 나오자 콜이 더욱 안절부절못했다. 쇠꼬챙이처럼 마른 어린 경찰이 휘청이며 손사래를 쳤다.

"그, 그게 아니고요!"

"아니긴 뭐가 아니에요. 당신 상관이 날 얼마나 마녀사냥하고 싶은지 잘 알겠는데요."

"변, 변호사가……!"

"……?"

그것은 예기치 못한 도움이었다. 오랜 친구를, 예기치 못한 곳에서 다시 만나는 일이기도 했다.

변호사 접견이라니. 매들린은 완전히 얼이 빠진 상태였다. 부랴부랴 머리를 정돈했으나 여전히 엉망진창 흐트러져서 전혀 정돈되지 않았다. 간밤에 제대로 눈 붙이지도 못했다. 경찰들은 새벽에 그녀를 불러대서 윽박을 질러댄 것이었다. 머리통 안에 벌레가 있는 것 같았다. 그 벌레 때문일까. 매들린은 제 눈앞의 사람을 거의 못 알아볼 뻔했다. 비현실과 현실의 가장자리가 희미해졌다. 흐릿해졌다.

"당신이 왜 여기……."

조지 콜하스였다. 갈색 머리를 매끈하게 넘기고 쓰리피스 슈트를 입은 남자였다. 그가 어이없다는 듯 매들린을 바라봤다.

"왜 놀라는 거예요? 제가 변호사란 걸 잊기라도 한 것처럼. 최연소 칙선 변호사라는 직함은 괜히 다는 게 아니지요. 로엔필드양."

"그래도. 저는 수임료를 낼 돈도 없고."

"이쯤 되니 정말 속상하네요. 뭐. 어차피 이렇게 된 이상 피차 낯 가릴 이유 없어요. 내가 당신을 돕는 건 당연한 일입니다."

흠흠. 조지의 살짝 느물거리는 얼굴이 사뭇 진지해졌다. 그가 고개를 숙여, 밖에서 안 들리게 속삭였다.

"이안의 친구인 당신이 걸려있는 문제인 만큼, 내가 직접 나서지 않을 수 없었지요."

"아……."

매들린의 혼란스러운 얼굴이 마침내 밝아졌다. 이안이라는 단어는 그녀에게 마법처럼 작용했다. 혈색이 돌아온 매들린을 보며 변호사는 심히 착잡했다. 이안이 거의 반 협박조로 굴지 않았다면 굳이 맡지 않을 건이었지. 조지는 그 말은 굳이 발설하지 않기로 했다. 눈앞의 매들린은 진심으로 그에게 고마워하고 있었다.

안타깝다. 조지 콜하스는 눈앞의 여성을 진정으로 연민했다. 그녀는 자신이 무엇과 엮였는지 정녕 모르는 눈치였다. 경찰과 언론이 사바나의 독수리 떼처럼 그녀를 산 채로 물어뜯으리라고는 상상도 못 하는 것 같았다. 그러나 조지는 감정을 숨기는 데 능숙했다. 변호사의 기본 소양이었으니까. 그는 고객에게 감정적인 거리를 두는 데 익숙했다. 그는 특유의 장난기 어린 눈빛을 발동했다. 남자의 그 소년 같은 눈빛은 의뢰인들의 긴장을 풀어주고 재판정의 분위기를 반전시키는 데에 특효약이었다.

"그건 그렇고. 일단 여기서부터 시작하죠. 일단 저들은 당신을 어떻게든 예심일까지 여기 붙잡아두려고 할 겁니다."

"네? 기소되지도 않은 사람을 이렇게 붙잡고 있어도 되는 건가요?" 매들린의 새파란 입술이 달달 떨렸다.

"보통 예심판사가 부족하다는 이유로 차일피일 미루면서 계속 구금해두는 전략을 사용할 거란 이야기입니다. 어쩔 수 없습니다. 그게 그네들 방식이니까요."

조지 콜하스는 매들린의 떨리는 목소리를 못 들은 척 말을 이어나갔다.

"하지만 걱정하지 않아도 됩니다. 매들린. 나는 이안의 위임을 받고 왔어요. 당신을 구할 겁니다. 아니, 구해야 합니다. 그러지 않으면 이안은 나를 용서하지 않을 거예요."

조지는 승리를 확신했다. 왕실의 인정을 받은 칙선 변호사인 자신이 경찰이 선임한 사무 변호사 나부랭이쯤은 쉽게 짓밟아주리라 생각했던 것이다. 게다가 사무변호사는 제대로 된 변호사도 아니지 않은가. 거기에 더해 경찰들이 무리하게 매들린을 잡아두려는 통에, 절차적인 허점이 드러났다. 어설프게 발부된 영장, 무리한 구속 수사 등등. 그녀는 손쉽게 풀려날 것처럼 보였다. 그러나 구류소에서 〈뉴스 오브 더 월드〉를 받아든 그는 사태가 기묘하게 굴러가고 있음을 알았다.

충격! 귀족 아가씨의 탈선? 노팅엄 저택 지하에서 벌어진 충격적인 반란 모의!

짧은 기사였으나 다분히 선동적이었다. 삼류 성인 소설다운 필치로, 매들린과 제이크 콤튼의 연애까지 암시하고 있었다. 저택에서 간호사로 일하며 귀족들에게 복수할 기회만을 노렸다느니, 암살을 모의한 정황도 있었다느니 하는 순 엉터리에다가 망상으로 가득했다.

"젠장. 골 아프게 되었군." 이안이 알게 되면 어떻게 될지, 알 수 없었다.


"거 아가씨. 아가씨 이야기가 여기 실린 것 같으네."

새로 배정된 구류소에는 사람들이 바글거렸다. 다들 하나 같이 행색이 초라했다. 길거리를 떠돌던 넝마주이, 구걸하는 여인들, 매춘부들, 그리고 불법 이민자들이 정처 없이 방안을 맴돌고 있었다. 물론 매들린 역시 그들과 비슷하게 초라한 안경잡이 여자일 뿐이었지만.

까치집이 지어진 산발을 한 채 뜻 모를 혼잣말을 중얼거리는 여성, 지금 매들린에게 자꾸 말을 거는 주근깨 가득한 아일랜드인 여성, 그리고 삐쩍 마른 채 덜덜 떨고 있는 노파 한 명이 눈에 띄었다. 무척 무해해 보이는 노파는 소매치기로 열댓 번 구치소를 들락날락했다고 한다.

"아가씨. 귀먹었어?"

아일랜드 여자가 매들린에게 볼멘소리를 냈다. 매들린이 눈을 감고 못 들은 척하자 그녀가 중얼거렸다.

"하긴. 댁 사정도 딱하지. 매들린 로엔필드라. 거 고급지기도 한 이름이요. 귀족 아가씨가 맞나 보네."

"……."

매들린은 여자의 쓸데없는 농지거리에 어울려줄 여유가 없었다. 안 그래도 괴로운 마음을 쓸데없이 헤집어놓는 그녀가 미웠다. 노팅엄 저택에서 당당하게 나왔지만, 그녀가 마주한 것은 차갑고 춥고 모멸적인 현실이었다. 이안이 가지 말라고 했을 때 가지 말았어야 했다. 그는 이번에도 옳았다. 언제나 옳았다. 내가 뭐라고, 이 일을 홀로 해결할 수 있을 것처럼 굴었나.

매들린 로엔필드는 여전히 이전의 생처럼 철없는 아가씨일 뿐이었다. 차라리 이대로 모든 죄를 내가 뒤집어쓰는 것도 나쁘지 않아. 진심과 자조가 반반 섞인 푸념이었다. 사실 매들린은 이사벨과 제이크가 추구하는 대의 같은 걸 알지도 못했고 관심도 없었다. 사상적인 것에 있어서는 감정이 동하기보다 두려움이 더 컸다. 지금도 그랬다. 하지만 이건 잘못되었다. 사람을 고문하고, 신분의 고하에 따라 달리 대우를 하고.

그동안 그녀를 감싸왔던 안온한 껍질 같은 세계관에 차차 금이 가고 있었다. 그러는 동안 아일랜드 여자는 계속해서 나불거렸다. 상황이 상황이라서 그렇지, 안 그랬으면 굉장히 넉살 좋고 친근한 사람이라 여겼을 법한 이였다.

"귀족 출신이 여기까지 오는 건 드문데. 난 또 남편을 죽인 여자인가 싶었어. 보통 여기 오는 치들이 다 그렇거든. 저기 저 혼잣말하는 여편네 보이지? 살인죄로 교수형은 따놓은 당상이야. 그 전에 넋이 나가서 다행이랄까. 적어도 죽기 직전에 무섭지는 않을 거 아냐."

"조용히 해주시면 안 돼요?"

"조용히 해주시면 안 돼요, 라니. 닥치라고도 안 하는구만. 거 참. 억양도 고급지네. 그런 말솜씨로 배심원들의 환심을 사긴 좋을 것 같으이."

"……."

매들린은 입을 다물었다. 계속 저 수다쟁이 여자를 상대해봤자 정신 사납기만 할 것 같았다.

"나야 생긴 게 영 못난 데다가 입이 걸어서 예심판사의 호감을 사긴 글렀구만. 아가씨, 너무 슬퍼하지 말아요. 아가씨 정도면 사람들의 혼을 쏙 빼놓는 눈물 연기도 가능하니까."

"눈물 연기 따위 하고 싶지 않아요."

매들린이 무릎 사이에 얼굴을 파묻었다. 역시 저 여자와 말을 섞지 말았어야 했다. 그녀가 흘린 눈물로 치맛자락에 둥근 물 자국이 생겼다. 갈아입은 구류자용 옷은 칙칙하고 뻣뻣해서 눈 밑 살갗이 아팠다.

제이크가 너무 걱정이 됐다. 피 칠갑을 한 남자의 모습이 꿈속에 나왔다. 그의 이야기는 대서특필되진 않았지만, 어느 정도 주목을 끌긴 했다. 기사들의 논조는 하나 같이 파업으로 공장이 불탄 것보다 그들이 범한 신성모독에 대해서 더 집중하고 있었다. 감히 국왕과 국가를 모독했다는 게 문제의 요점이었다.

한차례 세계적인 대전쟁을 치른 후라 애국심은 들끓고 있었다. 러시아에서 혁명이 일어났다는 소식까지 더해지자 사람들은 동요했다. 하지만…….

모르겠다. 매들린은 이해력의 한계를 느꼈다. 주어진 상황을 제대로 명석하게 꿰뚫어 보지 못하는 자신이 바보 같았다. 이사벨도 이해할 수 없었고 경찰들과 사람들도 이해할 수 없었다. 매들린 로엔필드는 체스의 폰이었다. 주어진 상황과 감정에 휩쓸려 곤경에 처해버렸다. 몇 번을 되살아나도 그녀는 그 처지에서 벗어날 수 없었다.

*매들린 로엔필드. 너는 나약한 존재야. 예나 지금이나.*

*너는 아무것도 할 수 없어.*


"간단해요. 그가 당신을 협박했다고 진술하세요." 변호사, 조지 콜하스가 말했다.

"하지만 그러지 않았……."

제이크는 어디까지나 제 총을 스스로 넘겼다. 그리고, 그녀는 그를 자발적으로 도왔다. 그게 사실이었다.

"그 사실이 중요한 건 아닙니다. 이안이 장관과 합의를 본 상황이에요. 그러니 그대로 진술하세요."

"……."

매들린의 핏기 없는 얼굴이 더더욱 창백해졌다.

"어디까지나 당신은, 저택에 찾아온 부랑자에게 겁박을 당한 것뿐입니다. 그걸로 이야기가 됐어요."

"……."

"총을 증거물로 제출할 일도 없어졌으니 걱정거리도 하나 덜었군요."

"하지만 경감이 중요한 증거물이라고 했는데요."

"그 사람에게 지시를 내리는 게 누구라고 생각하십니까. 증거물은 원래 그렇게 바뀌는 거예요."

조지가 한쪽 눈썹을 까딱였다.

"이사벨과 당신을 수사망에서 제외하는 조건으로 이안이 얼마나 노력했는지 모르실 겁니다. 그걸 봐서라도 일관된 진술을 해야 해요."

"어떤… 노력을 했는데요?"

"당장 여기서 이야기할 주제는 아니군요. 지금은 이 빌어먹을 시궁창에서 나가는 데에 집중합시다."

"하지만요."

매들린이 용기를 냈다. 지금 눈앞의 남자는 이안의 막역한 친우가 아니라 맞춤형 정장을 입은 고관대작으로만 보였다. 낯설었다.

"하지만 저는 협박 같은 건 당하지 않았는걸요."

"그게 중요한 건 아니에요. 당신은 협박을 당했다고 말해야 합니다."

"사실이 아니잖아요."

"매들린. 정말 왜 이렇게 고집을 부려요."

"제 증언 때문에 누군가가 피해를 입을 수도 있어요."

제이크. 그의 기존 혐의에 협박죄까지 추가되면. 중형을 선고당할 게 분명했다. 세상 물정에 어두운 매들린도 그 정도는 가늠할 수 있었다.

"물론 공산주의자라는 것 자체가 죄는 아닙니다. 젊은 친구들이 거리를 돌아다니면서 구호를 외쳐도 당장 잡아가지 않아요. 하지만 공장을 불태우고 왕실을 모독하는 건 죄가 될 수 있어요.

그 정도는 이해하지 않습니까."

"⋯⋯."

매들린의 입이 꾹 다물렸다. 조지 콜하스는 상식적인 의견을 개진하고 있을 뿐인데도 거부감이 위장에 얹히는 듯했다.

"그간 좌익 운동에 관용적인 태도를 보이고 있는 의원들도 이번에는 몸을 사리고 있어요. 그건 그렇고 이사벨도 아마 다른 곳으로 갈 것 같아요. 이곳 사교계는 소문이 빠르게 도니까요. 특히 안 좋은 소문이라면 더 빨리요."

"이사벨을 내쫓는 게 이안의 의지인가요."

"그의 의지가 무슨 소용이죠? 말했잖습니까. 이안은 최선을 다했습니다. 막대한 대가까지 치렀어요."

"⋯⋯."

할 말이 없었다.

"이사벨이 무사해서 다행이에요." 그저 웃을 수밖에 없잖은가.


1차 예심일 날, 재판정에는 사람이 몰렸다. 사람들은 사상에는 관심이 없었지만, 연애담은 좋아했고, 귀족 여성과 빈털터리 혁명가의 연애담에 반응했다. 물론, 그렇다고 매들린에게 상황이 유리하지만은 않았다.

언제나 사람들은 여자 피고인에게 박하지. 조지 콜하스는 생각했다. 수많은 변론을 통해 다져진 감이었다. 하지만 동정심을 자극할 수는 있었다. 매들린 로엔필드의 수려한 외모, 커다란 푸른 눈은 상황을 반전시킬 촉매제였다.

수단과 방법을 가리지 않고 매들린을 이 난장에서 구해내야 했다. 이사벨의 건은 이안이 해결했으니, 매들린의 건은 조지가 매듭지어야 했다. 물론 이안이 이미 판을 짜놨다. 이미 변호사도 배심원단들도 이안의 의도에 맞게 꾸려졌다. 정말 의외의 경우만 아니라면 매들린은 기소되지 않을 것이다. 자유의 몸이란 이야기였다. 조지 콜하스는 부인에게 전화를 걸고는 클럽으로 향했다. 한 손에는 텔레그래프지를 들고서.

경찰 측 사무 변호사는 누가 봐도 어색했다. 베테랑이 아닌 것은 분명해 보였다. 증인석에 앉은 경감은 분통이 터졌다. 이미 이안 노팅엄이 전부 판을 깔아놨다. 배심원단도, 판사도, 옆의 동료도 그의 손길이 미쳤다. 경감은 재빨리 바글바글한 청중을 훑어봤다. 그곳에 이안 노팅엄은 없었다. 하긴, 그가 있어봤자 의혹만 가중될 뿐일 터. 하지만 그의 존재감은 어마어마했다.

상부에서 매들린 로엔필드를 기소하지 않는 편이 낫겠다고 했을 때부터 알아봤다. 그것은 권유가 아니었다. 명령이었지. 그나마 대서특필된 기사가 아니었다면 매들린 로엔필드는 유유히 구류소 밖으로 걸어 나갔을 것이다. 이 예심이 이뤄진 것 자체가 기적이었다. 재판 내내 매들린 로엔필드의 변호사는 능숙하게 판을 주도해나가고 있었다. 버벅거리는 경찰 쪽 사무 변호사와는 너무나도 달랐다.

"음… 그러니까 매들린 양은 스토크온트렌트에서의 사건에 대해서는 모르고 있었단 것이지요?"

변호사의 질문에 매들린이 고개를 끄덕였다.

"모르고 있었습니다."

방청석이 술렁였다. 저 여자가 정말 몰랐나 봐. 무죄인 것 같아.

"정숙."

판사가 판사봉을 두드렸다. 이번에는 경찰 측 사무 변호사의 차례였다. 그가 주춤주춤 일어나 품 안의 쪽지를 찾기 시작했다. 젠장. 저 얼간이 같은 놈을 끌어내리고 싶어 경감의 좀이 쑤셨다.

"매, 매들린 로엔필드 양. 당신은 콤튼 씨와는 일체의 사적인 안면이 없었군요. 그런데… 그를 도왔다는 정황이 포착되었습니다. 일단 콤튼 씨의 진술에 따르면 그렇습니다."

'일단'이라니. 맥아리가 하나도 없었다. 저런 식으로 나오면 안 된다고!

"그런데 그를 도왔다면… 어째서지요? 협박에 의한 게 아니었다고 콤튼 씨가 진술한 건 알고 계시나요?"

"……."

"콤튼 씨에 의하면 당신은 모든 걸 알고서도 '자발적으로' 그를 도왔습니다. 일단 그의 증언에 따르면 그렇습니다."

"이의 있습니다." 매들린의 변호사가 손을 들었다.

"지금 유도 신문을 하고 있습니다."

"기각합니다." 판사가 말했다. 그가 로엔필드를 향해 말했다. "그 정도는 피고인이 답할 수 있다고 생각합니다."

여기서 매들린 로엔필드가 자신은 순전히 협박에 의해서 그를 숨겨줬다고 말하기만 하면 게임은 끝이었다. 경감은 다가오는 패배에 눈살을 찌푸렸다. 애국자들보다 귀족 나부랭이들이 더 대우받는 사회라니. 최악이군.

"그는 저를 협박하지 않았습니다."

매들린이 한숨을 내쉬었다.

"그렇습니까?"

"네. 저는 협박당하지 않았어요. 이전에 그를 몰랐던 건 사실이었지만, 그를 어디까지나 제 의지로 숨겨주었습니다. 그에게 음식을 주었고 간단한 치료를 해주었지요. 제 자유의지였습니다."

그 말을 하는 매들린은 오래 준비한 답을 그대로 말하는 것 같았다.

"잠시만요."

매들린의 변호사가 나섰으나 이미 엎질러진 물이었다. 엎질러진 물이라기보다는 방화였다. 재판정은 아수라장이었다.

"노팅엄 저택… 사람들 몰래 제가 단독으로 결정한 일입니다. 다시 한번 말하지만, 폭력이나 협박은 없었습니다."

"그의 행동에 동의해서입니까."

"저는 간호사입니다. '나는 인간의 생명에 해로운 일은 어떤 상황에서도 하지 않겠다'고 선서했습니다. 어떤 경우에서도 약속을 어길 순 없다고 생각했을 뿐입니다."

"간호사의 신념… 좋습니다. 치료는 어쩔 수 없었다 치죠. 나중에 신고는 할 수 있었을 텐데요."

"그것은……."

매들린이 처음으로 주저했다. 재판정의 소요와 혼돈 속에서 그림처럼 그녀는 그렇게 홀로 있었다. 경감은 그녀의 차분한 얼굴에 경악했다.

"미처… 생각하지 못했습니다."

그녀가 눈을 감았다. 재판정의 소요는 격해졌다. 모든 혼란 속에서 그녀는 그렇게 초연했다.

이안. 미안해요.

구체적으로 당신이 어떤 대가를 치렀는지 모르지만, 모든 점에서 미안해요. 이렇게 될 줄은 몰랐다는 이야기는 너무나도 뻔하지요. 하지만 저는 정말 몰랐어요.

미안하지만 후회하지는 않아요. 제이크는 나쁜 사람이 아니고, 그가 높은 형을 받지 않아서 다행이라고 생각해요.

당신이 보고 싶어요.

일련의 사건을 겪으면서 당신이 낯설게 느껴졌던 것도 사실이에요. 그 많은 힘이라니. 당신의 친구들은 모든 걸 막후에서 조종하는 것 같아요. 당신도 마찬가지겠지요.

예전에는 아는 게 없어서 당신이 밉기만 했지요. 지금은 아주 조금 무서워요. 당신은 나약해 보이지만 너무나도 강한 존재예요. 어쩌면 나는 당신의 약점에 불과할 거예요.

그래도 당신을 좋아한다는 걸 인정할 수밖에 없어요.

당신이 행복했으면 좋겠다는 말 역시 여전히 유효하고요.

나는 어떠한 후회도 하지 않으니, 나를 위해서 어떤 대가도 치를 필요는 없어요.


추신 : 이사벨의 행복과 존엄을 지켜주세요. 그녀를 자유롭게 해주세요. 염치 불고하고 마지막 부탁을 드려요.

안녕히.


그 여자는 언제나 이안 노팅엄에게 상처를 줬다. 날카로운 얼음 조각이 여린 살을 헤집어놓듯 그렇게 상처를 줬다. 기쁨은 기쁨대로 줬으나 그것이 상처를 완전히 없던 걸로 하진 못한다. 그래도 좋았다. 왜냐하면 그 부드러운 몸을 곁에 둘 때에는 모든 것을 잊을 수 있었으니까.

지금은 그조차도 여기 없다. 매들린 로엔필드는 먼 곳에, 아마도 차갑고 더러울 진창에 있다. 이안 노팅엄은 바보가 된 기분이었다. 그것은 무척이나 드문 감각이었다. 전쟁터 이후로 처음이었다. 판세의 주도권을 잃고 주위에 무엇이 있는지도 알지 못하게 되는 상황은 언제나 불유쾌했다. 모든 것이 그의 설계대로 움직여야 하는데, 매들린이 결부된 일은 그렇지 않았다. 다시 지독하게 더러운 참호 속에 갇힌 기분이었다.

제이크 콤튼. 얼굴도 모르는 그를 죽여버리고 싶었다. 매들린을 수렁에 빠트려서가 아니라, 그녀가 그를 좋은 사람이라고 해서. 그는 고귀한 남자겠지. 그럴 거다. 이사벨처럼 이상을 향해 나아가는 훌륭한 사람. 그런 남자에게 매들린이 애정이 아닌 호감을 느꼈다고 해도 질시 때문에 목이 졸릴 것 같았다.

질투는 언제나 이안 노팅엄의 추한 면이었다. 그는 제 친동생조차 질투로 미워했으니 어쩔 수 없다. 겉으로는 절대 드러내지 않았지만 말이다. 이안은 환자들에게까지 질투했다. 미약하게나마 그녀의 온유한 손길과 배려를 느끼는 그들을 남몰래 질시하면서, 제 붕대를 갈아주길 원했다. 그는 그런 자신을 신사라기보다는 구울에 가깝지 않은가 의심했다.

이사벨, 에릭. 이안 노팅엄은 그들이야말로 노팅엄 가문에 걸맞다고 생각했다. 에릭은 해맑았고, 이사벨은 이지적이었다. 이안 노팅엄은 이지적이라기보다는 이해타산에 밝았고, 해맑기보다는 음울하니 천박했다.

물론 그 천박한 기질이 가문을 부흥시키고 있는 건 사실이었으나, 그것은 사실 회계사나 경제고문으로서 더 적합한 자질이었다. 이번 사건으로 이안 노팅엄은 막대한 부를 부패한 관료들과 정치인들에게 헌납했다. 애초에 자존심이 상한다거나 귀찮게 느껴지진 않았다. 부정을 저지르는 일이 그에게는 너무나도 손쉬운 일이었다. 매들린 로엔필드를 위해서라면 더 큰 수치도 겪을 수 있었다.

무엇을 바란 것일까. 머리가 아팠다. 두통은 언제나 일상적이었다. 약해진 육신은 그의 정신을 같이 끌고 내려갔다. 여자가 힘든 상황에 처한 것보다 그녀가 자신이 없는 곳에서 괴로워하고 있을 거란 사실이 참을 수 없었다. 차라리 내 곁에서 괴로워해. 내 곁에서 슬퍼하고 울어. 나는 당신을 놔줄 생각이 없으니까.

집무실은 고요했다. 너무나도 고요한 나머지, 이안은 자신이 지옥에 있을지도 모른다 생각했다. 지옥은 장소가 아니었다. 로엔필드의 부재가 그의 지옥인지도 몰랐다. 그러나 그것을 지금에서야 깨달은들 이미 너무 늦어버렸다. 손바닥의 모래처럼, 이번에도 그녀는 남자에게서 빠져나갔으니까.


*왜 그랬어. 왜 그랬나.*

이안 노팅엄의 에메랄드 빛 눈은 어둠 속에선 짙은 고동색이었다. 그가 천천히 다가왔다. 가까이 올수록 흐려지는 인상. 검은 머리에 창백한 피부, 빛없는 눈. 유령 같은 남자의 앙상하고 큰 손바닥이 매들린의 어깨를 쥐어챘다. 앙상함과는 별개로 놀라울 정도로 강한 손아귀 힘이 매들린의 어깨를 움켜쥐었다. 덩굴처럼, 사냥감을 옥죄는 올가미처럼.

*그를 사랑해?*

상처 입어 죽어가는 짐승처럼 울부짖는 것 같다. 남자는 그저 추궁을 하고 있을 뿐인데 어찌 그리 들리는지 모르겠다. 매들린 이 눈을 동그랗게 뜬다. 가증스럽게 보일 거란 걸 알면서도 전처럼 똑같이. 그렇게, 독살스럽게.

'……'

그 순간 뭐라고 대답했어야 했나. 사랑한다고 대답하면 뭐라도 달라질까. 사랑하지 않는다고. 당신에게 상처 주고 싶었을 뿐이라고 대답했더라면 이안은 용서했을 것이다. 고통스러울지언정 용서할 수밖에 없었을 거다. 그도 그럴 것이, 그는 결코 매들린을 포기하지 않는다. 결코. 결코. 그런데, 그래서 더 그가 원하는 대답을 줄 수 없다. 남자로부터 완전히 자유로워지는 길은 단 하나였다.

입이 살짝 열린다. 그리고는 고운 입꼬리가 순식간에 독살스럽게 뒤틀린다. 꿈속에서는 얼굴 근육조차, 성대조차 마음대로 할 수 없다. 그녀가 해맑게, 동시에 악독하게 말한다.

*당신이 역겨워.*

남자의 손에서 힘이 빠지는 게 느껴진다. 그의 어깨가 들썩인다. 온 저택이 진동하고 전율한다. 매들린이 그를 내버려 두고 뒤돌아서서 빠른 걸음으로 걷기 시작한다. 이내 끝이 없는 복도를 내달린다. 뒤에서 목소리가 들린다.

*네가 죽어도, 내가 죽어도.*

*이 빌어먹을 흉가가 무너져내려도.*

*너는 이곳을 못 벗어날 거야.*

아악! 매들린이 속으로 소리 없는 비명을 질렀다. 헌팅 트로피들이 그녀를 내려다보며 비웃는다.

눈을 뜨자 어둠이었다. 매들린의 온몸이 식은땀 범벅이었다. 다행히도 자면서 소리를 지른 것 같진 않았다. 사람들이 자는 숨소리가 시계 초침처럼 규칙적으로 들렸다.

"하… 하…….."

매들린이 색색 숨을 들이쉬고 내쉬었다. 흉중이 열리면서 차가운 실내 공기가 폐로 들어왔다. H.B 템플턴 여성교화소에 수감된 지 6개월. 오늘이 그녀의 출소일이었다. 정말 오랜만에 꾸는 악몽이야. 그녀는 생각했다. 한동안 지난 삶의 꿈은 꾸지 않았는데.

과거의 꿈을 꿀 때면 매들린은 각본대로 움직이는 자동인형처럼 꼼짝없이 이전의 행동을 반복할 수밖에 없었다. 일탈은 허용되지 않는다. 꿈속에서 그녀는 여지없이 이안에게 상처받고, 이안에게 상처 준다. 그 외의 선택지는 고를 수조차 없다.

제 입으로 과거의 말을 반복하는 기분은 언제나 끔찍했다. 후회스러운 말들. 괴로운 말들. 그러나 어찌할 수 없이 발설해버린 말들이 있었다.

매들린 로엔필드는 가방을 챙겼다. 6개월 전에도 이미 낡은 가방이었다. 진갈색 소가죽으로 된 가방에는 생필품 몇 가지와 노트가 있었다.

수형소에서의 반 년은 길다면 길고 또 짧다면 짧았다. 누추하긴 했으나 감옥도 사람 사는 곳이라 죽으란 법은 없었다. 흉악범보다는 잡범을 잡아 교화시키는 곳이라서 그랬는지도 모른다. 그곳에서 배운 것도 있었다. 재봉질, 식당에서 조리하는 법, 쥐를 잡는 법 등.

가치 없는 배움은 없다. 사람들과 어울리는 법도 배웠다. 귀족이 아닌 사람들과 말이다. 병원에서 동료들도 전부 귀족 아가씨는 아니었으나 기본적으로 잘 배운 집안의 여식이거나 최소한 중산층 출신이었다. 그러나 감옥은 달랐다.

매들린의 악센트는 조롱거리였으며 그녀가 끼는 비싼 안경 역시 놀림거리였다. 게다가 온갖 음담패설이 난무하는 공간은 처음이었다. 그러나 죄수들이 하나같이 매들린에게 적대적이기만 한 건 아니었다. 개중 몇몇은 동정과 호기심을 보이며 다가오기도 했다. 침대보를 기우는 방법을 모르는 매들린에게 손수 시범을 보여주기도 하고, 열이 올라 끙끙대는 그녀를 걱정하며 돌봐주는 이도 있었다. 세상에 받은 상처로 인해 겉으로는 가시가 돋쳐있는 이들이었으나 그네들의 세상에도 의리와 인정은 있었다.

결과적으로 매들린은 많은 것을 배웠다. 그러나 그런 새로운 사실들을 배워갈 때마다 그녀는 자신 안에 무언가가 조금씩 덜어지는 걸 느꼈다. 공평한 교환이 으레 그렇듯이 그녀는 세상을 알게 된 만큼 노팅엄 저택을 잊어야 했다.

그녀는 기꺼이 망각을 선택했다. 푹신한 침대의 감각을 잊고, 소탈한 동료들의 웃음을 잊고, 병든 환자의 파리한 안색을 잊었다. 마지막의 마지막에 남은 것은 한 남자의 반쪽 얼굴이었는데, 이상하게도 다른 곳이 아닌 흉터만이 기억에 남았다.

슬펐다. 흉터가 무섭거나 괴기해서가 아니라 어루만질 수 없어서. 가닿을 수 없다는 사실을 실감하면 아팠다. 그렇게 아플 때면 매들린은 베개에 그녀의 한쪽 얼굴을 묻고 조용히 울었다. 뜨거운 눈물은 버석한 베개를 적셨다. 그리고 석방을 앞둔 어느 날, 그녀는 남자의 불덩이 같은 품을 기억할 수 없음을 깨달았다. 6개월은 짧은 시간인데, 단념과 절망, 수치심은 모든 행복한 기억들을 망각의 수렁으로 끌어내렸다. 게걸스럽게 삼켜버렸다.

그녀는 덧없는 상념들을 몰아내기 위해 고개를 천천히 저었다. 재판을 받을 때만 해도 차가웠던 바람은 어느새 넉넉한 훈풍으로 바뀌어 있었고 거짓말처럼 봄비가 추적추적 내리는 중이었다. 우산이 없는 매들린은 고스란히 비를 맞을 수밖에 없었다. 누더기 같은 코트에 대충 땋아내린 머리카락, 낡은 가방을 든 그녀의 차림새는 영락없는 출소자의 모양새였다. 푸석푸석해져 광채를 잃은 금발과 살이 내려 오목해진 뺨으로 미적지근한 빗물이 흘러내렸다.

그녀는 물기로 점점 무거워지는 옷의 무게를 느꼈다. 고개를 살짝 돌려 바라본 곳에는 언덕 위 H.B 템플턴 여성교화소가 그대로 있었다. 회반죽을 칠한 벽, 퀴퀴한 냄새, 그리고 왁자지껄한 여성들의 목소리로 기억될 곳. 좋은 일만 있었던 건 아니지만, 그래도 그곳의 여자들이 그리울 것이다. 그녀는 노팅엄 저택과 다른 방식으로 교화소를 기억하리란 걸 직감했다.

매들린이 안경을 벗었다. 안경코가 살짝 휘어져 삐뚜름하게 쓸 수밖에 없는 물건이었다. 렌즈에 묻은 물방울 때문에 도무지 앞이 보이지 않았다. 그녀는 안경을 도랑에 떨어뜨렸다. 그녀는 계속 걸어갔다. 어디로 향하는지조차 모르는 채로.

6개월 동안. 남자는 매들린에게 편지를 한 통도 쓰지 않았다. 이해할 수 있었다. 불평하거나 불안해하지 않았다. 매들린 역시 마지막이라고 생각한 그 편지 외에 더 쓰지 않았으니까. 노팅엄과의 연은 이것으로 끝이라는 직감을 순순히 받아들였다.

면회는 수감되자마자 단 한 번 있었다. 매들린은 교화소의 거친 옷을 입은 채 말없이 눈을 내리깔고 있었고, 이안은 차분해 보였다. 그의 목소리는 회계사처럼 사무적이었다. 그가 한 말은 딱 한 마디였다.

"왜 그랬습니까."

아아… 매들린은 입을 벌렸지만 색색거리는 숨소리만 빠져나왔다. 무저갱에 빠진 듯 끔찍한 상실감이 그녀의 전신을 집어삼켰다. 여자는 눈앞의 남자를 완전히 잃어버리는 중이었다. 매들린이 고개를 들었다. 눈물이 가득 고인 시야가 흐려 남자의 얼굴이 제대로 보이지 않았다.

그를 실망시켰다. 남자가 애써 마련해준 각본에서 일탈했다. 배신이었다. 그를 모든 사람 앞에서 곤란하게 했다. 남자가 모욕감을 느꼈다 해도 어쩔 수 없는 일이었다. 그녀 나름의 이유가 있었다 해도 이안이 그것마저 이해할 의무는 없었다. 결과적으로는 멍청한 행동이었다. 알량한 양심을 지키기 위해 남자의 신의를 배신한 셈이었다.

이안의 얼음장 같은 표정이 아팠다. 더 괴로운 것은, 그럼에도 불구하고 후회하지 않는다는 것이었다. 남자에게 미안하다고 사과할 수 있을지언정, 자신이 잘못했다고 말할 수는 없었으니까. 몇 번이고 과거로 돌아간다 해도 거짓 증언을 하지 않았을 것이다. 그녀가 입술을 달싹였다. 둥근 눈초리는 거짓을 말하지 못했다. 이안은 그녀의 부드러운 손끝이 떨리는 걸 눈치챘을까.

"거짓말하고 싶지 않았어요."

모든 것이 그렇게 끝이었다.

# 10. 미국으로, 새로운 시작

매들린은 인적이 드문 길을 걸어 도심으로 향했다. 누추한 여자의 행색을 두고 곁눈질할 사람 따위는 없었다. 우중충한 하늘 아래 수많은 사람들이 비슷한 차림새였으니까. 품팔이하는 여자들, 공장 휴식시간 도중에 술 한잔 걸치는 사람들로 거리가 북적였다.

매들린은 사람들에게 물어물어 역으로 향했다. 급작스러운 수감으로 정신없는 와중에 그녀가 보관해둔 얼마간의 돈과 생필품이 전부 허름한 가방에 있었다. 그것이 그녀의 전 재산이었다. 버밍햄으로 가는 기차를 타는 내내 가방이 계속 신경 쓰였다. 그 안에는 그녀의 돈뿐만 아니라 편지가 한 통 있었다. 그것은 그녀의 감옥 동기인 수지가 써준 것이었다.

수지. 구류소에서 만난 수다쟁이 아일랜드 여성의 이름은 수지 맥도먼드였다. 매들린은 교화소에서 그녀와 재회한 후에 그녀의 이름을 알게 되었다. 사기죄로 3년형을 선고받은 수지는 매들린을 다시 보자마자 무슨 오래된 친구같이 호들갑을 떨어댔다. 그리고는, 그녀의 양손을 꼭 붙잡으며 자신이 그녀의 뒤를 봐주겠노라 을러대는 것이었다.

수지 맥도먼드에게 있어 매들린 로엔필드는 나름 낭만적인 연애담의 주인공이었다. 감옥 안에서 매들린과 제이크의 연애담이 이미 퍼질 대로 퍼져 있었기 때문이었다.

매들린은 그저 입을 다물었다. 비련의 여주인공이 되어 동정을 사는 편이 그나마 편했다. 그리고 그 이후로 그녀는 수지와 함께 다녔다. 둘은 같이 밥을 먹고 이야기를 나눴다. 수지는 넉살이 좋은 데다가 매들린의 '귀족 아가씨적 성향'을 놀리면서도 참아줄 줄 알았다. 그녀가 아니었더라면 매들린은 그곳에서 한 달도 채 버텨내지 못했을 것이다.

수지 맥도먼드는 아일랜드인이었고 칠 남매의 막내였다. 그녀는 수다쟁이였고 허풍쟁이였으며 타고난 사기꾼이었다. 송아지같이 순한 눈과 주근깨 어린 볼을 가진 발랄한 여성이었다. 모두가 그런 그녀의 순진해 보이는 외양에 속아넘어간 게 문제였다.

"그래봤자 나는 체스 말에 불과했다고. 그 개놈의 새끼가 나를 배신하지 않았으면……."

수지에 따르면 그녀는 결국 간악한 사기꾼에게 당한 또 다른 피해자에 불과했다. 그러한 그녀의 '나는 무죄요' 레퍼토리는 조금씩 바뀌었는데, 문제는 수지 본인조차도 일관성이 없다는 걸 인정한다는 점이었다. 아무튼, 수지는 칠 남매의 막내였고 손위 형제들은 전부 미국에 가 있었다. 첫째인 찰스는 뉴욕에서 꽤 건실하게 식료품점을 운영하고 있었고, 둘째는 보스턴에서 하역장 일을 해 돈을 모으고 있다는 것이었다.

그녀는 감옥에서 언제고 미국에 대해서 이야기했다. 미국 서부 해안가의 할리우드와 동부의 마천루에 대해서. 그곳에는 가난한 사람도 잘만 노력하면 일확천금을 얻을 수 있다며 눈을 반짝였다. 매들린은 심드렁하게 말했다.

"그곳은 그만큼 부자도 거지가 될 확률이 크겠죠. 총을 든 불한당들도 많고요."

"자기야. 자기와 나는 어차피 잃을 것도 없으니까 그런 걱정일랑 내려놔."

매들린이 출소하기 이틀 전, 수지 맥도먼드는 사납게 갈겨쓴 편지 한 장을 매들린의 품 안에 밀어 넣었다.

"비록 반년 정도였지만 자기를 잊지 못할 거야. 필요할 것 같아서 주는 거니까 거절하지 마."

그것은 소개장이자 편지였다. 첫째인 찰스 맥도먼드에게 매들린 로엔필드를 추천하는 내용의 편지는 반은 애원조로, 반은 협박조로 쓰여 있었다.

"하지만 나는 미국에 아는 사람은 한 명도 없는……."

"혹시나 해서 써주는 거야. 자기, 어차피 이곳에는 의지할 사람도 없잖아."

매들린의 표정이 어두워진 것을 애써 무시하며 수지가 편지를 더 깊숙이 매들린의 품 안에 밀어 넣었다.

"나는 사람 얼굴만 보면 알지. 이곳에 진력이 난 사람의 얼굴이거든."

기회의 땅으로 가는 거야. 생각해봐. 수지에게 추천장을 건네받은 이후로 매들린은 한숨도 잠을 이루지 못했다. 심장이 죄는 듯 두근거렸다. 다가올 출소의 흥분은 결코 아니었다. 감히 고국을 떠날 생각을 하는 것만으로도 반역을 저지르는 것처럼 두려웠다. 하지만 결국에는 영영 이 나라를 떠나는 게 맞다는 결론을 내릴 수밖에 없었다.

극단적인 생각인 걸까. 내가 정말 만난 지 얼마 안 되는 수지 맥도먼드 때문에 이러는 게 맞는 걸까. 아니다. 수지를 믿고 말고의 문제가 아니었다. 낯선 밤 피를 흘리는 손님이 그녀의 세상을 뒤바꾸었다. 그리고 이안의 배반당한 표정이.

그녀는 계속해서 악몽을 꾸었다. 그 속에서 그녀는 총을 숨기지 못한 자신을, 재판정에서 거짓말을 하지 못한 자신을 탓했다. 출소 후 숙소에서 또 며칠을 고민했으나 결론은 같았다. 미국으로 가야 한다는 결론보다는 이곳에서 살 수 없다는 결론이었다.

매들린 로엔필드는 도시의 싸구려 호텔에서 머물며 며칠간 동분서주한 끝에 어렵사리 뉴욕행 배편을 구했다. 그녀는 축축하고 추운 방 안에 웅크려 잠을 청했다.

영국에서의 마지막 나날들이 그렇게 속절없이 지나가고 있었다. 흐린 날씨, 추적추적 내리는 비. 너무나도 영국적인 풍경의 나날들. 그러던 중 어느 날의 일이었다. 그날 밤 그녀는 꿈을 꾸었다. 에메랄드 빛 초록색 눈을 가진 큰 검은 늑대가 매들린의 목을 향해 달려든 것이다. 그녀는 무력하게 제압당했다. 선혈이 그녀의 목덜미에서 분수처럼 뿜어져 나왔다.

그녀가 입을 열어 말을 해보려 해도 목에 난 구멍으로 목소리가 자꾸 빠져나가는 통에 어떠한 소리도 나지 않았다. 뻐끔뻐끔. 무시무시한 늑대의 더운 숨이 그녀의 입가에 스친다. 매들린은 제 위에 올라탄 늑대의 붉은 주둥이를 쓰다듬으며 입 모양으로 속삭였다. 그녀의 푸른 눈이 무언가 가냘프고 안타까운 것을 보는 것처럼 일그러졌다. '안녕' 나의 가엾고 슬픈, 걸신들린 늑대.

선착장에는 사람들이 장사진을 이루었다. 저토록 많은 이들이 한 번에 대서양을 건넌다는 게 믿기지 않을 지경이었다. 대형선박을 처음 보는 매들린은 그 위엄과 장관에 몸을 떨었다. 저철 덩어리가 어떻게 이 많은 사람을 데리고 물 위에 뜨는지 이해할 수 없었다. 그러나 세상의 많은 것들이 매들린의 이해와 무관하게 잘도 움직였다. 경이의 순간은 짧았다. 그녀는 서둘러 무리에 섞여 승선 길에 올랐다. 이리 치이고 저리 치이는 와중에도 가방을 지키기 위해 필사적이었다. 달러로 환전해놓은 돈이 무사해야 했으니까.

입구에 도착할 무렵 숨통이 트인 그녀는 귓전을 울리는 배의 고동 소리와 갈매기의 울음소리를 들었다. 그 사실은 검표원이 그녀를 재촉하는 통에 뇌리에서 사라졌다. 항해는 꼬박 일주일가량이 걸릴 예정이었다. 매들린이 들어선 여성 최하등 칸은 불결함의 극치였다. 더러움에는 이골이 난 그녀였으나 간호사로서 위생적인 결함은 참기 어려웠다. 그녀가 항해 동안 머물 객실은 6인실이었다. 말이 6인실이었지, 아이가 딸린 승객도 있어서 9명 정도가 작은 방에 구겨져 있는 셈이었다.

항해는 무척이나 고통스러웠다. 사람들은 주기적으로 토를 하기 위해 갑판으로 올라갔고, 내어주는 음식은 거칠고 역겹기 짝이 없었다. 죽 같은 것에 기름이 둥둥 떠 있는 데다가 비린 냄새가 났다. 온갖 우주의 악의를 담은 맛이라고 해도 모자람이 없었다. 식당에서 만난 아일랜드 남자가 이렇게 툴툴거릴 정도였다.

"영국 인간들은 아일랜드에서 먹을 거라곤 다 가져가면서 음식은 이렇게 맛대가리가 없으니. 이거 원……."

대꾸할 말이 없다. 아무튼 그런 음식 같지도 않은 음식을 먹으며 며칠을 버텨야 하니, 도저히 살 것 같지 않았다. 게다가 반년의 옥살이로 인해 몸이 쇠약해져 매들린은 침대 위에서 몸을 말고 끙끙거렸다.

"저기, 아가씨. 아가씨."

같은 칸에 탄 여자 승객 누군가가 기절하듯 몸을 말고 잠든 매들린을 흔들어 깨웠다.

"음……."

매들린이 눈을 뜨자, 그 앞에는 걱정스러운 얼굴의 승객들이 보였다. 다들 꾀죄죄한 몰골에 잔뜩 지친 얼굴들, 짐칸이나 다름없는 곳의 가장 싼 티켓을 산 사람들이었다.

"아가씨가 미동도 안 하고 계속 누워만 있어서 걱정돼서 그래." 승객 중 두 아이의 엄마가 말했다.

"여기 송장 치울 일 생길까 봐 덜컥 겁이 났지 뭐야. 그런데 아가씨가 눈 감고 계속 누구 이름을 부르더라고."

"아……."

매들린이 비척이며 자리에서 일어나려고 하자 스코틀랜드 억양을 쓰는 여성이 그녀를 다시 눕혔다.

"곤란하면 이야기는 안 해도 좋아요. 그래도 우리는 나름 한배를 탄 사이잖아요. 여기 앉아서 커피 마셔요."

여자가 수통에 담긴 미지근한 커피를 매들린에게 들이밀었다. 사람들과 도란도란 이야기를 나누다 보니 정신을 차릴 수 있었다. 아이 세 명을 제외하면 매들린까지 해서 총 여섯 명의 승객들. 대부분 가난한 이들이었고 미국으로 가는 이유도 제각각이었다.

아일랜드에서 영국으로 왔는데 먹을거리가 없어서 미국으로 간다는 사람, 미국에 있는 사촌의 잡화점 일을 도우러 간다는 여성, 그리고 남편을 따라 연고도 없는 곳으로 간다는 여성까지.

매들린 역시 제 이야기를 해야 하는데, 할 말이 별로 없었다. 친구의 추천서를 가지고 혈혈단신 미국으로 간다며 얼버무리는 그녀의 말에 두 아이의 엄마가 음흉한 미소를 지었다.

"난 또 애끓는 사랑의 도피를 하는 귀족 아가씨인 줄 알았지 뭐야."

"에버렛 부인!"

"아니, 아가씨가 너무 곱고 처연해서. 괜히 몹쓸 상상력이 발동했어요. 미안."

매들린은 속이 철렁, 뜨끔했으나 티를 내진 않았다. 이안 노팅엄. 그와의 인연은 배를 타고 대서양을 건너면서 완전히 결딴이 났다고 봐야 했다. 이제 어쩔 수 없어. 매들린은 커피를 홀짝이며 쓸쓸하게 웃었다. 웃음은 곧 흐느낌이 되었다.

그나마 가지고 있었던 것을 전부 손에서 놓쳤다는 감각에 속이 허전해서 참을 수 없었다. 초점을 온통 놓친 사진에서처럼, 남자가 웃고 있는 모습이 뇌리에서 희뿌예졌다. 그녀는 그 사진에 계속해서 자신만의 회상을 덧칠했다. 그 통에 이안의 모습은 점점 사실과 멀어져가는 것 같았다. 그가 아주 잠시 보여주던 소년 같은 미소는 그 물감의 더께 속에 파묻혀 보이지 않았다. 그는 그녀의 삶 속에서 또다시 유령이 되고 말았다.

당황한 에버렛 부인이 허겁지겁 그녀에게로 다가갔다. 부인은 연신 매들린의 등허리를 두드려줬다.

"괜찮아. 아가씨. 내가 또 괜한 소리를 했어. 괜찮아, 다 괜찮아."

아가씨에게 상처를 입힌 일들도, 새로운 땅에서는 다 사라질 거야. 다정하지만 현실적인 말이었다. 그래. 결국에는 전부 사라질 것이다. 그도, 저택도, 지난 삶도.

대서양은 광활하고도 험준했다. 배 위에서 몇 번의 구역질과 곡기를 끊은 위장의 요동이 있었는지 셀 수 없었다. 밤마다 갑판에서 술주정을 부리는 선원들 때문에 정신이 없었다. 그 난리 통속에서도 승객들은 필사적으로 품위를 유지하려고 노력했다. 최대한 멋진 모습으로 새 나라에 도착하고 싶은 마음은 누구나 마찬가지일 것이다.

입국 심사는 허드슨 강 하구에 있는 앨리스 섬에서 이루어졌다. 여권법이 통과되기 직전이었으니, 매들린은 무척 운이 좋은 편이었다. 앞으로는 전과자가 해외로 나갈 수 있는 길이 끊길지도 몰랐다. 쏟아져 들어오는 아일랜드, 중국 이민자들에 대한 볼멘 목소리도 높았으나 기업들은 여전히 철로와 마천루를 지을 노동자들을 필요로 했고, 그렇기에 앨리스 섬은 늘 사람들로 북적였다.

긴 행렬을 따라 배에서 내리자 매들린은 눈앞의 풍광에 심장이 멎을 듯한 전율을 느꼈다. 광활한 푸른 하늘에 구름 한 점 없이 청정했다. 그녀 주위의 이민자들이 전부 하늘을 올려다봤을 정도였다. 그들의 얼굴은 희망과 경이로 반짝였다. 다른 공기, 다른 바람. 그녀가 도착한 곳은 정말 다른 대륙이었다. 평생을 영국의 한 주에서 보냈던 그녀로서는 상상하기도 힘든 도약이었다. 그러나 그것은 또한 단절을 의미했다. 영국의 우중충한 하늘과 다른 맑은 푸른 광경을 보자 심장이 욱신거렸다.

이제 정말 자유로워진 거야. 완전히. 네가 그토록 원했던 일이 잖아. 남자로부터 자유로워지는 것, 그 저택으로부터 자유로워지는 것. 옛날의 일일랑 잊어버리는 것. 너무도 멀리 온 걸지도 몰라. 아냐. 들이마셔 봐. 네가 그렇게 염원하던 자유의 공기잖아. 아아……. 그녀는 쏟아지는 빛을 받으며 이민자들을 심사하는 그레이트홀로 걸어들어갔다.

신체검사를 받고 나서 긴 서류를 작성했다. 경찰들은 매서운 눈초리로 이민자들을 노려봤다. 결국, 절차를 다 통과하는 데만 해도 반나절이 족히 걸렸다. 짐을 돌려받고 나서야 모든 것이 끝이 났다는 실감이 났다. 엄청난 무리와 함께 앨리스 섬에서 벗어나 맨해튼에 도착하자 콘크리트와 철로 된 웅장한 마천루들이 시야를 나누었다. 그것들은 하늘에서 내려온 비석 같았다. 그 모든 부와 권세에 압도되어, 매들린을 포함한 이민자들은 잠시 주춤했다.

"……."

정신을 차린 매들린이 품 안에서 꼬깃꼬깃 접힌 추천서를 폈다. 앨리스 섬에서 나누어준 뉴욕 지도가 그사이에 접혀 있었다. 브루클린. 브루클린으로 가야 하는데……. 그렇게 지도를 들여다보는 순간, 어떤 거센 힘이 그녀를 그대로 들이받았다. 매들린이 쓰러지자 웬 젊은 남자가 그녀의 품 안에 있는 가방을 그대로 들고 달아나기 시작했다. 아픔도 잠시였다. 극심한 공포가 그녀를 뒤흔들었다.

"안 돼!"

그녀가 외마디 비명을 내질렀지만, 소매치기는 군중 속으로 사라져 찾을 수 없었다. 매들린은 이리저리 부딪치며 필사적으로 도둑을 쫓았지만 무리였다.

"도둑이에요! 도둑!"

그녀가 처절하게 울부짖는 소리를 누군가 들은 것일까, 앞에서 우당탕탕 흙먼지 나는 소요가 일었다. 사람들이 비켜서느라 웅성거렸고 매들린의 눈앞에는 멱살이 잡힌 채 바닥에 질질 끌리고 있는 소매치기가 보였다. 그리고 한 남자가 있었다.

"너 이 개자식아. 돈 없는 이민자의 돈을 털어? 굶어 죽으라는 거야!"

두껍고 약간 통통 튀는 이탈리아어 악센트. 소매치기의 멱살을 쥔 남자는 억센 몸을 가진 이였다. 결국, 소매치기로부터 가방을 빼앗아 들은 남자가 매들린에게로 척척 걸어왔다. 사냥꾼 모자를 쓰고 셔츠에 조끼를 입은 그는 가까이서 보니 무척이나 소년 태가 났다. 매들린보다 어릴 수도 있었다. 짙은 눈썹에 둥글고 예쁜 눈, 그을린 피부, 그리고 장난기 어린 소년다운 입매를 지녔다. 남자가 가방을 매들린에게로 들이밀었다.

"여기, 아가씨 가방이죠?"

"네. 감사합니다. 감사합니다."

매들린이 연신 고개를 끄덕이며 감사를 표하자 남자의 얼굴이 새빨개졌다. 그가 헛기침을 하며 손사래를 쳤다.

"친척이 왔다길래 마중 나왔는데 저런 거지발싸개, 아니 나쁜 놈이 있어서 마땅히 사람이 할 도리를 했을 뿐입니다."

이탈리아인 맞아. 느물거리면서도 밉지 않은 말투였다. 매들린이 가방을 열어 감사비를 지불하려고 하자 남자가 화를 냈다.

"아가씨, 그러지 마세요! 저를 무슨 파렴치한 인간으로 만들려고 하시네요! 이런 일로 돈을 받을 수는 없습니다!"

"그래도……."

그렇게 둘이 한창 실랑이를 벌이고 있는 동안 누군가가 뾰로

통한 얼굴로 나타났다. 그처럼 새까만 머리에 새까만 눈동자, 다부진 체격을 지닌 젊은 여성이었다.

"엔조, 아무리 도움이 필요한 분이 나타났다고 해도, 만리 타역에 온 사촌 누나를 이렇게 방치하는 법이 어디 있어? 네 어머니에게 일러야겠어."

"아. 마리아. 거기 있었구나. 정말 미안해. 아니, 내가 사정이 있어서……!"

"걱정 마. 저기서 사람들과 함께 네 멋진 활약을 다 지켜보고 있었으니까. 그나저나 감사의 뜻인데 돈 몇 푼 받는 게 대수야?"

그녀가 은근히 눈짓하면서 남자에게 매들린의 돈을 받으라고 종용했다. 엔조의 얼굴이 붉게 익었다.

"아 됐어. 마리아, 여기서는 고향에서처럼 돈을 아낄 필요가 없다니까. 우리도 먹고 살 만하다고! 그나저나 아가씨, 아가씨의 이름이……?"

"매들린 로엔필드예요."

"론필드… 로엔필드… 멋진 이름이네요. 아, 제 이름은……."

"말썽꾸러기 엔조 라오네 2세예요." 뚱한 얼굴의 마리아가 훅 치고 들어왔다.

"아, 마리아. 진짜 그만 좀……."

엔조가 진심으로 짜증 난다는 듯 짙은 눈썹을 구겼다. 그는 퉁명스러운 사촌을 대하랴, 매들린에게 환심을 사랴 이만저만 바쁜 게 아니었다. 둘이 대거리를 하는 것이, 꼭 만담꾼들의 공연 같았다. 이탈리아인들은 이야기를 할 때에 제스처가 컸다. 이사벨조차 소심하게 보일 정도였다. 그런 둘의 모습을 보니 매들린은 즐거워서 저도 모르게 미소가 비집어져 나왔다.

"누나 때문에 우리가 웃음거리가 됐잖아."

"무슨 소리야. 네가 멋진 남자인 척하는 게 꼴불견이어서 그렇지."

"됐고. 로엔필드 양, 가는 길이 어떻게 되나요? 이것도 인연인데 같은 방향이라면 동행하지요."

매들린이 쪽지를 넘기자 엔조가 그것을 유심하게 지켜봤다. 그의 눈빛이 빛났다.

"이거 참, 우연의 일치네요. 우리가 가는 곳에서 얼마 안 떨어진……."

"당연하지. 아일랜드인이나 이탈리아인들이 사는 곳이 거기서 거기잖아. 맨해튼 같이 뻐기는 곳에서 살겠냐고."

사촌 마리아가 중얼거렸다.


엔조가 택시를 잡았다. 마리아가 가지고 온 짐이 꽤 되어서 그런지 택시기사는 심기가 불편해 보였다. 그러나 엔조의 부리부리한 눈빛에 압도된 듯 입을 꾹 다물고 운전만 했다. 덕분에 세 명은 많은 이야기를 나눌 수 있었다.

마리아는 영어가 살짝 서툴렀지만, 말이 빠르고 재치가 있었다. 엔조는 영어를 완벽히 구사해서 그녀의 말을 재빨리 번역해주었다. 매들린은 최대한 거만하게 들리지 않기 위해 노력했지만, 그녀의 입에 밴 악센트를 지울 순 없었다. 어찌 됐든 이탈리아인들은 그녀가 자신들과 비슷한 처지인 아일랜드인일 거라 생각하고 있었다.

"그래도 아가씨가 가는 곳은 안전한 편이지만 언제나 조심해야 해요. 각 나라 사람들마다 구역이 있거든요. 중국인들이 사는 곳, 유대인들이 사는 곳, 이탈리아인들이 사는 곳이 있고 그 구역을 관리하는 사람들이 각자 있어요." 엔조가 진심 어린 충고를 건넸다.

"가령 제가 사업을 하고 싶어도 아일랜드 거리에서 함부로 못하는 것처럼, 무엇을 하고 싶으면 꼭 그 거리의 사람들에게 허락을 받아야 하죠."

사람들? 매들린이 고개를 갸웃거리자 엔조가 에둘러 화제를 전환했다.

"어쨌든 도착하면 여기로 연락해요. 이건 우리 가게 전화번호고요."

"오호. 우리 가게에 전화기가 있었어!" 마리아가 감탄했다.

"그래. 마리아. 내가 거짓말한 게 아니야. 우리는, 우리는… 구멍가게 수준이 아니라고."

그가 번호와 주소를 휘갈겨 쓴 쪽지를 다짜고짜 들이밀었다. 정말 친화력이 좋은 사람이구나……. 매들린은 쪽지를 받아 가방 안에 소중히 넣었다.

택시는 매들린을 먼저 내리고 떠났다. 엔조는 몇 번이고 그녀에게 당부했다. 밤거리에 절대로 혼자 다니지 말 것, 모르는 사람을 따라가지 말 것, 친척도 너무 믿지 말 것(이 대목에서 마리아가 어이없어했다.) 등등.

"그리고 꼭, 나중에 전화 줘요."

아일랜드인 거리에 홀로 남겨진 지금, 두 사람이 벌써부터 그리웠다. 점점 노을이 지고 있었고, 엔조가 말한 '위험한 밤'이 시작될 참이었다. 해가 지기 전에 그녀는 사람들에게 묻고 물어 간신히 맥도먼드 식료품점을 찾을 수 있었다.

"뭐야. 그 애가 보냈다고?"

찰스 맥도먼드 씨는 수지 맥도먼드라는 이름을 듣자마자 어안이 벙벙해졌다. 편지를 받아든 남자의 얼굴은 의미심장했다.

"젠장. 수지의 글씨체가 맞구먼."

그가 눈을 감고 한숨을 쉬었다. 그러더니 갑자기 매들린 앞에 무릎을 꿇고 기도를 하는 것이었다.

"오. 수지가 무사하다니. 하느님, 감사합니다."

렘브란트가 그린 〈돌아온 탕아〉가 연상되었다. 다른 점이라면 매들린 쪽이 탕아에 가깝다는 것이었지만. 수지가 작달만하다면 맥도먼드 씨의 키는 껑충했다. 근면 성실함이 체화된 사람이란 게 그의 거친 손바닥과 마른 볼에서 드러났다. 붉은 머리만 아니었더라면 수지의 오빠라고는 생각지도 못했을 터. 한참의 기도 끝에 자리를 털고 일어선 그가 매들린을 보더니 혀를 찼다.

"마침 여급이 필요하긴 했는데. 참, 아가씨를 내가 모르니… 이거 참. 곤란하군. 게다가 자네는……."

자네는 여기서 일하기엔 너무 곱게 자란 티가 나. 그가 흐린 뒷말이 아프게 다가왔다. 고생이라고는 모르는 채로 이안 노팅엄의 온실 속에서 곱게 자란 화초. 인생을 몇 번이고 다시 시작한다 해도 그녀의 유약함은 사라지지 않을 지문처럼 유순한 얼굴에 남아있을 모양이었다. 매들린의 낙담한 표정을 본 찰스가 난감해했다. 그가 사환들을 시켜 식료품점의 문을 닫게 했다.

"아가씨, 일단 여사환들 숙소에 남는 방이 있으니, 그곳에서 잠을 푹 자. 내 여동생의 친구니, 그냥 돌려보낼 수는 없지."

사람들은 수지 맥도먼드더러 거짓말쟁이 사기꾼 여자라고 비난했으나, 그녀가 매들린에게 준 초대장에는 한 치의 거짓부렁도 없었다. 3층짜리 맥도먼드네 식료품점은 정말이지 번듯했으며, 찰스 맥도먼드도 인정머리 없는 사람은 아니었다.


"이제 그만하도록 하죠."

"더 할 수 있소."

"아니요. 여기서 끝을 내겠습니다."

적막한 저택에는 짐승처럼 헐떡이는 남자의 숨소리만이 가득하다. 한쪽에는 초시계를 든 의사 한 명이, 다른 한쪽에는 수건을 든 세바스천이 서 있고, 가운데에는 거대한 매트리스 위에 남자가 엎드려 있다. 그는 숨을 헐떡이고 있다. 풀어헤쳐진 셔츠 옷깃 너머로 거대한 흉터가 보일락 말락 한다.

"백작 각하. 기록이 많이 좋아졌습니다. 처음에 시작했던 것보다 두 배 이상은 버티셨어요."

"……."

만족할 수 없다. 맞춤형 재활은 사치재였으나 거기에는 다이아몬드 같은 반짝거림도, 질 좋은 시계만큼의 편의도 없었다. 오로지 끝없는 육체적 고통과 땀과, 괴로움만이 있었다. 이안의 강철 같이 벼려진 마음도 때로는 약하게 만들 만큼의 고통. 그러나 고통은 그가 언제나 바라는 바였다. 이안은 옆에서 사용인이 가져다준 수건으로 땀을 닦았다. 고된 훈련의 끝은 또 다른 괴로움의 시작을 의미했다. 몸을 축내지 않는 한 계속해서 생각을 하게 되었다.

한때 손님들로 가득했던, 또 환자들로 가득했던 홀은 깨끗하게 비워져 있었다. 오로지 이안 노팅엄의 재활을 위해서 마련된 온갖 기구들이 대신 자리를 지키고 있을 따름이었다. 일견 보기에는 고문 기구같이 보이는 그것은 사실 매우 값비싼 재활 도구였다. 그렇다. 이안은 재활 중이었다. 독일과 미국에서 최고의 의사와 재활 전문가를 데려왔다. 재활을 하고 있지 않을 때면 일을 했다. 잘 정돈된 서재에서 각종 채권과 주식을 사고 파는 결정을 내렸다. 대부분의 일은 가문의 재산 수탁자인 홀 츠먼이 처리했으나 그는 최종결정권자로서 주어진 일을 소홀히 하지 않았다.

주식이 천정부지로 솟고 있었다. 이 미친 경주가 언제까지 이어질지는 아무도 몰랐으나 상식 있는 자라면 당연히 미국 주식에 투자해야 한다는 분위기가 팽배했다. 금방 꺼질 거품이라고 생각하는 사람은 별로 없었다. 사람들은 돈을 벌었고, 백화점에서는 신용을 마구 남발했다. 다들 그 돈으로 흥청망청 써댔다. 런던에서는 미국의 찰스턴 댄스가 유행했고 여자들의 치마는 갈수록 짧아졌으며 사람들은 도박장과 카바레에서 돈을 탕진해댔다. 이안으로서는 딱히 관심 가는 일은 아니었다.

그는 어쩐지 젊은 세상에서 너무나도 늙어버린 기분이 들었다. 아직 한창인 나이인데도, 이미 세상을 살 만큼 산 노인이 된 것처럼 기진했다. 그의 앙상한 몸에 근육이 붙고 활기가 돌면서 역설적으로 그런 기분은 더 심해졌다. 거기에 더해 몸에서 활기가 돌아오자 이전에는 느끼지 못했던 욕구들이 그를 잔잔하게 괴롭히기 시작했다. 곤란한 기분. 차마 그 누구에게도 토설할 수 없는 꿈의 내용들. 여자의 부드러운 손. 하얗고 보들보들하면서도 섬세한 손가락의 결. 한숨, 비참함, 그리고 들끓는 욕망, 증오. 배신감.

면회하는 내내 사슴처럼 바들바들 떨던 매들린 로엔필드. 이안은 총구를 당겼다. 그녀를 용서하는 대신, 외면했다. 그리고 이것이 그 대가였다. 여자는 사라졌고, 이안은 그녀를 가둘 기회조차 잃어버렸다. 끔찍할 정도로 안쓰럽군. 무참하게 역겹기도 하고. 그는 땀에 젖은 몸을 뒤척였다. 의족을 끼우니 갸우뚱하던 몸이 금방 균형을 찾아갔다. 그리고 몸을 씻기 위해 곧장 운동실에서 일어났다.

## 1년 뒤. 1921년 뉴욕

매들린은 거울을 바라본 채로 망설였다. 화장기 없는 얼굴에 분을 발라야 할지, 어떤 색의 립스틱을 발라야 할지 고민하면서. 그런 고민들 속에 이안 노팅엄도, 런던의 화려했던 사교계도, 전쟁도, 모두 기억의 저편으로 점점 사라져간다. 기억의 저편으로.

그녀는 큰 눈을 한번 깜빡였다. 아. 정신 차려야 한다. 오늘은 호텔에서 일하기 시작한 첫날이니까. 맥도먼드 씨의 이종사촌이 뉴욕 호텔 지배인의 운전사였다. 그런 인연의 인연이 연결되어 매들린은 최상층 로비의 카페에서 일하게 되었다.

"잘해야 하는데."

이번엔 악센트가 그녀를 도왔다. 매들린의 얼굴과 억양을 본 호텔의 부지배인은 그녀의 '영락한 귀족'다운 악센트가 마음에 든다고 하였다. 그녀의 응대를 받는 미국인들이 대접받는 기분이 들어 무척 좋아할 거라며. 다만, 안경은 쓰지 말라는 당부는 잊지 않았다. 너무 학구적인 티가 나서 좋을 게 없다나. 매들린으로서는 안경을 포기하고서라도 꼭 잡고 싶은 기회였다.

식료품점에서 일한 시간이 나쁘다는 건 아니었다. 그러나 그녀는 돈을 더 모으고 싶었다. 그동안 병원 일을 하며 모은 돈은 대부분 아버지에게 두고 왔으니, 잃어버린 세월을 따라잡기 위해서라도 더 벌이가 좋은 일을 해야만 했다. 그렇게 돈을 모아서 하고 싶은 것들이 있었다. 공부를 좀 더 하고 싶었다. 그리고 평범하게 살고 싶었다.

상처를 잊을 수는 없다. 그것들은 영영 낫지 않으리라. 저택과 남자와 자신이 잃어버린 모든 것들에 대해서 언제고 가슴 아파할 거란 건 분명했다. 역시 완전히 잊는다는 건 있을 수 없다. 하지만. 그럼에도 불구하고. 그녀는 계속 살아나가야 했다. 그녀도 인간이었으므로. 매들린은 립스틱을 입술에 칠하기 시작했다.

저녁이었다. 백화점의 최상층 로비에는 사람들이 차와 커피를 마실 수 있는 공간이 마련되어 있었다. 원래는 밤에 술을 팔기도 했으나, 금주법이 시행되면서 저녁까지만 운영하게 된 공간이었다. 매들린은 저녁이 되기 전까지 차를 내리는 일을 했다. 오늘은 하루 종일 호텔을 돌아다니며 지리를 익히고 손님들의 얼굴을 익히느라 바빴다. 그래도 영국의 복잡한 사교계 에티켓에 비하면 그렇게 어렵지는 않았다.

지상으로 내려온 그녀를 맞이한 것은 정장을 입은 엔조였다. 그는 호텔 정문의 거리를 어슬렁거리며 매들린을 기다리고 있었다. 그는 중절모를 삐뚜름하게 쓰고 쓰리피스 슈트를 입고 있었는데, 한눈에 봐도 꽤 값이 나가는 물건들이었다. 그럴싸했다. 아니, 그럴싸한 정도가 아니라, 늘 장난꾸러기에다가 친한 남자 동생이라고만 생각했던 그가 지금은 제법 남자답지 않은가.

"엔조."

매들린이 가까이 다가가자 엔조의 심각한 얼굴이 풀어졌다. 선 굵은 미청년은, 아직 앳된 기운이 완연했다. 매들린보다 두 살 정도가 어린 이였다.

"매들린."

"오늘 멋지게 입었네."

"그야. 오늘은 중요한 날이니까. 첫 출근이기도 하고, 또…….."

엔조가 입술을 삐죽이며 고개를 갸웃했다. 뭔가 우물우물 얼버무리는 것이, 말하지 못할 일이라도 있는 모양이었다. 그가 뒤통수를 긁었다.

"그래. 오늘은 비싼 곳에서 한 턱 낼게. 사실, 너에게 줄 선물도 있었어."

미국에 와서 이모저모를 도와준 엔조와 마리아, 그리고 맥도먼드 씨에게 각각 선물을 나누어줄 참이었다. 맥도먼드 씨에게는 모자를, 마리아에게는 구두를, 그리고 엔조에게는…….

레스토랑에는 재즈 선율이 흘러나왔다. 곧 크리스마스였다. 따뜻한 실내로 들어오니 노곤한 몸이 더욱 풀리는듯하여 매들린은 눈을 느리게 깜빡였다.

"프랑스 음식이라니. 거참."

고급스러운 분위기의 레스토랑에 도착하자 엔조는 적잖이 불편한듯했다. 이리저리 두리번거리며 어색한 티를 냈다.

"나도 성공했네요. 이런 레스토랑에 다 와보고. 영국 귀족이 된 것 같아요."

"……."

그 말에는 아이러니가 있었다. 매들린이 피식 웃었다.

"영국 귀족이면 이렇게 맛있는 음식 못 먹어. 거북이 등딱지를 먹겠지."

"하기야."

둘은 실없는 소리를 주고받으며 스테이크를 썰었다. 음식이 들어가자 긴장했던 엔조도 제법 식당 안 분위기를 즐길 수 있게 되었다. 최근 가족 사업이 번창해서 그런지 엔조는 어린 나이에도 능수능란한 사업가의 느낌이 났다. 다만, 고급스럽고 부드러운 것에 대해서는 본능적인 거부감이 여전했다. 허례허식이 싫다고 했다.

"고기 부드럽고 맛있네. 어디서 받은 걸까."

매들린이 혀끝으로 맛을 음미하며 중얼거렸다.

"에이. 아직 고기 맛을 모르시네. 뒷맛이 너무 비리잖아요."

엔조의 가족 사업이란, 동북부 일대에서 소고기를 떼다 파는 일이었다. 미국 내 육류 소비가 늘면서 최근 현금을 쓸어 담는 중이었다. 이대로 가면 이스트 사이드의 부촌으로 이사를 갈 수도 있다고 했다. 그런데도 눈앞의 엔조에게서는 거들먹거리거나, 졸부라는 느낌이 전혀 나지 않았다. 비싼 옷을 두른 미청년임에도 수더분한 기색이 있었다.

"그래도 그 이상으로 소스 맛이 좋네요. 매들린, 고마워요. 이거 내가 사야 하는 건데. 대신……."

엔조가 양복의 안주머니를 더듬더니 작은 가죽 상자를 꺼냈다.

"음?"

매들린 역시 엔조를 위한 선물을 내어줄 준비를 하고 있던 터였다. 그러나 선수를 뺏기고 말았다. 엔조가 가죽 상자를 매들린의 손안에 넣어줬다. 남자의 단단하고 거친 손과 매들린의 얇은 손가락이 스쳤다.

"뭐야……?"

매들린이 지체 없이 상자를 열자, 그곳에는 시계가 있었다. 옅은 하늘색 가죽 스트랩으로 된 원형 시계였다.

"지금 차고 있는 시계가 너무 낡아 보여서요."

"미안하지만, 엔조. 이건 받을 수 없어."

남자가 어깨를 으쓱했다.

"안 됐네요. 이미 사버렸는걸. 게다가 이걸 줄 사람이라고는 매들린밖에 없어서."

"하……."

매들린이 한숨을 쉬었다. 거절하기도 어렵게 되었다.

"지금 차고 있는 것도 꽤 고급으로 보이긴 하지만, 모서리가 깨져있잖아요. 이걸로 바꿔요."

엔조가 약간 입술을 삐죽였다. 남자에게 애교라는 게 가능하다면 말이다. 매들린은 제 왼 손목을 확인했다. 이안에게서 받은 손목시계. 옥살이를 하기 전에 맡겨두었건만, 얼마나 험하게 보관했는지, 모서리가 금이 간 채 돌아왔다. 돌려받고는 무척이나 서럽고 화가 났다. 그래도 그대로 계속 끼고 있었다.

안경과 함께 진작 버렸어야 했는지도 몰랐다. 하지만. 하지만, 뭐? 매들린이 시계를 놓고 침묵하자 엔조는 초조해진 나머지 미간을 찌푸렸다. 계속해서 물잔에 손이 갔다.

매들린 로엔필드. 파산한 집안을 먹여 살리려고 미국으로 왔다는 여자의 이야기를 완전히 믿는 건 아니었다. 이미 그녀가 몰락 귀족 출신이고, 사랑의 도피를 하다가 잘 안 풀린 거라는 소문이 동네에 파다하게 퍼졌다. 동네 가십의 수준이란 게 거기서 거기였지만. 물론 엔조 라오네 주니어가 그런 뜬소문 따위를 새삼 신경 쓰는 건 아니었다. 제기랄. 솔직히 터놓고 말해, 눈앞의 여자한테 슬픈 사연이 없는 게 더 이상했다!

처음 봤을 때부터 그랬다. 비밀과 수심이 가득 어린 저 처연한 옆얼굴만 보면 세상 모든 금은보화를 다 가져다 놓고 싶은 심경이었다. 그렇게 해서 그녀가 웃게 할 수 있다면.

매들린이 아랫입술을 지그시 깨물더니, 결심한 듯 한숨을 쉬었다. 그녀가 조심스럽게 원래 차던 시곗줄을 풀었다. 그리고는 엔조의 선물을 새로이 손목에 찼다. 엔조의 검은 눈동자에 이채가 돌았다.

"오. 당신 손목에 딱 맞네요."

"고마워."

시계를 쳐다보던 그녀가 몸을 돌려 손가방을 뒤졌다. 그녀가 작은 식탁 위에 상자를 올려뒀다.

"네 선물에 비하면 내거는 너무 약소해 보이는데. 네가 선수를 쳐버렸어."

엔조가 재빨리 선물을 풀어봤다. 넥타이와 커프링크스. 나름 살 수 있는 한에서 가장 비싼 걸 고르기는 했지만, 지금 차고 있는 시계에 비할 바는 아니었다. 이안이 준 시계 같은 수공예품은 아니었으나, 꽤 비싼 축에 드는 건 확실했다. 하지만 매들린의 선물이 상대적으로 얼마나 약소하건 간에 엔조의 얼굴이 순수한 기쁨으로 가득했다. 미소가 아주 숨김없이 만개했다.

"와."

그가 눈이 휘어져라 웃었다. 남자가 입술을 삐죽이며 웃음을 참지 못했다.

"감동인데요."

너무 기뻐하니까, 오히려 매들린 쪽에서 좀 멋쩍은 감까지 있었다.

"아냐. 네 덕분에 이곳에서 살아남은 거야. 안 그랬으면 나는… 생각도 하기 싫네."

가진 것을 다 빼앗긴 채 차가운 뉴욕의 거리에서 시체가 되었을 것이다. 상상만 해도 오싹한 일이었다. 믿기 어려울 정도로 좋은 사람들을 만났으나 힘들지 않았던 건 아니다. 맥도먼드 식료품점의 바닥을 쓸고, 하루에 열두 시간씩 물건을 정리했다. 부드러웠던 손이 거칠어졌고 몸은 메말라갔다. 생기 넘치던 소녀의 얼굴도 변했다. 그녀에겐 어느덧 '맥도먼드네 얼음 여왕'이라는 별명이 붙었다. 물론 별명의 당사자는 그 사실을 몰랐지만 말이다.

"그건 그렇고, 다음번엔 우리집에서 식사해요. 여기보다 더 끝내주는 라오네의 스테이크를 선보일 준비가 되었으니까."

"아무렴. 기대하지."

그 초대가 의미하는 바를 알기에, 매들린은 속이 복잡해졌다. 귀족의 신분에서 낙오되었다는 게 나쁘지만은 않았다. 타인의 마음을 알아채는 눈치가 생기니까 말이다. 몸에 밴 우아함을 버리고 얻은 대가였다.


수지에게 쓰는 편지는 네 장이나 됐다. 매달 교화소로 부치는 편지에는 답장이 아주 드물게 돌아왔다. 비뚤비뚤, 철자가 전부 틀린 편지에는 감옥 내 시시콜콜한 일상이 수두룩하게 적혀 있었다. 새로운 수형자들은 전부 재수 없다, 네가 보고 싶다, 큰오빠는 여전히 수전노냐 등등.

이사벨에게도 편지를 쓰고 싶은 마음이 굴뚝 같았다. 그러나 그녀가 어디 사는지조차 알 수 없었다. 소문에 의하면 그녀는 스페인의 후작부인이 되었다고도 하고, 다른 소문에 의하면 정신병원에 감금되어 있다고도 했다. 그러나 매들린은 이안 노팅엄의 됨됨이를 믿었다. 그가 제 동생에게 그렇게 잔인한 행동을 할 거라 생각하지 않았다. 이사벨은 어딘가 안전한 곳에 있을 거라고, 그렇게 실낱같은 믿음을 부여잡은 채 놓지 않았다.

알프스의 험준한 자연은 남자에게 위안이 되었다. 눈 앞에 펼쳐진 하얀 언덕과 구릉지. 서리 낀 안개. 제 발치에 조용히 앉아 있는 사냥개까지. 낭만주의적 풍경. 케이프가 덧대어진 코트를 입은 남자는 지팡이를 짚은 손에 힘을 주며 자세를 폈다. 그의 탁한 눈동자에서 아름다운 자연을 향한 어떠한 경이나 감탄도 느껴지지 않았다.

"'안개 바다 위의 방랑자'로군."

뒤에서 들리는 목소리가 그의 침묵을 방해했다. 고개를 돌리자 그곳에는 그레고리 홀츠먼이 서 있었다. 서글서글한 낯빛의 미국인. 아주 어린 시절부터 둘은 서로를 알아 왔다. 홀츠먼의 아버지인 조제프 홀츠먼은 노팅엄 가문의 재산관리인이었다.

홀츠먼이 노팅엄 대신 달러를 벌어오면, 노팅엄은 그 달러를 런던의 은행에 넣고 관리했다. 물론 그 지위가 영원할지는 미지수였다. 이안은 홀츠먼을 오래 봐왔으나 한 번도 그를 친구라 생각한 적 없었고 믿지도 않았다. 둘 사이의 관계는 철저히 사업적인 것에 국한되어 있었다.

어쩌면 잔인한 처사였다. 이안, 에릭, 이사벨 그리고 그레고리. 그러나 그레고리는 노팅엄이 될 수 없었다. 아니, 그러지 못하리란 법은 없었다. 이사벨이 마음만 열었더라면 그레고리 홀츠먼은 진작에 가족이 되었으리라. 하지만 이사벨은 그를 증오했고, 이안도 그를 가족으로 두는 건 사양이었다.

"시가 한 대 피겠나?"

이안이 아무 말 없이 홀츠먼을 바라봤다. 주황기 없는 짙은 갈색 머리의 남자는 지난한 산행에도 전혀 지쳐 보이지 않았다. 마치 파우스트의 메피스토펠레스처럼, 남자의 마음이 만들어낸 상상의 동행인 같았다. 이안이 결국 고개를 살짝 끄덕이자 홀츠먼이 그에게 시가를 건네고 불을 붙여줬다. 두 남자는 정상에서 담배를 피웠다.

"이런 말은 웃기지만, 자네 몸이 좋아졌어. 이제는 나보다 건장한 것 같으이."

"……."

"여자는 만날 생각이 없나?"

"알프스 정상에서 여자 생각이나 하다니."

"영국 귀족 나으리께서도 외로움은 탈 거 아냐. 그야 여자는 남자의 삶에서 가장 중요한 두 가지 중 하나잖나."

"나머지 하나는 궁금하지도 않군."

설산 기슭에 반사된 햇빛 때문에 눈이 따가웠다. 이안이 눈을 가늘게 뜨며 입 끝의 시가 연기를 내뿜었다. 고급 담배에서는 재와 향신료의 맛이 났다.

"아직도 그녀에 대해서 생각하고 있어? 카드 게임을 참 지지리도 못하던 여자 말이야."

"……."

이안은 계속 지껄여보라는 듯 홀츠먼을 무심히 쳐다봤다. 그는 타인이 자신의 생각을 읽는 걸 혐오했다. 그걸 아는 홀츠먼이 씩 웃었다. 그가 한없이 가볍고 능글맞은 태도로 말을 이어나갔다.

"하지만 명심하게. 자네도 결혼 적령기는 한참 지났는걸. 뭐, 나도 안 하고 있지만, 경우가 다르잖나. 작위가 아까워."

경우가 다르다라. 하기사, 책임감 없이 이 애인 저 애인 골라잡는 홀츠먼이 결혼을 한다면 그것도 그것대로 문제일 터였다.

"작위 같은 건 내 대에서 끝나는 게 좋겠지."

"그러지 말고. 내 별장으로 가서 한바탕 놀지 않겠나. 내 누누이 말하지만, 자네는 좀 더 이완할 필요가 있단 말야. 작위니 사업이니, 잠시 제쳐두고 버번위스키를 마시면서 쉬잔 말일세."

이완이라. 홀츠먼이 미국에서 얼마나 난잡한 파티를 벌이는지에 대해서는 잘 알고 있었다. 그런 파티에 갔다가는 이완은커녕 정신만 사나울 게 뻔했다. 그는 아무 말도 하지 않았다. 그저 흐린 눈으로 안개 낀 협곡을 바라볼 뿐이었다. 협곡에 쌓인 흰 눈은 타고 남은 담배의 끝자락 같았다.

2권에 계속

구원 방정식 1

**초판1쇄 발행** 2025년 9월 30일

**지은이** 보엠1800
**펴낸이** 이동향
**기획·편집** 조홍열 황신영
**디자인** 크리에이티브그룹 디헌
**인쇄 및 제본** 명지북프린팅

**펴낸곳** 어나더 **출판등록** 2016년 8월 18일 제2016-000101호
**주소** 경기도 파주시 문발로 240-21, 301호 **대표전화** 031-955-4070
**홈페이지** www.40inbooks.com **블로그** blog.naver.com/40inbooks
**전자우편** 40inbooks@gmail.com **판권문의** osmu@40inbooks.com

ISBN 979-11-6977-543-4 04810
      979-11-6977-542-7(세트)